献给北京大学建校一百二十周年

申丹 总主编

"北京大学人文学科文库"编委会

顾问：袁行霈

主任：申　丹

副主任：阎步克　张旭东　李四龙

编委：（以姓氏拼音为序）

曹文轩　褚　敏　丁宏为
付志明　韩水法　李道新
李四龙　刘元满　彭　锋
彭小瑜　漆永祥　秦海鹰
荣新江　申　丹　孙　华
孙庆伟　王一丹　王中江
阎步克　袁毓林　张旭东

方李邦琴北京大学人文学科文库出版基金赞助

北大中国哲学研究丛书
王博 主编

哲学史视域下的先秦儒家《诗》学研究

Pre-Qin Confucian Studies on *the Odes* from the Perspective of the History of Philosophy

孟庆楠 著

北京大学出版社
PEKING UNIVERSITY PRESS

图书在版编目(CIP)数据

哲学史视域下的先秦儒家《诗》学研究/孟庆楠著. —北京：北京大学出版社,2019.8

(北京大学人文学科文库·北大中国哲学研究丛书)

ISBN 978-7-301-30921-6

Ⅰ.①哲⋯ Ⅱ.①孟⋯ Ⅲ.①《诗经》—诗歌研究—中国—先秦时代 Ⅳ.①I207.22

中国版本图书馆 CIP 数据核字(2019)第 256673 号

书　　　　名	哲学史视域下的先秦儒家《诗》学研究 ZHEXUESHI SHIYU XIA DE XIANQIN RUJIA《SHI》XUE YANJIU
著作责任者	孟庆楠　著
责任编辑	吴　敏
标准书号	ISBN 978-7-301-30921-6
出版发行	北京大学出版社
地　　　　址	北京市海淀区成府路 205 号　100871
网　　　　址	http://www.pup.cn　新浪微博:@北京大学出版社
电子信箱	pkuwsz@126.com
电　　　　话	邮购部 010-62752015　发行部 010-62750672 编辑部 010-62757065
印　刷　者	北京中科印刷有限公司
经　销　者	新华书店
	965 毫米 × 1300 毫米　16 开本　21 印张　282 千字 2019 年 8 月第 1 版　2019 年 8 月第 1 次印刷
定　　　　价	65.00 元

未经许可，不得以任何方式复制或抄袭本书之部分或全部内容。
版权所有，侵权必究
举报电话: 010-62752024　电子信箱: fd@pup.pku.edu.cn
图书如有印装质量问题，请与出版部联系，电话: 010-62756370

目　录

总　序 …………………………………………… 袁行霈/1
"北大中国哲学研究丛书"序言 ………………… 王　博/1
序　言 …………………………………………… 王　博/1

前　言 …………………………………………………… 1
　一　哲学史的研究视域 ………………………………… 1
　二　经学史的研究趋向 ………………………………… 5
　三　作为研究对象的《诗》学 ………………………… 8

第一章　《诗》学文献 ………………………………… 12
　第一节　文献的类型 …………………………………… 12
　　一　记述类文献 ……………………………………… 12
　　二　论释类文献 ……………………………………… 15
　　三　应用类文献 ……………………………………… 18
　第二节　文献与思想 …………………………………… 21
　　一　文献的价值 ……………………………………… 21
　　二　诗义的呈现 ……………………………………… 23
　　三　思想的联结 ……………………………………… 27

第二章　奠基与传统 …………………………………… 34
　第一节　成书之义 ……………………………………… 34
　　一　总集或六艺 ……………………………………… 34
　　二　最初的创作 ……………………………………… 36

三　编辑与整合 …………………………………………… 43
　第二节　经典之义 …………………………………………… 47
　　　一　"经""典"与经典 ……………………………………… 47
　　　二　歌诗显德 ……………………………………………… 50
　　　三　诗教立德 ……………………………………………… 53
　　　四　经典的确立 …………………………………………… 56

第三章　危机与转变 ……………………………………………… 62
　第一节　经典的危机 ………………………………………… 62
　　　一　礼废乐坏 ……………………………………………… 62
　　　二　诗礼之衰 ……………………………………………… 67
　第二节　经典的儒家化 ……………………………………… 72
　　　一　斯文在兹 ……………………………………………… 72
　　　二　传经之儒 ……………………………………………… 75
　　　三　删诗正乐 ……………………………………………… 81
　　　四　载之空言 ……………………………………………… 83

第四章　《诗》言志 ………………………………………………… 89
　第一节　经典的特质 ………………………………………… 89
　　　一　经典系统 ……………………………………………… 89
　　　二　《诗》的特质 …………………………………………… 96
　第二节　言志的意义 ………………………………………… 99
　　　一　志的内涵 ……………………………………………… 99
　　　二　赋诗之志 …………………………………………… 104
　　　三　道与人心 …………………………………………… 107
　　　四　《诗》之诚 …………………………………………… 113

第五章　志与礼 ………………………………………………… 118
　第一节　礼之本 …………………………………………… 118
　　　一　礼仪之别 …………………………………………… 118
　　　二　天经地义 …………………………………………… 121

三　奢俭易戚⋯⋯⋯⋯⋯⋯⋯⋯⋯⋯⋯⋯⋯⋯⋯⋯⋯⋯⋯⋯124
　　四　礼乐之原⋯⋯⋯⋯⋯⋯⋯⋯⋯⋯⋯⋯⋯⋯⋯⋯⋯⋯⋯⋯130
　第二节　思色与礼⋯⋯⋯⋯⋯⋯⋯⋯⋯⋯⋯⋯⋯⋯⋯⋯⋯⋯134
　　一　好色之性⋯⋯⋯⋯⋯⋯⋯⋯⋯⋯⋯⋯⋯⋯⋯⋯⋯⋯⋯⋯134
　　二　窈窕淑女⋯⋯⋯⋯⋯⋯⋯⋯⋯⋯⋯⋯⋯⋯⋯⋯⋯⋯⋯⋯137
　　三　乐而不淫⋯⋯⋯⋯⋯⋯⋯⋯⋯⋯⋯⋯⋯⋯⋯⋯⋯⋯⋯⋯141
　　四　由色喻礼⋯⋯⋯⋯⋯⋯⋯⋯⋯⋯⋯⋯⋯⋯⋯⋯⋯⋯⋯⋯144
　　五　礼后于素⋯⋯⋯⋯⋯⋯⋯⋯⋯⋯⋯⋯⋯⋯⋯⋯⋯⋯⋯⋯148
　第三节　敬爱与礼⋯⋯⋯⋯⋯⋯⋯⋯⋯⋯⋯⋯⋯⋯⋯⋯⋯⋯150
　　一　敬天慎行⋯⋯⋯⋯⋯⋯⋯⋯⋯⋯⋯⋯⋯⋯⋯⋯⋯⋯⋯⋯150
　　二　宗庙之敬⋯⋯⋯⋯⋯⋯⋯⋯⋯⋯⋯⋯⋯⋯⋯⋯⋯⋯⋯⋯154
　　三　敬与肃雍⋯⋯⋯⋯⋯⋯⋯⋯⋯⋯⋯⋯⋯⋯⋯⋯⋯⋯⋯⋯158
　　四　贵敬悦好⋯⋯⋯⋯⋯⋯⋯⋯⋯⋯⋯⋯⋯⋯⋯⋯⋯⋯⋯⋯163

第六章　志与德⋯⋯⋯⋯⋯⋯⋯⋯⋯⋯⋯⋯⋯⋯⋯⋯⋯⋯⋯⋯166
　第一节　德行内外⋯⋯⋯⋯⋯⋯⋯⋯⋯⋯⋯⋯⋯⋯⋯⋯⋯⋯167
　　一　德形于内⋯⋯⋯⋯⋯⋯⋯⋯⋯⋯⋯⋯⋯⋯⋯⋯⋯⋯⋯⋯167
　　二　中心之忧⋯⋯⋯⋯⋯⋯⋯⋯⋯⋯⋯⋯⋯⋯⋯⋯⋯⋯⋯⋯170
　　三　君子慎独⋯⋯⋯⋯⋯⋯⋯⋯⋯⋯⋯⋯⋯⋯⋯⋯⋯⋯⋯⋯173
　　四　舍五为一⋯⋯⋯⋯⋯⋯⋯⋯⋯⋯⋯⋯⋯⋯⋯⋯⋯⋯⋯⋯177
　第二节　匿简之际⋯⋯⋯⋯⋯⋯⋯⋯⋯⋯⋯⋯⋯⋯⋯⋯⋯⋯182
　　一　仁义匿简⋯⋯⋯⋯⋯⋯⋯⋯⋯⋯⋯⋯⋯⋯⋯⋯⋯⋯⋯⋯182
　　二　匿亲之爱⋯⋯⋯⋯⋯⋯⋯⋯⋯⋯⋯⋯⋯⋯⋯⋯⋯⋯⋯⋯185
　　三　简罚之辨⋯⋯⋯⋯⋯⋯⋯⋯⋯⋯⋯⋯⋯⋯⋯⋯⋯⋯⋯⋯188
　　四　恻隐辩然⋯⋯⋯⋯⋯⋯⋯⋯⋯⋯⋯⋯⋯⋯⋯⋯⋯⋯⋯⋯191
　第三节　孝亲之怨⋯⋯⋯⋯⋯⋯⋯⋯⋯⋯⋯⋯⋯⋯⋯⋯⋯⋯194
　　一　忧怨自责⋯⋯⋯⋯⋯⋯⋯⋯⋯⋯⋯⋯⋯⋯⋯⋯⋯⋯⋯⋯194
　　二　怨与不怨⋯⋯⋯⋯⋯⋯⋯⋯⋯⋯⋯⋯⋯⋯⋯⋯⋯⋯⋯⋯197

第七章　天命与天性 ……201

第一节　天命福祸 ……202
一　天与天命 ……202
二　永言配命 ……204
三　受命之人 ……208
四　命也时也 ……213

第二节　天命之性 ……220
一　钦若昊天 ……220
二　天生烝民 ……223
三　性之善恶 ……226
四　民性固然 ……232

结　语 ……235
一　《诗》学的归旨 ……235
二　经典的特质 ……238
三　官学的复归 ……242

附录　先秦儒家称《诗》表 ……246

总　序

人文学科是北京大学的传统优势学科。早在京师大学堂建立之初，就设立了经学科、文学科，预科学生必须在5种外语中选修一种。京师大学堂于1912年改为现名，1917年，蔡元培先生出任北京大学校长，他"循思想自由原则，取兼容并包主义"，促进了思想解放和学术繁荣。1921年北大成立了四个全校性的研究所，下设自然科学、社会科学、国学和外国文学四门，人文学科仍然居于重要地位，广受社会的关注。这个传统一直沿袭下来，中华人民共和国成立后，1952年北京大学与清华大学、燕京大学三校的文、理科合并为现在的北京大学，大师云集，人文荟萃，成果斐然。改革开放后，北京大学的历史翻开了新的一页。

近十几年来，人文学科在学科建设、人才培养、师资队伍建设、教学科研等各方面改善了条件，取得了显著成绩。北大的人文学科门类齐全，在国内整体上居于优势地位，在世界上也占有引人瞩目的地位，相继出版了《中华文明史》《世界文明史》《世界现代化历程》《中国儒学史》《中国美学通史》《欧洲文学史》等高水平的著作，并主持了许多重大的考古项目，这些成果发挥着引领学术前进的作用。目前北大还承担着《儒藏》《中华文明探源》《北京大学藏西汉竹书》的整理与研究工作，以及《新编新注十三经》等重要项目。

与此同时，我们也清醒地看到，北大人文学科整体的绝对优势正在减弱，有的学科只具备相对优势了；有的成果规模优势明显，高度优势还有待提升。北大出了许多成果，但还要出思想，要产生影响人类命运和前途的思想理论。我们距离理想的目标还有相当长的距离,需要人文学科的老师和同学们加倍努力。

我曾经说过:与自然科学或社会科学相比,人文学科的成果,难以直接转化为生产力,给社会带来财富,人们或以为无用。其实,人文学科力求揭示人生的意义和价值、塑造理想的人格,指点人生趋向完美的境地。它能丰富人的精神,美化人的心灵,提升人的品德,协调人和自然的关系以及人和人的关系,促使人把自己掌握的知识和技术用到造福于人类的正道上来,这是人文无用之大用!试想,如果我们的心灵中没有诗意,我们的记忆中没有历史,我们的思考中没有哲理,我们的生活将成为什么样子?国家的强盛与否,将来不仅要看经济实力、国防实力,也要看国民的精神世界是否丰富,活得充实不充实,愉快不愉快,自在不自在,美不美。

一个民族,如果从根本上丧失了对人文学科的热情,丧失了对人文精神的追求和坚守,这个民族就丧失了进步的精神源泉。文化是一个民族的标志,是一个民族的根,在经济全球化的大趋势中,拥有几千年文化传统的中华民族,必须自觉维护自己的根,并以开放的态度吸取世界上其他民族的优秀文化,以跟上世界的潮流。站在这样的高度看待人文学科,我们深感责任之重大与紧迫。

北大人文学科的老师们蕴藏着巨大的潜力和创造性。我相信,只要使老师们的潜力充分发挥出来,北大人文学科便能克服种种障碍,在国内外开辟出一片新天地。

人文学科的研究主要是著书立说,以个体撰写著作为一大特点。除了需要协同研究的集体大项目外,我们还希望为教师独立探索,撰写、出版专著搭建平台,形成既具个体思想,又汇聚集体智慧的系列研究成果。为此,北京大学人文学部决定建设"北京大学人文学科文库",旨在汇集新时代北大人文学科的优秀成果,弘扬北大人文学科的学术传统,展示北大人文学科的整体实力和研究特色,为推动北大世界一流大学建设、促进人文学术发展做出贡献。

我们需要努力营造宽松的学术环境、浓厚的研究气氛。既要提倡教师根据国家的需要选择研究课题，集中人力物力进行研究，也鼓励教师按照自己的兴趣自由地选择课题。鼓励自由选题是"北京大学人文学科文库"的一个特点。

我们不可满足于泛泛的议论，也不可追求热闹，而应沉潜下来，认真钻研，将切实的成果贡献给社会。学术质量是"北京大学人文学科文库"的一大追求。文库的撰稿者会力求通过自己潜心研究、多年积累而成的优秀成果，来展示自己的学术水平。

我们要保持优良的学风，进一步突出北大的个性与特色。北大人要有大志气、大眼光、大手笔、大格局、大气象，做一些符合北大地位的事，做一些开风气之先的事。北大不能随波逐流，不能甘于平庸，不能跟在别人后面小打小闹。北大的学者要有与北大相称的气质、气节、气派、气势、气宇、气度、气韵和气象。北大的学者要致力于弘扬民族精神和时代精神，以提升国民的人文素质为己任。而承担这样的使命，首先要有谦逊的态度，向人民群众学习，向兄弟院校学习。切不可妄自尊大，目空一切。这也是"北京大学人文学科文库"力求展现的北大的人文素质。

这个文库第一批包括：
"北大中国文学研究丛书"（陈平原 主编）
"北大中国语言学研究丛书"（王洪君 郭锐 主编）
"北大比较文学与世界文学研究丛书"（陈跃红 张辉 主编）
"北大批评理论研究丛书"（张旭东 主编）
"北大中国史研究丛书"（荣新江 张帆 主编）
"北大世界史研究丛书"（高毅 主编）
"北大考古学研究丛书"（赵辉 主编）
"北大马克思主义哲学研究丛书"（丰子义 主编）
"北大中国哲学研究丛书"（王博 主编）

"北大外国哲学研究丛书"（韩水法 主编）
"北大东方文学研究丛书"（王邦维 主编）
"北大欧美文学研究丛书"（申丹 主编）
"北大外国语言学研究丛书"（宁琦 高一虹 主编）
"北大艺术学研究丛书"（王一川 主编）
"北大对外汉语研究丛书"（赵杨 主编）

此后，文库又新增了跨学科的"北大古典学研究丛书"（李四龙、彭小瑜、廖可斌主编）和跨历史时期的"北大人文学古今融通研究丛书"（陈晓明、王一川主编）。这17套丛书仅收入学术新作，涵盖了北大人文学科的多个领域，它们的推出有利于读者整体了解当下北大人文学者的科研动态、学术实力和研究特色。这一文库将持续编辑出版，我们相信通过老中青学者的不断努力，其影响会越来越大，并将对北大人文学科的建设和北大创建世界一流大学起到积极作用，进而引起国际学术界的瞩目。

袁行霈

2017年10月修订

"北大中国哲学研究丛书"序言

如果从老子和孔子算起,中国哲学已经有两千多年的历史。先秦子学、两汉经学、魏晋玄学、隋唐佛学、宋明理学,每个时代都留下了古代先哲思想的轨迹,代表了中国人对于人生、政治、社会和宇宙的深刻理解。降及近现代,随着中国和西方的相遇,知识和思想的拓展使传统哲学经历了严峻的挑战,现代意义上的中国学术也开始建立,中国哲学学科也在这个背景之上开始诞生和确立。

中国哲学学科的诞生和确立与北京大学哲学门(1919年后改称哲学系)密不可分。1912年哲学门成立,即设置了中国哲学门、印度哲学门和西洋哲学门。由于师资的缘故,最初的哲学门主要就是中国哲学门。陈黻宸、陈汉章、马叙伦等讲授中国哲学史等课程。1917年,胡适回到北大讲授中国哲学史,《中国哲学史大纲》卷上的出版,标志着现代意义上中国哲学研究的开端。其后,梁漱溟、熊十力、冯友兰都曾经在北大开设中国哲学方面的课程。1930年,汤用彤开始在北大讲授中国佛教史等,在佛教、玄学等领域的研究堪称典范。经历了西南联大时期之后,经过1952年的院系调整,北大聚集了全中国最优秀的中国哲学学者,包括冯友兰、汤用彤、张岱年、任继愈等。

北大的中国哲学研究,既重视文献和历史,又强调问题和理论。哲学资料和历史线索的梳理具有基础的意义,而问题关怀和理论兴趣则体现出哲学的本性。和西方哲学一样,中国哲学追问关于宇宙人生的根本问题,但同时也有其自身的特点。譬如对于政治世界的特殊关注,以及对于人生境界的思考。在中西知识的会通中,北大的中国哲学研究努力发掘中国哲学的特殊精神和世界意义,并努力探索面向当代和未来世界的文化根基。

  作为北京大学人文学科文库的一部分,中国哲学研究丛书力图反映当代中国哲学研究的最新进展。在冯友兰和张岱年先生等之后,朱伯崑、汤一介、楼宇烈、陈鼓应、许抗生、陈来、李中华、魏常海、张学智、王中江等先生的研究在很多领域都做出了开拓性的或者延伸性的贡献,给后学提供了进一步前行的指引。比较而言,青年学者有着更好的知识储备和学术环境,也有着更好的跨学科和跨文明的知识自觉。无论在理论框架、问题意识,还是在方法和视野方面,新一代学者的研究都表现出自己的特点。我们希望通过北大中国哲学研究丛书的出版,让更多的读者可以了解北大人文学术的特点。我们也愿意与中国和国际学术共同体一起,推动中国哲学研究的进步。

王 博

序　言

　　从经典体系的确立,到经典的儒家化,再到经学的意识形态化,是历史上中国经学成立和展开的三个重要阶段。经典体系的确立,是三代文化精神积淀和凝聚的产物,礼乐成为政治和社会秩序的核心,《诗》《书》蕴含的义理则是价值的根基。这个阶段随着礼乐秩序的崩溃而结束,又随着诸子时代的来临,进入到经典儒家化的时期。经典的儒家化是一个双向的过程:一方面,经典成为儒家自觉接续的文化传统;另一方面,儒家用以仁义为代表的新的价值解释经典,奠定礼乐秩序的新根基,极大地拓展了经典的意义空间。从汉武帝"罢黜百家,独尊儒术"开始,儒家在和现实政治权力的互动中,通过旧经典的解释和新经典的构造,塑造了延续两千年的主流意识形态,构成中国历史文化的主体。

　　无论是在历史、文学、哲学,还是社会科学的某些领域,学术界对于经学传统的关注和研究,近些年都呈现着不断深入和加强的趋势。在哲学史的叙述中,冯友兰先生早年就曾经使用子学时代和经学时代的分期框架,突出了经学之于中国哲学的意义。晚年的冯友兰更明确指出哲学史的研究要重视经学,特别是易学。这个想法由他的学生朱伯崑先生加以实现,一百五十万字的《易学哲学史》,开创了易学哲学这个新的学术领域,系统梳理了从先秦到清代易学中的哲学问题。《易学哲学史》既是当代经学研究中的一个标志性著作,在中国哲学史研究中更具有里程碑的意义。自朱先生之后,易学哲学的研究蔚然成风。同时,哲学视野之下的关于《诗》学、《书》学、礼乐之学、《春秋》学的研究也陆续展开，不仅深化了对于中国历史文化传统的认识，也丰富了哲学史的思想内涵。

从哲学史的视野来看《诗》学，自然会有不同于文学或史学的问题意识，但似乎更切近经学的主旨。经学的核心内涵，仍然不离对于宇宙人生之道的探索，在天人之间思考合理的价值和秩序，以安顿社会人生。因其不同的性质和作用，不同的经典在解释中发展出不同的话语，开辟出不同的思想领域。如《尚书》学更关心政治世界的根本原则，易学着重在以阴阳观念为中心的天道秩序。就《诗》学而言，因着"诗言志"的特点，以及《诗》在礼乐秩序中的实际运用，志、心、性、情、礼、乐、德等就成为关键性的话语。早期儒家的心性学说主要在《诗》学传统中形成，并且由此出发，形成不同于易学的对于天道的另一种理解。这在《孟子》和《中庸》那里有明白的体现，郭店竹简的《五行》和上海博物馆藏楚竹书《孔子诗论》《民之父母》等也是如此。对于这些方面，本书都有充分的自觉和详细的讨论。

从本科开始，庆楠即在北大接受文献、哲学史等的训练，奠定了很好的学术基础。其学位论文得到了评议和答辩老师的好评，并被推荐评定为北大优秀博士论文，该书在此基础上修订而成。选择《诗》学中的哲学问题进行讨论，无疑是一个挑战。而在这个题目之下，能够系统性地梳理出一些关键性的问题，如志与礼、志与德、天命与天性等，并通过细密的文献分析和意义辨证加以呈现，足见作者扎实的知识功底和出色的思辨能力。希望庆楠可以继续关注西汉以降的《诗》学传统，发掘其丰富的思想内涵，进一步完善学术界对于经学传统和中国哲学历史的理解。

庆楠为人温柔敦厚，颇得古人《诗》教之风；为学则精微疏通，立大而不遗乎小。太史公云：好学深思，心知其意。这是古今学者永恒的追求，以此与庆楠及读者诸君共勉。

王　博

前　言

一　哲学史的研究视域

本书对于先秦儒家《诗》学的探讨是在哲学史的视域中展开的,但并不是一种典型的中国哲学史研究。

中国哲学史研究起始于20世纪早期,胡适、冯友兰等前辈学者确立了研究的基本目标和范式。胡适先生在《中国哲学史大纲》的导言中提出,哲学史的研究目标有三,为明变、求因、评判。明变是要"知道古今思想沿革变迁的线索";求因是在明变的基础上,"寻出这些沿革变迁的原因";而评判则是客观地评价每一学说的特点、影响及其在学术思想发展史上的地位。① 此三者也成为了中国哲学史研究一直追求的目标。但是,最初的中国哲学史研究,在方法上却是以西方哲学为底色的。胡适先生就曾指出:

> 我们若想贯通整理中国哲学史的史料,不可不借用别系的哲学,作一种解释演述的工具。②

---

① 胡适:《中国古代哲学史·导言》,载于《胡适全集》第5卷,合肥:安徽教育出版社,2003年第1版,第198—200页。(即原《中国哲学史大纲》[卷上],后收入《万有文库》时改名为《中国古代哲学史》,《全集》从之,下同)

② 同上书,第221页。

这里所谓"贯通",就是在校勘、训诂的基础上,"把每一部书的内容要旨融会贯串,寻出一个脉络条理,演成一家有头绪有条理的学说"①。而这种头绪、条理的内在依据则是"别系的哲学",也即是西方哲学。在这一问题上,冯友兰先生有着更为清晰的表述。他在《中国哲学史》的绪论中即指出:

  哲学本一西洋名词。今欲讲中国哲学史,其主要工作之一,即就中国历史上各种学问中,将其可以西洋所谓哲学名之者,选出而叙述之。②

按此讲法,中国哲学史是以西方哲学为根底来拣选材料、建构知识框架的。

  中国哲学史的这种研究范式,因其西学的根底而面临质疑。一种比较严厉的批评会认为,中国哲学史的工作只在于发现中国古代也有某种西方的学说。这一说法直指中国哲学主体性的丧失。这种批评并非空穴来风。在某些过度依赖西方哲学概念、原理的中哲史研究中,中国古人的思想、言论确实被碎片化了。这些碎片被按照西方学说的逻辑框架重新组织起来,最终呈现出的只是以中国古代文字表达的西方理论。中国古人的思想、言论的碎片沦为了各种西方学说的证据,也因此丧失了其自身固有的思想意图及整体性。事实上,这并不是个别的或一时的现象,中哲史研究自创立以来就一直面临这方面的问题。而对这一问题的自觉与警醒,以及克服这一问题的种种尝试,客观上推动了中哲史研究的发展。

  一个基本的努力方向,即是摆脱对西方哲学框架的依赖,去发现、

---

  ① 胡适:《中国古代哲学史·导言》,载于《胡适全集》第5卷,第219页。
  ② 冯友兰:《中国哲学史(上)·绪论》,载于《三松堂全集》第2卷,郑州:河南人民出版社,2001年第2版,第245页。

理解中国思想传统的特质,以"矫傅会之恶习"①。当然,这里所谓摆脱依赖,只是针对那些被作为工具的简单而僵化的框架,并不意味着对西方哲学传统的完全排斥。西方哲学在中哲史研究中的深度参与,虽然引生了中国哲学的主体性危机,但也成为中国哲学最切近的参照。与异质思想的比较,无疑有助于对自我的反思。在这种比照下,学者们越来越清晰地认识到,中西思想传统之间存在着某些共通的对自我以及生活世界的追问。而思考这些问题的不同视角和路径,以及由此所得出的不同认知,构成了中西思想传统各自的特质。在比较的视域之下,中国自身的哲学传统可以获得更好的呈现。这也是中国哲学得以在平等的关系中与其他哲学传统相互交流借鉴的基础。

这样一种中哲史研究的取向,在具体的研究实践中仍会面临诸多问题。冯友兰先生虽然提出过"以中国所谓义理之学为主体,而作中国义理之学史"②的设想,但并没有给出具体做法。而按陈寅恪先生所言,对古代哲学思想的"真了解",有赖于"与立说之古人,处于同一境界",理解"其持论所以不得不如是之苦心孤诣"③。而要进入古人的思想世界,必须从承载着思想的文本出发,因循于思想表达的固有方式去逐步探索。对于中国古代思想的表达方式,冯先生有着清晰的认识。其《中国哲学史》分作上下两篇:上篇自孔子至淮南王,为子学时代;下篇自董仲舒至康有为,为经学时代。两个时代的划分即体现着古人思想表达方式的演变。冯先生指出:"在经学时代中,诸哲学家无论有无新见,皆须依傍古代即子学时代哲学家之名,大部分依傍经学之名,以发布其所见。其所见亦多以古代即子学时代之哲学中之术语表出之。此时诸哲学家所酿之酒,无论新旧,皆装于古代哲学,大部分为经学之

---

① 陈寅恪:《冯友兰〈中国哲学史〉审查报告》,载于《三松堂全集》第 2 卷,第 613 页。
② 冯友兰:《中国哲学史(上)·绪论》,载于《三松堂全集》第 2 卷,第 249 页。
③ 陈寅恪:《冯友兰〈中国哲学史〉审查报告》,载于《三松堂全集》第 2 卷,第 612 页。

旧瓶内。"①这一说法揭示出了中国古代思想表达的基本方式。而这样一种"旧瓶装新酒"的方式,决定了被"依傍"的术语及其思想内涵,与新思想之间存在着意义上的复杂关联。

但是,以往的中哲史研究往往会有意无意地淡化史料的经典解释属性,忽略解释文字与经典之间的意义关联,孤立地从解释文字中提炼解释者的观念。就揭示材料的思想内涵而言,这种处理方式在一定程度上是有效的。但是,孤立的、割裂式的做法,使得此类文本脱离了其自身所从出的经典解释的语境,因而也脱离了其思想衍生的固有路径。以此种方式展开的哲学史研究,恐怕难以呈现解释性文本所固有的问题意识及思想特质。更有甚者,一些重要的解释性文本干脆被排除在中哲史研究的视域之外。朱伯崑先生在有关易学哲学的研究中就曾指出中哲史研究的这一不足之处:

> 多年来在中国哲学的教学和研究中,感到中国传统哲学,特别是儒家系统的哲学,同儒家经学发展的历史有密切的联系。此是中国传统哲学的一大特色。可是,近代以来,讲经学史的,不谈其中的哲学问题;讲哲学史的,又不谈其中的易学问题。后种倾向,由于脱离经学史,谈历代哲学思想,总有隔靴搔痒之感,不能揭示出其形成和发展的理论渊源。②

随着中哲史研究的持续发展,越来越多的研究者已经注意到这一问题,并且开始积极探索解决问题的有效方法。哲学史视域下的经学思想研究即是在这样一种背景下展开的。我们知道,经典解释的基本工作是对原典的解释,而任何解释都必然带有解释者的思想。有些解

---

① 冯友兰:《中国哲学史(下)》,载于《三松堂全集》第 3 卷,第 7 页。
② 朱伯崑:《易学哲学史》第一卷华夏版序言,北京:昆仑出版社,2005 年第 1 版,序第 53—54 页。

释者以追求文本原义为宗旨,自身思想的表现是无意识的;但是也有一些解释者会自觉地通过对原典的解读甚至有意的误读来表达自己的观点。要从这样的材料中提取、归纳解释者的思想,首先要对作为解释对象的原典之义有相对准确的理解,其次要在与原典之义的对照中,分析、判断、归纳解释者在解读原典时融入了哪些新的思想要素、表达了哪些自己的思想。相较于一般的论说性文字,解释性文本的思想表达显然是比较迂曲的。从这样的材料中提炼哲学思想也更为困难。所幸的是,学者们的研究已经为这项工作积累了不少宝贵的经验。朱伯崑先生的《易学哲学史》无疑是具有开创性的。该书是"对哲学史研究和叙述范式的一个调整。在整体上,朱先生仍然肯定和坚持着哲学史的范式。他丝毫不怀疑这一范式的正确和有效,但他要求在其中尽可能容纳经学的内涵,以弥补他在实际研究中体现出来的不足"。[①]此外,大量的易学哲学史研究、魏晋玄学中有关王弼《老子注》、郭象《庄子注》的研究以及宋明理学中有关《四书》学的研究都是有益的借鉴。

二 经学史的研究趋向

在哲学史的视域中展开对《诗》学的探讨,也符合经学史研究的发展趋向。

传统的经学极其发达,但经学史的研究却并不成熟。史书《艺文志》《经籍志》以及其他目录专书中有一些对于经学类著述的评介,史书《儒林传》以及其他一些典制类、史评类书籍中也有对前朝儒学发展的传述,另外某些经学著述的序言、叙录也会对前人的经学研究做出总结、评价。这些零散的内容或许可以算作粗略的经学史材料。而最初的具有经学史性质的著作出现在清代,如赵继序的《汉儒经传记》、江声的《尚书经师系表》、毕沅的《传经表》、洪亮吉的《通经表》、胡秉虔

---

① 王博:《哲学与经学之间——朱伯崑先生〈易学哲学史〉的贡献》,载于《邯郸学院学报》第15卷第1期,第10页。

的《西京博士考》、张金吾的《两汉五经博士考》、王国维的《汉魏博士考》、吴之英的《汉师经传表》、江藩的《汉学师承记》等。但是，这些著作都是以经学家为中心，偏重整理经学家的著述，近似经学家个人传记的汇编。

诚如林庆彰先生所言，对中国古代学术的系统梳理要从清末民初算起。① 刘师培《经学教科书》、皮锡瑞《经学历史》最先问世，两书分别站在古文和今文的立场上来总结传统经学。其后，又有本田成之的《支那经学史论》、马宗霍的《中国经学史》等著作相继问世。这几部初具通史规模的经学史作品各有特色，成为了后世经学史研究的重要基础和参照。

但是，这些具有奠基性的现代学术成果也存在着一些不足。正如徐复观所指出的：

> 中国过去涉及经学史时，只言人的传承，而不言传承者对经学所把握的意义，这便随经学的空洞化而经学史亦因之空洞化；更由经学史的空洞化，又使经学成为缺乏生命的化石。②

经学史的研究对象是历代的经学。而经学之所以在传统学术思想谱系中具有不可替代的崇高地位，归根结底还是因为经学承载、规范着古人对生活世界的根本性认识。对这个层面的经学思想的发掘与整理，才是经学史研究的意义所在。如果经学史对历代经学的描述缺失了这个层面的内容，那么其所描述的经学便是一种"空洞化"的经学，这种经学史也是一种"空洞化"的经学史。出于这样的认识，徐复观在经学史研究中倡导对"经学思想"的申述：

---

① 参见林庆彰：《经学史研究的基本认识》，载于林庆彰编：《中国经学史论文选集》，台北：文史哲出版社，2008年初版，第1页。

② 徐复观：《中国经学史的基础》，北京：九州出版社，2014年第1版，第192—193页。

即使不考虑到古代传统的复活问题,为了经学史自身的完整性,也必须把时代各人物所了解的经学的意义,作郑重的申述。这里把它称为"经学思想"。此是今后治经学史的人应当努力的大方向。①

徐先生的这一见解对经学史研究有着重要的指引作用。越来越多的学者开始在经学史的研究中对经学思想给予关注。姜广辉主编的《中国经学思想史》在第一卷前言中即引述了徐复观此言,特别强调"经学思想"的概念,为全书的研究、编撰做出了鲜明的定位。②

在单经研究方面,易学史研究领域也出现了类似的认知与尝试。朱伯崑先生在《易学哲学史》一书的序言中指出:

从历史上看,易学作为一门学问,其对《周易》的研究,包括文字和义理两方面。《周易》的文字,十分古奥、简练,要了解其中的义理,首先要弄清卦爻辞的字义。所多易学家把毕生的精力,放在对《周易》文字的解释和考证上。现在传下来的有关《周易》的注疏,一部分内容属于这种解字的系统。历代的易学家也研究《周易》中的义理,特别是哲学家们依据其对义理的解释建立和阐发自己的哲学体系。他们对《周易》义理的解释和对其理论思维的探讨,涉及宇宙、人生的根本问题,包括哲学基本问题和事物发展的一般规律。这部分内容,可以称之为易学哲学。历代关于《周易》的解说和注疏,都有这方面的论述。易学哲学是易学中的重要部分,同样有其发展的历史,如果从《易传》算起,也有两千年之久。可是过去的经学史很少涉及这方面的内容,这需要我们认真

---

① 徐复观:《中国经学史的基础》,第193页。
② 参见姜广辉主编:《中国经学思想史》第一卷,北京:中国社会科学出版社,2003年第1版,第2—4页。

地研究和总结。①

易学本身包含着历代易学家对宇宙、人生的深刻理解。朱先生将这部分内容称为易学哲学。易学哲学呈现在对《周易》的解说和注疏中,是易学的重要组成部分,体现着易学作为经学的本质特征。但以往的经学史研究却对这方面的内容关注不多。朱先生即是要通过《易学哲学史》的研究来弥补这一不足,着力对"易学史上各家所讲的哲理,按其演变的过程,作一较为系统的叙述"。②朱先生对易学哲学的强调及其易学哲学史研究,不仅极大地推动了易学史、特别是易学哲学史的发展,对广泛的经学史研究也具有重要的参考意义。

而就本书所属的《诗》学史研究而言,夏传才先生的《〈诗经〉研究史概要》、洪湛侯先生的《诗经学史》等著作,都是近年来具有代表性的研究成果。两部著作在总结、辨析传统《诗》学问题的同时,也对不同时期的《诗》学思想做出了一定的评述。本书即尝试在借鉴已有成果的基础上,秉承前人关注经学义理、经学思想的趋向,深化对先秦儒家《诗》学的认识。

三 作为研究对象的《诗》学

需要注意的是,既有的《诗》学史著作并不完全是经学史性质的研究。经学史本应专注于《诗》学作为经学的属性与意义。但是,诸如洪湛侯先生的《诗经学史》,即在自序中强调,其对《诗经》学的考察,要在经学的视域之外,"注视并研究《诗经》文学观的开端、延续和发展的轨迹"。具体的做法就是着力发掘古人从文学角度展开的对《诗经》的论说,并按时代线索设置专门章节逐一加以呈现。"而第五编'现代诗

---

① 朱伯崑:《易学哲学史》第一卷北大版序言,序第 37 页。
② 朱伯崑:《易学哲学史》第一卷华夏版序言,序第 53 页。

学'则更是围绕'诗经文学研究'为主要特征来叙述的。"①以该书为代表的这样一种《诗》学史写法,反映了五四运动以来学术界对《诗》及《诗》学认识的重大转变。

《诗经》在传统学术思想谱系中,主要是从属于经学的。历代经学家通过对《诗经》的解释、论说,不断塑造着《诗经》的经典意义。这些被赋予的意义,体现并规范着古人对社会秩序与价值的基本认识。但是,随着传统社会的终结,秩序与价值发生了根本性的变革,《诗经》的经义已不适应新的时代。在新文化运动中,学术领域开始了对传统学术思想的系统清算,作为王官之学的经学更是首当其冲。经学被认为是封建统治者维护专制统治的工具,必须被彻底打破。具体就《诗经》而言,学者们将《诗经》定性为文学作品,并认为传统的经学解读是政治权力驱动下对《诗经》本义的刻意扭曲。根据这种认识,澄清《诗经》的文学本质,揭示《诗经》在文学史上的重要地位及其对中国古代文学的深远影响,就成为了现代《诗》学研究的基本方向。

现代《诗》学研究取得了诸多成果,向人们呈现出了《诗经》在其经学属性之外的另一种意义。但是,我们仍不应忽视,《诗经》之所以在中国古代发挥着不可替代的重要影响,并不是因其文学属性,而主要是由于历代经学家将对生活世界的深刻见解,带入到了对《诗经》的解释与论说之中。无论是哲学史还是经学史研究,所关注的都是《诗经》被赋予的这些关乎生活世界基本法则的义理、思想,而不是《诗经》的文学意义。

本书旨在探讨作为经学的先秦儒家《诗》学。而这一主题势必面临一个颇具争议的问题:先秦是否有所谓经学？就《诗经》而言,先秦典籍中只称《诗》或《诗三百》,而未有"经"名。《庄子·天运》中有"《诗》《书》《礼》《乐》《易》《春秋》六经"②之称,而学者又疑《天运》篇

---

① 洪湛侯:《诗经学史》,北京:中华书局,2002年第1版,第6—7页。
② 郭庆藩:《庄子集释》,北京:中华书局,1961年第1版,第531页。

晚出。《礼记·经解》并举《诗》《书》《礼》《乐》《易》《春秋》①，文中虽未称"经"，但以"经解"名篇，是六者已有"经"名。只是《经解》或引《荀子·礼论》之言，被疑为秦汉之作。因此，仅从名上看，先秦恐无经学。但是，对经学源起的考察显然不应只局限于经学之名。以往的经学史著作或相关论述，在经学肇始于何时的问题上，大致表现出了三种不同意见。一种比较保守的看法，认为经学应以汉初立学官、设博士为始，如《四库全书总目提要》所论。②另一种看法则认为，经学自孔子始。这种看法为皮锡瑞等尊孔的今文经学家所固持。③当然，也还有其他学者持有这种看法。④在此之外，更为常见的一种经学史写法，则是于孔子之前更久远的历史时期内追寻经学萌生、创立的思想根源。刘师培、本田成之、徐复观等学者都采取了这种写法。⑤近人撰写的《诗》学史也多从西周时代《诗》的创作、编纂、应用的情形开始讨论。⑥洪湛侯先生虽然区分了所谓《诗》的应用与研究，并且鲜明地主张孔子才是《诗》学研究的第一人，但亦对孔子之前《诗》的发展情形及其对孔门《诗》学的潜在影响给予了充分的重视。⑦就上述经学史著作及相关论述所反映

---

① 参见《礼记正义》，北京：北京大学出版社，1999年第1版，第1368页。

② 参见纪昀总纂：《四库全书总目提要·经部总叙》，石家庄：河北人民出版社，2000年第1版，第49页。

③ 参见皮锡瑞：《经学历史》，北京：中华书局，2008年第2版。

④ 参见马宗霍：《中国经学史》，北京：商务印书馆，1998年第1版。

⑤ 刘师培在《经学教科书·序例》中虽然明确将经学的历史分作两汉、三国至隋唐、宋元明及近世四期，即认为经学自汉代始。但是在具体的章节论述时，却是从六经渊源及西周尊经开始经学史的梳理。参见刘师培：《经学教科书》，上海：上海古籍出版社，2006年第1版；〔日〕本田成之：《支那经学史论》，孙俍工译，上海：上海书店出版社，2001年第1版；徐复观：《中国经学史的基础》。

⑥ 参见夏传才：《〈诗经〉研究史概要》，郑州：中州书画社，1982年第1版；张启成：《诗经研究史稿》，贵阳：贵州人民出版社，2003年第1版；刘毓庆、郭万金：《从文学到经学——先秦两汉诗经学史论》，上海：华东师范大学出版社，2009年第1版。

⑦ 参见洪湛侯：《诗经学史》，有关《诗》学研究第一人的论述见该书第62、66页。

的情况来看,多数学者认为,先秦时期已有经学之实。本书正是基于这一立场,而探讨先秦时期的儒家《诗》学。

有鉴于先秦之时或未有经之名,故本书标题及行文皆取"《诗》"或"《诗》学"之称,而不用"《诗经》"或"《诗经》学"的说法。

第一章

《诗》学文献

《诗》学思想研究的前提,是对《诗》学文献的厘清。而这一工作并不仅仅是一个文献层面的问题,文献的厘清需要基于对《诗》学的清晰认识。由于以往的《诗》学史研究对《诗》学思想并没有给予充分关注,因此对承载《诗》学思想的文献以及文献表达思想的方式都缺乏足够的反思。而且,在《诗》学的历史中,我们所关注的诸子时代是《诗》学思想发生、发展的一个非常独特的时期。这个时期《诗》学思想的表现方式与文献形态,与随后开始的漫长的经学时代的情况有很大不同。这也需要我们在以往有限的研究之上,做出更深入的探讨。

第一节 文献的类型

一 记述类文献

就以往《诗》学史研究所关注的材料范围来看,传统意义上的《诗》学文献根据内容的不同,大致可以划分为三个类别。

第一类是记述《诗》的编纂、传习情况的文献。其中一部分是对时人对话、言谈的记录,言说内容涉及某些《诗》的情况。比如《国语》载申叔时在回答士亹的咨询时,言及对楚国世子教育的设计:

> 教之《春秋》,而为之耸善而抑恶焉,以戒劝其心;教之《世》,而为之昭明德而废幽昏焉,以休惧其动;教之《诗》,而为之导广显德,以耀明其志;教之礼,使之上下之则;教之乐,以疏其秽而镇其浮;教之《令》,使访物官;教之《语》,使明其德,而知先王之务,用明德于民也;教之《故志》,使知废兴者而戒惧焉;教之《训典》,使知族类,行比义焉。①

申叔时的这一表述,成为我们了解当时《诗》教情形的重要材料。

此外,还有一部分材料是后人对历史的记述,如《史记》载孔子删《诗》一事:

> 古者《诗》三千余篇,及至孔子,去其重,取可施于礼义,上采契后稷,中述殷周之盛,至幽厉之缺,始于衽席,故曰"《关雎》之乱以为《风》始,《鹿鸣》为《小雅》始,《文王》为《大雅》始,《清庙》为《颂》始"。②

又如陆玑《毛诗草木鸟兽虫鱼疏》及陆德明《经典释文·叙录》所记先秦传《诗》谱系:

> 孔子删《诗》,授卜商。商为之序,以授鲁人曾申,申授魏人李克,克授鲁人孟仲子,仲子授根牟子,根牟子授赵人荀卿,荀卿授鲁国毛亨。③
>
> 徐整云:子夏授高行子,高行子授薛仓子,薛仓子授帛妙子,帛

---

① 徐元诰:《国语集解》,北京:中华书局,2002 年第 1 版,第 485—486 页。
② 《史记·孔子世家》,北京:中华书局,1959 年第 1 版,第 1936 页。
③ 丁晏:《毛诗草木鸟兽虫鱼疏校正》,载《续修四库全书》编纂委员会:《续修四库全书》,第 71 册,上海:上海古籍出版社,第 475 页。

妙子授河间人大毛公，毛公为《诗故训传》于家，以授赵人小毛公。①

这样两条材料构成了我们了解孔子删《诗》一事的基本依据。

这类材料比较零散，散布在不同时期的各种典籍之中。不过，这对研究而言并不是太大的障碍，真正严峻的问题在于，文字所记述的内容是否是真实客观的情况？对这个问题的回答，无疑会涉及历史哲学乃至认识论领域很多复杂的讨论。在这里我们无意全面地梳理相关问题，只是希望从哲学的讨论中获得对于"历史"的充分警觉，进而可以合理有效地利用相关历史记述，来开展《诗》学思想的研究。从历史哲学的反思来看，我们或许可以接受以下两点意见：一方面，人们不可能还原、叙述出绝对真实的历史。任何对历史的叙述都是带有选择性的，叙述者必然会将有限的精力集中于某些被认为具有重要性的事实。而且，在具体的叙述中，叙述者也会受到个人或集体的成见、意图以及其他深层次观念的影响，以致对真实的历史做出某种程度的修饰或改易。因此，所有叙述出的历史都是主观加工的结果，无论这样的加工是有意还是无意的。如司马迁所记孔子删《诗》一事，其言孔子将《诗》由三千余篇删至三百余篇。但《左传》《国语》所记春秋时士大夫称引之诗句，"见在者多，亡佚者少，则孔子所录，不容十分去九"。②由此来看，司马迁所记恐有夸大之嫌。这种夸大的记述很可能是出于司马迁对儒家及孔子的尊崇。尽管如此，历史学家仍然相信，人们可以古代文献、遗物、遗迹等材料为证据，从某个特定的角度或局部去接触历史。对于试图重建、叙述历史的人们而言，这些历史遗存的材料是被给定的，或者说，是必须接受的前提。因此，对历史的重建与叙述并不是任意的。这也就将叙述历史的工作与毫无依据的编造区分开来。就这一点而言，对

---

① 黄焯：《经典释文汇校》，北京：中华书局，2006年第1版，第16页。
② 《毛诗正义》，北京：北京大学出版社，1999年第1版，第8页。

真实历史的陈述在某种程度上仍然是可以企及的。当然,要想从这些叙述材料中获取历史的真实,还需要借助于其他史料相互印证、审慎分析,从而去伪存真,最大限度地发掘、把握其中所包含的可靠的客观成分。总体来看,这类以叙述历史的形式呈现的《诗》学材料,仍然是我们了解所记述的历史时期内《诗》的编纂、传习情况的基本史料。

二 论释类文献

第二类《诗》学文献是论说、解释《诗》的内涵与意义的材料。其中有对《诗》的整体意义的论述,如《论语》载:

> 子曰:"《诗》三百,一言以蔽之,曰:'思无邪。'"①

也有分论《风》《雅》《颂》各部分意义的文献,如新近出土的战国楚简《诗论》所言:

> 《颂》,平德也,多言后,其乐安而迟,其歌绅而箎,其思深而远,至矣!《大雅》,盛德也,多言……也。多言难而悁怼者也,衰矣少矣。《邦风》,其纳物也,溥观人俗焉,大敛材焉,其言文,其声善。②

还有就是专门针对某一诗篇或诗篇中某一章句所作的讨论和解释:

> 子夏问曰:"'巧笑倩兮,美目盼兮,素以为绚兮。'何谓也?"子

---

① 《论语注疏》,北京:北京大学出版社,1999年第1版,第14页。
② 释文参见马承源主编:《上海博物馆藏战国楚竹书》(一),上海:上海古籍出版社,2001年第1版,第127、129页;李零:《上博楚简三篇校读记》,北京:中国人民大学出版社,2007年第1版,第32—33页。

曰:"绘事后素。"曰:"礼后乎?"子曰:"起予者商也!始可与言《诗》已矣。"①

这类文字表现了解释者对《诗》的理解与诠释。而解释者的解释意图决定着这类材料的性质及其思想价值。借用解释学中对于独断型诠释学与探究型诠释学的区分,解释者的意图可能存在着两个截然不同的方向。或许正如某些人所坚称的,解释的目的在于重构或复制作者的意图。从本质上说,对于文本的解释是为了获取更好的理解,从而使我们不断地趋近作者的原意。与之不同,另一些人则会认为,解释的目的是要借由文本固有的内涵发明新义,从而表达解释者自己的某种思想主张。在他们看来,解释的本质不是追求更好的理解,而是追求不同的、具有创造性的理解。②实际上,在具体的解释实践中,这样两种意图往往是纠缠在一起的,只不过不同形式的解释侧重会有所不同。比如,对文字基本含义的训诂,受制于技术性的规范与惯例,更多地是在发现文字所固有的意义;而义理方面的论释则比较自由,解释者发挥的余地更大。就《诗》学而言,对《诗》文义理的阐论,集中表现着解释者自身的思想观念。

先秦时期论《诗》、解《诗》的文献形态与后世有显著区别。就今日所见的经部文献来看,论《诗》、解《诗》是以专书形式出现的。这些专著往往对《诗经》诸篇有着全面而深入的论说和解读。但是在先秦时期,这样的著作还没有出现。先秦儒家对《诗》的论释大多散见于各种文献中。《论语》《孟子》《荀子》等传世典籍中都有对《诗》的论说、解读。《礼记》的情况要复杂一些。《礼记》各篇的创作时间存在较大争议,但是从新近出土的战国文献来看,《礼记》中至少有一些篇章,如

---

① 《论语注疏》,第32—33页。

② 关于独断型诠释学与探究型诠释学的区分,参见洪汉鼎编:《理解与解释——诠释学经典文选》,北京:东方出版社,2006年第2版,第18—19页。

《缁衣》《孔子闲居》等,具有可以上溯至战国时期的文献素材。因此,我们也不排除《礼记》诸篇对《诗》的论释保存着本于先秦儒家的《诗》说,《礼记》仍是我们了解先秦儒家论《诗》、解《诗》思想的重要参考。

此外,郭店楚墓竹简、上海博物馆藏战国楚竹书等出土文献中也有一些零散的儒家论《诗》、解《诗》材料。郭店简与上博简是近年来出土的最重要的战国文献,二者之间颇具渊源。1993年冬,经过文物部门的发掘,湖北省荆门市郭店一号楚墓出土了800余枚竹简,其中有字简730枚。发掘者根据出土文物及周边地区的相关考古资料推断,该墓为战国中期偏晚的楚国墓葬。其中楚简的年代下限应略早于墓葬年代。[①] 1994年春,香港古玩市场出现了一批竹简,上海博物馆出资将其购回。同年秋冬之际,又一批竹简现世,其内容与之前上博购买的竹简相关,后由个人联合收购,赠予上海博物馆。据传闻,这两批竹简发掘于湖北。又因其文字内容有与郭店简相合者,故推测其出土地或邻近1993年冬由文物部门发掘的郭店楚墓。而且从简文内容来看,其所记史事多与楚国有关,简文字体亦是楚国文字,由此进一步推断这批竹简确为楚地竹书。关于这批简的年代,经科学实验测年,约为战国晚期。另参考简文中赋体文字的出现年代,整理者推断这批简是楚国迁郢以前贵族墓中的随葬物。[②] 由此来看,郭店简与上博简为战国中晚期竹简,不过其中篇章的创作年代还要早于竹简的抄写及下葬年代。如果再考虑到郭店楚墓竹简中包含子思所作《五行》篇这一情况,也不排除两批楚简中存在孟子以前的文献。

除了散见于传世文献与出土文献中的论《诗》、解《诗》材料,上博楚简中有两篇专门针对《诗》或《诗》中命题进行论释的材料。其中一篇收录在《上海博物馆藏战国楚竹书》(一)中,被整理者命名为《孔子

---

① 参见荆门市博物馆:《郭店楚墓竹简》,北京:文物出版社,1998年第1版,前言第1页。

② 参见马承源主编:《上海博物馆藏战国楚竹书》(一),前言第1—2页。

诗论》。该篇包括29枚竹简,其中仅有1枚完整。因该篇竹简与《子羔》篇、《鲁邦大旱》篇的形制相同,故推断3篇为同一卷,但又因内容不同而分别独立成篇。①不过,参与过初期整理的李零先生并不同意整理者的意见,他认为被命名为《子羔》《孔子诗论》《鲁邦大旱》的三篇文字其实是同一篇。②李零先生的意见或有其合理性,但这也并不妨碍我们根据每一部分特定的主题展开研究。《孔子诗论》的主题非常清楚,就是对《诗》的论释:或总论《诗》及《风》《雅》《颂》的意义,或分论某一诗篇的主旨。不过,在该篇作者难以定论的情况下,以下权以《诗论》称之。

另一篇以《诗》为主题的材料收录在《上海博物馆藏战国楚竹书》(二)中,被整理者命名为《民之父母》。该篇包括14枚竹简,大部分完整。其内容与今本《礼记·孔子闲居》及《孔子家语·论礼》的部分文字大体相合。《孔子闲居》以篇首"孔子闲居"句为题。《论礼》则大致包括《礼记》中《仲尼燕居》《孔子闲居》两篇内容,并以类同《仲尼燕居》的首句"孔子闲居,子张、子贡、言游侍,论及于礼"中"论""礼"两字为题。而竹简《民之父母》中没有"孔子闲居"及"论礼"句,故整理者另据该篇主题名之曰《民之父母》。《民之父母》以《大雅·泂酌》一诗中"民之父母"句设问,并由此展开讨论。郑玄曾论《孔子闲居》之旨曰:"名《孔子闲居》者,善其倦而不亵,犹使一子侍,为之说《诗》。"③郑玄对《孔子闲居》的"说《诗》"性质的理解显然也适用于竹简《民之父母》。

三 应用类文献

第三类《诗》学文献是记录《诗》的应用情形的材料。《诗》中的诗篇在创作产生之后,有歌《诗》、赋《诗》、引《诗》等多种形式的应用。

---

① 参见马承源主编:《上海博物馆藏战国楚竹书》(一),第121页。
② 参见李零:《上博楚简三篇校读记》,第6页。
③ 《礼记正义》,陆德明释文,第1392页。

这也是《诗》不同于一般的文字典籍之处。《诗》的这些应用被记录在传世及新近出土的各种文献中。这类《诗》学材料条目众多,但同样比较分散。

首先是歌《诗》。在特定的典礼仪式中,会合乐唱诵诗篇。如《仪礼》中即记载有燕礼歌《诗》的环节:

> 席工于西阶上,少东。乐正先升,北面立于其西。小臣纳工,工四人,二瑟。小臣左何瑟,面鼓,执越,内弦,右手相。入,升自西阶,北面东上坐。小臣坐授瑟,乃降。工歌《鹿鸣》《四牡》《皇皇者华》。①

又如《礼记》所载禘尝之祭的仪程:

> 升歌《清庙》,下管《象》,朱干玉戚,冕而舞《大武》。皮弁素积,裼而舞《大夏》。②

《论语》载孔子批评"三家者以《雍》彻"③,也是这种歌《诗》之礼的体现。

其次是赋《诗》。在某些特定的外交典礼中,宾主根据特定的情境,点选现成的诗篇章句由乐工唱诵,以表达自己的意愿、想法。如《左传·襄公二十六年》载赋《诗》之事:

> 秋,七月,齐侯、郑伯为卫侯故如晋,晋侯兼享之。晋侯赋《嘉乐》。国景子相齐侯,赋《蓼萧》。子展相郑伯,赋《缁衣》。叔向命

---

① 《仪礼注疏》,北京:北京大学出版社,1999年第1版,第271—272页。
② 《礼记正义》,第937页。
③ 《论语注疏》,第28页。

> 晋侯拜二君,曰:"寡君敢拜齐君之安我先君之宗祧也,敢拜郑君之不贰也。"国子使晏平仲私于叔向,曰:"晋君宣其明德于诸侯,恤其患而补其阙,正其违而治其烦,所以为盟主也。今为臣执君,若之何?"叔向告赵文子,文子以告晋侯。晋侯言卫侯之罪,使叔向告二君。国子赋《辔之柔矣》,子展赋《将仲子兮》,晋侯乃许归卫侯。叔向曰:"郑七穆,罕氏其后亡者也。子展俭而壹。"①

不过,赋《诗》这种应用只维持到春秋末期。孔子之时,赋《诗》或许还是比较重要的外交环节。不过,战国时期的文献中已经没有关于赋《诗》的记录了。

与赋《诗》相比,春秋中后期逐渐盛行的引《诗》,成为《诗》的更具活力的一种应用形式。先秦文献中有大量引《诗》的记载。或在对话答问中引《诗》,如《论语·颜渊》所记:

> 子张问崇德辨惑。子曰:"主忠信,徙义,崇德也。爱之欲其生,恶之欲其死。既欲其生,又欲其死,是惑也。诚不以富,亦祇以异。"②

或在论说中引《诗》,如郭店楚简《五行》:

> 简之为言也犹练也,大而晏者也。匿之为言也犹匿匿也,小而轸者也。简,义之方也。匿,仁之方也。刚,义之方。柔,仁之方也。"不简不拣,不刚不柔",此之谓也。③

---

① 《春秋左传正义》,第1039—1040页。
② 《论语注疏》,第162—163页。
③ 释文参见荆门市博物馆:《郭店楚墓竹简》,第151页。

先秦儒家引《诗》的材料广泛分布于《论语》《孟子》《荀子》等传世典籍和新出土儒家文献中。引《诗》是一种言理辩论的辅助手段。如陈来引述杨向时在《左传赋诗引诗考》中的分析，"把引诗之方分别为'断章取义''撼句证言''先引以发其下''后引以承其上''意解以申其义''合引以贯其义'等"。① 又如，张丰乾依据引《诗》的句式及用意，将先秦诸子引《诗》诗分作十类：其一，引《诗》以佐证义理；其二，引《诗》以结成义理；其三，阐释《诗》义以明理；其四，申足《诗》义以明理；其五，概括《诗》义以明理；其六，引《诗》以观察人、事或自况；其七，引《诗》以发问；其八，引《诗》以答问；其九，以《诗》证《诗》，共明义理；其十，引诸多诗章或其他经典共明一理。② 上述两种颇具代表性的引《诗》类型分析，呈现出了所引诗句与言论主旨之间的复杂关系。不过就通常的认识而言，引《诗》的主要意义还是在于"证言""明理"。

第二节 文献与思想

一 文献的价值

按照第一节的梳理，通常的《诗》学史研究所处理的文献可大致分为三类：其一是记述类文献，记述《诗》的编纂、传习情况；其二是论释类文献，论说、解释《诗》的内涵与意义；其三是应用类文献，展现《诗》的各种应用情况。这三类文献共同勾勒出了《诗》学文献的基本范围。三类文献内容各异，在《诗》学史研究中发挥着不同的作用。

---

① 陈来：《古代思想文化的世界》，北京：生活·读书·新知三联书店，2002年第1版，第166页。
② 参见张丰乾：《〈诗经〉与先秦哲学》，北京：北京大学出版社，2009年第1版，第40—55页。

《诗》学史研究对《诗》学文献的界定与运用,本质上体现着研究者对《诗》学的认识。清末民初,随着传统社会的瓦解,承载着传统社会秩序与价值的各种事物,普遍遭受了严厉的批判。在这样的时代背景下,传统经学的意义也被刻意支离。这个阶段的经学史、《诗》学史研究所呈现的,仅仅是一些空洞的人物、学派以及经典的传承谱系。对这种研究而言,记述类文献是研究的基本依据,因此也具有最重要的意义。不过,当人们开始重新审视传统文化对于现代生活的积极意义,经学原本的内涵开始获得发掘与整理。人们重新注意到,在中国古代的学术思想体系中,经学或六艺之学几乎始终居于首要的地位。而经学之所以能够获得如此崇高的地位,是因为其承载、规范着传统社会的最根本的秩序与价值。这也正是徐复观先生在经学史研究中倡导关注经学思想的原因。经学史研究的首要目标,应该是揭示经学对传统社会秩序与价值的根本性理解。因此,经学史、《诗》学史研究也开始探寻最能够反映经学思想的文献材料。在这一研究诉求之下,论释类文献通常被认为最集中地呈现着《诗》学思想,因而也就成为了《诗》学史研究的重点;至于第一、第三类记录《诗》的编纂、传习、应用情况的文献,主要被定位为帮助研究者了解《诗》学思想展开的背景。这两类文献在针对《诗》学思想的研究中,往往是作为辅助性材料来使用的。

目前这种对《诗》学文献的定位与评价,在很大程度上是与传统的《诗》学形态相符的。按照目录学所展现的古代学术分科,绝大多数被归入《诗经》类的著作都是对《诗》的解释与论说。这意味着,在古人看来,《诗》学作为经典之学,其所承载的德义也主要是通过论《诗》、解《诗》类著作展现的。而有关《诗》的传习、应用的文献,大多没有以专著的形式出现,而只是散见于其他各类文献之中,其在《诗》学传统中发挥的影响是比较有限的。

由此来看,上述对《诗》学文献的认识有其历史渊源。但是,这种认识在事实上造成了先秦《诗》学思想史研究的困难。我们知道,有文献记载的最早的《诗》学著作出现在汉代初年。在先秦时期,除了上博楚简《孔子诗论》《民之父母》等个别独立成篇的文献外,大多数对《诗》的论释与其他《诗》学材料一样,散见于各种文献之中。这意味着,论《诗》、解《诗》材料在呈现形态上并不具有特别的优势。而就数量而言,论《诗》、解《诗》的条目远少于赋《诗》、引《诗》条目。因此,就通常的《诗》学思想史研究而言,先秦时期可供直接讨论和研究的史料是十分有限的。文献匮乏的问题迫使我们重新审视以往对《诗》学文献、乃至对《诗》学本身的认识。当然,这并不意味着我们要为了先秦《诗》学思想史研究的成立而刻意扭曲文献的研究价值。对文献价值的重新评估,仍然需要以文本和史实为依据。

二 诗义的呈现

事实上,对于上述有关《诗》学文献的评价与定位,确实有必要做进一步的反思:人们何以认为,论《诗》、解《诗》类文献最集中地呈现着《诗》学思想与义理?这个问题指向着对《诗》学思想表现形式的认识。

我们之前曾经讨论过,论《诗》、解《诗》包含着两种不同的倾向。一方面,是试图还原《诗》的本义;另一方面,则是为《诗》赋予某种新的含义,以表达论释者自身对生活世界的理解。在对《诗》的论释中,这两方面的努力是纠缠在一起的。在这样的表意结构中,后一方面的努力才是《诗》学思想表达的关键。

如果为《诗》赋予新义被看作是《诗》学思想表达的基本形式,那么其他类别的《诗》学文献中是否也存在着对《诗》义的塑造呢?实际上,已有学者注意到赋《诗》、引《诗》对《诗》义的影响。这种反思主要出现在对《左传》用《诗》情形的考察中。张素卿的《左传称诗研究》、毛振华的《〈左传〉赋诗研究》都以专门的章节讨论、总结了春秋用《诗》对于《诗》义的影响。[①]他们的具体看法虽然有所不同,但都认为,《诗》

---

① 参见张素卿:《左传称诗研究》,台北:台湾大学出版委员会,1991年初版,第231—256页;毛振华:《〈左传〉赋诗研究》,上海:上海古籍出版社,2011年第1版,第221—255页。

的运用依托于对所用诗文的某种解读,而用《诗》将这种解读赋予诗文的含义表现了出来。由此来看,赋《诗》、引《诗》的主旨虽然并不是塑造《诗》义,但这些用《诗》的形式却表现着某种《诗》义塑造的成果。

战国儒家的引《诗》中也存在着相同的情况。所谓引《诗》,就是要借重《诗》的权威性来佐证或强化引《诗》者所要表达的某种思想主张。而引《诗》意图的实现,首先需要引《诗》者自己对《诗》有着明确的理解。同时,这种理解还需要在一定程度上得到论说受众的接受与认可。只有这样,所引诗句才能成为一种被普遍接受的依据而起到佐证论说的作用。而通过对用《诗》语境的分析,我们可以间接地了解到用《诗》之人对所用诗句的理解。实际上,在个别引《诗》证言的语境中,引《诗》者会在引《诗》的同时直接附带给出自己对所引诗句的解读:

《诗》云:"肃雍和鸣,先祖是听。"夫肃,肃敬也;雍,雍和也。夫敬以和,何事不行?①

在这里"肃肃,敬也;雍雍,和也"即是对"肃雍"的解读。张丰乾将这一现象称作"集中解读"。②当然,引《诗》附带的"集中解读"往往都十分简短。但这一现象还是为我们把握引《诗》者对诗文的理解提供了便利。更重要的是,"集中解读"清晰地表明了引《诗》者用《诗》的基本逻辑:即对《诗》的引用与借重,以对《诗》的某种解读为基础。

以这样的视角重新审视先秦儒家的引《诗》文献,我们可以发现,引《诗》证言的背后包含着极为丰富的对《诗》义的理解。如《曹风·鸤鸠》首章六句:

鸤鸠在桑,其子七兮。淑人君子,其仪一兮。其仪一兮,心如

---

① 《礼记正义》,第1125页。
② 参见张丰乾:《论子思学派之〈诗〉学》,载于《中国哲学史》2008年第1期,第22页。

结兮。①

毛《传》以"鸤鸠在桑,其子七兮"为起兴之辞,《传》曰:"鸤鸠,秸鞠也。鸤鸠之养其子,朝从上下,莫从下上,平均如一。"郑玄也认同此义,只是加入了政治化的元素:"兴者,喻人君之德,当均一于下也。"②而且,从王先谦搜集的汉魏三家《诗》说来看,"均一"之义是时人对"其仪一兮"的一种比较普遍的理解。如《易林·夬之家人》言:"鸤鸠七子,均而不殆。"《汉书》载鲍宣上书谏言:"天下乃皇天之天下也,陛下上为皇太子,下为黎庶父母,为天牧养元元,视之当如一,合《尸鸠》之诗。"另《三国志》载曹植上疏称:"七子均养者,鸤鸠之仁也。"③但如果从先秦时期的引《诗》之文来看,"其仪一兮"还可能有另外的含义。《荀子·劝学》篇言:

> 行衢道者不至,事两君者不容。目不能两视而明,耳不能两听而聪。螣蛇无足而飞,梧鼠五技而穷。《诗》曰:"尸鸠在桑,其子七兮。淑人君子,其仪一兮。其仪一兮,心如结兮。"故君子结于一也。④

此处荀子所言在于强调要专一而行,其举例蛇鼠,言梧鼠"技能虽多而不能如螣蛇专一,故穷"⑤。在这样的语境中,引《鸤鸠》章句明显是用"其仪一兮"的专一之义以证其言。很显然,这是不同于均一之说的另一种解释。在此之外,郭店楚简《五行》篇在引述《鸤鸠》首章时也展现

---

① 《毛诗正义》,第476页。
② 同上。
③ 参见王先谦:《诗三家义集疏》,北京:中华书局,1987年第1版,第500页。
④ 王先谦:《荀子集解》,北京:中华书局,1988年第1版,第9—10页。
⑤ 同上书,第9页。

出了一种独特的理解。其言曰:

> "淑人君子,其仪一也",能为一,然后能为君子,慎其独也。①

简文引《鸤鸠》所论,主旨是很清楚的:先要能"为一",然后才能"为君子"。"为一"构成了"为君子"的前提或条件。而"慎独"则可以看作是对"为一"的另外一种表述。至于"为一""慎独"究竟是何含义,则可以参考帛书《五行》说文来加以理解。说文解释称:

> "鸤鸠在桑",直也。"其子七兮",鸤鸠二子耳,曰七也,兴言也。"淑人君子,其仪一兮",□□□□,仪者义也。言其所以行之义之一心也。"能为一然后能为君子",能为一者,言能以多为一,以多为一也者,言能以夫五为一也。"君子慎其独",慎其独也者,言舍夫五而慎其心之谓□□然后一,一也者,夫五夫为□心也,然后得之。一也,乃德已。德犹天也,天乃德已。②

在这段论述中,"为一"之义的阐发是从对"其仪一兮"一句的解释展开的。"其仪一兮"之"一"被解释为心,"为一"也即是一于心。而"慎独"作为对"为一"所达成的君子之德的强调,也就很自然地被解释为"慎其心"。《五行》的这种理解或许与《荀子》所用的专一之义有相似之处,但《五行》对专一之义做出了更为哲理化的解读。

在大量的引《诗》材料中,类似于《鸤鸠》的情况不胜枚举。实际上,引《诗》在有限的论《诗》、解《诗》材料之外,向我们间接地展现了

---

① 释文参见荆门市博物馆编:《郭店楚墓竹简》,第149页。
② 参见国家文物局古文献研究室:《马王堆汉墓帛书》(一),北京:文物出版社,1980年第1版,第19页;庞朴:《竹帛五行篇校注》,载于刘贻群编:《庞朴文集》第二卷,济南:山东大学出版社,2005年第1版,第124页。

先秦儒家对《诗》义的多元化理解。从这个意义上来说,《诗》学思想史的研究应该对引《诗》等用《诗》类文献给予更多的关注。

三 思想的联结

在欣喜于用《诗》类文献可以带来更多研究素材的同时,也需要注意到,对用《诗》文献价值的反思是基于一种成见:即认为《诗》学思想主要是通过对《诗》的论说与解释来表达的。正如我们之前已经指出的,在《诗》学史上,绝大多数的《诗》学著作确实都是对《诗》的论说与解释。这似乎也为我们的成见提供了进一步的支持。但事实上,在论《诗》、解《诗》著作之外,《诗》学史上还有一种以引《诗》证言为基本形式的《诗》学著作,今日所见者即《韩诗外传》。对于这部书的性质及其思想发表方式的考察,或许可以成为我们反思《诗》学文献研究价值的另一个突破口。

今本《韩诗外传》共十卷,卷内分章。各章或叙事,或议论,字数长短不一。在总计300余章的《韩诗外传》中,仅有20余章未见称《诗》。而《韩诗外传》称引其他典籍的规模则完全不能与称《诗》相提并论。而且,正如汪祚民先生所指出的,《韩诗外传》对《易》《书》等典籍的引用,又多伴随引《诗》。《韩诗外传》单独称引其他典籍的章节很少。[①]据此而论,我们可以认为,《韩诗外传》是一部在"诗传"的名义下以《诗》为线索组织起来的著作。而且,《韩诗外传》对《诗》的称述,除少数几条是专门针对《诗》或诗篇的论说之外,绝大多数都是引《诗》证言,其中少数出现在所述人物的言论中,多数引《诗》则是在章末引用《诗》句以总结或提点章节要义。

相较于论《诗》、解《诗》之作,《韩诗外传》这种形式的著述,显然

---

① 参见汪祚民:《〈韩诗外传〉编排体例考》,载于《陕西师范大学学报》(哲学社会科学版)第32卷第3期。

非"解经之深者"①。明代的王世贞就明确指出,《韩诗外传》称《诗》只是"引《诗》以证事",而非"引事以明《诗》"。②这实际上就是对《诗》之"学"与"用"的区分。"引事以明《诗》"属于"学"的范畴,而"引《诗》以证事"则只是用《诗》。《四库》馆臣基于这一事实,几乎将《外传》排除在《诗》类文献之外,仅仅因其"舍《诗》类以外无可附丽"而将其"缀于末简"。③《四库提要》的这一安排,意味着编纂者将论《诗》、解《诗》之作视为《诗》学的唯一形态。这也即是我们尝试反思的对《诗》学及《诗》学思想表达方式的基本认识。

但是,人们最初对这部著作的态度并不是这样。《汉书·艺文志》明确地将《韩诗外传》与《韩故》《韩内传》《韩说》等另外三种著作一起归入了六艺略的《诗》类文献之中。④这意味着,在汉人看来,《诗》学不仅包括直接针对《诗经》的训诂、阐释,也应包括诸如《韩诗外传》这样引《诗》证言、引《诗》证事的内容。只不过,《诗》学文献的这样一种多元形态在后世经学的发展中被狭隘化、单一化了。从文献记载来看,这种变化实质性的完成可能较晚,但其肇端,或者说造成这一变化发生的诱因则可以追溯至汉代。刘歆称,经学先师皆出于建元之间。⑤其时初立五经博士,各以家法传授。《书》《礼》《易》《春秋》四经,各止一家;惟《诗》之鲁、齐、韩分列三家。但自此以降,说经者日众。而经说益详密,经之异说愈多。经之异说众多,乃不得不谋整齐以归一是。汉宣帝石渠会诸儒论五经异同即出于此意。其间不能归一是者,乃于一经再分数家,各立博士。据《儒林传》赞曰:"至孝宣世,复立《大小夏侯尚

---

① 孙猛:《郡斋读书志校证》,上海:上海古籍出版社,2011 年第 1 版,第 64 页。
② 王世贞:《弇洲四部稿》卷百二十《读韩诗外传》,转引自屈守元:《韩诗外传笺疏》,成都:巴蜀书社,2012 年第 1 版,第 522 页。
③ 《四库全书总目提要》,第 462 页。
④ 参见《汉书·艺文志》,第 1707—1708 页。
⑤ 刘歆言:"至孝武皇帝,然后邹、鲁、梁、赵颇有《诗》《礼》《春秋》先师,皆起于建元之间。"(参见《汉书·楚元王传》,北京:中华书局,1962 年第 1 版,第 1969 页)

书》《大小戴礼》《施》《孟》《梁丘易》《穀梁春秋》。至元帝世,复立《京氏易》。平帝时,又立《左氏春秋》《毛诗》、逸《礼》、古文《尚书》。"①歧说日益,则彼此间的争论乃至攻讦在所难免。在这样的情形下,越来越多的学者"挟恐见破之私意,而无从善服义之公心"②。经学的形态也因此出现了一个重要的转折。为"应敌"计,学者往往"牵引以次章句",又"具文饰说"。③所谓"次章句",即是分章逐句为说。若不如此,则易为论敌所乘。既为章句,则又必"具文",即具备原文而一一说之。若遇有不可说处,则不免于"饰说"。如此则"一经说至百余万言"④也就在所难免了。章句之学的兴起无疑对经学的发展具有极为深远的影响。而章句之学即是针对经典文字展开的注解。虽然汉人并未否认,诸如《韩诗外传》这样"与经义不相比附"的著作属于《诗》学的范畴,但章句之学长期居于经学的主流位置,已为后世《诗》学认识的变化埋下了伏笔。

在明确了《诗》学文献形态的这种变化之后,我们需要追问的是,在汉人的认识中,引《诗》的思想价值究竟是什么?如果仅凭目录学的分类,我们或许可以认为,汉人之所以将《韩诗外传》列入《诗》类文献范畴,是因为与我们一样,发现了引《诗》之中所包含的引《诗》者对《诗》的理解。但是,这样一种对《外传》思想价值的认识,并不能很好地解释《儒林传》对该书的记述。《史记·儒林传》载:

> 韩生推《诗》之意而为《内外传》数万言,其语颇与齐鲁间殊,然其归一也。⑤

---

① 《汉书·儒林传》,第3621页。
② 《汉书·楚元王传》,第1970页。
③ 《汉书·眭两夏侯京翼李传》,第3159页。
④ 《汉书·儒林传》,第3621页。
⑤ 同上书,第3124页。

班固在《汉书·儒林传》中基本上承续了这一表述。①我们据此可以知道,《韩诗内传》《韩诗外传》是韩婴有意创作而成的,旨在"推《诗》之意"。如果我们把"推《诗》之意"简单地理解为阐释诗文内涵,那么韩婴大可用"故"的文体来达成这一理论意图。因为"故"无疑是一种比"传"更直接、更高效的释义文体。②韩婴舍"故"而用引《诗》证言、引《诗》证事的形式组织材料,意味着这里所说的"推《诗》之意"并不是解《诗》。结合《韩诗外传》的内容来看,此所谓"推",是指以《诗》为媒介所做出的一种自由而开放的义理推衍。在《韩诗外传》中,所引诗句只是一种思想的纽带,它将引《诗》所佐证的各种思想观念联结在一起,并由此组织起了一个宏大的《诗》学义理空间。韩婴在这样的充裕空间中,得以较为系统地表达其对社会秩序与价值的见解。在汉王朝建立之初,这样一种对生活世界的关切与思考,才是齐、鲁、韩三家《诗》学的"归一"之处。而这些见解也即成为了这种《诗》学文献所表达的思想。

在这样的认识之下,引《诗》材料经由《韩诗外传》的组织,构成了《诗》学思想表达的另一种样式。它不同于论《诗》、解《诗》之作,其论说的主题以及论说的语言可以在很大程度上摆脱诗文的限制;但从另一方面来看,它也不再像论《诗》、解《诗》之作那样,能够方便地把编撰者的思想附着于经典文本之上,从而提升自身的权威性。

《韩诗外传》这种形式的《诗》学文献的存在,无疑为我们重新评估引《诗》材料提供了重要参照。虽然先秦儒家引《诗》的材料并没有获得集中的编纂,而是分散于《论语》《孟子》《荀子》等几部传世典籍和新出土的若干篇章中;但是,如果就独立成篇的材料来看,确实有某些篇章具有类似于《韩诗外传》的特征。首先,篇章中出现大量的引《诗》之辞;其次,篇章中没有引用或是很少引用《诗》以外的其他经典。当

---

① 参见《汉书·儒林传》,第3613—3614页。
② 师古曰:"故者,通其旨义也。"(《汉书·艺文志》,第1708页)

然,引《诗》这样一种形式上的标志,对于一篇文字和对于一部著作体量的文字,其意义是不同的。如果一部著作具有如此统一的引《诗》形式,那么几乎可以肯定是刻意为之的,其类似于《韩诗外传》的《诗》学属性很容易确定。但如果只是一篇文字,又是在引《诗》盛行的儒家语境中,那么形式上的特征就有可能是偶然出现的。因此,我们对这类《诗》学文献的判定恐怕还需要另外的依据。我们注意到,王博在讨论《诗》学文献的特征时曾做出形式和内容两方面的界定。他认为,《诗》学文献除了具有称《诗》的形式,还要在内容上与整个儒家《诗》学所关注的心、志方面的主题相关。①虽然我们这里对《诗》学文献的考察,与王博讨论的角度有所不同,但他对《诗》学文献在内容方面的限定却是可以借鉴的。如果以这样一种形式加内容的双重标准来审视先秦儒家文献,《五行》《中庸》等篇章或具有类似于《韩诗外传》的性质。参照于对《韩诗外传》的定位,我们可以认为,这些独立的篇章对于《诗》学史研究的意义,不只在于呈现儒家引《诗》的情况,也不只是呈现引《诗》中所暗含的对《诗》义的理解,其全篇的论说都可以作为《诗》学思想的表达。

现在所见的《五行》篇有两个出处:一是马王堆汉墓帛书,一是上文提到的郭店楚墓竹简。1973年12月,长沙马王堆三号汉墓出土了大批帛书。据墓中同时出土的一件有纪年的木牍推断,该墓的年代是汉文帝前元十二年。帛书中有两种《老子》写本。《老子》甲本及卷后佚书合抄成一长卷。该卷帛书不避汉高帝刘邦、高后吕雉讳,字体接近秦篆,抄写年代可能在高帝时期,创作年代还应早于这个时期。《五行》即是抄于《老子》甲本卷后的一篇佚书。该篇与《老子》甲本衔接处严重残损,原状不明。就残存材料来看,未见篇题,整理者据其文字内容命之为《五行》。该篇分经、说两个部分,经文在前,说文在后,说是

---

① 参见王博:《〈民之父母〉与〈诗〉学》,载于《哲学门》2003年第2期,第6—7页。

对经文部分的阐发与解读。①而1993年问世的郭店楚墓竹简中,再次出现了《五行》篇。之前已经提到,郭店楚墓为战国中期偏晚的楚国墓葬。简本《五行》的抄写与创作年代应早于墓葬年代。简本《五行》共竹简50枚,内容与帛书《五行》的经文部分大体相同,但个别文字或段落先后次序不同,文句多寡和用字也有所不同。简本首简完整,全篇以"五行"两字开头,或是对全篇主题的概括,或即是篇名。②就相关研究来看,基本可以确定简帛《五行》就是《荀子·非十二子》所指斥的一直以来只知其名而不知其内容的思孟五行说。③自《五行》篇问世以来,王博、常森以及美国的王安国(Jeffery Riegel)等几位教授已经注意到了该篇与《诗》学之间的密切关联。④

《中庸》的情况则比较复杂。王博先生已经指出了《中庸》作为《诗》学文献的可能。⑤不过,对该篇文献的研究一直受到其成书问题的困扰。历来对《中庸》文本的质疑集中在两点:一是今本《中庸》的作者、创作时间;二是今本《中庸》是否为一个整体。两个问题是密切相关的。冯友兰先生在早年撰写的《中国哲学史》中提出,今本《中庸》第2—17章⑥为子思所作,首章及第18—33章乃后来儒者所加,并将两部

---

① 参见国家文物局古文献研究室编:《马王堆汉墓帛书》(一),出版说明第1—2页、第24页注1。

② 参见荆门市博物馆:《郭店楚墓竹简》,前言第1页、第149页。

③ 《荀子·非十二子》:"略法先王而不知其统,犹然而材剧志大,闻见杂博。案往旧造说,谓之五行,甚僻违而无类,幽隐而无说,闭约而无解。案饰其辞而祗敬之曰:此真先君子之言也。子思唱之,孟轲和之,世俗之沟犹瞀儒,嚾嚾然不知其所非也,遂受而传之,以为仲尼、子游为兹厚于后世,是则子思、孟轲之罪。"(王先谦:《荀子集解》,第94—95页)

④ 如王博:《〈民之父母〉与〈诗〉学》;王博:《〈诗〉学与心性学的开展》,《中国社会科学》2013年第2期;常森:《论简帛〈五行〉与〈诗经〉学之关系》,《文学遗产》2009年第6期;Jeffery Riegel, "Eros, Introversion, and the Beginnings of *Shijing* Commentary", *Harvard Journal of Asiatic Studies*, Vol. 57, No. 1。

⑤ 参见王博:《〈中庸〉与荀学、诗学》,《国学研究》第三卷,1996年。

⑥ 为行文方便,此统一据《礼记正义》将《中庸》分作33章,下同。

分《中庸》的思想置于"秦汉之际之儒家"一章中讨论。①而在其晚年撰写的《中国哲学史新编》中,《中庸》思想已被看作是与董仲舒《公羊》学并列并相互补充的《礼》学思想的一部分了。②日本学者武内义雄先生也持有类似的观点,认为今本《中庸》第 2—13 章③尚保存子思所作《中庸》旧貌,而首章及第 14—33 章约为秦末儒者增益。④考虑到这种观点的存在,我们在使用《中庸》考察先秦儒家《诗》学思想时,会持比较谨慎的态度。

---

① 参见冯友兰:《中国哲学史》,上海:华东师范大学出版社,2000 年第 1 版,第 273—274 页。
② 参见冯友兰:《中国哲学史新编》第 2 册,北京:人民出版社,1998 年第 1 版,第 103、129 页。
③ 此处与冯友兰先生分段不同,可能与朱熹《中庸章句》的分章有关,《礼记》本第 14—20 章被朱熹合为 1 章,序为第 20 章。
④ 参见〔日〕武内义雄:《子思子考》,载于江侠庵编译:《先秦经籍考》中册,上海:商务印书馆,1931 年第 1 版,第 113 页。

第二章

奠基与传统

儒家《诗》学并不是凭空发生的。早在孔子之前,《诗》已经经历了一个漫长而复杂的发展过程。一般认为,今本《诗经》中收录的 305 首诗篇,创作产生于西周初期至春秋中后期的五百余年间。新诗的不断创作、新旧诗篇的编辑整理,以及诗篇的传习、运用,是交织在一起进行的。《诗》的文本与思想在这一过程中获得了最初的建构。

对于《诗》的文本与思想的早期建构过程,学者们多有探讨。我们在这里无意对其中的细节进行全面而细致的考辨,只是希望从《诗》所孕育成长于其中的周代礼乐文明着眼,探讨礼乐的精神对于《诗》,尤其是对于《诗》的思想意义的影响,以求更准确地把握《诗》的早期思想特质,了解儒家《诗》学所面对的经典传统。

第一节　成书之义

一　总集或六艺

按照今人对《诗经》的描述,这部书是中国最早的一部诗歌总集。而"总集"之称,在古代是有特定含义的。《隋书·经籍志》说明:

> 总集者,以建安之后,辞赋转繁,众家之集,日以滋广,晋代挚

虞,苦览者之劳倦,于是采摘孔翠,芟剪繁芜,自诗赋下,各为条贯,合而编之,谓为《流别》。①

按此体例,总集类著作是选择、编辑而成的产物。被选编的对象非一人之作,也不必有一致的主题、思想。选编的目的只在于从繁芜的诗赋作品中集成精粹,便于阅读。因此,结集仅依据于两条基本的原则:其一,这些作品具有大致相同的文体属性,如诗歌特有的音韵或章句结构等;其二,这些作品是同类作品中具有代表性的精粹之作。对于拣选而出的素材,虽然会依循于某些条理进行分类、组织,但诗篇之间并不具有连贯、严谨的逻辑结构,编辑者也不会从整体上做出意义的塑造。因此,总集类著作在整体的意义联结上是比较松散的,其中的篇章较之一般著作中的组成部分,具有更为独立的意涵。

今人对《诗经》的定位较为接近于"总集"的性质。但在古代世界,《诗》从来没有被归入总集的部类,而是被置于六艺略或经部之中。对于六艺之书,《汉书·儒林传》有一个明确的定义:

六艺者,王教之典籍,先圣所以明天道,正人伦,致至治之成法也。②

六艺之书所承载的,并不是一般的想法或见解,而是有关天道、人伦、治法的认识,体现着古人对生活世界的根本性理解。这种认识当然是基于作者原初的创作内容和思想,但同时也包含着后人根据自身对时代问题的思考所熔铸的新义。更重要是的,六艺之书是被政治权力所选择和认可的王教典籍,其思想会通过教化的方式推广、贯彻于生活世界之中,进而规范社会的基本秩序与价值。《诗》在其传承、发展的大部

---

① 《隋书·经籍志》,北京:中华书局,1973 年第 1 版,第 1089 页。
② 《汉书·儒林传》,第 3589 页。

分历史时期里,都具有这样的"王教典籍"的意义。

由此来看,"总集"与"六艺"之书无疑有着本质的差异。这种差异体现着不同时代的人们对《诗经》的不同理解,不能简单以对错论之。今人并非不知道《诗经》曾经具有的王教典籍的意义。事实上,正是在今人刻意的塑造之下,《诗经》才被剥离了六艺之书的属性而成为一部诗歌总集。而从另一个角度来看,当我们审视和梳理《诗》在古代世界的意义时,也不应忽略,这部书至少在形式上确实具有"总集"的特点,它是由305篇独立的诗文组成的。这意味着,要成为一部具有规范性的王教典籍,人们至少需要为305首诗篇赋予整体性的意义。而且,即使《诗》具有了统一的意义指向,其内部的众多诗篇也并不是按照某种连贯、严谨的逻辑线索创作、组织的。诗篇的独立内涵与《诗》的整体意义之间,必然存在着显著的张力。而《诗》的意义正是在这样的张力中建构起来的。这是《诗》的意义建构的基本特点,也是我们要重点考察的内容。

二　最初的创作

《诗》中所收诗篇有着各自的主题和意义,这些都来自于诗作者的创造。对于诗篇最初的创作及作者的情况,文献罕有明确的记载。后人主要是从诗篇的多样内容反推,认为今本《诗经》非一人之作,其作者群体很可能生活在跨度极大的时间和地域中,并具有截然不同的社会身份。直接从诗篇内容来看,我们也很容易感受到每首诗的独特性。正是众多诗篇独立而多样的思想内容,构成了《诗》的意义基础。

但正如之前指出的,《诗》在古代目录分类也即学术谱系中所处的位置,已经清楚地表明,众多具有独立思想内容的诗篇朝向着某种整体意义的塑造。那么,这种意义的塑造是如何完成的呢?在诗篇创作产生之初,诗篇之间是否存在着某种程度的意义关联,并有助于整体意义的塑造呢?事实上,我们不难发现,诗的具体内容虽然不尽相同,但从诗篇原初的创作意图来看,305篇诗作仍然呈现出几个集中的主题类别。

学者们一般认为,《诗》中很多诗篇或出自周王朝的上层贵族之手。这些诗篇中包含着两个鲜明的主题:"论功颂德"和"止僻防邪"①。所谓"论功颂德之歌",是对君王或贵族功业、德行的记述与颂扬。《颂》及《大雅》中的很多诗篇都属于此类。这些论颂之辞彰显着周王朝核心的价值取向。而这样的价值取向是与礼的规范关联在一起的。凡符合礼所规定者,即是值得铭记和颂扬的。由此而论,这些论功颂德之辞,虽然并不是某种礼仪、礼制的规范,却在本质上反映着礼对生活世界的组织与安顿。在周礼所描述的世界中,人的生活是笼罩在天、帝的权威之下的。事实上,历史学家对此的了解,在很大程度上正是依赖于这些"论功颂德之歌"。周人相信,天、帝始终监视并关照着人事:

　　　　敬之敬之,天维显思,命不易哉! 无曰高高在上,陟降厥士,日监在兹。(《周颂·敬之》)②
　　　　皇矣上帝,临下有赫。监观四方,求民之莫。(《大雅·皇矣》)③

上帝对天下万民的关照,会通过各种直接的命令来实现。最显著的天命,莫过于对人世中至高权力的归属所做出的决定与安排。《大雅》中的《生民》《公刘》《绵》《皇矣》《大明》等诗记述了周人从始祖后稷诞生到武王灭商的历程。其中最重要的一些环节,尤其是有关王权更迭的事迹,几乎都是在天、帝的命令和指引下完成的:

---

① 语见孔颖达《毛诗正义序》:"夫《诗》者,论功颂德之歌,止僻防邪之训,虽无为而自发,乃有益于生灵。"(《毛诗正义》,正义诸序第3页)此处仅取用"论功颂德之歌""止僻防邪之训"的说法来描述周王朝公卿列士所作之诗。
② 《毛诗正义》,第1348页。
③ 同上书,第1018页。

> 帝谓文王,无然畔援,无然歆羡,诞先登于岸。(《大雅·皇矣》)①
>
> 帝谓文王,予怀明德。不大声以色,不长夏以革。不识不知,顺帝之则。(《大雅·皇矣》)②
>
> 有命自天,命此文王,于周于京。缵女维莘,长子维行,笃生武王。保右命尔,燮伐大商。(《大雅·大明》)③

事实上,殷人也曾"克配上帝"④,但"天命靡常"⑤,天、帝授命的对象是会发生改易的。这种改变并不是任意而为的,而是遵循着确定的标准:君王是否有德,是否能够安定百姓。有德则受命,失德则失去上天赐予的权力与福禄。因此,保有天命的最好的方法就是修养自身的德行。

> 昊天有成命,二后受之。成王不敢康,夙夜基命宥密。(《周颂·昊天有成命》)⑥
>
> 我其夙夜,畏天之威,于时保之。(《周颂·我将》)⑦
>
> 假乐君子,显显令德。宜民宜人,受禄于天。保右命之,自天申之。(《大雅·假乐》)⑧

不过,由于这类诗篇所记颂的内容是君王或上层贵族的事迹,所以其中彰显的德行主要是为君、为臣之德或与政治有关的德行。这些德行所

---

① 《毛诗正义》,第 1027 页。
② 同上书,第 1032 页。
③ 同上书,第 972—973 页。
④ 同上书,第 964 页。
⑤ 同上书,第 962 页。
⑥ 同上书,第 1297 页。
⑦ 同上书,第 1302 页。
⑧ 同上书,第 1106 页。

规范的君、臣、民之间的关系,构成了周代社会的基本秩序架构。对其他德行的颂扬也多是在这一架构下展开的。比如孝,本是事父母之德,但在"论功颂德之歌"中,孝亲的意义主要体现为继承父辈及先祖在政治上的功业与美德,以长久地保有上天或君王赐予的福禄。而周礼正是这些德行在秩序中的落实。

事实上,"论功颂德之歌"中的一些诗篇很可能就是出于祭祀、朝聘、宴饮等典礼活动的需要而创作的。创作完成后的诗篇,会配乐运用于特定的礼乐仪式。先秦文献中还保存有典礼用诗的零星记载。如《礼记·明堂位》《祭统》所记:

> 升歌《清庙》,下管《象》,朱干玉戚,冕而舞《大武》。皮弁素积,裼而舞《大夏》。①
>
> 夫大尝禘,升歌《清庙》,下而管《象》,朱干玉戚以舞《大武》,八佾以舞《大夏》,此天子之乐也。②

这两条材料都是讲鲁君于太庙祀周公之礼。不过,按《明堂位》及《祭统》的解释,因周公"有勋劳于天下",周成王特命"鲁公世世祀周公,以天子之礼乐"。③ 故此处禘尝祭祖之礼,实际上是天子之礼。又如,《左传·襄公四年》记载了宴享之礼的情形:

> 穆叔如晋,报知武子之聘也。晋侯享之,金奏《肆夏》之三,不拜。工歌《文王》之三,又不拜。歌《鹿鸣》之三,三拜。韩献子使行人子员问之,曰:"子以君命辱于敝邑,先君之礼,藉之以乐,以辱吾子。吾子舍其大,而重拜其细,敢问何礼也?"对曰:"三《夏》,

---

① 《礼记正义》,第937页。
② 同上书,第1366页。
③ 同上书,第934—936、1366—1367页。

天子所以享元侯也。使臣弗敢与闻。《文王》,两君相见之乐也,使臣不敢及。《鹿鸣》,君所以嘉寡君也,敢不拜嘉?《四牡》,君所以劳使臣也,敢不重拜?《皇皇者华》,君教使臣曰'必咨于周'。臣闻之,访问于善为咨,咨亲为询,咨礼为度,咨事为诹,咨难为谋。臣获五善,敢不重拜?"①

穆叔在解释其"舍大拜细"的原因时,详细说明了享礼运用诗乐之法:天子招待诸侯之长,用《肆夏》《韶夏》《纳夏》等三乐;诸侯宴享其他诸侯时,用《文王》《大明》《绵》;诸侯宴享他国使臣时,用《鹿鸣》《四牡》《皇皇者华》。从这些用诗之例推测,"论功颂德之歌"的创作很可能就是制礼作乐的一部分,诗与礼本来就是一体的。

在周王朝的上层贵族创作的诗篇中,除了"论功颂德之歌",还有数量众多的"止僻防邪之训"。所谓"邪僻",主要是指君王、贵族官吏的违礼行为或施政中的弊端。公卿大夫出于对现实中邪僻之事的警醒与不满,作诗指斥其过。当然,以此为内容的诗文难免会带有怨怼之情。但从此类诗篇的作者身份考虑,其创作目的不应只是抱怨,更多地还是为了指明邪僻之事的危害,以此劝诫君王。如果说"论功颂德之歌"是通过正面的歌颂来宣扬道德、礼法的规范与精神,那么"止僻防邪之训"则是以批判的方式,保持着对背德、违礼之事的警醒与修正,维系着周礼所塑造的社会秩序与价值。二者在本质上是一致的。

这类诗篇的创作情形,我们同样可以获得一些零星的证据。如《节南山》一诗即在末章直接点明了讽谏的创作意图:

家父作诵,以究王讻。式讹尔心,以畜万邦。②

---

① 《春秋左传正义》,第828—833页。
② 《毛诗正义》,第706页。

这首诗的作者就是诗中自道的"家父",是周朝的大夫。家父有感于现实的政治经历,在诗中痛陈了太师尹氏为政所造成的祸乱。而尹氏之乱的根源,还是在于周王任人失当。因此,家父最终寄希望于周王能认识到用人之失,进而"改心易虑,以畜养万邦"①。此外,《左传·昭公十二年》记载的一次卿大夫之间的对话,也提到了类似的以讽谏为目的的诗篇创作:

> 昔穆王欲肆其心,周行天下,将皆必有车辙马迹焉。祭公谋父作《祈招》之诗,以止王心。②

按照子革的说法,《祈招》一诗是祭公谋父为了谏止周穆王的违礼行为而创作的,显然也属于我们这里所说的"止僻防邪之训"。如果结合相关文献记载来看,这类诗篇的创作或与"献诗"制度有关。《左传·襄公十四年》:

> 自王以下,各有父兄子弟以补察其政。史为书,瞽为诗,工诵箴谏,大夫规诲,士传言,庶人谤,商旅于市,百工献艺。③

又如《国语·周语》载:

> 故天子听政,使公卿至于列士献诗,瞽献曲,史献书,师箴,瞍赋,矇诵,百工谏,庶人传语,近臣尽规,亲戚补察,瞽史教诲,耆艾修之,而后王斟酌焉,是以事行而不悖。④

---

① 朱熹:《诗集传》,北京:中华书局,1958年第1版,第129页。
② 《春秋左传正义》,第1307页。
③ 同上书,第927—928页。
④ 徐元诰:《国语集解》,第11—12页。

《国语·晋语》载:

> 吾闻古之言王者,政德既成,又听于民。于是乎使工诵谏于朝,在列者献诗,使勿兜,风听胪言于市,辨祅祥于谣,考百事于朝,问谤誉于路,有邪而正之,尽戒之术也。①

这三条材料呈现出了某种制度性的做法,其间虽有细节的不同,但大体上都是君王出于补察政事的需要,使不同身份之人以不同的方式提出意见,以供为政时斟酌参考。其中,公卿列士或乐官会以进献诗歌的方式讽谏君王,这即是所谓的"献诗"。当然,我们在这里并不清楚,之前提到的《节南山》《祈招》等讽谏诗是否会通过这样的途径进呈君王。但家父或祭公谋父的身份确与献诗者相合,其创作目的也与献诗有一致之处。当然,即便"献诗"之制存在且《节南山》等诗也是以"献诗"的方式进呈,我们仍然无法排除在制度之外有私下作诗讽谏的可能。比较而言,私下作诗讽刺未必能够获得有效的进呈渠道。而君王或贵族官吏作为被批评的对象,也未必愿意接受这样的讽谏。这种创作很可能成为诗作者一厢情愿的作为,甚至受到打压。而献诗制度的存在则意味着,君王或贵族官吏认识到了纳谏的必要性,乐于接受批评意见以补察个人行为或政事中的错漏,并且自觉地以献诗这样一种礼制的设计来保障进谏渠道的畅通。"止僻防邪之训"的创作也即获得了一种制度性的保障。

以上所述主要还是周王朝上层贵族创作的诗篇。在这些诗篇中,我们尚能提炼出两个相对集中的主题,即"论功颂德"与"止僻防邪"。这两个主题的诗篇,以不同的方式体现着礼所规范的社会秩序与价值,贯彻着礼的精神。但在此之外,今本《诗经》、主要是《国风》中还包含大量下层官吏和普通百姓创作的诗篇、歌谣。诗作者可能广泛地来自

---

① 徐元诰:《国语集解》,第387—388页。

于王畿及诸侯各国之中。这些诗歌大多是作者在面对日常生活中的人、事之时所抒发的情感或表达的志愿,诗文内容和意义是十分驳杂的。由于这些诗歌的存在,《诗》在创作之初恐怕并不具有统一的归旨。

三　编辑与整合

诗作者为每一首诗篇赋予了最初的意义。仅从今本《诗经》的内容来看,305 首诗篇在创作之初即具有独立而多样的内涵。虽然在我们的分析中可以看到,某些诗篇呈现出了相对集中的主题,但 305 篇在整体上并不具有统一的主旨。这意味着,从诗作者最初的创作,到 305 首诗篇集合为一个形式与意义上的整体,还要经历一系列复杂的演变。

首先需要明确的是,《诗》的整体性的建构并不是一蹴而就的。我们之前尝试统一描述诗篇创作之初的情形,但是,从最早出现的《周颂》到晚出的《国风》诸篇,诗篇的创作实际上前后绵延了 500 余年的时间。这意味着,《诗》的结集也必然经历了一个同样漫长的过程。而仅仅是时间的绵延,就会给《诗》的结集带来巨大的困难。要将不断出现的诗篇在数百年的时间跨度下保存并传承下去,即是一项复杂的工程。如果再考虑到诗篇所从出的广阔地域,那么《诗》的结集无疑具有更大的难度。在当时的社会文化条件之下,恐怕只有通过周王朝或诸侯政府的组织和保障,才有可能完成这样的工程。

当然,《诗》的文本与意义的建构,绝不仅仅是积累、汇聚诗篇。这期间更重要的工作是在不断积累的诗篇素材中凝练出一个统一的主旨,并根据这一主旨对诗篇进行拣选与编辑。我们之前已经看到,诗篇中存在着"论功颂德"和"止僻防邪"这样相对集中的主题,而且这些由上层贵族官吏创作的诗篇在本质上共同指向着周礼的规范与精神。不过,这些诗篇在脱离了原初的创作情境之后,其性质和意义会发生不同程度的变化。"论功颂德之歌"逐渐从亲历者的记述与歌颂变为后世的纪念。其中很多诗篇又会作为礼乐仪式的组成部分被固定下来,并随着典礼活动的开展而不断获得呈现。在这种制度化的应用中,这类诗篇的意义相对来说是最为稳定的。而"止僻防邪之训"的情况则有所不同。这些讽谏诗是针对时事而发的,有着特定的讽刺对象。随着时间的推移、人事的变迁,讽谏诗很快会失去现实中原初的讽刺对象。进入这种状态的讽谏诗,将成为一种历史的经验。其意义在于呈现曾经出现过的邪僻之事,令后人引以为戒。从上述情形来看,这两类诗篇的意义虽然发生了一定程度的变化,但并没有从根本上改变创作之初即具有的相对统一的主旨。

而《诗》的意义整合的关键,还是在于对意义驳杂的民间诗歌的处理。这就涉及有关"采诗"的争论。"采诗"一词明确见于汉人的记述。《汉书·艺文志》言:

> 故古有采诗之官,王者所以观风俗,知得失,自考正也。①

《汉书·食货志》载:

> 孟春之月,群居者将散,行人振木铎徇于路,以采诗,献之大师,比其音律,以闻于天子。故曰王者不窥牖户而知天下。②

遗憾的是,在先秦文献中并不见"采诗"一词。虽然《左传》所记对话引《夏书》有"遒人以木铎徇于路"的记载,而且按照杜预的注释这就是指采诗之事③,但还是有学者因先秦文献中未直接出现"采诗"一词而怀疑"采诗"之制的存在。不过,诚如另一些学者分析指出的,汉儒所描述的细节虽然未可尽信,但大体而言,"采诗"之制确实符合《诗》的文本与意义塑造的需要,并且比较圆满地解释了各地的歌谣何以能够在

---

① 《汉书》,第1708页。
② 同上书,第1123页。
③ 《左传·襄公十四年》杜注:"徇于路,求歌谣之言。"(《春秋左传正义》,第929页)

统一的主旨之下被搜集、汇聚在一起。①按照"采诗"说的描述，歌谣的搜集与汇聚源自于政治权力的诉求，君王需要通过这些诗歌来"观风俗，知得失，自考正"。朴素的民间诗歌一旦成为官方采集的素材，就获得了一种新的被观察和理解的视角。在为政者看来，诗歌所表达的各种情感、意愿，反映着百姓的生活状态与习惯，即是所谓风俗。而在古代政治思想中，风俗是政治教化的结果。各地民间的风俗是否符合礼乐的精神，是否遵循着王政所维护的社会秩序与价值，构成了评判政教得失的标准。因此，君王可以依据这些反映着民间风俗的诗歌，来反省政治、裨补缺漏。由此来看，"采诗"之制为民间诗歌赋予了新的意义：这些内容驳杂的诗歌是民风民俗的体现。这并不是要取代诗歌原初的含义，而是将原初多样的含义安顿、统摄在统一的主旨之下。当然，"采诗"所赋予的含义同样具有一定的时效性。当政教的变动导致基层官吏与百姓的生活发生变化，采集而来的诗篇即可能与现实脱离。在失去了即时的参照作用后，这类诗篇同样会作为一种经验积累下来，指示着风俗民情可能存在的各种状态，进而为后人更全面地了解民情、思考民性提供参考。

"采诗"说不仅为民间诗歌赋予了统一的意义，而且还为这类诗歌与其他诗篇的意义整合提供了条件。民间诗歌作为风俗的意义，指向着对政治的反省，以及对礼乐所规范的秩序与价值的维系。这就与"论功颂德之歌""止僻防邪之训"具有了一致的主旨。由此来看，西周以来创作的众多诗篇，虽然最初并不具有统一的主旨，但是经由后续的拣选与编辑，最终收入《诗》中的诗篇已经具有了整体性的意义。305首诗篇以不同的方式凝聚、呈现着周礼的精神。

《诗》的文本与意义经过不断的编辑而日趋完善。至于今本《诗经》是何时编辑完成的，则涉及《诗》学史上的另一桩公案，即"孔子删

---

① 参见夏传才：《〈诗经〉研究史概要》，郑州：中州书画社，1982年第1版，第28页；洪湛侯：《诗经学史》，第4页。

诗"说。《史记》载：

> 古者《诗》三千余篇,及至孔子,去其重,取可施于礼义,上采契后稷,中述殷周之盛,至幽厉之缺,始于衽席,故曰"《关雎》之乱以为《风》始,《鹿鸣》为《小雅》始,《文王》为《大雅》始,《清庙》为《颂》始"。①

这即是孔子删诗说的出处。及至孔颖达作《五经正义》,开始对司马迁的说法提出怀疑：

> 如《史记》之言,则孔子之前,诗篇多矣。案《书传》所引之诗,见在者多,亡逸者少,则孔子所录,不容十分去九。马迁言古诗三千余篇,未可信也。②

由此开始,历代的经师、学者围绕孔子删诗说展开了激烈的争论。我们注意到,孔颖达对孔子删诗说的质疑主要是从引诗中的逸诗比例着眼的。《左传》《国语》中载春秋时人歌诗、赋诗、引诗等凡200余条,但其中涉及逸诗却只有10余条。清代崔述、赵翼等人也注意到了这一现象。崔述言："况以《论》《孟》《左传》《戴记》诸书考之,所引之诗,逸者不及十一,则是颖达之言,左券甚明,而宋儒顾非之,甚可怪也。"③赵翼言："若使古诗有三千余,则所引逸诗宜多于删存之诗十倍,岂有古诗则十倍于删存诗,而所引逸诗反不及删存诗二三十分之一？"④董治安

---

① 《史记》,第1936页。

② 《毛诗正义》,第8页。

③ 崔述：《考信录》,《续修四库全书》第455册,影印清嘉庆二十二年道光二年四年陈履和递刻本,第673页下。

④ 赵翼：《陔余丛考》,上海：上海古籍出版社,2011年第1版,第24页。

更进一步推断,"早在《诗经》被最终编成定本以前,久已在可观范围内为人们所传习、所熟悉的诗作,其主体部分其实大致就限于传流后世的三百篇之内,由此可见,司马迁所说'古者诗三千余篇'如果确为事实,那么在孔子以前,恐怕早就有人做过一次或不止一次的'去其重'的工作了"①。应该说,这一辩驳还是比较有力的。另从《诗》的整体结构来看,鲁襄公二十九年季札观乐时,《诗》已经具备了与今本《诗经》十分接近的结构划分与篇次。② 其时孔子不过六七岁。由此推断,今本《诗经》不太可能是由孔子编成的,《诗》在孔子之前即已形成了一个较为成熟的文本。尽管"孔子删诗"说并不足信,但有一个细节却值得注意。在司马迁的表述中提到了拣选、编辑诗篇的一个重要原则,即"可施于礼义"。这正与我们之前的分析相合,可在一定程度上佐证我们对《诗》的意义整合的认识。

第二节 经典之义

一 "经""典"与经典

谈到经典化的问题,我们首先要明确何谓"经典"。在现代学术的视域中,对中国古代"经典"的反思有一个重要的参照,即西方文化中的"经典"传统。大体而言,西方的"经典"被分为两类:一是与宗教有关的典籍,其思想内容具有神圣性,规范并维系着宗教团体对神与世界的根本性理解。这类"经典"可译为"圣典"(scripture),如基督教的《圣经》、伊斯兰教的《古兰经》等。二是古希腊—罗马时代的人文典

---

① 董治安:《从〈左传〉〈国语〉看"诗三百"在春秋时期的流传》,载于《先秦文献与先秦文学》,济南:齐鲁书社,1994年第1版,第28页。

② 参见《春秋左传正义》,第1095—1104页。

籍,这些典籍记录了古代哲学家以高度的理性精神展开的对生活世界的思考。这类"经典"多译为"古典"(classics)。学者们一般认为,中国古代的所谓"经典",具有类似于"圣典"的意义,在古代世界具有崇高的地位。而中国古代"经典"与西方"圣典"的不同之处在于,其崇高的地位不是由某种宗教信仰确立和支撑的。① 此外,中国古代"经典"在理性精神的积淀与彰显方面,又与古希腊—罗马时代的"古典"有相近之处。

借由中西比较视野所带来的启示,我们来看看"经典"一词在中国古代的实际含义。"经典"虽然是一个古已有之的成词②,但它所包含的意义在古代更多是以"经""典"两词来指称的。王葆玹对"经""典"的含义做过详细考证。③据其所见,"典"的含义比较清楚,《说文》称:

典,从册,在丌上,尊阁之也。箕,古文典,从竹。④

"册"是一般的书,而"典"则是基于其上受到尊重的书。"典"之所以受尊重,是由其性质和意义所决定的。《尔雅·释言》:

典,经也,威则也。⑤

---

① 参见陈来:《古代思想文化的世界:春秋时代的宗教、伦理与社会思想》,第170—172页。王中江:《视域变化中的中国人文与思想世界》,郑州:中州古籍出版社,2005年第1版,第32页。
② 如《汉书·孙宝传》载孙宝之言:"周公上圣,召公大贤,尚犹有不相说,著于经典,两不相损。"(《汉书》,第3263页)
③ 参见王葆玹:《今古文经学新论》,北京:中国社会科学出版社,1997年第1版,第31—34页。
④ 许慎:《说文解字》,北京:中华书局,1963年第1版,第99页下。
⑤ 《尔雅注疏》,北京:北京大学出版社,1999年第1版,第 页。此处句读从王葆玹。

另《周礼》规定"太宰之职掌建邦之六典",郑玄注:

> 典,常也,经也,法也。王谓之礼经,常所秉以治天下也;邦国官府谓之礼法,常所守以为法式也。①

上述对"典"字的解释,已经指示出了"典"与"经"的意义关联。这种联系还可获得另外的证据。《左传》载,鲁昭公十五年周景王讥讽晋国使臣籍谈"数典而忘其祖",叔向听闻此事对周王发表了一则评论:

> 礼,王之大经也。一动而失二礼,无大经矣。言以考典,典以志经,忘经而多言举典,将焉用之?②

在这一表述中,"经"就是"典"所表达的内容,因此不能忘经而举典。在"经"与"典"的这种意义关联中,我们可以看到二者共有的一些含义:第一,"经""典"代表着某种法则,也即这些法则的文字载体。而这里所言法则,就是维系着社会基本秩序与价值的周礼。第二,"经""典"及其所记载的礼法是具有权威性的,即所谓"威则"。第三,"经""典"及其所包含的礼法又具有某种恒常性或稳定性,是需要"常秉""常守"的。这样三个含义共同构成了我们这里所要讨论的"经典"的基本内涵。

对于"经典"的这种意义,章太炎做过一些分辨。他认为,"世人以'经'为'常',以'传'为'转',以'论'为'伦',此皆后儒训说,非必睹其本真。案'经'者,编丝缀属之称,异于百名以下用版者。亦犹浮屠书称'修多罗','修多罗'者,直译为'线',译义为'经'。盖彼以贝叶

---

① 《周礼注疏》,第24页。
② 《春秋左传正义》,第1346页。

成书,故用线联贯也;此以竹简成书,亦编丝缀属也。"①此说影响甚大,后来学者多从此说,以为"经"不过是古代书籍的通称,而上所谓"经典"的意义实则是后儒的引申与曲解。② 对于这一观点,王葆玹力证其非。他指出:"据现存史料,书籍称经不过是始自战国时代,而战国时期文献中的'经'字多数不指书籍,而指'常''纲'之类。战国时代的学者指称书籍也往往不用'经'字,而称'典籍''书契'等等,例如《孟子》提到'宗庙之典籍',《左传》记载了王子朝等人'奉周之典籍以奔楚',《系辞传》提到'圣人易之以书契'。由这些事例可以得出与章太炎说相反的结论,即'经'字不能泛指一切书籍,而只能指称某些特殊的书籍。"③王葆玹的这一批评不无道理。不过,我们在讨论《诗》的经典化及其经典意义的时候,倒不必拘泥于"经""典"二字在当时是否具有礼法、权威、常则的意义以及是否被用来指称《诗》。我们更关注的是,《诗》在西周春秋之时是否实际上具有了"经典"在后世所指称的那些意义。

二 歌诗显德

在有关《诗》的创作、结集之后来探讨经典化的问题,并不意味着我们将二者视为在时间上前后相继的进程。事实上,《诗》作者与编辑者为《诗》赋予了一些经典化所需的要素。《诗》的创作、结集在某种意义上构成了经典化的必要环节。首先是文本层面,持续创作的诗篇,经过不断的编辑整理,逐渐形成了相对稳定的文本。只有基于这样的文本,才可能塑造起具有规范性、权威性及恒常性的意义。而在意义层面,《诗》的编辑者们在众多诗作者所建构的原初意义之上,一直在努

---

① 章太炎:《国故论衡》,上海:上海古籍出版社,2003 年第 1 版,第 53 页。
② 如马宗霍即在讨论"经典"之义时引述章太炎之说,并称其论断"独具慧眼""入木三分"。(马宗霍、马巨:《经学通论》,北京:中华书局,2011 年第 1 版,第 8 页)
③ 王葆玹:《今古文经学新论》,第 32 页。

力塑造《诗》的整体意义。按照这种意图被拣选、汇聚而来的诗篇,以不同的方式共同贯彻着周礼的精神。诗篇向人们表明,哪些功业、德行是应该被歌颂的,哪些弊端、恶行是必须被禁止的。同时,诗篇也向为政者呈现着民间的风俗,以作为政治反省之需。严格来说,这些诗文内容并不是具体的礼法条文,但是它们却共同指向着对礼制规范的彰显与维护。《诗》与礼的这种密切关系,为《诗》的规范性、权威性、恒常性意义的塑造提供了便利。

当然,在《诗》作者与编辑者所奠定的基础上,《诗》的经典意义还有待进一步塑造,其经典化进程仍需要一些具体的做法来加以推动。尽管我们难以获知经典化的详情,但从有限的史料记载分析,有关《诗》的应用与教习,在《诗》的经典化进程中发挥了不同程度的作用。我们先来看看《诗》的应用。

《诗》不同于一般文字典籍的特色,即是它在礼乐仪式中有着广泛的应用。应用形式包括歌诗、诵诗、赋诗等。大体而言,我们可以将这些应用分作两类。一类是固定化的应用,即在典礼仪式中按照固定的仪程唱诵诗篇。在典礼的哪个环节、以何种方式、唱诵哪一首或哪几首诗歌,都是有礼可循的。如《礼记》所言禘尝之祭的仪程:

  升歌《清庙》,下管《象》,朱干玉戚,冕而舞《大武》。皮弁素积,裼而舞《大夏》。①

就《清庙》而言,该诗一章八句:"於穆清庙,肃雍显相。济济多士,秉文之德,对越在天。骏奔走在庙,不显不承,无射于人斯。"②该诗描写的就是庙堂祭祀之事。诗文着力刻画了主祭与助祭诸人"肃雍显相""奔走在庙"的场景。这些行礼之人作为周王室的继承者,不只是要继承

---

① 《礼记正义》,第 937 页。
② 《毛诗正义》,第 1281—1282 页。

先祖遗留的功业与权力,更重要的是"秉文之德"。秉承先祖的功勋与盛德,以尽"孝子孝孙之心"。这也正是《清庙》所配的祭祖之礼的意义所在。又如《左传·襄公四年》记载的宴享之礼的用《诗》情形:

> 穆叔如晋,报知武子之聘也。晋侯享之,金奏《肆夏》之三,不拜。工歌《文王》之三,又不拜。歌《鹿鸣》之三,三拜。韩献子使行人子员问之,曰:"子以君命辱于敝邑,先君之礼,藉之以乐,以辱吾子。吾子舍其大,而重拜其细,敢问何礼也?"对曰:"三《夏》,天子所以享元侯也。使臣弗敢与闻。《文王》,两君相见之乐也,使臣不敢及。《鹿鸣》,君所以嘉寡君也,敢不拜嘉?《四牡》,君所以劳使臣也,敢不重拜?《皇皇者华》,君教使臣曰'必咨于周'。臣闻之,访问于善为咨,咨亲为询,咨礼为度,咨事为诹,咨难为谋。臣获五善,敢不重拜?"①

穆叔在出使晋国时,不受违礼的宴享歌《诗》。按照穆叔的理解,天子宴享诸侯之长时,应用《肆夏》《韶夏》《纳夏》等三乐;诸侯宴享其他诸侯时,用《文王》《大明》《绵》;诸侯宴享他国使臣时,用《鹿鸣》《四牡》《皇皇者华》。三《夏》亡佚,不知其义。但就歌诗的内容来看,《文王》等三诗"皆称文王之德,受命作周"②。而诸侯受文王遗泽,得享封国,故相见会同之时,歌《文王》诸诗以念文王之泽。这些颂文王之诗,非一般卿士所能擅用,故穆叔不受。而《鹿鸣》本是"燕群臣嘉宾"③之诗,正可用其"我有嘉宾"诸句来赞美客人。《四牡》描写了旅途的辛劳,歌之以表达主人慰劳使臣之意。歌《皇皇者华》,则取其"周爰咨诹""咨谋""咨度""咨询"等句,是主人教使臣咨于善道。从嘉美到训

---

① 《春秋左传正义》,第828—833页。
② 同上书,第831页。
③ 《毛诗正义》,第555页。

导,这样的内容正符合诸侯燕享别国使臣之义,故穆叔三拜以回礼。

由此可见,歌诗所选诗篇的意义是与其所应用的礼乐仪式相匹配的。通过在礼乐仪式中安排歌诗,诗篇的意义融入了礼乐仪式之中。诗与礼共同彰显着社会的一些基本秩序与价值。从《诗》的意义塑造的角度来看,歌诗既成为礼的一部分,其对诗义的表达就受到礼的规范。换言之,所歌诗篇在与礼的结合中,获得了某种程度的规范性,实现了对自身意义的确认与强化。而诗篇所获得的规范性意义,还会随着典礼活动的开展而不断彰显。《诗》的这种呈现,依托于礼乐制度而获得了高度的稳定性。而且,这种呈现并不是单纯的文本、文字的展现或对文本、文字的讲说,而是合乐的唱诵。孟子后来讲:"仁言不如仁声之入人深也。"①合于乐的呈现形式,会使诗篇的规范性意义更容易被人们所接受。

与之相较,另一类典礼用《诗》的方式展现了更多的灵活性。在某些特定的外交典礼中,宾主根据特定的情境,点选现成的诗篇章句由乐工唱诵,以表达自己的意愿、想法,这也即赋诗。赋诗者选用哪些诗文、表达怎样的意义,并不是固定化的,而是由赋诗者自己决定的。据《左传》的记载来看,赋诗始见于隐公三年,但襄公之前只有 10 次记录。赋诗的盛行还是要到襄、昭之时。因此,赋诗对春秋中期以前《诗》的经典化进程的影响是十分有限的。

三 诗教立德

《诗》的经典化进程的另一个重要推手,是有关《诗》的教习。提到《诗》的教习,人们往往会想到"诗教"的概念。但诚如洪湛侯先生所言,"'诗教'是一个历史概念,先秦、战国、汉、宋、清、现代,理解都不尽相同"②。在我们所关注的西周春秋时期,有关《诗》的教习主要是一种贵族教育。

---

① 《孟子注疏》,北京:北京大学出版社,1999 年第 1 版,第 358 页。
② 洪湛侯:《诗经学史》,第 75 页。

具体来看,在《周礼》的职官体系中,《诗》教由大师掌管:

> 教六诗:曰风,曰赋,曰比,曰兴,曰雅,曰颂。以六德为之本,以六律为之音。①

大师为宗伯之属,是礼官。② 需要说明的是,虽然《周礼》在有关大师的规定中并没有提及《诗》教的对象,但是从同为宗伯之属的大司乐及乐师的职责描述来看,乐官执掌的教育是面向"国之子弟"的。郑玄注:"国之子弟,公卿大夫之子弟,当学者谓之国子。"③国子教育是在培养未来的施政人才。礼乐之官的教育职责,是依托于礼乐的形式展开的。如大司乐"掌成均之法,以治建国之学政",教乐德、乐语、乐舞。大师同样是乐官,"掌六律六同,以合阴阳之声"④。其所教六诗,"以六律为之音"。《周礼》的这种设计安排体现了对《诗》的特色的把握:《诗》不同于一般的以文字为载体的教本,《诗》是入乐的⑤,有些诗篇更直接成为典礼乐歌。将有关《诗》的教育托之于乐官,并纳入乐的范畴,是符合《诗》的特点的。需要指出的是,这种与乐结合的教育,虽然包含对音律知识及奏乐技巧的传授,但乐的形式并不是教育的重点,而只是达成教育目的的一种外在手段。就本质而言,大师之教旨在帮助受教者理解乐与《诗》中贯彻的礼乐精神,进而确立起符合礼乐精神的各种德行。故大师教六诗,特别强调"以六德为之本"。

另一条有关《诗》教的材料出自《国语·楚语》。其时,楚庄王使士

---

① 《周礼注疏》,第610—611页。
② 《周礼·春官宗伯》:"乃立春官宗伯,使帅其属而掌邦礼,以佐王和邦国。"(《周礼注疏》,第432页)
③ 《周礼注疏》,第573页。
④ 同上书,第607页。
⑤ 对于《诗》皆入乐的观点,宋人开始有所质疑。但经历代的释疑,尤其是顾颉刚、张西堂等当代学者的考辨,《诗》皆入乐一事是较为可信的。

亹傅太子箴,士亹就世子教育之事问于申叔时,申叔时答曰:

> 教之《春秋》,而为之耸善而抑恶焉,以戒劝其心;教之《世》,而为之昭明德而废幽昏焉,以休惧其动;教之《诗》,而为之导广显德,以耀明其志;教之礼,使之上下之则;教之乐,以疏其秽而镇其浮;教之《令》,使访物官;教之《语》,使明其德,而知先王之务,用明德于民也;教之《故志》,使知废兴者而戒惧焉;教之《训典》,使知族类,行比义焉。①

申叔时在这里建议了一套系统的分科教育方案。教育的科目主要以典籍为核心分列设置,每个科目有其特定的教育目标。在这一设计中,《诗》教是诸多教育科目之一。与《周礼》国子教育的显著不同在于,这里不再将《诗》教作为礼乐教育的从属,而是明确地将其与礼、乐区分并举。不过,从《诗》教的根本目的来看,申叔时在很大程度上持有与《周礼》一致的看法,即希望通过《诗》教来培养受教者应有的德行。

从上述两条材料来看,西周春秋之时有关《诗》的教育明显具有王官学"治教无二,官师合一"②的特征。无论是《周礼》所安排的大师,还是楚庄王任命的士亹,都是在政治权力的要求和支持下展开《诗》教的。《诗》教既服务于政治,教学的内容就需要经过权力的认可与规范。政治权力会直接地介入《诗》义的塑造。明确了这样一种王官学的背景,我们才能准确把握《诗》教对于《诗》的经典化的作用。

《诗》教的目标很清楚,就是要培养符合礼乐精神的德行。这一目标要通过对《诗》的讲授来实现。这种《诗》教的设计,再次确认了《诗》与德礼之间的内在关联。但与歌诗之类的应用不同,《诗》教并不只是简单地彰显《诗》合于德礼的意义,《诗》教要保证通过教师的讲

---

① 徐元诰:《国语集解》,第485—486页。
② 叶瑛:《文史通义校注》,北京:中华书局,1985年第1版,第131页。

授,受教者能够理解并接受《诗》中所贯彻的礼乐的精神。而且,王官学的讲授内容并不是个性化的,而是由王官所提供的对《诗》的规范性理解。有关《诗》的教学,包含着对《诗》义的规范性的塑造。

此外,《周礼》与申叔时的设计也体现出了《诗》教的不同思路,而这种不同之中恰恰包含着《诗》的经典化的另一个重要细节。在《周礼》的描述中,有关《诗》的教育是从属于礼乐之教的。不过,由于涉及有关《周礼》成书的复杂争论,我们无法断言这种《诗》教的设计是否确为周代史实。但结合各种材料来看,《诗》因其合乐的特点,在其早期发展的很长一段时间里,确实是与礼乐仪式密切结合在一起的,并由乐官掌管。这样一种依托于礼乐的存在方式,使《诗》在礼制的保障下始终处于一种活跃的应用状态。这无疑有助于《诗》的文本与意义的形成与发展。但是,《诗》的这种存在方式也带来一个问题:在与礼乐的密切结合中,《诗》与《诗》教始终是礼乐的一部分,并处于一种从属的地位。而申叔时的分科教育方案的提出,则向我们表明,《诗》的地位发生了显著的变化。《诗》与《春秋》《世》《令》《语》《故志》《训典》等文字典籍一起组成了一个教本的体系。这意味着,《诗》的文字内容可以脱离于某一具体的礼乐形式而展现更为独立的意义,《诗》不再只是礼乐的附庸。正是由于这种地位的提升,才使得《诗》的教育清晰地展现出自己的特色:"导广显德""耀明其志"。这无疑是《诗》的经典化进程中的重要一步。

四 经典的确立

从上述分析和推断来看,有关《诗》的应用与教习在很大程度上推动了《诗》的经典化进程。歌《诗》与礼仪的结合、《诗》教对德行的培养,都强化了《诗》所包含的合于礼乐的精神。而《诗》的这种内涵,又借由礼乐仪式和王官学教育的规范性,逐步明确了自身作为一种法则的意义。这种被不断塑造的意义,通过《诗》教被贵族阶层所广泛接受,并在歌诗的应用中获得彰显。

至于《诗》的经典化进程究竟是何时完成的,并没有一个严格的时间节点。但是通过相关史料的记载,我们还是能够找到《诗》成为经典的更确切的标志或表现。在这个问题上,《左传·僖公二十七年》的一条材料是必须被提及的:

> 冬,楚子及诸侯围宋,宋公孙固如晋告急。先轸曰:"报施救患,取威定霸,于是乎在矣。"狐偃曰:"楚始得曹,而新昏于卫,若伐曹、卫,楚必救之,则齐、宋免矣。"于是乎蒐于被庐,作三军,谋元帅。赵衰曰:"郤縠可。臣亟闻其言矣,说礼、乐而敦《诗》《书》。《诗》《书》,义之府也;礼、乐,德之则也;德、义,利之本也。夏书曰:'赋纳以言,明试以功,车服以庸。'君其试之。"乃使郤縠将中军,郤溱佐之;使狐偃将上军,让于狐毛而佐之;命赵衰为卿,让于栾枝、先轸。使栾枝将下军,先轸佐之。荀林父御戎,魏犨为右。①

对此事的记载还见于《国语》:

> 文公问元帅于赵衰,对曰:"郤縠可,行年五十矣,守学弥惇。夫先王之法志,德义之府也。夫德义,生民之本也。能惇笃者,不忘百姓也。请使郤縠。"公从之。②

上引《左传》《国语》记述的是同一史实,可以结合起来分析。鲁僖公二十七年,楚国率领附庸的诸侯国围困了宋国。宋国急遣公孙固赴晋国求援。晋国君臣对此事进行了讨论和谋划。先轸首先指明,霸主必须有"报施救患"的担当。晋国如果想立威于诸侯,就要对处于患难之中的宋国施以援手。在明确了救患的基本方针之后,狐偃给出了一个具

---

① 《春秋左传正义》,第436—437页。
② 徐元诰:《国语集解》,第357页。

第二章 奠基与传统 | 57

体的解围策略。曹、卫两国附庸于楚国,若出兵攻此二国,楚国必回师救援,则宋国之围可解。策略既定,就需要选任三军的元帅来负责执行。赵衰向晋文公推荐郤縠为帅,并阐述了理由。这其中就包含了对《诗》的认识。据《左传》记,赵衰之所以推荐郤縠,是因为屡次听郤縠自道,他喜好礼、乐而敦习《诗》《书》。需要进一步澄清的是,为什么喜好礼、乐而敦习《诗》《书》的人就适合领兵为帅?解答这个问题,要首先明确,战争意味着什么以及赢得战争需要什么条件?我们知道,中国古人对战争有着深刻的认识。在古人看来,战争绝不仅仅是战场上的攻守,它关系着国家内政、外交等诸多方面的因素。战争与整个国家的运作,依循着共通的法则。因此,要赢得战争胜利,就要求统兵之人不能只擅长战场攻守的战术,他要对整个国家所依循的那些基本秩序和价值有着充分的把握,并能够灵活地加以运用。这里所谓的基本秩序与价值,就是赵衰所说的德、义。德、义,是"利之本",是"生民之本"。而《诗》《书》、礼、乐,正是德、义最重要的载体,是"德义之府"。或者按照《国语》的表述,《诗》《书》等就是先王订立的"法志"。郤縠喜好并敦习这些典籍,意味着他掌握了典籍所藏纳的德、义原则。这才是赵衰推荐郤縠为帅的理由。由此来看,在僖公之时,《诗》已经明确地具有了法则之义。而且,赵衰之所以会以此为理由举荐元帅,必然是因为,作为咨询者或听闻者的晋国君臣,都认可《诗》的这种意义。《诗》为"德义之府",已经是当时的一种共识了。同时,我们也注意到,在赵衰的表述中,《诗》是与《书》、礼、乐并称的,其作为"德义之府"不再依赖于合乐的表现形式,而具有相对独立的意义。这与约略同时的楚国世子教育对《诗》的定位是类似的。而这些都是《诗》成为经典的重要标志。

晋国君臣的这则对话发生在鲁僖公二十七年。大约从这个时候开始,越来越多的卿大夫在论说自己的想法或主张时,引《诗》以为佐证。不少学者对《左传》引《诗》的材料进行过统计分析。而要考察引《诗》的出现及发展情况,一种较为有效的做法,是剔除"仲尼曰""君子曰"中的引《诗》,专注于时人引《诗》的频次变化。若以此种方式统计,结

果如下:

隐公(11年):0次

桓公(18年):1次

庄公(32年):1次

闵公(2年):1次

僖公(33年):8次

文公(18年):5次

宣公(18年):9次

成公(18年):9次

襄公(31年):24次

昭公(32年):34次

定公(15年):2次

哀公(27年):3次①

尽管《左传》的记载并不能完全反映当时各国引《诗》的情况,但通过这一统计结果,我们至少能够了解引《诗》发展的大致走势。从僖公时开始,引《诗》的频次显著增加,至襄、昭年间达到高峰。如果说,僖公时赵衰将《诗》描述为"德义之府",代表了时人对《诗》的经典意义的认可,那么引《诗》的逐渐盛行则是这种共识所带来的必然结果。人们在言谈论说中无法说服他人时,就会去寻找、借重比自己的言论更具权威性的资源。通过表明自己的主张源自或依据于某种权威,以论证自身的合理性,从而获得他者的认同与接受。而引《诗》的盛行正意味着,无论是引诗者还是听闻者,都已经承认《诗》具有比自身更高的权威性。而且,引《诗》不再依赖于礼乐的形式,引《诗》的出现完全是出于时人对诗文本身所具有的权威意义的认可。当然,引《诗》风气的兴

---

① 张素卿:《左传称诗研究》,第148—149页。

盛,也反过来不断巩固和强化着《诗》所具有的这种权威。

需要说明的是,虽然引《诗》证言确实对《诗》的经典意义具有巩固和强化的作用,但是从根本上来说,一定是《诗》先具有了被普遍承认的经典意义,才成为时人引为佐证的论说资源。对于引《诗》与《诗》的经典化之间的这种关系,我们可以结合引《诗》的细节做进一步的澄清。《左传·文公二年》记:

> 秦伯犹用孟明。孟明增修国政,重施于民。赵成子言于诸大夫曰:"秦师又至,将必辟之。惧而增德,不可当也。《诗》曰:'毋念尔祖,聿修厥德。'孟明念之矣。念德不怠,其可敌乎?"①

赵衰有感于秦伯重用孟明,而国势日强,遂与诸大夫议论。赵衰认为,孟明在秦国修其德政,正符合《大雅·文王》中"毋念尔祖,聿修厥德"的训诫,有利于秦国。秦师又至,必难以匹敌。按杜《注》所言,这里所谓"毋念"即是"念","言念其祖考,则宜述修其德以显之"②。但我们知道,诗句的这种基本含义在《文王》诗中其实有着特定的背景。该诗第六章:

> 无念尔祖,聿修厥德。永言配命,自求多福。殷之未丧师,克配上帝。宜鉴于殷,骏命不易。③

从这章内容来看,"念祖修德"的要求是周人面对殷商败亡、天命改易的教训而提出的。"念祖修德"的主体不是诸侯或卿大夫,而是周王。其目标也很清楚,就是要取代殷商,长久地匹配天命。而赵衰在引述诗句以

---

① 《春秋左传正义》,第493页。
② 同上。
③ 《毛诗正义》,第964页。

阐明孟明施政的优长之处时，显然忽略了诗句在原诗中所具有的背景含义。事实上，这种情况并不是个例。引《诗》断章的形式，使得所引诗句很容易脱离原诗的背景而发生意义上的变化。虽然在基本含义层面，引《诗》取义不会背离诗文原义，但引《诗》者会根据自己论说的主题以及论证的需要，对诗句在原诗语境中所具有的丰富含义做出个性化的取舍。被取用的含义，相对于诗篇的整体意义而言，往往是片段化的。这样一种对诗文意义的呈现与运用，可能会造成《诗》的经典意义的损失。比如在上述引例中，赵衰取用了"毋念尔祖，聿修厥德"的基本含义，却淡化了诗章所强调的周王以德配天的意旨。而被淡化的含义，恰恰是周代政治秩序所依循的根本法则。从这个角度来说，引《诗》在很多时候并不利于《诗》的经典意义的凝聚。《诗》的经典意义的塑造，不可能依赖于引《诗》这样一种个性化、片段化的取义来实现。引《诗》所发挥的作用，更多地是表达对《诗》的权威性的需求与认可，而不是塑造具有权威性的意义。

总的来说，《诗》的经典化是由各方面因素共同促成的。《诗》的创作与结集，为经典化提供了最初的基础。而《诗》合于礼乐的应用以及《诗》教，进一步推动了经典化的进程。当然，这种描述更多地是一种逻辑上的分析与推演。由于诗篇的创作和结集绵延了上百年的时间，直到春秋中后期才最终完成，因此更符合实际的情况是，《诗》的创作、结集、应用、教习以及经典化的进程，是在相互影响下同步展开的。

在这一漫长而复杂的进程中，《诗》虽然在表现形式上逐渐摆脱了对礼乐仪式的依赖，仅凭诗文本身的意义即成为经典，但必须指出的是，《诗》被不断塑造的经典意义始终贯彻着礼的精神。无论是作为礼乐仪式的一部分，还是作为相对独立的典籍，《诗》都凝聚着周礼对秩序与价值的根本性理解。《诗》的经典化体现着礼乐文明维护和彰显自身精神、意义的需要。

第三章

危机与转变

大约在春秋中后期,《诗》具有了相对稳定的文本与意义,也同时完成了经典化的进程。这一文本与意义的建构过程,是依托于礼乐制度展开的。在漫长的时间跨度中,执掌礼乐的王官将不同来源的诗篇汇聚在一起,并保持对文本的不断修订以及对思想意义的持续塑造。《诗》作为"德义之府",凝聚并彰显着着周礼的精神。在这个意义上,经典之《诗》就是周礼的一部分,是礼乐文明高度成熟的一个结果。

正是由于《诗》与周礼具有这样一种内在的联系,《诗》及《诗》学的后续发展深受周礼的影响。而我们知道,在《诗》的文本与意义初步成熟的春秋中后期,周礼开始逐渐崩坏。传统的经典之学在这一深刻的社会危机中,发生了根本性的转变。

第一节 经典的危机

一 礼废乐坏

就三《礼》所呈现的内容而言,周礼既包括宗法、封建、官制、田制、军制、学制、刑制等制度层面的内容,也包含冠礼、婚礼、丧礼、祭礼、朝聘之礼、射礼、乡饮酒礼等典礼仪式。①所谓"《经礼》三百,《曲礼》三千"②,各种制度与仪式在不同层面规范着整个周代社会。对于周礼在周代社会的作用与意义,春秋时人有着清晰的自觉:

> 礼,国之干也。③
> 礼,经国家,定社稷,序民人,利后嗣者也。④
> 礼,所以守其国,行其政令,无失其民者也。⑤

从这些表述来看,春秋时期的卿大夫主要还是基于其身份、立场,从为政治国的角度去理解礼的功用。⑥礼,维系着基本的政治秩序,保证着国家的政治稳定。与《左传》所记的卿大夫的言论不同,儒者对礼的功用有着更深刻的认识。如《礼记·曲礼上》言:

> 夫礼者,所以定亲疏,决嫌疑,别同异,明是非也。⑦
> 道德仁义,非礼不成。教训正俗,非礼不备。分争辨讼,非礼不决。君臣、上下、父子、兄弟,非礼不定。宦学事师,非礼不亲。班朝治军,莅官行法,非礼威严不行。祷祠祭祀,供给鬼神,非礼不诚不庄。⑧

---

① 《礼记·祭统》又以"五经"概括周代的礼仪。郑玄注:"礼有五经,谓吉礼、凶礼、宾礼、军礼、嘉礼。"陆德明释文:"五经,吉、凶、军、宾、嘉之五礼。"(《礼记正义》,第1345页)

② 《礼记正义》,第740页。

③ 《春秋左传正义》,第365、1119页。

④ 同上书,第126页。

⑤ 同上书,第1216页。

⑥ 也有少数卿大夫会在更宏大的视域中思考礼的问题,如《左传·昭公二十五年》载子太叔引子产之言,称"夫礼,天之经也,地之义也,民之行也"。在这种认识中,礼体现着天、地、民所共同遵循的法则。(《春秋左传正义》,1447页)

⑦ 《礼记正义》,第13页。

⑧ 同上书,第14页。

又《礼记·哀公问》也有类似的表述:

> 民之所由生,礼为大。非礼无以节事天地之神也,非礼无以辨君臣、上下、长幼之位也,非礼无以别男女、父子、兄弟之亲,昏姻疏数之交也。①

借由上述论说我们可以看到,在儒家的认识中,礼组织规范着人与人、人与天地万物的秩序,安顿着每一个体在这一秩序中的位置、身份。同时,是非、善恶的价值标准也在这一秩序中获得确立。

礼从根本上规范着周代社会的秩序和价值。但是,随着社会的发展与演进,日趋成熟的周代礼仪与制度也开始发生废坏。《左传》《国语》等文献材料记载了春秋时期发生的大量违礼之事。尤其是到了春秋末叶,各种违礼的现象已经屡见不鲜。司马迁以敏锐的眼光概述了当时的状况:

> 周衰,礼废乐坏,大小相逾,管仲之家,兼备三归。循法守正者见侮于世,奢溢僭差者谓之显荣。②
> 孔子之时,周室微而礼乐废,《诗》《书》缺。③

这样的概括无疑是对当时社会情形的真实写照。礼废乐坏最直接的表现,即是人伦秩序的废弛。司马迁提到了"管氏三归"一事,这也是孔子所关注的当时具有代表性的一个违礼之例。④管仲在家事的处理上,

---

① 《礼记正义》,第1373页。
② 《史记》,第1159页。
③ 同上书,第1935页。
④ 《论语·八佾》:"子曰:'管仲之器小哉!'或曰:'管仲俭乎?'曰:'管仲有三归,官事不摄,焉得俭?''然则管仲知礼乎?'曰:'邦君树塞门,管氏亦树塞门。邦君为两君之好,有反坫,管氏亦有反坫。管氏而知礼,孰不知礼?'"(《论语注疏》,第42页)

逾越了其卿大夫的身份。①而大小的逾越与秩序的悖乱,又会引生价值判断的混乱乃至颠覆。在理想的礼乐秩序中,法正既是一种言行的规范,同时也指示着好的、善的价值取向。以法正为标准,循法守正者理应获得社会的认可与嘉誉,而奢溢僭差之人应受到批评与贬抑。但是在春秋末叶,却是循法守正者见侮于世,奢溢僭差者竟谓之显荣。

不过,礼本身是一个复杂的系统,其废坏是从某些层面或某些局部开始的。而当时的人们由于大多缺乏对礼的深入认识,因此对礼废乐坏的细节表现往往是不自觉的,或者说是习以为常的。只有少数有识之士,对礼乐的本质及其废坏的情况有着真正的反省。发生在鲁昭公年间的两次有关礼、仪之分的对话即鲜明地反映着这种情况。《左传·昭公五年》载:

> 公如晋,自郊劳至于赠贿,无失礼。晋侯谓女叔齐曰:"鲁侯不亦善于礼乎?"对曰:"鲁侯焉知礼!"公曰:"何为? 自郊劳至于赠贿,礼无违者,何故不知?"对曰:"是仪也,不可谓礼。礼所以守其国,行其政令,无失其民者也。今政令在家,不能取也。有子家羁,弗能用也。奸大国之盟,陵虐小国。利人之难,不知其私。公室四分,民食于他。思莫在公,不图其终。为国君,难将及身,不恤其所。礼之本末,将于此乎在,而屑屑焉习仪以亟。言善于礼,不亦远乎?"②

---

① 历代学者对"管氏三归"有不同的解释。如包咸称:"三归,娶三姓女",邢昺进一步解释:"礼,大夫虽有妾媵,嫡妻唯娶一姓。"(《论语注疏》,第 42—43 页)皇侃称:"礼,诸侯一娶三国九女","大夫婚不越境,但一国娶三女。""管仲是齐大夫,而一娶三国九人,故云有三归也。"(皇侃:《论语义疏》,北京:中华书局,2013 年第 1 版,第 73 页)《说苑》:"管仲故筑三归之台,以自伤于民。"朱熹据此称:"三归,台名。"(朱熹:《四书章句集注》,北京:中华书局,1983 年第 1 版,第 67 页)

② 《春秋左传正义》,第 1215—1217 页。

鲁昭公聘问于晋国,在来往交接中行礼如仪。晋侯据此以为昭公知礼,但大夫女叔齐却反认为昭公不知礼。对于这种截然相反的判断,女叔齐做出了自己的解释。在他看来,昭公来访中所行郊劳、赠贿诸事不过是言行上的仪节,不能仅以此作为礼。女叔齐对于礼的认识,主要是从礼的政治功用来讲的。礼是君主赖以"守其国,行其政令,无失其民"的手段。而从鲁国在内政、外交等方面的表现来看,昭公显然并没有发挥出礼的功用。女叔齐据此认为昭公不知礼。在这一论说中,还出现了"礼之本末"的讲法。如果对应于礼、仪之分,郊劳至于赠贿中的仪节即是"礼之末",而守国、行令、保民之用则指向着"礼之本"。只是从政治功用的角度做出的描述,还不足以清晰地揭示礼作为秩序与价值的本质。不过,女叔齐对鲁国政事的关注与分析,已经表现出了对礼所承载的秩序与价值的探寻、思考。正是出于这样的思考,女叔齐才能够在面对繁复的表象时敏锐地洞察礼废乐坏的实情。而鲁侯、晋侯之流还在"屑屑焉习仪以亟"并以此为知礼。而且,鲁侯、晋侯的不知礼在当时也并非特例,而很可能是一种普遍的情形。如昭公二十五年子大叔见赵简子时,简子所问的仍然是仪式层面的"揖让周旋之礼":

  夏,会于黄父,谋王室也。赵简子令诸侯之大夫输王粟、具戍人,曰:"明年将纳王。"子大叔见赵简子,简子问揖让周旋之礼焉。对曰:"是仪也,非礼也。"简子曰:"敢问,何谓礼?"对曰:"吉也闻诸先大夫子产曰:'夫礼,天之经也,地之义也,民之行也。'天地之经,而民实则之。"①

对话发生的背景即显示着礼乐在实践层面的复杂性。一方面,王室遭逢子朝之乱,诸侯会盟以谋划安定王室,这是力图恢复周礼应有的秩序;但另一方面,赵简子却在会盟中以卿大夫的身份传令于诸侯之大

---

① 《春秋左传正义》,第1447—1448页。

夫,这已是僭越。正是在这样一种复礼与违礼的张力中,赵简子向子大叔请教揖让周旋之礼。从简子在听闻子大叔的讲论后所发感慨来看,此处问礼并非伪饰做作之举,简子确实是在寻求对礼的更多了解。但简子当时所能认识和把握到的,也不过"是仪也,非礼也"。

二 诗礼之衰

由于《诗》与礼之间存在着内在的关联,因此礼废乐坏的现实对于《诗》及《诗》学有着直接而深刻的影响。春秋末期,随着礼废乐坏的加剧,《诗》的传承与发展也面临着巨大的危机。①

通过之前的探讨,我们可以知道,《诗》的采创、编辑、结集以及相关的教习、应用,多有赖于大师、瞽、矇等乐官。这是由《诗》本身的文体特征以及合乐应用的特点所决定的。但是在《论语·微子》的记述中我们却看到,当时鲁国的众多乐官正处于一种流离失散的窘迫境遇中:

> 大师挚适齐,亚饭干适楚,三饭缭适蔡,四饭缺适秦,鼓方叔入于河,播鼗武入于汉,少师阳、击磬襄入于海。②

按《汉书》的记述,大师在诗的采集、编订过程中发挥着重要的作用。③另据《周礼》之制,大师的职责之一即是"教六诗:曰风,曰赋,曰比,曰

---

① 关于礼坏乐崩对《诗》的影响参见顾颉刚:《〈诗经〉在春秋战国间的地位》,载于顾颉刚编:《古史辨》第 3 册,上海:上海古籍出版社,1982 年第 1 版,第 348—352 页。

② 《论语注疏》,第 253 页。另据程树德所列诸说:"太师挚等八人,有谓为周平王时人者","有谓八人为周厉王时人者","有谓殷纣时人者"。但诸说皆无确证。而"以《家语》师襄以击磬为官而能琴言之,则襄与孔子同时。以夫子正乐,而曰师挚之始洋洋盈耳言之,则挚与孔子同时。以齐楚秦蔡言之,则皆春秋时国名,当以鲁哀公时人为断。"(程树德:《论语集释》,北京:中华书局,1990 年第 1 版,第 1291 页)

③ 《汉书·食货志》:"孟春之月,群居者将散,行人振木铎徇于路,以采诗,献之大师,比其音律,以闻于天子。故曰王者不窥牖户而知天下。"(《汉书》,第 1123 页)

兴,曰雅,曰颂"①。其余少师、亚饭、三饭、四饭、鼓、播鼗、击磬都是乐官之名。对于这条材料所描述的内容,孔安国有着明确的概括:"鲁哀公时,礼坏乐崩,乐人皆去。"②这也即是《汉书·礼乐志》所记述的"王泽既竭"之时"王官失业"③的情形。

掌诗乐之官的离散,不过是礼乐在实际操作层面不断崩坏的一个细节。但是,这一细节对于《诗》的传承显然有着非常不利的影响。《诗》的文本的缺失,即可以看作是王官离散所造成的一个直接后果。在当时的物质条件下,典籍的保存与维护本就十分困难,再加之负责经典之学的王官流离失散,经典文本在传承中出现破损、散佚也就在所难免了。《史记·孔子世家》中就特别提到,孔子之时已经出现了"《诗》《书》缺"④的问题。

而《诗》还不同于一般的文字典籍,《诗》会在典礼仪式中配乐使用。与《诗》相配的乐,可称作古乐或雅乐。《诗》乐可能并不具有文字的记录形式,其传承更多地依赖于乐官的口耳相传。因此,《诗》乐较之《诗》的文本更加难以保存和传续。乐官流散对《诗》乐传承的冲击也更明显。与此同时,郑卫之音的出现与流行也加速了雅乐的衰亡。据《汉书》的描述:

> 周衰俱坏,乐尤微眇,以音律为节,又为郑卫所乱,故无遗法。⑤

> 制度遂坏,陵夷而不反,桑间、濮上、郑、卫、宋、赵之声并出,内则致疾损寿,外则乱政伤民。巧伪因而饰之,以营乱富贵之

---

① 《周礼注疏》,第 610 页。
② 《论语注疏》,第 253 页。
③ 《汉书》,第 1042 页。
④ 《史记》,第 1935 页。
⑤ 《汉书》,第 1171—1712 页。"俱坏",承上文指礼乐俱坏。

耳目。①

孔子即对郑声表现出了明显的警惕与厌恶：

> 颜渊问为邦。子曰："行夏之时，乘殷之辂，服周之冕，乐则《韶舞》。放郑声，远佞人。郑声淫，佞人殆。"②
> 子曰："恶紫之夺朱也，恶郑声之乱雅乐也，恶利口之覆邦家者。"③

孔子的这种态度是基于对乐的某种理解。虽然孔子没有明确的论述，但是结合《乐记》等早期儒家文献对礼乐的讨论我们可以知道，在儒家看来，乐相比于一般的命令、教训，更能影响人心。这也是儒家重视乐及乐教的原因。当然，不同的乐对人心的影响是不同的。雅乐能够令人心处于平和、中正的状态中；而郑声"好滥淫志"④，激发着人心对外物的过度欲求，构成了对雅乐及其所营造的平正心态的破坏。而且，郑卫之音着力于刺激人的感官，较之平和、中正的雅乐有着更强的吸引力。因此孔子主张放逐郑声，修正雅乐。但是，个人的努力并不足以扭转雅乐逐渐式微的趋势。

进入战国时期，雅乐的败坏已不可避免。郑卫之音迅速地成为时人好乐的对象。史载"魏文侯最为好古"，连这样一位难得的好古之君都不免沉湎于靡靡之音：

> 至于六国，魏文侯最为好古，而谓子夏曰："寡人听古乐则欲

---

① 《汉书》，第1042页。
② 《论语注疏》，第210—211页。
③ 同上书，第240页。
④ 《礼记正义》，第1124页。

寐,及闻郑、卫,余不知倦焉。"子夏辞而辨之,终不见纳。①

子夏的努力虽然"终不见纳",但至少子夏还在尝试"辞而辨之",意图使文侯认识到古乐、雅乐的意义,从而改变其态度。但到了战国中后期,当孟子面对只好世俗之乐的齐宣王时,已不再有古今、雅俗的辩驳了:

> 庄暴见孟子,曰:"暴见于王,王语暴以好乐,暴未有以对也。"曰:"好乐何如?"孟子曰:"王之好乐甚,则齐国其庶几乎?"他日见于王,曰:"王尝语庄子以好乐,有诸?"王变乎色,曰:"寡人非能好先王之乐也,直好世俗之乐耳。"曰:"王之好乐甚,则齐其庶几乎!今之乐,犹古之乐也。"曰:"可得闻与?"曰:"独乐乐,与人乐乐,孰乐?"曰:"不若与人。"曰:"与少乐乐,与众乐乐,孰乐?"曰:"不若与众。""臣请为王言乐。……今王与百姓同乐,则王矣。"②

这里所谓"世俗之乐",赵岐注:"谓郑声也。"③齐宣王与魏文侯一样,对先王雅乐毫无兴趣,而喜好悦耳动听的郑卫之音。孟子从庄暴处听闻宣王好乐后,当面问于宣王。宣王以为孟子误解自己好先王之乐,马上做了澄清。宣王的这一举动暗示着,即便如宣王,也清楚地知道先王之乐与世俗之乐的意义及区别。而宣王自辩之后,孟子并没有像子夏那样批评世俗之乐,反而称"今之乐犹古之乐"。孟子当然不会不知道二者的区别,其说如此,只是为了转从与百姓同乐的角度劝导宣王。这样的说辞当然体现出了规劝的技巧,但同时也在一定程度上表明,世俗之乐的兴盛与先王雅乐的衰落恐怕已不可逆转。

---

① 《汉书》,第1042页。
② 《孟子注疏》,第30—32页。
③ 同上书,第31页。

在《诗》的文本和《诗》乐逐渐破坏的过程中,《诗》的应用也随之面临不可避免的危机。一个明显的表现就是时人对于用《诗》之礼的僭越。《论语》载:

> 三家者以《雍》彻。子曰:"'相维辟公,天子穆穆',奚取于三家之堂?"①

"相维辟公,天子穆穆"两句出自《诗经·周颂·雍》,乃是描述天子主祭、诸侯助祭的场景。马融称,按照礼制,天子祭祀于宗庙时才能歌《雍》诗以彻祭。②而仲孙、叔孙、季孙只是鲁国的卿大夫,却用《雍》诗彻祭,这明显是一种僭越。孔子对三家的违礼行为表现出了鲜明的批评态度。但是如果联系整个战国时期的情形来看,我们恐怕不得不承认,《诗》的僭用还不是最坏的情况,毕竟僭用也还是一种用的状态。相较于其后用《诗》之礼的逐渐消亡,孔子之时的违礼用《诗》还只是旧有应用形式衰落的初兆。我们知道,礼乐仪式中的歌《诗》、赋《诗》是需要与乐相配合的。乐的崩坏使得合乐歌咏、唱诵诗篇的用《诗》传统难以为继。《汉书》载:

> 春秋之后,周道浸坏,聘问歌咏不行于列国。③

这里所谓"歌咏",应兼指歌《诗》、赋《诗》而言。按顾颉刚先生的推断,歌《诗》或许没有完全绝迹,雅乐在"宗庙中还有得用,不过决没有人采它"。④至于赋《诗》活动,则已是彻底消亡了。"我们读完一部《战

---

① 《论语注疏》,第 29 页。
② 同上。
③ 《汉书·艺文志》,第 1756 页。
④ 顾颉刚:《〈诗经〉在春秋战国间的地位》,载于顾颉刚编:《古史辨》第 3 册,第 356 页。

国策》,看不到有一次的赋诗,可见此种老法子已经完全废止。"①歌《诗》、赋《诗》的边缘化乃至消失,导致《诗》进一步脱离了其所孕育、成长的礼乐制度,《诗》无法再借由活跃的礼乐仪式来巩固和强化其所表现的思想价值。

我们知道,《诗》在春秋中后期即已确立了作为"德义之府"的经典意义。这一经典意义所承载的原则与价值体现着礼的要求。但是,礼废乐坏的现实却昭示着,固有的原则与价值已无法满足社会发展的需要。这也即从根本上动摇了《诗》的经典意义。

第二节 经典的儒家化

一 斯文在兹

春秋末期,周代社会面临着礼废乐坏的危机。当然,从积极的方面而言,这样的危机也引发了时人对社会秩序、价值的深刻反思。事实上,思想及至社会的突破性发展,往往是紧接着旧秩序、旧价值的崩坏而出现的。正由于原有的社会秩序与价值崩坏了,思想家才努力寻求新的突破。诸子学就是在周礼废坏的背景下兴起的。儒、墨、道、法等不同学派,面对着同样的传统与危机,逐渐形成了不同的思想认识。

相较而言,儒家对于传统的制度、文化有着最为积极的态度,其应对危机的方式也是最为温和的。我们可以看到,孔子鲜明地表现出了对周礼的赞赏:

> 子曰:"周监于二代,郁郁乎文哉!吾从周。"②

---

① 顾颉刚:《〈诗经〉在春秋战国间的地位》,第355页。
② 《论语注疏》,第36页。

而孔子的理想便是要复兴周礼:

> 公山弗扰以费畔,召,子欲往。子路不说,曰:"末之也已,何必公山氏之之也?"子曰:"夫召我者,而岂徒哉!如有用我者,吾其为东周乎?"①

孔子一直在寻找机会去实现自己的理想,若有执政者能任用自己,则可以复兴周礼于东方。孔子更是以古代文化继承者的身份自命:

> 子畏于匡,曰:"文王既没,文不在兹乎?天之将丧斯文也,后死者不得与于斯文也。天之未丧斯文也,匡人其如予何?"②

"斯文在兹"的文化自觉,成为了儒家不同于其他学派的显著特征。

而西周以来的经典之学,本就孕育、成长于周代的礼乐文明之中,承载、展现着周礼的基本精神与法则。儒家既以复兴周礼为己任,那么对古代经典之学的传承自然也成为了儒家需要担负的重要使命。《庄子·天下》篇指出:

> 古之人其备乎!配神明,醇天地,育万物,和天下,泽及百姓,明于本数,系于末度,六通四辟,小大精粗,其运无乎不在。其明而在数度者,旧法世传之史尚多有之。其在于《诗》《书》《礼》《乐》者,邹鲁之士搢绅先生多能明之。③

这段文字或有歧义。成玄英疏"旧法世传之史"曰:"史者,《春秋》《尚

---

① 《论语注疏》,第234页。
② 同上书,第113页。
③ 郭庆藩:《庄子集释》,第1067页。

书》,皆古史也。"此二者合其后的《诗》《书》等四者正是六艺典籍。据成氏之意,此处乃言古代学术之本末数度"布在《六经》者,邹鲁之地儒服之人能明之也"。①梁启超先生则云:"此论儒家也。道之本体,非言辞书册所能传,其所衍之条理,即'明而在数度者',则史官记焉而邹鲁之儒传之。"②这两种解释,细节上虽有分歧,但都认同《诗》《书》《礼》《乐》所载"道术"为儒者所继承、彰显。相对来看,"百家之学"应指儒家之外的其他诸家学说,它们对于古旧相传的典章数度只是"时或称而道之"而已。司马谈《论六家要旨》也指出:

儒者以《六艺》为法。③

《汉书·艺文志》亦说儒家:

游文于六经之中,留意于仁义之际。④

事实上,先秦诸子在各自论说中引论经典的情况,也能印证上述几种早期学术史对儒家的认识。正如人们所见到的,先秦儒家文献中有很多针对六艺经典的讨论,儒者在自己的论述中引经据典更是普遍采用的做法。而在其他学派的文献中,只能见到少量对经典的称述,其中还有一些是对经典之学的批评。很显然,在诸子时代,儒家就是经典之学最主要的继承者。

---

① 郭庆藩:《庄子集释》,第1068页。
② 梁启超:《庄子天下篇释义》,载于《饮冰室合集》第10册,北京:中华中局,1989年第1版,饮冰室专集之七十七,第3页。
③ 《史记》,第3290页。
④ 《汉书》,第1728页。

二 传经之儒

不过,儒家对于《诗》的传习在很多方面都与传统的经典之学有着显著的区别。首先,就是传承主体的变化。诚如清代学者章学诚所言,在孔子以前,"治教无二,官师合一"①。六艺经典的传习是在礼乐制度的保障下由专门职官负责的。但是随着春秋时期礼坏乐崩的加剧,职司废弛,王官失业,古代文化的传承面临困难,包括《诗》在内的六艺经典迫切需要一个新的富有生命力的传承主体。当然,从积极的方面来看,王官及其所掌握的文化的流散,也为古代文化下移于民间提供了必要的条件。

孔子正是在此官学衰微之际,以其对周礼的热情与执著,积极求教于诸贤士大夫。《左传》载,鲁昭公于宴席间问郯子,少皞氏何故以鸟名官,"仲尼闻之,见于郯子而学之"②。又《史记》载,孔子曾"适周问礼,盖见老子云"③,亦曾就乐的问题"闻诸苌弘"④,又"学鼓琴师襄子"⑤。孔子以这种学而不厌的精神,掌握了传承自古代的六艺经典。在这一基础上,孔子开创了以私人身份讲授"王教之典籍"的先河。《史记》载:

> 孔子以诗书礼乐教,弟子盖三千焉,身通六艺者七十有二人。⑥

孔子收授弟子并不像过去官学那样有门第、身份的限制,而是本着"有

---

① 叶瑛:《文史通义校注》,第131页。
② 《春秋左传正义》,第1366页。
③ 《史记·孔子世家》,第1909页。
④ 《史记·乐书》,第1228页。亦见于《礼记·乐记》。
⑤ 《史记·孔子世家》,第1925页。亦见于《孔子家语·辩乐解》。
⑥ 同上书,第1938页。

教无类"①的原则,凡"自行束修以上","未尝无诲焉"②。这样就使得原本垄断于贵族手上的六艺之学,在注入了新的精神内涵之后,散播于来自社会各阶层的三千弟子之间,进而促成了一个相对独立的知识阶层的兴起。③而这一知识阶层随即担负起了传承六艺经典的责任。

《史记·儒林列传》对孔子身后的儒学传承、发展情况做出过一个大致的描述:

> 自孔子卒后,七十子之徒散游诸侯,大者为师傅卿相,小者友教士大夫,或隐而不见。故子路居卫,子张居陈,澹台子羽居楚,子夏居西河,子贡终于齐。如田子方、段干木、吴起、禽滑釐之属,皆受业于子夏之伦,为王者师。是时独魏文侯好学。后陵迟以至于始皇,天下并争于战国,儒术既绌焉,然齐鲁之间,学者独不废也。于威、宣之际,孟子、荀卿之列,咸遵夫子之业而润色之,以学显于当世。④

战国末期韩非子所概括的"儒分为八"中的一些重要儒者,如子思、颜氏、漆雕氏、仲良氏、乐正氏等,都没有反映在这条材料中。⑤孟子、荀子提到的有很大影响的子游也没有出现。⑥此外,荀子非常推崇的子弓也

---

① 《论语注疏》,第218页。

② 同上书,第86页。

③ 参见徐复观:《中国经学史的基础》,台北:学生书局,1982年初版,第7—8页;余英时:《古代知识阶层的兴起与发展》,载沈志佳编:《余英时文集》第四卷,第46页。

④ 《史记·儒林列传》,第3116页。

⑤ 《韩非子·显学》:"自孔子之死也,有子张之儒,有子思之儒,有颜氏之儒,有孟氏之儒,有漆雕氏之儒,有仲良氏之儒,有孙氏之儒,有乐正氏之儒。"(王先慎:《韩非子集解》,北京:中华书局,1998年第1版,第456页)

⑥ 《孟子·公孙丑上》:"昔者窃闻之:子夏、子游、子张,皆有圣人之一体。"(《孟子注疏》,第77页)《荀子·非十二子》:"世俗之沟犹瞀儒,嚾嚾然不知其所非也,遂受而传之,以为仲尼、子游为兹厚于后世,是则子思、孟轲之罪也。"(王先谦:《荀子集解》,第94—95页)

付诸阙如。①由此来看,这条材料对于战国儒者的记述是有所侧重、有所取舍的。其首要的关切似乎在于儒者于当世的显达程度。子路、子张、澹台子羽、子夏、子贡各显名于一方,其中子夏"居西河教授,为魏文侯师"②,声望最为卓著。至于战国中后期则有孟子、荀子"以学显于当世"。而这些显达于世的儒者,大多与《诗》和《诗》学的传承、发展有着密切关联。

子夏少孔子四十四岁③,是孔子的亲传弟子,以文学科见长。④孔子在时,即尝与夫子探讨《诗》义:

> 子夏问曰:"'巧笑倩兮,美目盼兮,素以为绚兮。'何谓也?"子曰:"绘事后素。"曰:"礼后乎?"子曰:"起予者商也! 始可与言《诗》已矣。"⑤

子夏能发明孔子说《诗》之义,可见其于《诗》精研有得。近年公布的上博楚简中有一篇被命名为《民之父母》的文献,其文字可见于传本《礼记·孔子闲居》和《孔子家语·礼论》而有所不同。该篇文字即由子夏问《诗》展开。⑥孔子没后,子夏至于魏国,魏文侯慕义,子夏遂师之。对于子夏所授内容,《史记》特别言道:

---

① 《荀子·非十二子》:"无置锥之地而王公不能与之争名,在一大夫之位则一君不能独畜,一国不能独容,成名况乎诸侯,莫不愿以为臣,是圣人之不得埶者也,仲尼、子弓是也。"(王先谦:《荀子集解》,第96—97页)《儒效》:"通则一天下,穷则独立贵名,天不能死,地不能埋,桀、跖之世不能污,非大儒莫之能立,仲尼、子弓是也。"(王先谦:《荀子集解》,第138页)

② 《史记·仲尼弟子列传》,第2203页。

③ 参见《史记·仲尼弟子列传》,第2202页。

④ 参见《论语注疏》,第143页。

⑤ 同上书,第32—33页。

⑥ 参见马承源主编:《上海博物馆藏战国楚竹书》(二),上海:上海古籍出版社,2002年第1版,第154页。

> 文侯受子夏经艺。①

所谓"经艺"即是包括《诗》在内的六艺经典之学。由此可知,子夏不仅对于《诗》旨多有发明,其对于《诗》及《诗》学的传布亦有重要贡献。或许正是受到这些文献记载的影响,后人在论及《诗》学授受源流时常托古于子夏。②

孟子"受业子思之门人"③。孟子道既通,则"游事齐宣王,宣王不能用。适梁,梁惠王不果所言,则见以为迂远而阔于事情",于是

> 退而与万章之徒序《诗》《书》,述仲尼之意,作《孟子》七篇。④

关于"序《诗》《书》"的说法存在歧解。因为我们并没有见到孟子为《诗》《书》所作的序文,也没有见到关于孟子为《诗》《书》作序的其他记载。张舜徽先生认为此处"序《诗》《书》者,序谓次序之,条理之,非

---

① 《史记·魏世家》,第1839页。
② 《汉书·艺文志》:"又有毛公之学,自谓子夏所传。"(《汉书》,第1708页)《后汉书·邓张徐张胡列传》载徐防上疏曰:"臣闻《诗》《书》《礼》《乐》,定自孔子;发明章句,始于子夏。"(《后汉书》,北京:中华书局,1965年第1版,第1500页)《毛诗正义·小雅·常棣》序孔疏引《郑志》云:"此序子夏所为,亲受圣人,足自明矣。"(《毛诗正义》,北京:北京大学出版社,1999年第1版,第569页)《毛诗草木鸟兽虫鱼疏》:"孔子删《诗》授卜商,商为之序,以授鲁人曾申,申授魏人李克,克授鲁人孟仲子,仲子授根牟子,根牟子授赵人荀卿,荀卿授鲁国毛亨。"(陆玑:《毛诗草木鸟兽虫鱼疏》,明《唐宋丛书本》,基本古籍库)《经典释文·序录》:"(孔子)以授子夏,子夏遂作序焉。"另引三国时吴人徐整之言:"(子夏)授高行子,高行子授薛仓子,薛仓子授帛妙子,帛妙子授河间人大毛公,毛公为《诗故训传》于家,以授赵人小毛公。小毛公为河间献王博士,以不在汉朝,故不列于学。"(陆德明:《经典释文》,北京:中华书局,1983年第1版,第9—10页)
③ 《史记·孟子荀卿列传》,第2343页。
④ 同上。

谓为《诗》《书》作序也"。①所谓次序条理,当然包含着对《诗》《书》义理的梳理与发明。这种理解或许较接近真实的情况。从《孟子》的记述来看,孟子确实于《诗》义多有发明,并尝与诸弟子答辩《诗》旨。此外,我们可以清楚地在汉代《诗》学著述中看到孟子的影响。《毛传》训《小弁》之诗"遑恤我后"一句时,全引孟子驳高子之语。②又训《大雅·文王》"不显亦世"句曰"仕者世禄也"、训《大雅·民劳》"国无有残"句曰"贼义曰残"、训《大雅·板》"无然泄泄"句曰"泄泄,犹沓沓也"、训《豳风·七月》"爰求柔桑"句曰"五亩之宅,树之以桑",以上诸条训解都出自《孟子》。③ 孟子对于《诗》及《诗》学传承的重要意义是毋庸置疑的。

荀子"年五十始来游学于齐",在齐襄王时"最为老师","三为祭酒焉"。后受人谗害,乃前往楚国,曾任兰陵令。晚年居于兰陵,"推儒、墨、道德之行事兴坏,序列著数万言而卒"④。在其流传至今的著述中论《诗》引《诗》者近百次,表现出了荀子对于《诗》的深刻理解。而就荀子对于后世《诗》学的影响来看,大约从西汉中期开始,荀子被追述为儒门传《诗》的关键人物。⑤尽管这些文献记载可能有托古自重的嫌疑,但是从《荀子》书中我们还是可以清楚地找到汉人承袭荀义的内

---

① 张舜徽:《清人笔记条辨》,北京:中华书局,1986年第1版,第270页。
② 参见《毛诗正义》,第753页。
③ 同上书,第958、1143、1145、494页。
④ 《史记·孟子荀卿列传》,第2348页。
⑤ 清人汪中在《述学·荀卿子通论》中根据旧说梳理了荀子对于汉代经学的影响。三国时吴人陆玑著《毛诗草木鸟兽虫鱼疏》:"孔子删《诗》授卜商,商为之序,以授鲁人曾申,申授魏人李克,克授鲁人孟仲子,仲子授根牟子,根牟子授赵人荀卿,荀卿授鲁国毛亨。"由是言之,《毛诗》,荀子之传也。西汉桓宽整理的《盐铁论》一书中记载了汉昭帝时召开的盐铁会议上的大夫言论:"昔李斯与包丘子俱事荀卿。"西汉末刘向著《孙卿书叙录》云:"韩非号韩子,又浮丘伯,皆受业为名儒。"东汉班固编著《汉书·楚元王传》载:"(楚元王)少时尝与鲁穆生、白生、申公俱受《诗》于浮丘伯。伯者,孙卿门人也。"由是言之,《鲁诗》,亦荀子之传也。(参见王先谦:《荀子集解》,第21页)

证。清末俞樾曾撰《荀子诗说》一文,条辨荀、毛同异。①刘师培亦曾作《毛诗荀子相通考》,详辨22条荀子言《诗》的材料,认为"荀义合于《毛诗》者十之八九"②。另外,清人汪中在《述学·荀卿子通论》中指出:"《韩诗》之存者,《外传》而已,其引荀卿子以说《诗》者四十有四。"③皮锡瑞也特别强调了这一点。④由此我们可以略见荀子对于《诗》及《诗》学传承的重要意义。

以孔子、子夏、孟子、荀子为代表的儒者取代王官而成为了《诗》的新的传承主体,这对于《诗》学的突破与发展有着至关重要的意义。子夏、孟子、荀子作为孔子之后儒门传经的代表人物,皆显达于当世。而儒者的显达,在很大程度上是通过"为师傅卿相"或"友教士大夫"体现出来的。这实际上是一种学术与政治权力的结合。相较于那些"隐而不见"的儒者,显达者可以在权力的支持下获得更多的物质资源,以保障经典之学的研讨与传习。同时,政治权力对现实社会生活的巨大影响,有效地提升了与之相结合的儒学,当然也包括儒者所掌握的经典之学的地位,推动了经典之学的传播。

当然,这里所提及的学术与权力的结合已不同于西周、春秋时期的政教合一。在政教合一的体制中,学术完全是由官方制定和掌握的,是政治权力的一种附属品。而在进入诸子时代以后,儒者在私学教育下能够以一种相对独立的姿态完成道德与学问的养成。儒者结交卿士、游说诸侯,并最终在政治世界中为师为官,推行自己的主张,乃是儒者与诸侯卿大夫作为两个独立的主体相互选择的结果,从本质上说这也即是儒学与政治权力的相互选择。这种变化深刻地影响着学术思想的

---

① 参见俞樾:《荀子诗说》,载于《曲园杂纂》卷六。
② 刘师培:《群经大义相通论》,载于《刘申叔遗书》,南京:江苏古籍出版社,1997年第1版,第1207页。
③ 转引自王先谦:《荀子集解》,第21页。
④ 参见皮锡瑞:《经学历史》,北京:中华书局,2004年新1版,第29页。

发展。正如王博在《奠基与经典》一书中所指出的,"对于王官而言,知识仅仅是职业,他们的态度是'不知其义,谨守其数',没有反省的精神,因此也就没有创新的基础。但士人不同,流动不居的身份使他们可以摆脱某种权力的束缚,从而对知识以及当时的政治进行反省,进而发展出新的思想"①。

三 删诗正乐

儒家对于经典之学的传承,同样要以经典文本为依托。关于《诗》的文本,正如之前我们已经讨论过的,司马迁所言古诗三千余篇经孔子去重取义而十者去九的说法是值得怀疑的。从诗篇数量及内容来看,《左传》《国语》中载春秋时人歌《诗》、赋《诗》、引《诗》凡200余条,但其中逸诗却只有10余条。据此而论,孔颖达对司马迁所言"古诗三千余篇,及至孔子,去其重"②的辩驳是比较有力的。《诗》在孔子之前应该已经形成了一个较为成熟的文本。

但我们也注意到,由于礼坏乐崩所产生的一系列影响,在春秋末期确实出现了"《诗》《书》缺"的情况。而孔子特"以《诗》《书》《礼》《乐》教",那么从教学需要考虑,孔子应该对《诗》的文本做出过某种程度的编订。这一工作无疑有力地维护了《诗》的文本,对文本的传承有着重要的意义。

同时,孔子对《诗》的编订可能还附带着对诗义的取舍。如果从这方面来考虑,我们或许可以对"孔子删《诗》"说做出某种折中的理解,也即如欧阳修所言:

> 删《诗》云者,非止全篇删去也。或篇删其章,或章删其句,或

---

① 王博编著:《奠基与经典——先秦的精神文明》,北京:北京大学出版社,2009年第1版,第133页。
② 《史记·孔子世家》,第1936页。

句删其字。如"唐棣之华,偏其反而,岂不尔思,是室远而",此《小雅·唐棣》之诗也,夫子谓其以室为远,害于兄弟之义,故篇删其章也。"衣锦尚絅,文之著也",《邶鄘风·君子偕老》之诗也,君子谓其尽饰之过,恐其流而不返,故章删其句也。"谁能秉国成,不自为政,卒劳百姓",此《小雅·节南山》之诗也,夫子以"能"之一字为意之害,故句删其字也。①

通过篇章句字的调整来突出或遮蔽某些思想意义的做法,或许与王官学时代乐官编《诗》的手法没有什么不同。这中间真正的变化在于编订者及其思想取向的更迭。孔子删《诗》在一定程度上表达了新的知识阶层在思想方面的诉求。在这个意义上我们可以说,经由孔子编订过的《诗》,已不再是过去执掌于王官的诗篇了,而是"王官故籍下流民间而渐自泯于家言之间者"②。这就如同孔子所作《春秋》不同于最初作为鲁国史书的《春秋》。《诗》的重新编订,构成了《诗》学突破与发展的一个重要环节。

此外,由于《诗》在王官学时代一直是合乐应用的,因此《诗》的传承还关联着另一项内容,即《诗》乐。合《诗》之乐属于雅乐。孔子是十分喜好雅乐的,闻《韶》而三月不知肉味③,对《诗》乐也有过由衷的赞叹:

子曰:"师挚之始,《关雎》之乱,洋洋乎盈耳哉!"④

---

① 欧阳修:《诗本义》,转引自朱彝尊撰、林庆彰等主编:《经义考新校》,上海:上海古籍出版社,2010 年第 1 版,第 1834 页。
② 钱穆:《两汉博士家法考》,载于《两汉经学今古文平议》,北京:商务印书馆,2001 年第 1 版,第 191 页。
③ 参见《论语注疏》,第 89 页。
④ 同上书,第 105 页。

这里所论《关雎》,显然不是就文辞而言的,而是指与《关雎》所配之乐。朱熹《集注》:"乱,乐之卒章也。"①在师挚的掌管之下,《关雎》之乐章尚有"洋洋乎盈耳"之美。但是,随着礼废乐坏的加剧,尤其是师挚等乐官的去官散佚,雅乐已不可避免地发生崩坏,郑卫之音逐渐盛行。孔子极为厌恶郑声,认为郑声过度地刺激人的感官欲望,加速了雅乐的崩坏。孔子正是在这种情形下,凭借个人对雅乐的喜好与执著,对当时已经为郑卫之音所乱的雅乐做出了某种程度的修订:

> 子曰:"吾自卫反鲁,然后乐正,《雅》《颂》各得其所。"②
> 三百五篇孔子皆弦歌之,以求合《韶》《武》《雅》《颂》之音。③

正是经由孔子的这种努力,儒家在很大程度上保存了日渐衰微的《诗》乐。后"高皇帝诛项籍,举兵围鲁,鲁中诸儒尚讲诵习礼乐,弦歌之音不绝"④,确是赖于孔子及儒门之力。

四 载之空言

《诗》的文本与乐歌虽然在儒家的努力下获得了延续,但儒家对这些文本、乐歌的讨论与运用方式还是发生了显著的变化。

在王官学时代,《诗》在礼乐仪式中有着广泛而活跃的应用。无论是按固定仪程进行的歌诗,还是由行礼者自主选择的赋诗,都是礼乐仪式的重要组成部分。而针对国中子弟的《诗》教也是按礼制的要求展开的。但是,在礼废乐坏的趋势下,这些原本由王官执掌的歌《诗》、赋《诗》与《诗》的教习都难以为继。儒家虽然以继承周礼为己任,并在维

---

① 朱熹《四书章句集注》,第106页。
② 《论语注疏》,第118页。
③ 《史记》,第1936页。
④ 同上书,第3117页。

护《诗》的文本与乐歌方面投注了大量的热情和精力,但仍然无法扭转用《诗》、教《诗》之礼日渐衰坏的现实。儒家只能以私人讲学的方式,在有限的群体范围内保持对《诗》的传习。

早期儒家文献中开始出现的对于《诗》的论说与解释,就是这种讲学方式的体现。在孔子以前,鲜有论《诗》、解《诗》的记载。我们只是在零星的对话引《诗》中,可以看到某些特定的形式构成了对所引《诗》义的论释,如《左传·襄公七年》载穆子荐让之辞:

> 冬十月,晋韩献子告老。公族穆子有废疾,将立之。辞曰:"《诗》曰:'岂不夙夜,谓行多露。'又曰:'弗躬弗亲,庶民弗信。'无忌不才,让其可乎?请立起也。与田苏游,而日好仁。**《诗》曰:'靖共尔位,好是正直。神之听之,介尔景福。'恤民为德,正直为正,正曲为直,参和为仁。如是,则神听之,介福降之**,立之,不亦可乎?"①

在以上引《诗》材料中,加黑的文字即构成了相对独立的论诗单元,这种形式以简要的文字表达了言说者对诗句的理解。张丰乾在考察战国时期子思学派《诗》学时也发现了类似的现象。②尽管如此,我们还是需要看到,对话引《诗》及其后对诗句的简短解读,终归只是言说者用以强化自我观点的一种形式,属于《诗》的应用范畴,而并非是针对《诗》的专门讨论。从现存的文献材料来看,针对《诗》的频繁论说与解释,还是从儒家开始的。其中既有对《诗》的整体意义的论述,也有分论《风》《雅》《颂》各部分意义的文献,还有就是专门针对某一诗篇或诗篇中某一章句所作的讨论和解释。

从合于礼制的用《诗》、教《诗》,到私人讲学中的论《诗》、解《诗》,

---

① 《春秋左传正义》,第852—853页。
② 参见张丰乾:《论子思学派之〈诗〉学》。

这固然是一种重要的形式变化,但还不是《诗》学演变的关键。我们知道,王官学固有的用《诗》、教《诗》方式是与《诗》义的塑造密切相关的。《诗》正是通过合于礼乐的应用与教习,被逐渐塑造成为体现着礼乐精神与法则的经典。因此,传习方式的改变所带来的本质影响,在于《诗》的经典意义失去了其固有的礼制根基。儒家传《诗》所面临的最关键的问题,是在失去了旧有的礼制形式之后,如何在新的传习方式下安顿《诗》的经典意义。从早期儒家论《诗》、解《诗》的材料来看,儒者仍然将《诗》看作是"德义之府"。只不过,在礼废乐坏、尤其是战国以后日趋割裂的政治形势下,经典作为"德义之府"的意义已经丧失了政治权力的保障,也不再是政治共同体所认可的某种共识。在这种情况下,儒家对经典的坚守与传承,并不是简单地追述《诗》所旧有的经典意义。儒家要通过探寻礼乐的本质、重新确立礼乐的依据,以实现对古代礼乐文明的突破。而这些对道德、礼乐的反思,会借由对《诗》的论释而获得《诗》学语境下的表达,并由此重新凝结《诗》的经典意义。

最后,还要再简单说一下引《诗》的问题。自春秋中后期开始盛行的引《诗》证言,在先秦儒家的讨论中获得了延续。引《诗》广泛地出现于传世及新出土的各种先秦儒家文献中。实际上,对早期儒家《诗》学而言,引《诗》是一种必要的坚守。引《诗》为证意味着对《诗》的权威性亦即其经典地位的承认。儒家既然选择继承和发展古代的经典之学,那么就仍然需要通过引《诗》来维护和强化经过儒学改造的《诗》的经典意义。

而且,先秦儒家还对引《诗》所涉及的诗文及引诗语境之间的复杂语义关联进行了探讨。《孟子》中记述了孟子与弟子咸丘蒙之间的一次问答:

> 咸丘蒙曰:"舜之不臣尧,则吾既得闻命矣。《诗》云:'普天之下,莫非王土。率土之滨,莫非王臣。'而舜既为天子矣,敢问瞽瞍之非臣如何?"曰:"是诗也,非是之谓也。劳于王事,而不得养父

母也。曰:'此莫非王事,我独贤劳也。'故说诗者不以文害辞,不以辞害志。以意逆志,是为得之,如以辞而已矣,《云汉》之诗曰:'周余黎民,靡有孑遗。'信斯言也,是周无遗民也。"①

咸丘蒙接续之前的话题,举《小雅·北山》四句以佐证舜以瞽瞍为臣的听闻。诗言,普天之下都是天子的土地,循土地四周都是天子的臣民。按诗句所言,舜既为天子,瞽瞍虽为舜父,亦当为臣,天下概莫能外。而孟子却将舜以瞽瞍为臣的说法斥作"野人之语",咸丘蒙因此请教缘由。孟子回答指出,咸丘蒙误读了《北山》之义。《北山》云:

陟彼北山,言采其杞。偕偕士子,朝夕从事。王事靡盬,忧我父母。
溥天之下,莫非王土;率土之滨,莫非王臣。大夫不均,我从事独贤。②

孟子认为,所谓"普天之下,莫非王土;率土之滨,莫非王臣",是和其后"大夫不均,我从事独贤"的语意紧密相连的。"莫非王臣"四句意在强调"王之土地广矣,王之臣又众矣",土地既广,臣属既众,"何求而不得,何使而不行!"但是"王不均大夫之使,而专以我有贤才之故,独使我从事于役"③,故而使诗人"劳于王事而不得养父母也"④。由此来看,咸丘蒙取用这四句诗文,只强调"莫非王臣"的含义,显然是背离了所取诗句与上下章句的语义关联。孟子针对这一问题,提出了"不以

---

① 《孟子注疏》,第252—253页。
② 《毛诗正义》,第797页。
③ 同上。
④ 毛《序》就取用了孟子的这种理解:"《北山》,大夫刺幽王也。役使不均,已劳于从事,而不得养其父母焉。"(《毛诗正义》,796页)

文害辞,不以辞害志"的主张。按朱熹的解释:"文,字也。辞,语也。"这两句话是说,"不可以一字而害一句之义,不可以一句而害设辞之志"。"以文害辞""以辞害志"即是割裂了字与句、句与诗篇之间的语义关联,并由于这种割裂造成了对整体语义的破坏。而要避免"害辞""害志",就要"以意逆志","以己意迎取作者之志"。①

割裂字句而做出片面理解的情形,很容易让我们联想到一个成词——"断章取义"。对这一成词的辨析将有助我们更准确地理解孟子的"害辞""害志"之说。"断章取义"一词出自《左传》,襄公二十八年载卢蒲癸之言:

> 赋诗断章,余取所求焉。②

很显然,"断章取义"原本是针对赋《诗》而言的。赋《诗》是在特定的交际场合中选取并利用人们对诗文的某种共识性理解来表达赋诗者的意愿。而"断章取义"毋宁说是卢蒲癸对赋《诗》言志这一表达方式的客观描述,其中并不包含褒贬色彩。结合实际的情形来看,断章取义虽然割裂了取用部分与上下文的联系,但所取字句毕竟是诗文所固有,对截取字句的使用或强调并不一定造成对诗文整体意义的破坏。不过,随着"断章取义"一词的流行,这种原初的内涵与用法发生了显著的改变。该词逐渐脱离了赋《诗》场景的约束,被应用在其他称《诗》语境乃至一般性的言论中。在这种更广泛的应用里,"断章取义"开始侧重于描述那些割害文辞整体内涵的"断章"行为,该词逐渐从中性转变并固化为贬义词。在这个意义上,"断章取义"才大致等同于孟子所谓的"以文害辞""以辞害志"。上述有关"断章取义"内涵演化的考察,尤其是对该词原初内涵的辨析,可以帮助我们确证,取用文辞的某个片段

---

① 朱熹《四书章句集注》,第306页。
② 《春秋左传正义》,第1077—1078页。

并不简单地等同于对文辞整体意义的割害。或者说,断章的做法并不能构成"害辞""害志"的充分理由。

由此来看,孟子提出"不以文害辞""不以辞害志",并不是在批评取用文辞片段的做法,而是针对取用文辞片段时可能遇到的某些割害整体语意的特殊情形而做出的提醒。这也即意味着,孟子可以接受不割害诗篇主旨的断章用诗。

第四章

《诗》言志

儒家对《诗》的传习彻底改变了周代以来《诗》学的王官学形态。有关《诗》义的讨论不再依托于王官与权力,孔子与儒家开始以一种前所未有的自由和独立的姿态习《诗》、论《诗》、用《诗》。在这样一种新的《诗》学形态下,儒家为《诗》赋予了新的精神和意义。这种新义的塑造并不是要完全舍弃春秋时人对《诗》的理解,而是要在总结旧说的基础上,发掘、利用《诗》所固有的思想要素及其特质,表达儒家对生活世界的认知与理解。

第一节 经典的特质

一 经典系统

要了解事物的特征,一个有效的办法就是将其置于与他者的对照之下,通过因对照而呈现出的差异来把握事物的特征。事实上,儒家对经典的认知也表现出了一种比较的视野。包括《诗》在内的经典,通过与其他经典的比较,明确了自身的特征。当然,这种比较的实现要基于经典系统的塑造和完善。

在之前的讨论中我们曾经提到,大约在春秋中后期,《诗》《书》《礼》《乐》完成了最初的经典化进程。这也意味着一个经典的系统形

成了。这一经典系统获得确立的标志,即是《左传》所记赵衰举荐元帅的一段论说:

> 冬,楚子及诸侯围宋,宋公孙固如晋告急。先轸曰:"报施救患,取威定霸,于是乎在矣。"狐偃曰:"楚始得曹,而新昏于卫,若伐曹、卫,楚必救之,则齐、宋免矣。"于是乎蒐于被庐,作三军,谋元帅。赵衰曰:"郤縠可。臣亟闻其言矣,说礼、乐而敦《诗》《书》。《诗》《书》,义之府也;礼、乐,德之则也;德、义,利之本也。夏书曰:'赋纳以言,明试以功,车服以庸。'君其试之。"①

赵衰因郤縠喜好礼乐、敦习《诗》《书》而推荐他出任元帅。赵衰之所以如此,是因为在他看来,《诗》《书》是"义之府",礼、乐是"德之则"。这里所谓"德义",就是指整个社会所遵循的基本秩序与价值。《诗》《书》、礼、乐正是这些秩序与价值原则的载体。而且,赵衰能够据此举荐元帅,就意味着这种认识在当时已经获得了普遍的认可。需要略做说明的是,这里所言礼、乐或许还只是具体实施中的规范。但这些规范一旦获得文字化的记载,也即成为了《礼》《乐》典籍的基本素材。因此,不少经学史叙述在这里直接将《诗》《书》《礼》《乐》看作四种典籍,亦未尝不可。这意味着,《诗》《书》《礼》《乐》已经构成了一个基本的经典系统。不过,在这里赵衰并没有表达出对每一种经典的特质的关注。

春秋时期形成的这一经典系统,在王官学衰落、诸子学兴起之后,主要为儒家所继承。就传世文献来看,《诗》《书》《礼》《乐》构成了孔门教习的基本素材。《史记·孔子世家》载:

---

① 《春秋左传正义》,第436—437页。

孔子以《诗》《书》《礼》《乐》教。①

同时,《周易》和《春秋》开始进入儒家的视野。《周易》本是卜筮之书,其卦爻辞古已有之。司马迁称:"孔子晚而喜《易》,序《彖》《系》《象》《说卦》《文言》。"②但孔子是否确为"十翼"的作者,历来存在争议。对于这一问题,朱伯崑先生结合《易》学思想内在的发展脉络所做出的分析,或可成为重要的参考。朱先生认为,孔子曾学习、阅读《周易》,这应该是没有疑问的:

加我数年,五十以学《易》,可以无大过矣。③
读《易》,韦编三绝。④

孔子还曾引用《周易·恒卦》九三爻辞"不恒其德,或承之羞",以"疾性行无恒之人"⑤。从这则引例来看,孔子并非用《周易》言吉凶,而是借之讨论人的道德修养问题。这也即开启了解《易》的德义化的方向。帛书《要》篇所描述的孔子与史巫言《易》的分野,正是对孔子这一贡献的强调。而《易传》鲜明地反映着这种新的诠释方向。但如果说《易传》就是孔子所作,也有不妥之处。朱先生指出:"《易传》的精髓是讲阴阳变易法则,而阴阳变易观念则出于道家和阴阳家,此种观念并不来自于儒家的传统。"⑥由此来看,孔子恐怕未必是《易传》的作者,但孔子确实将《周易》引入了儒家的视域,并开启了解读《周易》的一个新方向。至于《春秋》与孔子的关系,则可借由孟子的两段叙述而获得相对

---

① 《史记》,第1938页。
② 同上书,第1937页。
③ 《论语注疏》,第91页。
④ 《史记》,第1937页。
⑤ 《论语注疏》,第179页。
⑥ 朱伯崑:《易学基础教程》,北京:九州出版社,2003年第1版,第70—71页。

清楚的了解:

> 王者之迹熄而《诗》亡,《诗》亡然后《春秋》作。晋之《乘》,楚之《梼杌》,鲁之《春秋》,一也。"其事则齐桓、晋文,其文则史。"孔子曰:"其义则丘窃取之矣。"①
>
> 世衰道微,邪说暴行有作,臣弑其君者有之,子弑其父者有之,孔子惧,作《春秋》。《春秋》,天子之事也。是故孔子曰:"知我者其惟《春秋》乎!罪我者其惟《春秋》乎!"②

孔子因鲁史记而作《春秋》,"上明三王之道,下辨人事之纪,别嫌疑,明是非,定犹豫,善善恶恶,贤贤贱不肖,存亡国,继绝世,补敝起废"③,实是出于不得已而行"天子之事"。诚如徐复观先生所言,"《春秋》之所以入于六经,是因孔子从鲁史中取其'义'。离开孔子所取之义,则只能算是历史中的材料而不能算是经"④。

孔子之后,礼废乐坏的趋势已难以扭转,而雅乐的衰坏尤其显著。但是,这并不妨碍儒门内部对礼乐、经典的研讨与传习。作为战国中期儒家的代表人物,孟子即保持了对礼乐的高度关注,如探讨"礼乐之实"的问题⑤。孟子又屡称《诗》《书》,论读《诗》、读《书》之法,提出"以意逆志"⑥、"《书》不尽信"⑦等重要观点。同时,如前引材料所见,孟子还大力表彰《春秋》以推崇孔子。后人对孔子与《春秋》关系的了解,主要就是通过孟子。但是,孟子对于孔子晚年所好

---

① 《孟子注疏》,第 226 页。
② 同上书,第 178 页。
③ 《史记》,第 3297 页。
④ 徐复观:《中国经学史的基础》,第 34 页。
⑤ 参见《孟子注疏》,第 210 页。
⑥ 同上书,第 253 页。
⑦ 同上书,第 381 页。

《周易》却只字未提。

至于战国末期,荀子已经将《春秋》与《诗》《书》《礼》《乐》等传统经典并称。《劝学》篇中提到需要诵读的经典:

> 《礼》之敬文也,《乐》之中和也,《诗》《书》之博也,《春秋》之微也,在天地之间者毕矣。①

《儒效》篇则是在谈论圣人之道的体现时②,列举了作为载体的五种经典:

> 《诗》言是,其志也;《书》言是,其事也;《礼》言是,其行也;《乐》言是,其和也;《春秋》言是,其微也。③

原有的经典系统实现了扩展。但在这样一个加入了《春秋》的新系统中,仍然缺少《周易》的位置。但是,我们也注意到,荀子多次称引《周易》,并在《大略》篇中将《易》与《诗》《礼》并举:

> 善为《诗》者不说,善为《易》者不占,善为《礼》者不相,其心同也。④

由此来看,在荀子那里,《易》已经获得了与《诗》《礼》相近的地位,并逐渐进入经典的序列。

---

① 王先谦:《荀子集解》,第12页。
② 对下引《儒效》文本的理解存在分歧。此处取北京大学《荀子》注释组的读法。参见《荀子新注》,北京:中华书局,1979年第1版,第101页。
③ 王先谦:《荀子集解》,第133页。
④ 同上书,第507页。

在有关经典系统演变的考察中,学者们都会提到《礼记·经解》中出现的"六经"并举的用法:

> 孔子曰:"入其国,其教可知也。其为人也温柔敦厚,《诗》教也。疏通知远,《书》教也。广博易良,《乐》教也。洁静精微,《易》教也。恭俭庄敬,《礼》教也。属辞比事,《春秋》教也。"①

虽然有学者推断《经解》篇是战国时作品,②但多数学者还是将其看作是汉人所作。如果不局限于儒家文献,《庄子·天运》和《天下》中的两条材料也备受关注:

> 孔子谓老聃曰:"丘治《诗》《书》《礼》《乐》《易》《春秋》六经,自以为久矣,孰知其故矣;以奸者七十二君,论先王之道而明周召之迹,一君无所钩用。甚矣夫!人之难说也,道之难明邪?"老子曰:"幸矣子之不遇治世之君也!夫六经,先王之陈迹也,岂其所以迹哉!今子之所言,犹迹也。夫迹,履之所出,而迹岂履哉!"③
>
> 其在于《诗》《书》《礼》《乐》者,邹鲁之士搢绅先生多能明之。《诗》以道志,《书》以道事,《礼》以道行,《乐》以道和,《易》以道阴阳,《春秋》以道名分。④

《庄子》这两条材料都与儒家有关。前一条材料借托孔子与老子的对话,以表达对六经的态度。而后一条材料则认为古之道术保存于《诗》

---

① 《礼记正义》,第1368页。
② 如王锷:《〈礼记〉成书考》,北京:中华书局,2007年第1版,第206—209页。
③ 郭庆藩:《庄子集释》,第531—532页。
④ 同上书,第1067页。

《书》等经典中,而"邹鲁之士""搢绅先生"能够明了。此所谓"邹鲁之士""搢绅先生"即指儒者。不过,《天运》因属于《庄子》外篇,也受到晚出的质疑。而《天下》篇"'《诗》以道志'以下六句,疑古注文,传写误为正文"①。自马叙伦提出此说以来,学者多从之。因此,就传世文献的记载来看,先秦时期还没有出现《诗》《书》《礼》《乐》《易》《春秋》的并举或"六经"的称谓。

但是,战国楚简的发现在很大程度上改变了这种认识。郭店楚墓竹简《六德》及《语丛一》中都出现了对六种经典的论述。《六德》篇论圣、智、仁、义、忠、信六种德行,此六德:

> 观诸《诗》《书》则亦在矣,观诸《礼》《乐》则亦在矣,观诸《易》《春秋》则亦在矣。②

三组相同的句式标志着六种经典所具有的相同的地位。《语丛一》并不是围绕某一主题展开的论说,而是由一些零散的"类似格言的文句"③组成。其中有一组涉及经典的简文:

> 《诗》所以会古今之恃也者。
> [《书》]……者也。
> 《礼》,交之行述也。
> 《乐》,或生或教者也。
> 《易》,所以会天道人道也。

---

① 马叙伦:《庄子义证》,杭州:浙江古籍出版社,2019年第1版,第712页。
② 释文参见荆门市博物馆:《郭店楚墓竹简》,第188页;李零:《郭店楚简校读记》,北京:中国人民大学出版社,2007年第1版,第171页。
③ 荆门市博物馆:《郭店楚墓竹简》,前言第2页。

《春秋》,所以会古今之事也。①

有关《书》的一简本来是残缺的,并未出现"《书》"字。但最初的释者即根据裘锡圭先生的意见,认为"此条可能是关于《书》的残简"。②学者多从此说。这两条材料虽然没有使用"六经"的称谓,但已经将六种经典并称,《易》与《春秋》已经进入了经典的谱系。由于郭店楚简出自战国中期偏晚的墓葬,其中楚简的年代下限还应略早于墓葬年代。③这意味着,由《诗》《书》《礼》《乐》《易》《春秋》所组成的经典系统在战国中期就已经形成了。

二 《诗》的特质

上述对早期经典演变过程的叙述都是一些常识性的认识。而我们之所以叙述这些内容,是为了进一步从中探寻《诗》的特质。可以看到,上引材料是在不同的主题或语境下展开论说的。如果姑且忽略主题或语境的差异,而从其对待诸经的态度来看,可以大致将这些材料分作两类。其中一些是将诸经看作一个整体或某种同类的经典。如《左传》所记,时人称《诗》《书》《礼》《乐》为"义之府""德之则"。又如《六德》篇认为,可于六种经典之中观见圣、智、仁、义、忠、信之德。而另一些论说则关注于经典系统中每一部经典的特质。经典系统内部的比照,更容易显现出《诗》的特质。

《荀子·劝学》篇称:"《诗》《书》之博也。"杨倞注:"博,谓广记土风鸟兽草木及政事也。"④专就"《诗》之博"而言,此说正与孔子所论学

---

① 最初的释者按《易》《诗》《春秋》《礼》《乐》《书》排序,李零先生按简文句型将经典次序调整为《礼》《乐》《书》《诗》《易》《春秋》。此按《六德》篇经典序列调整。释文参见荆门市博物馆:《郭店楚墓竹简》,第194—195页;李零:《郭店楚简校读记》,第209页。
② 荆门市博物馆:《郭店楚墓竹简》,第200页注7。
③ 同上书,前言第1页。
④ 王先谦:《荀子集解》,第12页。

《诗》可"多识于鸟兽草木之名"①相合。《诗》确实包含了丰富的知识，尤其是有关鸟兽草木之类的知识。但这一知识性的描述恐怕还不足以揭示《诗》的本质意义。

《诗》在经典系统中呈现出的更为重要的特色，是其与"志"的关联。这种关联最为人所熟知的一种表达，即是"《诗》言志"。上引《荀子·儒效》和《庄子·天下》的材料即有着类似的表述。两条材料论说的主题都与圣人和道术有关。《儒效》篇在描述圣人这一角色时，强调圣人是道的枢纽，而《诗》《书》等经典正是圣人之道的载体。《天下》篇的论述也是从圣人这一角色展开的。圣人对于古之道术有着完备的把握，而道术即保存在《诗》《书》等经典中。同时，在《儒效》和《天下》的论述中，每部经典都是从特定的角度去呈现道的。比照之下，二者对《诗》《书》《礼》《乐》的定位基本一致：

《荀子·儒效》	《庄子·天下》
《诗》言是，其志也	《诗》以道志
《书》言是，其事也	《书》以道事
《礼》言是，其行也	《礼》以道行
《乐》言是，其和也	《乐》以道和
	《易》以道阴阳
《春秋》言是，其微也②	《春秋》以道名分③

《诗》对于道的呈现，不是通过某些言行、事迹，而是通过"志"。这包含了对《诗》的特质的理解。在其他经典的比照下，《诗》的特质凸显为"言志"或"道志"。而《儒效》《天下》之所以提到这一特质，是要表达

---

① 《论语注疏》，第237页。
② 王先谦：《荀子集解》，第133页。
③ 郭庆藩：《庄子集释》，第1067页。

对于圣人、对于道的认识。《诗》的特质在这两条材料的语境中,构成了理解圣人和道的途径。而需要进一步说明的是,如果仅就《诗》与圣人、道的关联而言,我们或许并不陌生。正如之前章节所指出的,《诗》在结集成书之初以及早期经典化的塑造中,一直体现着道德、礼法的要求。而那些要求也即是这里所言说的道的内容。但这里的不同之处在于,《诗》对于道的呈现,被凝结在了"志"这样一个特定的元素上。

如上所见,《诗》以其自身的某种独特内容,参与到了后人的理论建构中。这一现象的出现,已经暗含了后世读《诗》论《诗》者对《诗》所做出的某种选择与塑造。郭店简《语丛一》所言"《诗》所以会古今之恃也者",更清晰地揭示出了这一点。《语丛一》最初的释读者,据裘锡圭先生之意,认为"'恃'疑读为'志'或'诗'"。① 后多将其读作"志"。《诗》是用以会聚"古今之志"的。但需要澄清的问题在于,此处所谓"会古今",是从何种角度出发的呢?一种可能的理解是,《诗》之"古今"指其所收录的诗篇有古有今。《诗》三百中,最早的诗篇或创作于西周初年,而晚出者或成于春秋中期,前后相距四五百年,故有"古今"之称。但是,如果考虑到郭店楚简的创作时间,则《语丛一》之论距最晚创作的诗篇又有至少百余年的时间了。谈论百余年前的作品而称"今",恐有不妥。因此,我们恐怕需要考虑另一种理解:"会古今"之"今"是就论说当下而言的,"古"则是从"今"的角度去看《诗》创作、成书的时代。"古之志"应指《诗》所固有之志,"今之志"则指读《诗》、论《诗》者所有、所需之志。"会古今之志"不是简单的会聚,而是在会聚之中包含着"今"对于"古"的某种认知与取用。

由此来看,先秦儒者在论《诗》时,已经意识到了《诗》所特有的内容与当下所思之间的距离与关联。在经典系统的参照下,以"志"言《诗》,既包含着对《诗》的特质的理解,也指示着《诗》学诠释的问题取向。

---

① 荆门市博物馆:《郭店楚墓竹简》,第 200 页注 6。

第二节　言志的意义

一　志的内涵

"《诗》言志"可以说是《诗》学史上最重要的命题。和所有重要的命题一样,"《诗》言志"之说也在其漫长的传承过程中,不断接受着来自各种视角的解读。这些解释包含着对命题本身的理解,同时也融入了解释者在各自的问题意识之下所进行的思考,体现着解释者对"言志"说的诉求与利用。"《诗》言志"的含义经由这样的解读而不断演变和丰富。因此,在探讨"《诗》言志"这一命题之初即需要明确,我们在这里所尝试探讨的,只是早期儒家在其思想建构过程中对"言志"说的理解。

当然,对早期儒家视域中的"《诗》言志"的考察,还是要从"言志"的基本含义谈起。"言志"说的核心即在于"志"字。朱自清先生在其著名的《诗言志辨》一书中,开篇即引用闻一多先生的论述,从字形出发,探讨"志"字的含义。①该处引文有所省略,以下据闻先生原文补全:

> 志字从㞢。卜辞㞢作㞢,从止下一,象人足停止在地上,所以㞢本训停止。卜辞"其雨庚㞢"犹言"将雨,至庚日而止"。志从㞢从心,本义是停止在心上。停在心上亦可说是藏在心里,故《荀子·解蔽篇》曰"志也者臧(藏)也",《注》曰"在心为志",正谓藏

---

① 该书由自序和《诗言志》《比兴》《诗教》《正变》四篇论文构成,其中《诗言志》是全书最为著名也最为重要的一篇。此处所言"开篇",即就《诗言志》一文而言。参见朱自清:《诗言志辨》,载于《朱自清全集》第六卷,长春:时代文艺出版社,2000年第1版,第2148页。

在心,《诗序》疏曰"蕴藏在心谓之志",最为确诂。①

从闻一多先生的分析来看,"志"指示着心之所藏。这一读法破除了对"志"的一种常识性误解。在现代汉语中,"志"的含义主要是志愿、意志。但如果将"志"理解为心之所藏,则心之所藏的内容恐怕就不止于志愿、意志。就"志"字在先秦文献中的用例来看,"志"的具体含义确实十分复杂。

我们知道,儒家一直在探寻人心中天生自然的因素,以便明确道德、礼法确立和展开的基础。这方面的探寻,集中于对"性""情"等概念的阐发。而"志"的一个重要含义,即是与"情""性"有关的。《左传·昭公二十五年》记载了子大叔论礼的一段话,其中就提到了"六志":

> 民有好、恶、喜、怒、哀、乐,生于六气,是故审则宜类,以制六志。哀有哭泣,乐有歌舞,喜有施舍,怒有战斗,喜生于好,怒生于恶。是故审行信令,祸福赏罚,以制死生。生,好物也;死,恶物也。好物,乐也;恶物,哀也。哀乐不失,乃能协于天地之性,是以长久。②

这里的"六志"就是指好恶喜怒哀乐。而此六者,被荀子称为"天情"。③与其内容相近的另一种组合,喜怒哀惧爱恶欲,在《礼记·礼运》篇中被称为"七情"。④由此来看,"志"与"情"在内容上存在着明显的

---

① 闻一多:《歌与诗》,载于《闻一多全集》(第十卷),武汉:湖北人民出版社,1993年第1版,第8页。

② 《春秋左传正义》,第1454—1455页。

③ 《荀子·天论》:"天职既立,天功既成,形具而神生,好恶、喜怒、哀乐臧焉,夫是之谓天情。"(王先谦:《荀子集解》,第309页)

④ 《礼记·礼运》:"何谓人情?喜、怒、哀、惧、爱、恶、欲,七者弗学而能。"(《礼记正义》,第689页)

一致性。而且,子大叔、荀子、《礼运》都以某种方式强调了"情"的天生自然的意义。《礼运》明确指出,"七情"是"弗学而能"的。而子大叔和荀子则意图在天地万物与人的生成过程中来定位"情"。按子大叔的描述,天地生"六气","六气"生"六志"。故"六志"非人为而成,是天生所具的。荀子特别使用"天情"之称,来表明"情"是天地自然生成的产物,"形具而神生,好恶、喜怒、哀乐臧焉"。此外,荀子还借由"性"的概念进一步强化了"情"的自然义。"情"就是"性之质"①,"性之好、恶、喜、怒、哀、乐谓之情"②。而《正名》篇称:"性者,天之就也"③,又称:"不事而自然谓之性"④,"性"即是天生自然的,与人为相区别。

　　需要说明的是,这种天生自然的"情""志",并不能简单地理解为一般语义上的"情感"。或许,喜怒哀乐等能够以"情感"言之,但好恶则有所不同。实际上,子大叔及郭店楚简《性自命出》篇都已经注意到了六者内在的复杂性,并对好恶与喜怒哀乐做出了一种层次上的区分。在子大叔看来,好恶是一种更基础的心理活动,而喜怒哀乐则出于好恶。"喜生于好,怒生于恶。"面对"好"的事物,就会有喜、乐;面对"恶"的事物,则有怒、哀。《性自命出》定位好恶与喜怒等的方式略有不同,主要是借由"性""情"之别来加以区分的。该篇言:"情生于性。"喜怒哀悲是"情",四者在"性"的层面表现为喜怒哀悲之气。而"性"的另一内容则是好恶。⑤这意味着,喜怒哀悲是生于好恶的。此外,就好恶的对象来看,先秦儒家虽然期待君子能够"好德如好色"⑥,将"好德"作为教化的重要目标,但是在天生自然的意义上,除了孟子

---

① 王先谦:《荀子集解》,第 428 页。
② 同上书,第 412 页。
③ 同上书,第 428 页。
④ 同上书,第 412 页。
⑤ 《性自命出》:"喜怒哀悲之气,性也。及其见于外,则物取之也。""好恶,性也。"参见荆门市博物馆:《郭店楚墓竹简》,第 179 页;李零:《郭店楚简校读记》,第 136 页。
⑥ 《论语注疏》,第 119 页。

认为人天生好乐理、义①,在多数语境下,好恶是指人对于外物的欲求,如"目好色,耳好声,口好味,心好利,骨体肤理好愉佚"②。这个意义上的好恶之"情",更接近于欲望。因此荀子讲:"欲者,情之应也。"③《礼运》篇所言"七情"直接用"欲恶"取代了"好恶"。

以上旨在分析"志"同于"情"的含义,但在另外的语境中,"志"与"情"也会表现出某种区别。如郭店楚简《性自命出》言:

> 凡人虽有性,心无定志,待物而后作,待悦而后行,待习而后定。喜怒哀悲之气,性也。及其见于外,则物取之也。性自命出,命自天降。道始于情,情生于性。始者近情,终者近义。④

这里所言"性""情"的具体内容,是与"六志"相似的。但是《性自命出》篇却强调了"志"不同于"性""情"的一面。"性""情"是源自于天、内在于人的,而"志"则"待物而后作,待悦而后行,待习而后定"。在这种意义上,"志"是以"性""情"为基础的,或可理解为"性""情"受外物牵引时的发显。同时,"志"也构成了"性""情"朝向"义"的连接。不过,从"心无定志"的说法来看,"志"还是更接近于"性""情"。

但是,在《礼记·乐记》中,"情"与"志"之间已不再是内含与外显的区别,而是形成了某种对立:

> 凡奸声感人,而逆气应之。逆气成象,而淫乐兴焉。正声感

---

① 《孟子·告子上》:"心之所同然者何也?谓理也,义也。圣人先得我心之所同然耳。故理、义之悦我心,犹刍豢之悦我口。"(《孟子注疏》,第303页)
② 《荀子·性恶》:"若夫目好色,耳好声,口好味,心好利,骨体肤理好愉佚,是皆生于人之情性者也,感而自然,不待事而后生之者也。"(王先谦:《荀子集解》,第437—438页)
③ 王先谦:《荀子集解》,第428页。
④ 释文参见荆门市博物馆:《郭店楚墓竹简》,第179页;李零:《郭店楚简校读记》,第136页。

人,而顺气应之。顺气成象,而和乐兴焉。倡和有应,回邪曲直,各归其分,而万物之理,各以类相动也。是故君子反情以和其志,比类以成其行。奸声乱色,不留聪明;淫乐慝礼,不接心术;惰慢邪辟之气,不设于身体。使耳、目、鼻、口、心知、百体,皆由顺正,以行其义。①

故曰:乐者,乐也。君子乐得其道,小人乐得其欲。以道制欲,则乐而不乱;以欲忘道,则惑而不乐。是故,君子反情以和其志,广乐以成其教。乐行而民乡方,可以观德矣。②

《乐记》中两次出现了"反情以和其志"的表述。第一段材料首先明确,万物因其正邪曲直而归于不同分类,同类事物之间存在着相互的关联和影响。所反之"情"与所和之"志",就分属于正邪两个不同类别。"反情"即是其后所言的"奸声乱色,不留聪明;淫乐慝礼,不接心术;惰慢邪辟之气,不设于身体";"和其志"则是"耳、目、鼻、口、心知、百体,皆由顺正,以行其义"。这里的"情"意指对奸声乱色、淫乐慝礼、惰慢邪辟之气的喜好与顺应。而"志"同样是发自心的喜好,但却是合于义的。与之相关,第二段材料也表达了类似的对"情""志"的理解。在第二段材料的论述中,乐道和乐欲是对立的。君子乐得其道,以道制欲;小人乐得其欲,以欲忘道。而乐,即是要将民众导向对道的喜好,以得道为乐,并以此控制欲望。这种努力被概括为"反情以和其志"。"反情"即是"制欲",所反之"情"即是"乐得其欲";"和志"则对应"乐得其道"。由此来看,这里的"志"已经与"情""欲"有了明确的分野。"志"不再是"无定"的,"志"表现为对道、德的喜好与追求。同时,这种乐道之"志"构成了对欲望的控制。

如果将这种"志"的含义进一步延伸,并强化其对于道德、礼法的

---

① 《礼记正义》,第 1108—1109 页。
② 同上书,第 1111 页。

追求与坚守,那也即是"志"的志愿、志向之义。如朱自清先生所引《论语·公冶长》中的用例:

> 颜渊、季路侍。子曰:"盍各言尔志?"子路曰:"愿车马衣轻裘,与朋友共,敝之而无憾。"颜渊曰:"愿无伐善,无施劳。"子路曰:"愿闻子之志。"子曰:"老者安之,朋友信之,少者怀之。"①

这里的"志"就是指志愿、志向。这个含义的"志",在先秦文献中很常见。"志于学"②"志于仁"③"志于道"④等说法,皆用此义。

从上述用例来看,"志"在先秦文献中所呈现出的含义,并没有脱离闻一多先生从"志"的字形出发所得出的心之所藏的意义范围。但是,在心之所藏之下,"志"的具体含义却是多样的。在不同语境或不同的思想背景下,"志"有着显著的意义差别。"志"字含义的复杂分化,可以说是儒家探索人的内心世界的一个结果。正是由于儒家对人心投入了极大的关注,并进行了深入的探究,人心的复杂性才得以逐渐呈现,并凝结于"志""情""性""欲"等概念中。

二 赋诗之志

"志"的含义及其在不同语境中的差别,构成了我们理解"《诗》言志"这一命题的基础。但是,"志"的这些义项不应被简单地代入到"言志"说中。要准确把握《诗》的"言志"之义,还需要进入"言志"说所从出的具体语境,展开进一步的分析。

《尚书·舜典》中虽然有"诗言志"的表述,但由于其创作年代存在

---

① 《论语注疏》,第68页。
② 《论语·为政》:"吾十有五而志于学。"(《论语注疏》,第15页)
③ 《论语·里仁》:"苟志于仁矣,无恶也。"(《论语注疏》,第48页)
④ 《论语·述而》:"志于道,据于德,依于仁,游于艺。"(《论语注疏》,第85页)

很大争议,因此《左传·襄公二十七年》出现的"《诗》以言志"之辞或许才是"言志"说最早的表达。这一讲法是与赋《诗》活动有关的:

> 郑伯享赵孟于垂陇,子展、伯有、子西、子产、子大叔、二子石从。赵孟曰:"七子从君,以宠武也。请皆赋,以卒君贶,武亦以观七子之志。"
> 子展赋《草虫》,赵孟曰:"善哉!民之主也。抑武也,不足以当之。"
> 伯有赋《鹑之贲贲》,赵孟曰:"床笫之言不逾阈,况在野乎?非使人之所得闻也。"
> 子西赋《黍苗》之四章,赵孟曰:"寡君在,武何能焉?"
> 子产赋《隰桑》,赵孟曰:"武请受其卒章。"
> 子大叔赋《野有蔓草》,赵孟曰:"吾子之惠也。"
> 印段赋《蟋蟀》,赵孟曰:"善哉!保家之主也。吾有望矣。"
> 公孙段赋《桑扈》,赵孟曰:"'匪交匪敖',福将焉往?若保是言也,欲辞福禄,得乎?"
> 卒享。文子告叔向曰:"伯有将为戮矣!诗以言志,志诬其上,而公怨之,以为宾荣,其能久乎?幸而后亡。"叔向曰:"然。已侈!所谓不及五稔者,夫子之谓矣。"文子曰:"其余皆数世之主也。子展其后亡者也,在上不忘降。印氏其次也,乐而不荒。乐以安民,不淫以使之,后亡,不亦可乎?"①

郑伯在垂陇设享礼招待晋国大夫赵文子,郑国的七位大夫随侍在侧。文子提出,七子相陪,已是郑伯恩宠,若能请七子赋《诗》,则是成就郑伯之赐,同时也可"观七子之志"。于是七人分别赋《诗》,文子各有评论。享礼结束之后,文子与叔向谈论对七子赋《诗》的看法,推断郑大

---

① 《春秋左传正义》,第 1063—1065 页。

夫伯有将受诛戮。之所以有如此推断,乃是基于伯有赋《鹑之奔奔》所表达的志意。从《鹑之奔奔》的诗文来看,"人之无良,我以为兄""人之无良,我以为君",包含着对"无良"之人的抱怨。此处,兄、君指称何人,所怨何事,后人看法尚有分歧。大体可归为两说。一说,以毛《序》、毛《传》、郑《笺》为代表,认为该诗是站在卫惠公的立场上谴责"兄"与"君"。毛《传》:"兄,谓君之兄",即公子顽,或为惠公庶兄;"君,国小君",即君夫人宣姜,为惠公母。郑《笺》承毛《序》之说,明指卫宣姜"与公子顽为淫乱行"。《左传·闵公二年》载:"初,惠公之即位也,少。齐人使昭伯烝于宣姜,不可,强之。"杜《注》:"昭伯,惠公庶兄,宣公子顽也。"①此或为《鹑奔》所刺之事。另一说,以姚际恒、王先谦等为代表,以为此诗是卫国君之弟刺宣公之辞。②《左传·桓公十六年》记:"初,卫宣公烝于夷姜,生急子,属诸右公子。为之娶于齐,而美,公取之,生寿及朔,属寿于左公子。"杜《注》:"夷姜,宣公之庶母也。"而"宣公所取急子之妻",是宣姜。③宣公淫父之妾、子之妻,故《鹑奔》刺之。无论我们取用哪种解释,《鹑奔》所刺之事都是"床笫之言",本"非使人之所得闻也"。且史书未载郑伯或其兄、母有淫行之事。但伯有却在享礼之间公然赋此诗,故知其志在以《鹑奔》所指卫国淫乱之事刺郑伯,是"诬其上"而"公怨之"。赵文子据此判断,伯有将受诛戮。

通过上述分析我们可以知道,赵文子所谓"诗以言志"并不是对《诗》的特质的描述,而是就赋《诗》这一特定的用《诗》活动而言的。赋诗之人借所赋之诗来表达自己的志意、想法,如伯有赋《鹑之奔奔》以诬其君而表其怨怼之情。不难看出,赋诗所言之"志"包含着个人的

---

① 《春秋左传正义》,第311页。
② 参见姚际恒:《诗经通论》,北京:中华书局,1958年第1版,第74页。王先谦:《诗三家义集疏》,第233—234页。
③ 《春秋左传正义》,第208—209页。

意愿、情感等复杂的心理因素。而听闻者可以根据对所赋之诗及相关情形的了解来观知赋诗者之"志"。

三 道与人心

但是,早期儒家对"言志"说的强调,显然并不是针对赋《诗》的。儒家更多地是在以"言志"来论说《诗》的特质。相关的文献材料时常会被研究者列举。但如果详加分析,我们不难发现,这些论说的意义指向存在着重要的差异。

在一些有关"《诗》言志"的表述中,会出现一个代词"其"。这个代词的加入,在很大程度上扭转了"《诗》言志"的意义指向。如之前提到过的《礼记·乐记》中的一条材料:

> 故曰:乐者,乐也。君子乐得其道,小人乐得其欲。以道制欲,则乐而不乱;以欲忘道,则惑而不乐。是故,君子反情以和其志,广乐以成其教。乐行而民乡方,可以观德矣。德者,性之端也。乐者,德之华也。金石丝竹,乐之器也。诗,言其志也。歌,咏其声也。舞,动其容也。三者本于心,然后乐器从之。是故情深而文明,气盛而化神,和顺积中,而英华发外,唯乐不可以为伪。①

这条材料论说的主题是乐。"诗,言其志也",在这里只是论乐的一个枝节。在这条材料的论述中,乐是引导"民乡方"的重要手段。而乐之

---

① 《礼记正义》,第1111—1112页。郭店简《语丛一》《荀子·儒效》等篇论"诗言志"时是诸经并举,故其中所言"诗"当特指《诗经》无疑。但是,上博简《诗论》《尚书·尧典》《礼记·乐记》《诗大序》等篇则是诗、乐、文或诗、乐、舞并举,其中所称"诗"或非特指《诗》,而是指一般的诗歌。但即便如此,我们也不应忽略,《诗》是包含在诗歌范畴内的。而且对早期儒家而言,《诗》是诗歌范畴内最重要的诗集。因此,早期儒家典籍中有关一般诗歌的论说在很大程度上会体现着儒家对《诗》的理解。因此,在以下的讨论中,我们虽依循语境选择"诗"或"《诗》"的写法,但在意义上淡化泛指和专称的区分。

所以能发挥这样的功用,是因为乐在本质上即是道、德的外显,是所谓"德之华"。而乐对于道、德的呈现,又是通过诗、歌、舞这三种不同形式来实现的。诗所言说之"志"、歌所咏唱之"声"、舞所动作之"容",皆体现着道、德的内涵。就我们所关注的诗来看,诗言说着合于道、德之"志",因而具有某种典范的意义。

《荀子·儒效》篇有关"《诗》言志"的表述,与上述《乐记》的情况相似:

> 圣人也者,道之管也。天下之道管是矣,百王之道一是矣,故《诗》《书》《礼》《乐》之归是矣。《诗》言是,其志也;《书》言是,其事也;《礼》言是,其行也;《乐》言是,其和也;《春秋》言是,其微也。故《风》之所以为不逐者,取是以节之也;《小雅》之所以为《小雅》者,取是而文之也;《大雅》之所以为《大雅》者,取是而光之也;《颂》之所以为至者,取是而通之也:天下之道毕是矣。①

此处论说的主题也不是《诗》,而是圣人及圣人之道。荀子认为,圣人是道的枢纽,而《诗》《书》等经典正是圣人之道的载体。而且,这些经典是从不同的角度去呈现道的。《诗》对于道的呈现,不是通过某些言行、事迹,而是通过"志"。在这一语境下,《诗》所言之"志",即是圣人之"志"。这样的"志"同样具有典范意义。难得的是,荀子在论述过诸经对道的呈现方式后,进一步详述了一个关键的问题:《诗》之《风》《小雅》《大雅》《颂》各部分是如何展现典范意义的。荀子认为,《风》《雅》《颂》之所以能够成为圣人之"志"的载体,是因为在原有的意义之上做出了某种加工和塑造,即"取是而节之""取是而文之""取是而光之""取是而通之"。"取是",按杨倞之意,是指"取圣人之儒道"②。这意

---

① 王先谦:《荀子集解》,第133—134页。
② 同上书,第133页。

味着,对《风》《雅》《颂》所言之"志"的塑造,是以圣人之道为依据的。而"节之""文之""光之""通之"的差异做法,则体现了《风》《雅》《颂》本身在内容和意义上的不同。对于《风》,即《国风》,要依据圣人之道,节制其中包含的逾越礼法之"志",使不至于"流荡"。因此《风》的典范意义即在于呈现圣人之道对于"流荡"之"志"的节制与安顿。对于《小雅》《大雅》《颂》,则要"文之""光之""通之"。不同方式的加工,为《诗》的各部分赋予了统一的意义,使其共同成为了圣人之"志"的体现。

　　《乐记》和《儒效》的这两条材料,将"言志"说分别置于乐和圣人之道的主题下。虽然这是两个不同的主题,但在儒家的视域中,礼乐之道与圣人之道在本质上是相通的。《诗》通过其所言之"志",展现着儒家所思考和追寻的"道"。当然,从《儒效》篇的论说来看,《诗》之"志"能够成为"道"的载体,是以"道"为依据进行加工和塑造的结果。

　　事实上,如果仅就承载道、德之义来看,《诗》在结集成书之初即是如此。《诗》的文本与意义的建构过程,就是依托于礼乐制度展开的。在西周到春秋中后期的漫长时间跨度中,执掌礼乐的王官将不同来源的诗篇汇聚在一起,并根据礼乐、道德建构的需要,保持对文本的不断编订以及对思想意义的持续塑造。春秋时人已经明确地将《诗》作为"德义之府"看待。①不过,当时的相关论述并没有表现出对《诗》的"言志"特质的关注。虽然申叔时在阐述楚国世子的教育方案时,提出了"教之《诗》,而为之导广显德,以耀明其志",但是教之《春秋》、教之《世》等,同样会产生对受教者心志的影响,如"戒劝其心""休惧其动"等。②对比之下,我们就不难看出,早期儒家从"志"的角度论述《诗》对于道、德的呈现,是对《诗》的认识的一种深化和突破。而这种对"志"

---

① 参见第二章的相关内容。
② 徐元诰:《国语集解》,第485—486页。

的关注,反映了儒家在思想建构过程中的内在诉求。

在诸子时代,大部分思想家都希望建构某种有秩序的人伦生活。而儒家对于人伦秩序的设计与规范是很独特的。其独特性体现在很多方面,我们在这里所要强调的,并不是儒家对秩序内容、原则的具体设计,而是儒家在秩序建构方式及秩序效果方面所特有的追求。《论语·为政》载:

> 子曰:"道之以政,齐之以刑,民免而无耻。道之以德,齐之以礼,有耻且格。"①

一般而言,人伦秩序的建构与维护,需要为政者利用政令、刑法等强制性约束来加以实现。但是,政令、刑法等强制手段只能规范人的外在言行。民众在言行上符合秩序规范,只是迫于刑戮的威胁而不得不服从。民众并不一定认同这些规范,因而对于自身违背规范的言行也不会有羞耻之心。事实上,诸如法家这样的学派,确实并不在意民众是否具有内在的道德意识,他们只关心民众的言行是否符合秩序规范。但儒家的诉求并不止于此,孔子即希望通过道德、礼乐的教化,使民众在言行端正的同时确立起内在的道德意识,使民众对背德、违礼之事有羞耻心。这也即是所谓的"有耻且格"。

当然,儒家在这方面的诉求,远不止于羞耻心的确立。儒家希望道德、礼乐的基本准则,都能够在人的内心中确立其根基。这一努力伴随着对人心的不断探索。一个标志性的进展,就是人性观念成为了战国时期儒家乃至各个学派普遍关注的议题。所谓人性,就是人普遍具有的天赋的本性,即荀子所说的"天之就"②"不事而自然"③者。这种先

---

① 《论语注疏》,第15页。
② 王先谦:《荀子集解》,第428页。
③ 同上书,第412页。

天的内在本性,无疑对人的言行有着牢固而不可抗拒的影响,因而受到特别的关注。一般而言,人性中包含着身体官能带来的对外物的欲求。对于这一点,并不存在太多争议。关键的分歧在于,人性中是否具有合乎道德、礼法的因素。这决定了外在的道德、礼法能否获得先天的人性基础。孟子和荀子在这一问题上即持有截然不同的主张。孟子认为,人天生具有善端:

> 孟子曰:"人皆有不忍人之心。……所以谓人皆有不忍人之心者,今人乍见孺子将入于井,皆有怵惕恻隐之心,非所以内交于孺子之父母也,非所以要誉于乡党朋友也,非恶其声而然也。由是观之,无恻隐之心,非人也;无羞恶之心,非人也;无辞让之心,非人也;无是非之心,非人也。恻隐之心,仁之端也;羞恶之心,义之端也;辞让之心,礼之端也;是非之心,智之端也。人之有是四端也,犹其有四体也。有是四端而自谓不能者,自贼者也。谓其君不能者,贼其君者也。凡有四端于我者,知皆扩而充之矣,若火之始然,泉之始达。苟能充之,足以保四海;苟不充之,不足以事父母。"①

恻隐之心、羞恶之心、辞让之心(或恭敬之心)、是非之心,就如同人的四体一样,是人天生所具有的本性。而且,无四端之心便不是人,四端是人之所以为人的本质。扩充此四端之心,便有仁、义、礼、智的德行。这些外在的德行是"根于心"②的,有着先天的基础。同时,四端之心的

---

① 《孟子注疏》,第93—94页。另《告子上》:"恻隐之心,人皆有之。羞恶之心,人皆有之。恭敬之心,人皆有之。是非之心,人皆有之。恻隐之心,仁也。羞恶之心,义也。恭敬之心,礼也。是非之心,智也。仁、义、礼、智,非由外铄我也,我固有之也,弗思耳矣。故曰求则得之,舍则失之。"(《孟子注疏》,第300页)

② 《孟子注疏》,第362页。句读取自《四书章句集注》本,朱熹:《四书章句集注》,第355页。

扩充与涵养,也伴随着对物欲的节制,以保证人不至于被物欲所支配。①但是,战国儒家的另一位代表人物荀子,显然并不接受这样的认识。我们知道,后世儒者贬抑荀子的原因之一,就是他否认人在本性上具有孟子所言的善端:

> 人之性恶,其善者伪也。今人之性,生而有好利焉,顺是,故争夺生而辞让亡焉;生而有疾恶焉,顺是,故残贼生而忠信亡焉;生而有耳目之欲,有好声色焉,顺是,故淫乱生而礼义文理亡焉。然则从人之性,顺人之情,必出于争夺,合于犯分乱理而归于暴。故必将有师法之化,礼义之道,然后出于辞让,合于文理,而归于治。②

在荀子看来,如果因循、放任人的本性,必然会导致争夺和混乱。从这个意义上讲,人性是恶的。所有善的言行与秩序,都不是源自于人的天性,而是后天人为塑造的结果,是一种伪。但是,这并不意味着伪善仅仅是一种外在的善行,伪同样具有内在的基础。荀子所主张的对秩序的塑造是从"化性起伪"③开始的,本性中的情、欲需要获得妥善的安顿和引导。这一工作是在心的主导下完成的,所谓"心虑而能为之动谓之伪"④。心的引导是朝向道的,"心不可以不知道"⑤,"心知道,然后

---

① 《孟子·尽心下》:"养心莫善于寡欲。"(《孟子注疏》,第403页)又《告子上》:"耳目之官,不思而蔽于物,物交物,则引之而已矣。心之官则思,思则得之,不思则不得也。此天之所与我者,先立乎其大者,则其小者不能夺也。"(《孟子注疏》,第314页)

② 王先谦:《荀子集解》,第434—435页。

③ 《荀子·性恶》:"故圣人化性而起伪,伪起而生礼义,礼义生而制法度。"(王先谦:《荀子集解》,第438页)

④ 王先谦:《荀子集解》,第412页。

⑤ 同上书,第394页。

可道"①。因此,合乎道的善行,是以心的导向为基础的。只不过,这种心的作用的发挥,需要后天的培养。

上述孟、荀思想,代表了儒家内部对人心及德礼基础的两种不同认知。二者虽然存在很大差异,但在最终诉求上却是一致的:二者都试图在人心中确立道德、礼法的根基。无论是对先天善端的扩充,还是后天对人心的塑造,最终都要求人们对人伦秩序的遵守是基于内心的自我引导、自我约束,而不是简单地服从于外在的强制手段。这样一种对人心及德礼根基的要求,获得了早期儒家的普遍认同。因此,《乐记》《儒效》在阐发对道、德的认识时,很自然地会包含内心层面的内容。而且,在《乐记》《儒效》那里,这些有关人心的内容正是通过《诗》所言之"志"而获得表达的。

"言志"说的这种意义,虽然出自于《乐记》《儒效》的特定语境,但却在很大程度上代表了早期儒家对于《诗》的基本认知与定位。儒家认可了《诗》自结集成书之初即具有的经典意义。和古之王官学一样,儒家仍然将《诗》看作是德礼的载体。只不过在儒家看来,《诗》的典范意义集中体现于"志"的层面。而在早期儒家的整体视域中,《诗》所言之"志",既包括引导善行的心、思,也包括被约束和安顿的情、欲。我们无法以某种单一的心理活动或心理因素去定义《诗》之"志",这里的"志"更多地是一种广义上的心之所藏。

四 《诗》之诚

通过对"诗,言其志也""《诗》言是,其志也"这类表述的分析,我们知道,在早期儒家的视域中,《诗》所言之"志",展现着儒者对于道德、礼法的内在向度的认知。但这里需要进一步追问的是:儒家对内心世界的理解、对德礼的内在根基的要求,为何要以《诗》为载体?《诗》对于儒家建构内心世界的秩序究竟有何意义?对于这类问题,有关

---

① 王先谦:《荀子集解》,第 395 页。

"《诗》言志"的另外一些表述,或许能够为我们提供答案。

最为人所熟知的,是《尚书·舜典》中的一则说法:

> 诗言志,歌永言,声依永,律和声。①

这条材料虽然是从"教胄子"的角度切入,将诗、歌、声、律等作为培养贵族子弟德行的手段,但是较之《乐记》和《儒效》的两条材料,这里更朴素地表达了对于诗、歌、声、律本身的认识。诗,是对内心之"志"的言说与表达。歌,则是将诗所言说的文辞咏唱出来。声,依从于咏唱。律,以调和五声。诗、歌、声、律构成了一个呈现内心之"志"的衍生序列,"志"是整个序列的源头和基础,后者在前者的基础之上逐次展开。在这一序列中,诗是"志"最直接、最切近的呈现。这也构成了诗的基本特征。对于这一点,《诗大序》做出了一个更为直观的阐发:

> 诗者,志之所之也,在心为志,发言为诗。情动于中而形于言,言之不足,故嗟叹之,嗟叹之不足,故永歌之,永歌之不足,不知手之舞之、足之蹈之也。②

《诗大序》指出,诗是"志"之所往。这大致与"诗言志"同义。但"在心为志,发言为诗"两句,已与单纯的"言志"之义有所不同。这两句话暗示出,志与诗其实是一体的两面。藏于心中,被称为"志";发而成言,则是为"诗"。志与诗的不同,仅仅是存在、表现形式的差异。这一说法将志与诗更紧密地关联在了一起。至于嗟叹、永歌、手舞、足蹈,皆由"志"而发,皆是"志之所之"。四者依托诗之所言而逐次延展,以更丰富的形式表达内心之"志"。

---

① 《尚书正义》,北京:北京大学出版社,1999年第1版,第79页。
② 《毛诗正义》,第6页。

《诗大序》作为对早期儒家《诗》学思想的总结,其对"言志"说的阐发不可等闲视之。《诗大序》的讲法与旧有的"言志"说大体一致,但也呈现出了细节上的不同。而正是这样的细节,标识出了早期儒家在这一问题上的基本取向。我们知道,如果仅仅是"诗言志",那么诗对"志"的表达仍可能存有诸多不确定的因素。如,直接还是间接地表达,真诚地还是虚伪地表达,等等。很显然,这些不同的"言志"方式,对于诗、及至诗对于儒家的意义,有着根本性的影响。而《诗大序》"在心为志,发言为诗"的讲法,即是要排除"言志"中的这些不确定因素,明确诗与志本是一体,诗就是在以一种最直接、最真实的方式表达着人心之"志"。这一点可以在上博楚简《诗论》中找到佐证,该篇有言:

诗无隐志,乐无隐情,文无隐意。①

很显然,这里的"隐"字是连接诗与志的关键,但对这个字的释读存在很多争论。比较有影响的主要是"离""隐""吝"等几种读法。李零先生认为应读作"吝","吝志"即是"有藏愿"。②饶宗颐先生也认同这种读法,认为"无吝"就是"无所惜,尽情尽意而为之"。③在这样的释读之下,"诗无吝志"就不止是"诗言志"的反向表述。"无吝"强调了诗在"志"的表达上直接而真诚、无隐而无藏的特质。

《诗》对于"志"的表达既然无所隐匿、直接而真诚,那么《诗》三百所呈现的,即是由众多诗作者的用心所构成的一个真实的内心世界。

---

① 释文参见马承源主编:《上海博物馆藏战国楚竹书》(一),第123页;李零:《上博楚简三篇校读记》,第11—12页。

② 参见李零:《上博楚简三篇校读记》,第11页。

③ 饶宗颐:《竹书〈诗序〉小笺》,载于上海大学古代文明研究中心、清华大学思想文化研究所编:《上博馆藏战国楚竹书研究》,上海:上海书店出版社,2002年第1版,第231页。

内心世界的真实呈现,对于儒家有着重要意义。我们知道,儒家意图在人心中确立起道德、礼法的根基,就需要对人心的真实状态有准确的了解和把握。而人心是内在的,对人心的了解只能通过人心在外在言行上的呈现。至于对人心的规范,也只能依据言行所呈现的内心状态,以某种外在形式对人心施加间接的影响。但是,人心的呈现和对外在影响的反馈,是可能作伪的。如《大学》在讨论"诚意"问题的时候特别提到了人心的伪饰:

> 小人闲居为不善,无所不至,见君子而后厌然,揜其不善,而著其善。①

按孔颖达《正义》的解释,《大学》所谓"诚意",就是"见彼好事、恶事,当须实好、恶之,不言而自见,不可外貌诈作好、恶,而内心实不好、恶也"②。小人在君子面前掩饰其真实的好恶,便是"诈作好恶",是"不诚"。诈作好善,好善是伪;好不善之事被遮掩,也是伪。虽然《大学》此章认为,内心终归是无法掩饰的,必然会流露于外,但仍然对君子提出"诚意"的要求。这暗示着,心的作伪恐怕是广泛存在的,并需要着力去克服。因此,早期儒家在塑造德、礼的内在根基时,特别重视人心之"诚"。除了《大学》"诚意"章,我们在《中庸》《孟子》《荀子》等儒家文献中,都能见到对"诚"的强调。③毫无疑问,"诚"的问题是一个值得专门探讨的议题,但这并不是我们此处的任务,我们只是要借由儒家对"诚"的重视来说明,了解和塑造人的内心并非易事,而且儒家深知这一点。

---

① 《礼记正义》,第1592页。
② 同上书,第1595页。
③ 参见张岱年:《中国哲学大纲》,载于《张岱年全集》第二卷,石家庄:河北人民出版社,1996年第1版,第357—364页。

带着这种认识反观《诗》的"无吝志"的特征,我们就比较容易理解《诗》对于儒家的独特意义了。《诗》对于人心的真诚表达,为儒者了解人们的内心世界提供了一个难得的渠道。同时,当儒家试图在人心中确立德礼的根基时,《诗》也成为了刻画并展现内在秩序的最为便利的道具。

第五章

志与礼

早期儒家以"言志"说概括《诗》的特质,表现出了儒家对于《诗》所呈现的内心世界的关切。而儒家之所以如此关注人心,归根结底还是由于人心深刻地影响着人的言行乃至整个社会的秩序。儒家对于人伦秩序的思考与设计,需要对人心做出合理的安顿,并试图在人心中寻找到外在秩序的根基。这一章我们就来集中考察儒家借由《诗》学论释所表达的对于人心与礼乐关系的认识。

第一节 礼之本

一 礼仪之别

从《左传》《国语》等文献的记载来看,至于春秋时期,各种违礼的现象已经屡见不鲜。但当时的人们对于礼废乐坏仍缺乏足够的自觉,只有少数卿大夫开始意识到问题的严重性,并通过对礼的深入反思,来寻找摆脱危机的办法。而反思的一个重要切入视角,即是对礼与仪的区分。

《左传》中有两条关于礼、仪之别的对话,经常被学者们提及。首先来看《昭公五年》的记载:

> 公如晋,自郊劳至于赠贿,无失礼。晋侯谓女叔齐曰:"鲁侯

不亦善于礼乎?"对曰:"鲁侯焉知礼!"公曰:"何为?自郊劳至于赠贿,礼无违者,何故不知?"对曰:"是仪也,不可谓礼。礼所以守其国,行其政令,无失其民者也。今政令在家,不能取也。有子家羁,弗能用也。奸大国之盟,陵虐小国。利人之难,不知其私。公室四分,民食于他。思莫在公,不图其终。为国君,难将及身,不恤其所。礼之本末,将于此乎在,而屑屑焉习仪以亟。言善于礼,不亦远乎?"①

这则对话发生在晋侯与女叔齐之间。鲁昭公聘问于晋国,晋平公因昭公在聘问过程中行礼如仪而称其知礼。但女叔齐却否定了这一评价,指出昭公所为不过是仪,而不能称作礼。这一表述暗含着对礼与仪的细腻的界定。"仪不可谓礼",并不是说仪不是礼。从其后"礼之本末"的提法来讲,仪可以说是"礼之末"。郊劳至于赠贿中对人言行的细节要求,只是礼的一个末节。因此不能将行仪无失说成是善于礼。事实上,按女叔齐之后的陈述与分析,鲁国当时的内政外交多有违礼之处。鲁侯"为国君,难将及身",却"不恤其所",实是不知礼。《昭公二十五年》记载的另一次对话,也是从礼、仪之别开始的:

夏,会于黄父,谋王室也。赵简子令诸侯之大夫输王粟、具戍人,曰:"明年将纳王。"子大叔见赵简子,简子问揖让周旋之礼焉。对曰:"是仪也,非礼也。"②

王室遭逢子朝之乱,诸侯会盟本意在于安定王室,恢复周礼应有的秩序。但赵简子却在会盟中以卿大夫的身份传令于诸侯之大夫,这是僭越的行为。赵简子以僭越之身问礼,暗示着简子对礼的无知。子大叔针对这样

---

① 《春秋左传正义》,第1215—1217页。
② 同上书,第1447—1455页。

的提问明确指出,这些揖让周旋只是仪节,不能仅仅以此来指称礼。

女叔齐、子大叔提出礼与仪的区分,是针对一个共同的问题:将外在的琐碎仪节等同于礼。在这种误解之下,诸如鲁侯、晋侯、赵简子等当时的诸侯卿士,"屑屑焉习仪以亟",进而力求在各种典礼仪式中行礼如仪,以为如此便是知礼、守礼。鲁侯等人对于礼的认识偏差,使得他们执著于礼之末节,而未能自觉到失礼的事实。这在当时恐怕并非个例,而是一种普遍存在的现象。

儒家作为周礼的继承者,对这一现象也表现出了高度的警惕。《论语·阳货》载:

> 子曰:"礼云礼云,玉帛云乎哉?乐云乐云,钟鼓云乎哉?"①

孔子以一种反问的语气来表达,礼乐绝不仅仅是那些玉帛、钟鼓。郑玄注:"玉,圭璋之属;帛,束帛之属。"②玉帛皆是行礼所用之物,钟鼓则是奏乐之器。二者是礼乐仪式不可或缺的器具。但是,这些器具以及使用这些器具的仪节,不过是礼的外在形式,是礼之末节。孔子指出这一点,其用意与女叔齐、子大叔是一致的,即是要警惕那些将礼的外在仪节、器物等同于礼的浅陋认识。

类似的警觉也延伸到了早期儒家有关《诗》的讨论中。《礼记·孔子闲居》一篇是由子夏问诗展开的。上海博物馆藏战国楚竹书中有一篇与之主题相同、内容相近的文字,被命名为《民之父母》。按该篇的铺陈,子夏就《大雅·泂酌》中"岂弟君子,民之父母"两句请教孔子,"何如而可谓民之父母?"③孔子在回答这一问题时引入了"礼乐之蒝"

---

① 《论语注疏》,第238页。
② 同上书,第238页。
③ 释文参见马承源主编:《上海博物馆藏战国楚竹书》(二),第154页。

"五至""三无"等观念。①其中的"三无"说,与我们所关注的礼仪之别密切相关,因此权且把有关"三无"的问答环节提截出来,略作讨论:

> 子夏曰:"'五至'既闻之矣,敢问何谓'三无'?"孔子曰:"'三无'乎,无声之乐,无体之礼,无服之丧。君子以此横于天下,系耳而听之,不可得而闻也;明目而见之,不可得而见也,而得气塞于四海矣,此之谓'三无'。"②

《民之父母》托孔子所言"三无",是指无声之乐、无体之礼、无服之丧。从内容上看,"三无"的说法就是针对礼乐而言的。只不过一般来说,乐是有声的,礼要依托于特定的形式,丧礼中的丧服也是不可或缺的。而"三无"却强调礼乐的无声、无体、无服之义,这明显是有悖于常识的。而我们知道,《民之父母》在儒家的立场下提出"三无"说,当然不可能去否定、抛弃礼乐的外在形式,而是要借由这一悖于常识的表述来做出警示:外在形式固然是礼乐重要的组成部分,但在形式背后,礼乐还有其深层次的意义。对于礼的关注与遵行,不能流于形式。

二 天经地义

春秋后期的卿大夫以及早期儒家都已经意识到,礼的外在形式,无论是器物还是仪节,都不是礼的根本。而这一发现会很自然地引生出对"礼之本"的追问。

在上引《左传·昭公五年》的记述中我们可以看到,女叔齐已经使用了"礼之本末"的说法。他认为,自郊劳至于赠贿的仪节只是"礼之末"。其所言"礼之本",主要是从礼的政治功用着眼的,礼是君主"所以守其国,行其政令,无失其民者"。相比之下,《左传·昭公二十五

---

① 参见马承源主编:《上海博物馆藏战国楚竹书》(二),第156页。
② 同上书,第161—164页。

年》记载的对话表达了对于"礼之本"的更深刻的认知:

> 简子曰:"敢问,何谓礼?"对曰:"吉也闻诸先大夫子产曰:'夫礼,天之经也,地之义也,民之行也。'天地之经,而民实则之。则天之明,因地之性,生其六气,用其五行。气为五味,发为五色,章为五声。淫则昏乱,民失其性。是故为礼以奉之:为六畜、五牲、三牺,以奉五味;为九文、六采、五章,以奉五色;为九歌、八风、七音、六律,以奉五声。为君臣上下,以则地义;为夫妇外内,以经二物;为父子、兄弟、姑姊、甥舅、昏媾、姻亚,以象天明;为政事、庸力、行务,以从四时;为刑罚威狱,使民畏忌,以类其震曜杀戮;为温慈惠和,以效天之生殖长育。民有好恶、喜怒、哀乐,生于六气。是故审则宜类,以制六志。哀有哭泣,乐有歌舞,喜有施舍,怒有战斗,喜生于好,怒生于恶。是故审行信令,祸福赏罚,以制死生。生,好物也;死,恶物也。好物,乐也;恶物,哀也。哀乐不失,乃能协于天地之性,是以长久。"简子曰:"甚哉,礼之大也!"①

子大叔对礼、仪的区分,引生了赵简子对礼的追问。如果参照女叔齐以"礼之本末"对应礼与仪的讲法,这里简子问礼,也即是在探寻"礼之本"的问题。

子大叔首先引述子产之言指出,礼是"天之经也,地之义也,民之行也"。这意味着,礼不仅关联着政治秩序,礼其实是天地与人世秩序的共同体现。子大叔是认同这一点的,他在其后的对话中明确讲过:"礼,上下之纪、天地之经纬也。"②但如果进一步揣摩子大叔的言论,我们不难发现,他的认识比子产还要更深一层。在子大叔看来,"天经地义"与人世秩序并不是等同的。天地的运行呈现出了某种恒常的秩

---

① 《春秋左传正义》,第1447—1455页。
② 同上书,第1455页。

序,人世秩序的订立应效法于"天经地义",也即是"天地之经,而民实则之"。"天经地义"构成了人世秩序的根源和依据。

事实上,以天或天地作为人世秩序的根源,可以看作是一种悠久的思想传统的延续。而子大叔在沿用这种天人架构的基础上,做出了更细腻的阐发。天地生"六气"、用"五行"。天地所生之气又分化为"五味""五色""五声"。这样一种生成关系,决定了味、色、声的呈现与发用,都秉承着某种相通的源自于天地的秩序。人对味、色、声的追求如果逾越了这种秩序,则会昏乱而失其本性。而礼的意义即在于通过对人事中各种形式的设计,来遵奉天地万物的秩序以及民在这一秩序之中应有的本性。一方面,礼要维护合于天地的人世秩序;另一方面,礼也要对可能出现的背离天地秩序的人事做出约束。

天经地义	礼
五味	六畜、五牲、三牺
五色	九文、六采、五章
五声	九歌、八风、七音、六律
地义	君臣、上下
二物	夫妇、外内
天明	父子、兄弟、姑姊、甥舅、昏媾、姻亚
四时	政事、庸力、行务
震曜、杀戮	刑罚、威狱
生殖、长育	温慈、惠和

子大叔的叙述呈现出以上两个序列。左侧属于天地的范畴,体现着"天经地义",是礼所效法、遵奉的模板。右侧则属于礼的范畴,也即人事的范畴。人伦生活中的各种身份、关系、行事、仪节、器物,都要效法天地的秩序而在礼的组织之下获得安顿与规范。当然,从这一列表的内容来看,礼所安顿和规范的主要还是人伦生活中的一些外在因素。

但事实上,子大叔对礼的认识并不仅限于此。子大叔已经注意到,民是有好恶喜怒哀乐的,即所谓"六志"。而民的"六志"同样是生于"六气"的,也即是由天地所生。这意味着,民的"六志"与天地万物也有着内在的一致性,遵循着相通的秩序。因此,要"审则宜类,以制六志",也即是通过礼乐的设计,以合于天地的秩序来呈现"六志",并对其加以规范,使"六志"能"协于天地之性"。具体的做法,就是以合礼的哭泣、歌舞、施舍、战斗,来呈现、规范民众的喜怒哀乐,又以政令、赏罚等手段,控制民众所好、所恶之物,从而安顿、规范民之好恶。

很显然,子大叔对"礼之本"的认识,已远超女叔齐从政治功用角度对礼的思考。从礼所涵盖的人事功能来看,礼不仅组织着人的言行、人与人的关系以及刑政的施用,礼还对人内在的"六志"有所安顿和规范。在人的内心世界中发现并提炼出"六志",进而通过哭泣、歌舞、施舍、战斗、赏罚等外在形式将其纳入礼的规范,反映出了时人对礼和人心的认识在进一步深化。更重要的是,子大叔对"礼之本"的思考,不是简单地回答礼是什么、礼具有怎样的功用,而是以天地所呈现出的恒常秩序为参照去探寻礼的依据。礼是效法、依循于"天经地义"的,礼对人的外在行事与内在心志的规范都以"天经地义"为准则。

三 奢俭易戚

正如我们所看到的,在春秋时期的卿大夫阶层中酝酿产生了对"礼之本"的反思。而随着诸子学的兴起,儒家接续了这种对礼的思考。儒家希望通过进一步探寻礼的本质与依据,为礼所维系的秩序与价值提供充分的合理性论证,以此激发礼的内在活力。

据《论语·八佾》所记,鲁人林放曾向孔子请教过"礼之本"的问题:

> 林放问礼之本。子曰:"大哉问!礼,与其奢也,宁俭。丧,与

其易也,宁戚。"①

孔子对林放的提问表达出充分的赞赏。但与我们所习惯和期待的解答方式不同,孔子在这里并没有给出一个定义式的答案,而是通过对为礼奢俭、易戚的选择来揭示答案。首先需要注意的是这里使用的句式。"与其……宁……",意指在二者之中做出选择,但二者又都不是理想的选择,只是不得已选择相对较好的一方。带着这种对句式语义的理解,我们来看看奢与俭、易与戚之间的缺憾选择会带来怎样的启示。

就奢俭之辨来看,二者都是针对礼的外在形式而言的。奢,意味着对行礼所用器物仪仗的过度追求。这当然会带来违礼的风险,即便在合礼的限度内,将注意力过多地投注于礼的细节形式,也会造成主观上对"礼之本"的忽略。俭则与之相反,俭表现为对器物仪仗的过度俭省。这会使得"礼之本"无法在形式上获得充分的呈现。但为礼过俭,往往是受到物质条件所限,并非出于对"礼之本"的忽视。面对这样两种情形,弃奢取俭的选择表明,孔子更在意行礼之人主观上对"礼之本"的态度。较之礼在形式上的缺失,对"礼之本"的忽视才是更严重的危害。不过,在这一选择中我们还看不到"礼之本"的具体指向。奢所危害的"礼之本"究竟是什么,或可由易戚之辨来获得澄清。

历代对于易、戚的解读存在一些分歧。何晏在《集解》中引包咸之说,"易,和易也""戚,哀戚也"②。易、戚指丧礼中的两种情绪状态。当然,在"与其……宁……"的选择中,二者皆有所弊,"易"应指过于平和而少哀戚,"戚"则指哀戚太甚。包咸、何晏主要就是在情感层面来理解易、戚的。朱熹则有所不同,他明确地将丧礼中的情感表达与礼仪形式进行了关联。朱熹注:"易,治也。孟子曰:'易其田畴。'在丧礼,

---

① 《论语注疏》,第30页。

② 同上。

则节文习熟,而无哀痛惨怛之实者也。戚则一于哀,而文不足耳。"①按照朱熹的解释,易、戚最终也都指向丧礼中的情绪状态,但哀戚不足是由于过度关注外在节文造成的,哀戚过甚则会导致无法顾及丧仪。考虑到奢俭之辨所表达的对"礼之本末"的关注,朱熹的读法更符合孔子此处的语意。宁可哀戚过甚、丧仪有缺,也要保证行礼之人有发自内心的哀戚。"宁戚"的选择再次表明,诸如丧仪、丧服之类的外在节文是次要的。尽管这些节文彰显、维护着人伦秩序,但这些还不是"礼之本"。"礼之本"指向了行礼之人的哀戚。如果将过多的注意力投注于外在的节文,而导致哀戚之情的淡化,即是丧失了"礼之本"。丧礼的根本,是使人的哀戚之情获得恰当的表达。

由此来看,孔子对"礼之本"的认识,同样针对于"世之为礼者专事繁文"②的弊端,这与礼、仪之别的问题意识是一致的。但与以往相比,孔子在这里更集中地表现出了对人心的关注。遗憾的是,孔子弃奢取俭、弃易宁戚的选择,并没有对人心与外在节文的关系做出清晰界定。孔子的这一回答所体现的,恐怕主要还是礼对于人心的呈现。实际上,子大叔"审则宜类,以制六志"的说法,已经注意到了礼对于人心的这种作用。

我们虽然无法在孔子有关"礼之本"的回答中读出人心与节文之间的太多细节,但是从《论语》的内容来看,孔子对人心与礼之节文的关系有着更为深入的认识。《阳货》篇记载了孔子与宰我围绕三年之丧问题的一次争论,集中展现了孔子对礼的突破性理解:

> 宰我问:"三年之丧,期已久矣。君子三年不为礼,礼必坏;三年不为乐,乐必崩。旧谷既没,新谷既升,钻燧改火,期可已矣。"子曰:"食夫稻,衣夫锦,于女安乎?"曰:"安。""女安,则为之。夫

---

① 朱熹:《四书章句集注》,第62页。
② 同上。

君子之居丧,食旨不甘,闻乐不乐,居处不安,故不为也。今女安,则为之!"宰我出。子曰:"予之不仁也!子生三年,然后免于父母之怀。夫三年之丧,天下之通丧也,予也有三年之爱于其父母乎!"①

宰我认为三年之丧的丧期太久,主张短丧。在这里,研究者往往将注意力放在孔子对宰我的回应。但如果我们对宰我的言辞稍加分析便不难发现,他在提出短丧主张的同时,还给出了一个简短却值得重视的论证。这个论证包含了两个要点:第一,三年丧会导致礼坏乐崩。若按儒者之法处丧,则丧期中服丧者必然身体羸弱,以致无力从事其他礼乐活动。同时,儒家的处丧之法也明确限制了服丧之人参与各种礼乐活动。因此,服丧三年意味着三年不为礼乐,这必然会导致礼坏乐崩。第二,期年丧符合天道运行的法则。谷物的播种与收获,钻燧所用木材的轮换,都以一年为一个循环往复的周期,服丧也应以一年为期。

但孔子听闻宰我的主张和理由之后,根本没有回应他的论证,只反问了一个简单的问题:如果在一年之外便食用美食、衣着华服,你会安心吗?我们知道,按丧礼的规定,三年丧期中食稻、衣锦是被禁止的。孔子在这里并非想重申这一规定,而是试图引导宰我注意这种形式要求背后的内心状态。揣摩此处的语意,其实不难看出,孔子对于心安与否的问题是有着确定答案的,他认为人们在三年丧期内食稻衣锦必会不安于心。这种不安源自于服丧者丧失亲人的哀痛之情,内心的哀痛应使得人们不会在丧期中食稻、衣锦。基于这种认识,孔子才会预期宰我一旦意识到了自己内心的不安,就会放弃缩短丧期的主张。但出乎意料的是,宰我心安。面对这样的回答,孔子只能无奈地以君子之心告知:君子居丧三年之内,食美味而不以为甘,闻乐声而不以为乐,居处而不安。在这里,孔子虽然没能就丧期问题说服宰我,但其所言却包含了

---

① 《论语注疏》,第 241—242 页。

对三年之丧的一种深刻思考。如果丧期中享用美食、华服确实会引发某种不安,那么也就意味着丧礼禁止食稻、衣锦的规定并不仅仅是一种外在的规范,它是与服丧者内心的不安状态相吻合的。换言之,丧礼的制定是以服丧者内心的情感为依据的。孔子的这种认识,与子大叔礼、仪之辨的问题指向是一致的,都是在探寻礼的依据。只是孔子已经脱离了以"天经地义"为依据的旧识,希望在人心中确立礼的根基。这是思想上的重要突破。

而问题的复杂之处在于,孔子主张三年之丧是"天下之通丧"。所谓"通丧",也即对所有人都适用、所有人都应该遵守的丧制。如果三年之丧是这样一种"通丧",那么为其寻找的依据就必须足以支持这一丧制的普遍性。这也就意味着,所有人都会在父母去世后的三年之内怀有深切的哀痛和对于物质享受的不安。对于这样的论证逻辑,宰我的心安无疑构成了一个严峻的挑战。如果存在宰我这样的心安之人,那么哀痛与不安就不具有普遍性,因而也就无法成为"天下之通丧"的依据。孔子显然不愿意接受这一点,因此在宰我离开之后做了另一段说明。孔子认为,丧亲的哀痛的实质就是对父母的亲爱之情。孔子试图用一个普遍存在的事实来佐证"三年之爱"的存在及其普遍性:即所有人都是出生三年才免于父母的怀抱。在这里,很多学者都将服丧期间的"三年之爱"看作是对三年"免于父母之怀"的报偿。①这种理解固然不错,但我们更愿意从情感发生的角度来理解二者的关系。每一个人在初生的三年里,都享受着父母的怀抱以及其中饱含的关爱。在这样的抚育与关爱之下,人们也会普遍地生发出对父母的亲爱之情。父母去世后三年内的哀痛与不安,无非是这种真挚情感的自然延续。情感的积累用了三年的时间,对等而言,其消弱或淡化也需三年。不过,

---

① 章景明:《先秦丧服制度考》,台北:台湾中华书局,1972年初版,第17页;如丁鼎:《〈仪礼·丧服〉考论》,第23页;郭晓东:《亲亲与尊尊:先秦儒家对父母服三年之丧礼意解读的再检讨》,载于《云南大学学报》,第11卷第2期。第42页。

由于宰我这样的心安之人存在,这种对"三年之爱"的普遍性的论证,恐怕也只能说明人们应该都具有基于"三年之爱"的哀戚。从儒家后续有关三年之丧的讨论来看,儒家确实放弃了对三年哀戚的现实普遍性的坚持。《礼记·三年问》中就有一段讨论:

> 凡生天地之间者,有血气之属必有知,有知之属莫不爱其类。今是大鸟兽则失丧其群匹,越月逾时焉,则必反巡过其故乡,翔回焉,鸣号焉,蹢躅焉,踟蹰焉,然后乃能去之。小者至于燕雀,犹有啁噍之顷焉,然后乃能去之。故有血气之属者,莫知于人,故人于其亲也,至死不穷。将由夫患邪淫之人与?则彼朝死而夕忘之,然而从之,则是曾鸟兽之不若也。夫焉能相与群居而不乱乎?将由夫修饰之君子与?则三年之丧,二十五月而毕,若驷之过隙,然而遂之,则是无穷也。故先王焉为之立中制节,一使足以成文理,则释之矣。①

类似的文字还见于《荀子·礼论》。②这段文字首先从群类的意义上论证了亲亲之情以及丧期中哀痛之情的普遍存在。凡有血气者必有知,凡有知者必爱其类。如鸟兽无论大小,对于失亡的同类配偶都有哀痛、不舍之意。鸟兽尚且如此,人类又智于鸟兽,故人类对于亡故亲人的哀痛也应更为长久。这种"至死无穷"的情感应是人类共同的特质,每一个体概莫能外。《三年问》在这里从一个不同于孔子的角度论证了哀痛之情的普遍存在。但是这种普遍存在,更多地是一种应然意义上的。《三年问》清楚地认识到,在现实的丧亲处境下,人心的状态是存在差异的。《三年问》从两种极端出发,试图在理论构架中安顿这种差异:一端是"邪淫之人",他们在亲人去世一日之内即忘却了内心的哀痛;另一端是"修饰之

---

① 《礼记正义》,第 1557—1558 页。
② 参见王先谦:《荀子集解》,第 372—373 页。

君子",他们的哀痛之情至死无穷。这两种极端情况各有其弊,都不能成为定立丧礼的依据,但它们却可以成为制礼的基本参照。先王正是叩其两端而取其中,才确定了三年之丧的制度,也即是所谓"立中制节"。从这样一种理解三年之丧的思路来看,孔子及其后的儒者都将三年丧中的哀戚作为一种应然的存在,并以此作为丧礼的依据。同时,丧礼在以人心为依据的同时,也发挥着规范人心的作用。哀戚不足者,应教导使之有三年的哀戚与不安;哀戚过甚者,应依礼加以节制。

四 礼乐之原

之前提到的《民之父母》一篇,作为早期儒家《诗》学的重要文献,也在有关诗义的讨论中融入了上述对于"礼之本"的认识:

> [子]夏问于孔子:"《诗》曰:'凯俤君子,民之父母',敢问何如而可谓民之父母?"孔子答曰:"民[之]父母乎,必达于礼乐之眚,以致'五至',以行'三无',以横于天下。四方有败,必先知之,其[之]谓民之父母矣。"①

这则对话讨论的主题并不是礼,而是"何如而可谓民之父母"。这是一个有关为政的议题。不过,孔子在阐发"民之父母"的问题时,并没有局限于政治的领域,而是引入了"礼乐之眚""五至""三无"等一系列与礼有关的概念。

从考察礼的角度来看,"礼乐之眚"无疑是一个非常醒目的讲法。关于"眚"字的释读,学界是存在不同意见的。最初的整理者濮茅左先生就给出了两种读法:或释作"苢",读为"洍",并认为"洍"与"汜"音义同;或释作"簷""简",读为"原",此与《礼记·孔子闲居》的用字相

---

① 释文参见马承源主编:《上海博物馆藏战国楚竹书》(二),第154、156、158页。

合。① 如果从思想意义的角度来看,"洰""汜"义为由干流分出又汇合到干流的水。濮先生认为,《民之父母》以此细水之义喻一视同仁。②此说未免有些牵强。相较而言,"原"所具有的根源、本源之义更契合先秦儒家对"礼之本"的关切,而且也与下文论说的"五至"之义相合。

事实上,从"五至"的内容来看,"五至"就是对"礼乐之原"的进一步阐发:

> 子夏曰:"敢问何谓'五至'?"孔子曰:"'五至'乎,勿之所至者,志亦至焉。志之[所]至者,礼亦至焉。礼之所至者,乐亦至焉。乐之所至者,哀亦至焉。哀乐相生,君子以正,此之谓'五至'。"③

学者们早已注意到,这段文字与《礼记·孔子闲居》的相应段落有着明显的差异。《孔子闲居》载:

> 子夏曰:"'民之父母',既得而闻之矣,敢问何谓'五至'?"孔子曰:"志之所至,诗亦至焉。诗之所至,礼亦至焉。礼之所至,乐亦至焉。乐之所至,哀亦至焉。哀乐相生。是故正明目而视之,不可得而见也。倾耳而听之,不可得而闻也。志气塞乎天地,此之谓'五至'。"④

"是故正明目"至"志气塞乎天地"数句,在竹简《民之父母》中被移至了有关"三无"的讨论中。其不可见、不可闻的语义与"三无"之义十分贴切,就此而论,简本的安排显得更为合理。当然,这里更重要的一个

---

① 参见马承源主编:《上海博物馆藏战国楚竹书》(二),第157页。
② 同上书,第157页。
③ 同上书,第158—161页。
④ 《礼记正义》,第1393页。

差异在于"五至"的具体内容与次第。最初的整理者濮茅左先生试图通过释读来弥合简本与《礼记》本的不同。不过,他对简文的释读在很大程度上是以《礼记》本文字为依据的。他怀疑简本"勿"是"志"的误写,但认为"勿"读为"物"似亦通。实际上濮先生还是采用了前一种读法。对于"志亦至"之"志",则认为应读作"诗"。① 按照这种读法,简本与《礼记》本的"五至"是相同的,即为"志—诗—礼—乐—哀"。

"志—诗—礼—乐—哀"的次第是有其合理性的。在先秦儒家文献中可以见到多处类似的表述。这或许可以印证"志之所至,诗亦至焉"的环节。而孔子的"兴于《诗》,立于礼,成于乐"之辞②又与"诗—礼—乐"的次第相合。尽管如此,我们还是需要注意,"五至"的这种读法存在一些问题。首先,从文字释读来看,读"志"为"诗"固然可通,但改"勿"为"志"则不可解。"勿"与"志"形、义相去甚远,说"勿"是"志"的误写十分勉强。其次,从思想意义来看,在"志—诗—礼—乐—哀"的序列中,志与礼、乐的联结是以《诗》为中介的。这一安排无疑突出了《诗》的重要性。但是,《诗》的这种纽带作用在《孔子闲居》后续的讨论中完全没有体现。《孔子闲居》更多地是在直接论述志与礼、乐的关联,《诗》只是用来佐证这一关联。

在这种情况下,"五至"的另一种可能的读法就更加值得重视。按濮茅左先生所言,"勿"读为"物"似亦通。季旭升、李天虹、陈丽桂等学者则更加明确地采用这种读法,同时认为"志"应读其本字,不必读为"诗"。③据此而论,"五至"应改作"物—志—礼—乐—哀"。其中,志所指称的

---

① 参见马承源主编:《上海博物馆藏战国楚竹书》(二),第159页。

② 《论语注疏》,第104页。

③ 参见季旭升主编:《〈上海博物馆藏战国楚竹书(二)〉读本》,台北:万卷楼图书股份有限公司,2003年初版,第7页;李天虹:《〈上海博物馆藏战国楚竹书(二)〉杂识》,载于《武汉大学学报》(哲学社会科学版)第57卷第4期,2004年7月;陈丽桂:《由表述形式与义理结构论〈民之父母〉等篇优劣》,载于上海大学古代文明研究中心、清华大学思想文化研究所编:《上博馆藏战国楚竹书研究续编》,第240—241页。

内心活动与礼乐之间的关系无疑是早期儒家的一个核心议题。至于物与志的关系,实际上也是先秦儒者所讨论的一个重点。物,就是人所面对的、感知到的外在的事物。郭店楚简《性自命出》篇言道:"凡人虽有性,心无奠志,待物而后作。"①志是有待于物的。《礼记·乐记》也有类似的表达:"人心之动,物使之然也。"②孟子也注意到了物对于人心的影响。不过在孟子看来,这种影响主要是作用于"小体"的,"耳目之官不思,而蔽于物。物交物,则引之而已矣。"③结合早期儒家对物的讨论来看,"物—志—礼—乐—哀"的读法更契合儒家的关切。

在这个序列中,前后二者的关系是通过一个重复的句式来表达的:"前之所至,后亦至焉。"我们可以将这一句式的含义简单地理解为前后相续、前者引生后者。"物之所至者,志亦至焉",即是外物的出现引生了人心的感应。但如果我们对"前之所至,后亦至焉"稍加引申,这一句式会呈现出两种不同的含义:第一,既有前者,就需要有后者的出现;第二,先有前者,后者依据前者而出现。"志之所至者,礼亦至焉;礼之所至者,乐亦至焉"的环节,可能就体现着这种复杂的含义。人只要与外部世界接触,就会受外物的刺激而产生复杂多样的内心活动。一方面,心、志之动,需要依托于礼乐而获得表达,同时又需要礼乐对其做出必要的规范;另一方面,内在的心、志也可以成为礼乐得以确立的依据。

"五至"之说勾勒出了由物生志、由志而成礼乐的线索,也构成了对"礼乐之原"的解说。从"五至"说的内容来看,有关"礼乐之原"的讨论,可以看作是"礼之本"问题的延续。在这一延续的思想脉络中,儒家对"礼之本"的追问与思考始终指向着人心。通过对"礼之本""礼乐之原"的讨论,儒家深化了对人心与礼的认识。这也构成儒家思想的重要特色。

---

① 释文参见荆门市博物馆编:《郭店楚墓竹简》,第 179 页。
② 《礼记正义》,第 1074 页。
③ 《孟子注疏》,第 314 页。

第二节　思色与礼

一　好色之性

在有关"礼之本"的讨论中,儒家表现出了对人心的格外关注。儒家认为,人心需要礼来加以维护和规范。同时,儒家也希望在人心中找到礼的内在依据。在这样的意图之下,儒家对人的内心世界以及人心与礼的关系展开了深入细致的思考。

毫无疑问,人的内心世界是复杂而多样的。而随着认识的深入,人们开始注意到人心中存在着一些天生所具的因素。"性"的概念受到关注,并成为战国中后期不同学派之间的公共议题之一,就可以看作是这一发现所引生的结果。而儒家出于自身对人心的关切,自然是这一议题的重要讨论者。对于"性"的含义,儒家内部乃至各学派之间是有着某种程度的共识的:

> 告子曰:"生之谓性。"①
> 告子曰:"食、色,性也。"②

结合告子的上述说法来看,性就是人"生而即有的欲望"③。欲求的对象,是人的身体官能所诉求的诸如食、色之类的外物。孟子虽然在人性问题上与告子有诸多争论,但孟子并不是要否定告子对人性的这种理解,只是认为仅在天生所具的意义上去定义人性,还不足以揭示人性区

---

① 《孟子注疏》,第 295 页。
② 同上书,第 296 页。
③ 徐复观:《中国人性论史》,北京:九州出版社,2014 年第 1 版,第 169 页。

别于犬牛之性的特质。①孟子承认人的本性中有食、色之欲,但更愿意将其归入"命"的范畴:

> 孟子曰:"口之于味也,目之于色也,耳之于声也,鼻之于臭也,四肢之于安佚也,性也。有命焉,君子不谓性也。仁之于父子也,义之于君臣也,礼之于宾主也,知之于贤者也,圣人之于天道也,命也。有性焉,君子不谓命也。"②

在孟子看来,人天生所具的本性包含两类不同的内容:其一是食色之性,是身体官能对外物的欲求,其二是仁义之性,是人的道德本性。在天生所具的意义上,这两项内容都是不可改易之命。但孟子将二者分别归属于"性""命"的范畴。按程子的解读,孟子区分"性""命"的依据,在于两种本性的实现方式的不同。食色之性的实现或满足,受制于每个人所面对的外物条件,"有分,不能皆如其愿,则是命也";而仁义之性的扩充与实现,取决于"尽心"的努力,不受外物所限,"可学而尽,故不谓之命也"③。孟子在严格意义上所使用的"性"的概念,排除了食色之性的内容。但孟子也并不否认食色之性的天生所具的意义。相较而言,荀子对人性的认识更接近于告子:

---

① 《孟子·告子上》:"告子曰:'生之谓性。'孟子曰:'生之谓性也,犹白之谓白与?'曰:'然。''白羽之白也,犹白雪之白;白雪之白,犹白玉之白欤?'曰:'然。''然则犬之性犹牛之性,牛之性犹人之性欤?'"(《孟子注疏》,第295—296页)孟子对告子的反驳,偷换了主词,在逻辑上是不成立的。在白羽、白雪、白玉中,"白"是作为形容词出现的,以修饰主词。但在犬之性、牛之性、人之性中,"性"是作为主词出现的。承认白羽、白雪、白玉之白等同,并不能推导出犬牛之性等同于人之性。但逻辑上的不足并不妨碍我们把握孟子的意图,孟子的诡辩只是为了强调,不能仅从在天生所具的意义上去定义人性,否则就会得出人之性等同于犬牛之性的认识,从而遮蔽人之所以为人的本质。
② 《孟子注疏》,第393—394页。
③ 朱熹:《四书章句集注》,第369页。

性者,天之就也。①

不事而自然谓之性。②

若夫目好色,耳好声,口好味,心好利,骨体肤理好愉佚,是皆生于人之情性者也,感而自然,不待事而后生之者也。③

荀子也是在天生所具的意义上来定义"性"的,同时"性"的内容也即是对色、声、味等外物的欲求。

由此来看,"性"这一概念主要还是在表达天生所具的意义。而儒家如此重视这一概念,是因为"性"所标志的人心中天生所具的因素对人的言行具有深刻影响。同时,天生所具又意味着,这种来自于内心的影响是无可逃避的。"夫人之情,目欲綦色,耳欲綦声,口欲綦味,鼻欲綦臭,心欲綦佚。此五綦者,人情之所必不免也。"④因此,礼对于言行的规范,必须去面对和处置人天生的本性。而我们注意到,在上引有关"性"的几条材料中,"性"都包含着一项基本内容,即"好色"。"好色"与目的官能相关。《荀子·王霸》言:"目好色而文章致繁妇女莫众焉。"⑤这是讲人皆有好色之愿,而君王能享有文章之繁、妇女之众。据此而言,"好色"之"色"有两个含义:其一,指器物的色彩;其二,指女子的美貌。实际上,在有关人性的讨论中,"色"更多地专指女子的美色或美貌的女子。如《礼记·礼运》篇所言:"饮食男女,人之大欲存焉。"⑥这里的饮食、男女,就是告子所说的食色之性。好色,作为人的本性之一,也需要获得合礼的处置。

在这个问题上,《诗》提供了一些鲜活而具体的讨论素材。《诗》中

---

① 王先谦:《荀子集解》,第428页。
② 同上书,第412页。
③ 同上书,第437—438页。
④ 同上书,第211页。
⑤ 同上书,第217页。
⑥ 《礼记正义》,第689页。

的一些诗篇就表达着这种天生自然的好色之情。如何解读这些诗篇,如何在解读中展现出对这种自然本性的合礼处置,也即成为早期儒家《诗》学的重要问题。

二 窈窕淑女

在早期儒家看来,《诗》中体现好色之性的诗篇主要出自《国风》。《荀子·大略》言:

> 《国风》之好色也。①

此外,司马迁在《史记·屈原列传》中也有类似的评述:

> 《国风》好色而不淫。②

具体而言,《国风》之好色又以《关雎》为代表。杨倞注《荀子》之言:"好色,谓《关雎》乐得淑女也。……此言好色人所不免。"③

按《毛诗正义》的分章,《关雎》五章,章四句:

> 关关雎鸠,在河之洲。窈窕淑女,君子好逑。
> 参差荇菜,左右流之。窈窕淑女,寤寐求之。
> 求之不得,寤寐思服。悠哉悠哉,辗转反侧。
> 参差荇菜,左右采之。窈窕淑女,琴瑟友之。

---

① 王先谦:《荀子集解》,第511页。
② 《史记》,第2482页。
③ 王先谦:《荀子集解》,第511页。

参差荇菜,左右芼之。窈窕淑女,钟鼓乐之。①

我们今天对《诗经》文字的理解,在很大程度上还是要依赖毛《传》、郑《笺》。尽管毛、郑不免在解读中加入自己的阐发、甚至可能是刻意的曲解,以致诗义分歧,但《传》《笺》毕竟是传世最早的对《诗经》的完整解读。我们在这里尽量先忽略毛、郑的私意,只是依托《传》《笺》来梳理下诗文的基本含义。第一章,按毛《传》之意,"关关雎鸠,在河之洲"是起兴之辞。《传》言:"关关,和声也。雎鸠,王雎也,鸟挚而有别。水中可居者曰洲。"②郑《笺》对毛《传》所言"挚"字有进一步的解释:"挚之言至也,谓王雎之鸟,雌雄情意至然而有别。"③仅从诗文的字面意思来看,这里描述了一幅雎鸠在水洲之上关关啼鸣的画面。至于雎鸠"挚而有别"的习性,关联着对"窈窕淑女"的理解,我们稍后一并再做讨论。《传》言:"逑,匹也。""窈窕淑女,君子好逑",意指窈窕淑女"宜为君子之好匹"④。第二章,《传》言:"荇,接余也。"荇菜,是一种水生植物,可以食用。"流,求也。""参差荇菜,左右流之",描写了窈窕淑女从水中参差不齐的荇菜中求取可用者。"寤,觉。寐,寝也。"⑤"窈窕淑女,寤寐求之",是讲君子于寤寐之中皆思求此窈窕淑女。第三章,毛《传》:"服,思之也","悠,思也"⑥。郑《笺》:"卧而不周

---

① 《毛诗正义》,北京:中华书局,1999年第1版,第22、25—27页。按孔颖达《正义》所记:"《关雎》五章,章四句。故言三章,一章章四句,二章章八句。"又解之曰:"五章是郑所分,'故言'以下是毛公本意。"上海博物馆藏战国楚简中《孔子诗论》一篇申论《关雎》第四章内容,有琴瑟之属。(参见马承源主编:《上海博物馆藏战国楚竹书》(一),上海:上海古籍出版社,2001年第1版,第143页)故此处分章依郑说五章。

② 《毛诗正义》,第22页。

③ 同上。

④ 同上书,第22—23页。

⑤ 同上书,第25页。

⑥ 同上书,第26页。

曰辗。"①"求之不得,寤寐思服。悠哉悠哉,辗转反侧",表现了君子求淑女不得时的不安与渴望。第四、五章的句式与内容大体相同。《传》言:"芼,择也。""参差荇菜,左右采之","参差荇菜,左右芼之",与第二章一样,都是描写窈窕淑女采选荇菜的场景。"窈窕淑女,琴瑟友之","窈窕淑女,钟鼓乐之",言君子面对淑女,"宜以琴瑟友乐之","宜有钟鼓之乐"②。

从上述字面意思来看,《关雎》一诗就是在表达男子对窈窕淑女的思求之意。③而诗中能够明确体现美色之义的,就是"窈窕淑女"一词。但是,在毛《传》、郑《笺》的解读中,"窈窕淑女"恰恰不是对美色的描述。《传》言:"窈窕,幽闲也。淑,善。""窈窕淑女"就是"幽闲贞专之善女"④。毛《传》之所以把"窈窕"解释为"幽闲",在孔颖达看来,是因为"窈窕"并不是直接指称女子样貌的,而是指"淑女所居之宫形状窈窕然","故笺言幽闲深宫是也"。"淑女已为善称,则窈窕宜为居处,故

---

① 《毛诗正义》,第26页。
② 同上书,第26—27页。
③ 这里主要取用了毛《传》之义,郑《笺》对"窈窕淑女,君子好逑"两句的理解与毛《传》存在显著差异。郑玄打破了毛《传》对该诗人物关系的基本设定。本来按照毛《传》的解释,诗中的"淑女"指后妃,"窈窕淑女,君子好逑"一句意为淑女是君子的良配。但在郑《笺》这里,"淑女"指称着一个新的角色,即受"后妃之德"感化的贤女。"好逑"之"好"从形容词变成了动词,即"和好"之义。"逑"也不是一般的配偶,而是所谓的"怨耦"。这句话的意思就变为,淑女"能为君子和好众妾之怨者"。在曲解这一关键句的基础上,后妃取代君子,成为了觉寐求思淑女之人。在这样的解读之下,《关雎》所表现的不再是单纯的男女或夫妻关系,而是在更复杂的由夫妻与众妾组成的家庭背景下,后妃对于贤良淑女的思求。由于人物关系的变化,"后妃之德"以及相关人物的定位也发生了改变。后妃摆脱了"窈窕淑女"的"幽闲"之义,其美德体现在对贤女的思求。后妃的职责在于感化众妾,以维系家庭和睦、管理家庭事务。"窈窕"所具有的"幽闲贞专"之义转而赋予了众妾之中的贤女。不过,在郑《笺》的解释中,贤女更重要的德性是她能在后妃的感化下,辅助后妃和好众妾之怨者。上引郑《笺》参见《毛诗正义》。
④ 《毛诗正义》,第22—23页。

云幽闲,言其幽深而闲静也。"①能安处幽闲之处,是有贞专之德。此义正与毛、郑对雎鸠习性的阐释相应。《传》所谓"鸟挚而有别"②,郑《笺》进一步解释:"挚之言至也,谓王雎之鸟,雌雄情意至然而有别。"③雎鸠雌雄之间虽有情意,却分别而处,以此起兴窈窕淑女"不淫其色,慎固幽深,若关雎之有别焉"④。由此而言,"窈窕淑女"意在描写女人慎固贞专、幽闲安处之德。这一含义与美色没有直接的关联。因此,《关雎》所描述的君子思求淑女,不是思其色,而是思其德。荀子、司马迁所言好色之义也就无从谈起了。

这样一种意义上的分歧,体现了解释者阐释《关雎》的不同意图。事实上,仅从训诂的角度来说,"窈窕淑女"是可以有美色之义的。王逸注《楚辞·九歌·河伯》"子慕予兮善窈窕"一句:"子,谓山鬼也。窈窕,好貌。《诗》曰:'窈窕淑女。'言山鬼之貌,既以姱丽,亦复慕我有善行好姿,故来见其容也。"⑤王逸认为《关雎》之"窈窕"与《山鬼》之"窈窕"同义,都是指"好姿"。扬雄《方言》也提到:"窕,美也。陈楚周南之间曰窕。自关而西,秦晋之间,凡美色或谓之好,或谓之窕。美状为窕,美心为窈。"⑥另《经典释文》引王肃言:"善心曰窈,善容曰窕。"⑦与《方言》之义同。就以上几种汉代的注释来说,"窈窕"合言可以指姿容优美,分言之则"窕"指容貌之美,"窈"指心灵之美。"窈窕"显然包含着美色义。荀子、司马迁的好色之说并不存在训诂上的障碍。而事实上,在先秦儒家的讨论中,《关雎》一诗主要还是从思色的角度去理解的。

---

① 《毛诗正义》,第24页。
② 同上书,第22页。
③ 同上。
④ 同上。
⑤ 洪兴祖:《楚辞补注》,北京:中华书局,1983年第1版,第79页。
⑥ 扬雄:《方言》,北京:中华书局,2016年第1版,第18页。
⑦ 《毛诗正义》,第21页。

三　乐而不淫

早期儒家以好色来理解《关雎》中君子对淑女的思求之意,而这种源自于人性的好色之愿,也正是儒家在有关礼的思考中需要着力处置的因素。

我们知道,在日常语言中,"好色"一词是带有贬义的。"好色"往往被看作是一种有违礼法的欲望,需要被抑制甚至断绝。但是,在早期有关人性的讨论中,"好色"仅仅是对人的一种自然本性的客观指称。同时,儒家对这种自然人性,也持有更为积极和开放的态度。上引《荀子·大略》言:

《国风》之好色也,传曰:"盈其欲而不愆其止。其诚可比于金石,其声可内于宗庙。"①

《史记·屈原列传》称:

《国风》好色而不淫。②

依据之前对"窈窕淑女"的含义分析,并参考杨倞的注释,我们完全可以将《关雎》中君子对淑女的思求,带入这一"《国风》好色"的语境中。而《大略》《史记》之言,尤其是《大略》篇的表述,在有关"好色"的问题上表达了一些非常重要的认识。

《大略》所提出的最关键的细节,还不是对好色的处置,而是好色之"诚"。《大略》引述时人或前人的说法,强调诗中所表达的好色之情具有一个显著特质,即是"诚"。《国风》之好色因其真诚不欺,才可能

---

① 王先谦:《荀子集解》,第511页。
② 《史记》,第2482页。

形于金石、纳于宗庙。这里的金石、宗庙,显然是代指礼的。我们知道,儒家一向重视"诚"的问题。《大学》《中庸》《孟子》等早期儒家文献中都有对"诚"的论述。礼乐对人心的各种诉求,都需要建立在真实的内心基础之上。但人心又不同于外在的言行,无法一见而知,最易作伪。因此,"诚"就显得尤为重要。《大学》"八条目"将"诚意"作为"正心"以及后续个人修养的基础①,即鲜明地体现着"诚"的重要性。在这样一种对"诚"的诉求下,好色之"诚"很自然地成为了被比照的模型。《论语》载孔子之言:"吾未见好德如好色者也。"②这一说法两见于《论语》,是孔子对德之不兴的感叹,但其中却隐含着对好色的认识。孔子在这里当然不是要求好德要等于好色,而是期待人们对于美德的喜好与追求,能如同好色一样诚挚。《大学》在论述"诚意"时,也以好色之"诚"作为模板:"所谓诚其意者,毋自欺也,如恶恶臭,如好好色,此之谓自谦。"③"诚意"当然是就德性修养而言的,对善恶是非的态度要真诚而无欺,不可伪饰。这就要求"恶恶则如恶恶臭,好善则如好好色,皆务决去,而求必得之,以自快足于己,不可徒苟且以殉外而为人也"④。由此我们可以看到,"好色"作为一种天生自然的本性,其发自于内心的真诚不欺,为儒家所看重。

那么,对于这种诚挚而发的好色之情,儒家又是怎样处置的呢?《大略》所引传文已经给出了一个清晰的答案:"盈其欲而不愆其止。"这一表述要分两截来看:其一是"盈其欲",其二是"不愆其止"。对"盈其欲"的理解,关键在于"盈"字。"盈",意为充盈、盈满。在这个意义上,"盈其欲"首先表明了一种态度,即承认自然欲望的表达是有其合理性的。同时,"盈其欲"又不只是简单地任由好色之欲的表达,"盈"

---

① 《礼记·大学》:"欲正其心者,先诚其意。"(《礼记正义》,第1592页)
② 《论语注疏》,第119、212页。
③ 《礼记正义》,第1592页。
④ 朱熹:《四书章句集注》,第7页。

还包含着主动去迎合、满足而使其充盈的意义。这样一种态度在先秦论礼、论性的语境下并不突兀。据《左传·昭公二十五年》所记,子大叔在有关礼的论述中就曾指出,民具有源自于天地的本性,其中包括对五色、五味、五声的好欲。对于这样的民性,需以礼奉之。①"奉"字,即表达了对民性的尊重,与"盈"的含义相类。关于这一点,荀子自己有更清晰的表述。《荀子·礼论》:"先王恶其乱也,故制礼义以分之,以养人之欲,给人之求,使欲必不穷乎物,物必不屈于欲,两者相持而长,是礼之所起也。"②礼之所起,或者说制礼作乐的必要性之一,就在于"养人之欲,给人之求"。"养"即涵养、满足,与"盈其欲"的意义是一致的。

当然,对好色之欲的充盈并不是无限制的。"盈其欲而不愆其止"的后半句就清楚地提醒着盈欲之限。这也是司马迁所言《国风》"不淫"之义。"不淫",就是不过度。好色之欲的抒发与满足,应保持在合礼的限度之内。《大略》《史记》对《国风》之好色的警惕与限制,体现着早期儒家对人的自然欲望的一般认识。孟子指出,耳目之官的欲望,最易受外物牵引,"物交物,则引之而已矣"③。但人不能陷于物欲之中,应通过不断涵养、扩充心之官对德性的思求来避免物欲遮蔽人心。这也就是所谓的"养心","养心莫善于寡欲。其为人也寡欲,虽有不存焉者,寡矣。其为人也多欲,虽有存焉者,寡矣"④。荀子同样对人的自然欲望持有充分的警惕,其言曰:"人生而有欲,欲而不得,则不能无求;求而无度量分界,则不能不争;争则乱,乱则穷。"⑤欲求如果无度,就会成为致乱之源。因此,荀子要"起礼义""制法度",为欲望的满足

---

① 参见《春秋左传正义》,第1447—1455页。另参见本章第一节的相关讨论。
② 王先谦:《荀子集解》,第346页。
③ 《孟子注疏》,第314页。
④ 同上书,第403页。
⑤ 王先谦:《荀子集解》,第346页。

提供一个限度。

"盈其欲"与"不愆其止"二者相合,就构成了对好色之欲的安顿。带着这种理解,我们可以反观孔子对《关雎》的一条评述:

> 子曰:"《关雎》乐而不淫,哀而不伤。"①

这条材料在文字训诂上并没有障碍,但语义却颇为含混。问题的关键在于如何理解所乐、所哀的内容。何晏《集解》引孔安国之言,只是讲:"乐不至淫,哀不至伤,言其和也。"②这对于澄清孔子之意并没有太多帮助。而其他解说,又多受《毛诗序》及《传》《笺》的影响,在理解中加入了"后妃之德"的因素,甚至扭转了君子思求淑女的基本人物关系。但如果按照我们之前对《国风》的分析,《关雎》完全可以从君子思求淑女之色的角度加以理解。所乐者,淑女之色;所哀者,求色而不得。同时,孔子在这里也强调了乐、哀皆不可过度。

四 由色喻礼

以上《诗》学讨论针对《国风》之好色所提出的"不淫"与"不愆其止",只是强调好色之欲的抒发与满足不能过度。但如何将好色之欲控制在合礼的限度内,仍然是一个有待解决的问题。事实上,早期儒家在《关雎》的论释中表现出了对这一问题的深入思考。

上海博物馆藏战国楚竹书中有《诗论》一篇,其中第 10 简到第 16 简③的内容涉及《关雎》之义。不过,对于这 7 支简的排序存在不同看法。李学勤、廖名春、姜广辉、曹峰、李锐等学者持有一致的意见,认为

---

① 《论语注疏》,第 41 页。
② 同上。
③ 竹简序号依据马承源主编:《上海博物馆藏战国楚竹书》(一)。

正确的排序应该是 10—14—12—13—15—11—16。①按照这一排序,简文内容如下:

《关雎》之改……,曷?曰:童而皆贤于其初者也。《关雎》以色喻于礼……(10)两矣,其四章则喻矣。以琴瑟之悦嵏好色之愿,以钟鼓之乐……(14)……好,反纳于礼,不亦能改乎?……(12)……(13)……(15)……《关雎》之改,则其思赌矣。……(11)②

由于竹简的残缺以及文字释读的困难,这段论说的很多细节都存在歧义。好在幸存的文字为我们保留了一些清晰的关键词,让我们得以大致把握住《诗论》对《关雎》的基本理解。从这段论述的整体结构来看,"童而皆贤于其初者"是对《关雎》《樛木》《汉广》《鹊巢》《甘棠》《绿衣》《燕燕》这一组诗篇的意义做出的概括,而"《关雎》之改"则是对《关雎》之义的凝练表述。不过,此处决定文义的"童"和"改"这两字的读法,异说甚多。两字是否是假借字,其本字为何,其含义如何,我们还需要根据下文来加以分析。在这种情况下,材料中另一个对《关雎》主旨的概括就成为了我们的突破口。《诗论》称,《关雎》意在表达"以色喻于礼"之义。由此来看,《诗论》对《关雎》的理解就是以君子思求

---

① 参见李学勤:《上海博物馆藏楚竹书〈诗论〉分章释文》,载于"简帛研究网"2002 年 1 月,http://www.jianbo.org/Wssf/2002/lixueqin01.htm(访问时间:2019 年 1 月 15 日);廖名春:《上博〈诗论〉简的形制和编连》,载于《孔子研究》2002 年第 2 期;姜广辉:《古〈诗序〉复原方案》,载于"简帛研究网"2002 年 1 月,http://www.jianbo.org/Wssf/2002/jiangguanghui04.htm(访问时间:2019 年 1 月 15 日);李锐:《孔子诗论简序调整刍议》,载于上海大学古代文明研究中心、清华大学思想文化研究所编:《上博馆藏战国楚竹书研究》,第 195 页;曹峰:《对孔子诗论第八简以后简序的再调整——从语言特色的角度入手》,载于《上博馆藏战国楚竹书研究》,第 200 页。
② 释文参见马承源主编:《上海博物馆藏战国楚竹书》(一),第 139—146 页;李零:《上博楚简三篇校读记》,第 15—16 页。

淑女之色为基础的。《关雎》前三章言"君子好逑""寤寐求之"以及"求之不得"时的"辗转反侧",都是在描述这种"好色之愿"。而从第四章开始,《关雎》在思色的基础上有所喻示。"悆好色之愿"的"悆"字,李学勤先生释为"拟",今从之。据此而论,第四章言"窈窕淑女,琴瑟友之",则是以琴瑟之悦也即以琴瑟友乐淑女的喜悦,比拟对于美色的悦乐。既是比拟,则比拟的双方当有相似之处。这里的相似便在于,君子对于美色的直接好欲,与通过琴瑟钟鼓友乐淑女而表达求取、喜好之意,都是发自内心的。"以色喻于礼"便是基于这种相似性,从对美色的直接的好欲引生出对于以礼求色的诉求。而以琴瑟钟鼓友乐淑女,已是将好欲之情纳入了礼的规范之中。这种从直接的好欲过渡到合礼的悦乐,便是所谓"《关雎》之改"。李学勤、廖名春两位先生以"改"释"攺",姜广辉先生认为"攺"是"改"的正字,都是可以接受的释读。① "攺"或"改"就是改易、改换之义,是一种由听凭本能的好欲向纳为礼乐的好欲的转换。这也正是以礼求色"贤于其初"之处。《关雎》所表达的思色之情以这样一种方式在礼乐之中获得了安顿。

  类似的主题也出现在马王堆汉墓帛书《五行》篇中。该篇分经说两部分,说文是对经文的解读。而经文的内容大体上与郭店楚简《五行》篇相合。帛书说文在引论《关雎》时,也是以思色解之的。

> 喻而[知]之,谓之进[之]。弗喻也,喻则知之矣,知之则进耳。喻之也者,自所小好喻乎所大好。"窈窕[淑女,寤]寐求之",思色也。"求之弗得,寤寐思伏",言其急也。"悠哉悠哉,辗转反侧",言其甚□□。□如此其甚也,交诸父母之侧,为诸?则有死

---

① 参见李学勤:《〈诗论〉说〈关雎〉等七篇释义》,载于《齐鲁学刊》2002 年第 2 期;廖名春:《上海博物馆藏诗论简校释》,载于《中国哲学史》2002 年第 1 期;姜广辉:《关于古〈诗序〉的编连、释读与定位诸问题研究》,载于"简帛研究网"2002 年 5 月,http://www.jianbo.org/Zzwk/2002/J/jiangguanghui02.htm(访问时间:2019 年 1 月 15 日)。

弗为之矣。交诸兄弟之侧,亦弗为也。交[诸]邦人之侧,亦弗为也。[畏]父兄,其杀畏人,礼也。由色喻于礼,进耳。①

此章旨在解释经文提出的"喻而知之"的说法。所谓"喻而知之",就是通过"喻"的方式而有所"知","知"则有所进益。这里的关键问题在于什么是"喻"?"喻"是如何给人带来知觉、知解的?按照说文的解释,"喻"是指从"所小好"导引出"所大好"。值得注意的是,"喻"所联结的二者,都是人之所好。对于这一导引过程的具体说明,是通过对《关雎》"由色喻于礼"之义的论释而实现的。在这里,无论是思色与礼之间的关联,还是对于"喻"字的使用,都与楚简《诗论》篇"以色喻于礼"的意义相似。此处说文指出,《关雎》"窈窕淑女,寤寐求之"两句是言君子思求美色,"求之不得,寤寐思服"则描述了好色之情的急切,"悠哉悠哉,辗转反侧"则是描述急色之甚。这种"思色"无疑是发自内心的好欲。但是,即便好欲如此急切,仍有不可为之事。最初的注释者训"交"为交合。②在父母之侧、兄弟之侧、邦人之侧,皆是有死而弗为此交合之事。这是因为另一种情感压制了好色之情,这即是对父兄、其次对他人的敬畏或畏惧,或者说是对在父母、兄弟、邦人之侧行交合之事的畏惧。这种畏惧带来了发自本心的约束与节制,成就了表现于外的礼。若以"自所小好喻乎所大好"之说来加以理解,则"所小好"在于美色,"所大好"当指礼。对于礼的好欲,毋宁说是在强调不在人侧交合乃是发自内心的诉求。对于美色的思求一旦发生并呈现于现实的伦理处境中,就引生出了对于非礼之事的畏惧。这种引生便是所谓"喻",也即是让人在对美色的好欲中自然地知觉到内心中的约束力。能够做到"由色喻于礼",就是德行的长进。

我们看到,竹简《诗论》和帛书《五行》说文,都是将君子对美貌淑

---

① 释文参见国家文物局古文献研究室编:《马王堆汉墓帛书》(一),第24页。
② 同上书,第27页注82。

女的喜好与追求作为《关雎》的情感基础。同时,二者也在尝试以"喻"的方式对《关雎》所表达的好色之愿做出合礼的安顿或节制。这种对好色的处置,并不是简单地以某种外在的强制力去加以禁止。当然,在具体的处理方式上,《诗论》和《五行》表现出了细腻的不同。《诗论》是要将思色之情的表达纳入礼乐之中,这是一种柔性的引导。而《五行》则是主张利用人们对非礼之事的敬畏去节制思色之情,以实现一种内在的约束。

五　礼后于素

以上所述对好色之情的安顿或约束,都是针对思色一方的。但事实上,儒家对好色之情的处置还有另一个角度,即从对美色本身的约束着手。

毛《传》在解释《关雎》"关关雎鸠,在河之洲"两句时,有这样一种表述:

> 雎鸠,王雎也,鸟挚而有别。……后妃说乐君子之德,无不和谐,又不淫其色,慎固幽深,若关雎之有别焉。①

毛《传》意图在起兴之辞与"窈窕淑女"之间建立起意义上的关联。毛《传》认为,雎鸠鸟具有一种习性,即"挚而有别"。雎鸠雌雄之间虽有情意,却分别而处,以此起兴窈窕淑女"不淫其色,慎固幽深,若关雎之有别焉"。我们在这里特别留意的是"不淫其色"的说法。"不淫其色"也见于《毛诗序》,意指"不自淫恣其色"②。这显然是对窈窕淑女自身的一种约束。

这样一种处置美色的方式,或可追溯至孔子。据《论语》所记,孔

---

① 《毛诗正义》,第22页。
② 同上书,第21页。

子和子夏曾围绕《硕人》之诗有过一次对话：

> 子夏问曰："'巧笑倩兮，美目盼兮，素以为绚兮。'何谓也？"子曰："绘事后素。"曰："礼后乎？"子曰："起予者商也！始可与言《诗》已矣。"①

子夏就《硕人》一诗中"巧笑倩兮，美目盼兮，素以为绚兮"三句的含义，请教于孔子。"巧笑倩兮，美目盼兮"二句，见于《诗经·卫风·硕人》。但"素以为绚兮"一句则不见于今本。何晏《论语集解》引马融之言："倩，笑貌。盼，目动貌。"②《诗》学系统下的解释有所不同。毛《传》言："倩，好口辅。……盼，白黑分。"③孔颖达解释毛《传》之辞，称"口辅"是"牙外之皮肤，颊下之别名也"，"笑之貌美，在于口辅，故连言之"④。如果再参考三家《诗》的解释，还会有更多细节的分歧。但若抛开这些细节，"巧笑倩兮，美目盼兮"二句的主旨是清楚的，就是在描述女人的美貌。子夏所问的重点恐怕并不在此，而在于后一句"素以为绚兮"的含义及其与前两句的意义关联。对于这一问题，孔子以绘画之事作答。所谓"绘事后素"，何晏引郑玄之言称："绘，画文也。凡绘画，先布众色，然后以素分布其间，以成其文。"⑤子夏闻而知解，以为"后素"寓意"礼后"，"喻美女虽有倩盼美质，亦须礼以成之"⑥。据此义，则绘画所布众色喻庄姜之美貌，后分布于众色之间的素色喻礼。绘画需要素色以成众色之文，女子虽有美色亦须以礼自修。孔子赞许了子夏对"绘事后素"的这种理解。

---

① 《论语注疏》，第32—33页。
② 同上书，第32页。
③ 《毛诗正义》，第224页。
④ 同上。
⑤ 《论语注疏》，第32—33页。
⑥ 同上书，第33页。

上述《诗》学讨论中所展现出的对美色的自我约束,构成了儒家在礼的范畴内处置好色之情的另外一个向度。

第三节　敬爱与礼

一　敬天慎行

在儒家所关注的内心世界中,除了食色之性还包含另外一些因素,比如敬畏、敬爱。不过,恐怕在大多数儒者的认识中,敬畏、敬爱并不算是人天生自然的本性。当然也有儒者强调,恭敬之心作为"四端"之一,就是每个人天生所固有的。①事实上,无论恭敬之心是否属于人的天性,我们都不难发现,敬对于人的言行以及礼法的建构具有重要意义。如果说食色之性始终包含着一种放纵的冲动,并由此构成了对人伦秩序的某种威胁的话,恭敬之心则更有可能成为礼法的一种内在支持。

《诗》中有关敬的表达,即向我们展现出了敬在早期思想世界中的样态。相关诗句主要出现在《雅》《颂》中。从其中几条的意义来看,敬这种内心的情态是与天对人事的主宰有关的。如《周颂·敬之》:

> 敬之敬之,天维显思,命不易哉!②

又如《大雅·板》:

---

① 《孟子·告子上》:"恻隐之心,人皆有之。羞恶之心,人皆有之。恭敬之心,人皆有之。是非之心,人皆有之。恻隐之心,仁也。羞恶之心,义也。恭敬之心,礼也。是非之心,智也。仁、义、礼、智,非由外铄我也,我固有之也,弗思耳矣。"(《孟子注疏》,第300页)
② 《毛诗正义》,第1348页。

> 敬天之怒,无敢戏豫。敬天之渝,无敢驰驱。①

先来看《敬之》一诗。同大多数《周颂》诗篇一样,《敬之》是在周王室的祭祀、朝会等典礼中使用的诗篇。按毛《序》所言:"《敬之》,群臣进戒嗣王也。"②毛《传》:"显,见。"③郑《笺》:"显,光。"④毛郑虽有不同,但语义是相关的,天光明而得显见。而进一步的问题在于,天所显现的究竟是什么?该诗第三句即陈说了天的意义:"命不易哉。"在周人的认识中,王权的更迭与归属是由天命所决定的。上天将人世中至高的王权赐命给谁,并不是恒常不变的,因此在《诗》中我们会看到"天命靡常"⑤的说法。但另一方面,上天对授命对象的选择并不是任意、无常的,而是遵循着"惟德是辅"⑥的原则。商纣因其失德而被剥夺了王权,周文王、周武王广施德政而被授予天命。这也正是《敬之》所强调的"命不易哉"。在"不易"的天命的主宰之下,群臣告诫周王应以"敬之"的态度行事,以保有上天赐命的王权。与《敬之》的情况相似,《板》也是在这样的天命观念下展开的。毛《序》认为:"《板》,凡伯刺厉王也。"⑦该诗八章,其中一章、二章、四章、五章、六章都提到了天对于下民的凌虐。不过,按照毛《传》、郑《笺》的解释,这几章诗文中出现的上帝及天的形象都是代指周王。毛《传》:"上帝,以称王者也。"⑧郑《笺》:"天,斥王也。"⑨而在痛陈了周王的暴政及其给民众带来的痛苦

---

① 《毛诗正义》,第1152页。
② 同上书,第1348页。
③ 同上。
④ 同上。
⑤ 同上书,第962页。
⑥ 《尚书正义》,第453页。
⑦ 《毛诗正义》,第1144页。
⑧ 同上。
⑨ 同上书,第1145页。

之后,该诗也回归了对周王的劝诫。最后一章即是从敬天的角度对周王提出告诫。毛《传》:"戏豫,逸豫也。驰驱,自恣也。"①郑《笺》:"渝,变也。"②若君主逸豫、自恣,上天就会施以威怒和灾变,以为惩戒。周王应对天罚持有敬畏的态度,自我警醒,勤修德政。

在周人的这种天命观之下,周王为了保有天命、避免天罚而自修其德,对自身的言行始终保持一种敬慎的态度。君主的这种选择体现着人趋利避害的本能,同时也包含着对利害的预估。而预估之所以成立,在于人们自认为把握了上天主宰人事的法则,即赏善罚恶。当然,这种干预法则的有效性,是建立在上天的绝对权威之上的。君主对自身行为的敬慎,根源于对天、天命的敬畏与服从。

这样一种敬的态度,深刻地影响着周人的行为模式。在《左传》的记载中,春秋时期的卿大夫多次引用上述两诗的诗文。这也表明,《敬之》《板》所表达的敬的态度,受到了持久而广泛的重视。《左传·僖公二十二年》载:

> 邾人以须句故出师。公卑邾,不设备而御之。臧文仲曰:"国无小,不可易也。无备,虽众不可恃也。《诗》曰:'战战兢兢,如临深渊,如履薄冰。'又曰:'敬之敬之,天惟显思,命不易哉!'先王之明德,犹无不难也,无不惧也,况我小国乎!君其无谓邾小,蜂虿有毒,而况国乎!"弗听。③

其时,邾国出兵犯鲁,鲁僖公轻敌而无备。臧文仲因此劝谏僖公,不能轻视小国而不作防备,并引《小旻》及《敬之》二诗以证己意。不过,臧文仲清楚地认识到,《敬之》劝诫周王的内容与鲁国的境遇、鲁公的身

---

① 《毛诗正义》,第1152页。
② 同上。
③ 《春秋左传正义》,第402—403页。

份并不相符。因此,他通过引诗之后的申述,在所引诗句与现实之间进行了巧妙的关联。臧文仲将《敬之》对周王的劝诫作为一种典范。以周代先王的明德,处理国事时尚需谨慎戒惧,那么鲁君更应效法先王,以敬慎的态度为国行政。又如《左传·成公四年》载:

> 夏,公如晋。晋侯见公,不敬。季文子曰:"晋侯必不免。《诗》曰:'敬之敬之! 天惟显思,命不易哉!'夫晋侯之命在诸侯矣,可不敬乎?"①

鲁成公前往晋国,会见时晋景公不敬成公。季文子就此评论指出,晋景公难免祸患。而随后对《敬之》三句的引用与申述,为这样一种推断提供了解说。季文子在这里虽然没有像臧文仲那样申述《敬之》之义,但他显然也是在用《敬之》所劝诫的内容作为诸侯的典范。先王敬慎其事以保有王权,晋侯同样应该以敬慎的态度处理与诸侯的关系。另《左传·昭公三十二年》载:

> 冬,十一月,晋魏舒、韩不信如京师,合诸侯之大夫于狄泉,寻盟,且令城成周。魏子南面。卫彪傒曰:"魏子必有大咎。干位以令大事,非其任也。《诗》曰:'敬天之怒,不敢戏豫;敬天之渝,不敢驰驱。'况敢干位以作大事乎?"②

晋国的魏献子、韩不信前往京师,在狄泉会合诸侯的大夫,重申盟约,并且下令增修成周的城墙。魏献子南面而坐,居君位。卫国的彪傒评论认为,魏献子以卿大夫的身份号令诸侯之大夫,是行僭越之事,因此必招祸患。其后又通过对《板》之四句的引用与申述,来说明致祸之由。

---

① 《春秋左传正义》,第717页。
② 同上书,第1527页。

"况敢……"这一句式的语义清楚地表明,彪傒将《板》诗的敬天之义当作效法比照的依据。周王敬畏天罚,而不敢"戏豫""驰驱"。周王尚且如此敬慎,魏献子何敢行僭越之事?

从春秋卿大夫对《敬之》《板》两诗的引用来看,引诗者继承了诗中固有的敬慎之义。但是,卿大夫所言敬慎已经脱离了诗文原初的背景。《敬之》《板》是以周王为劝诫对象的。周王对国事的敬慎,以保有天赐的王权为目的。同时,这样一种敬慎的态度是在上天对人事的主宰下确立的,体现着对天命的敬畏与顺从。但是,臧文仲、季文子、彪傒劝谏或批评的对象则是诸侯国君与卿大夫。诸侯与卿大夫所行之事,与上天赐予或剥夺王权无关。在这种情况下,引诗者更多地是劝诫诸侯、卿大夫以先王为楷模,效法其对于自身言行的敬慎态度。这种效法关系的成立,当然是基于周王在宗法、政治等人伦关系中相对于诸侯、卿大夫的优势地位。

但需要说明的是,诸侯、卿大夫的敬慎也并不只是出于对先王的效法,这种敬慎的态度同样体现着天对于人的影响。我们知道,在周初的天命观中,天命主要体现为上天对王权以及相应福禄的赐予与剥夺。但随着天命观的演进,天对于人事的干预范围在逐渐扩大。天所干预的对象不再仅限于君王,赏罚的内容也扩展为更广泛的利益。同时,天的人格主宰的色彩在淡化,天命的赏善罚淫逐渐演变为一种客观的法则,即"天道"。[①]由此来看,诸侯、卿大夫的敬慎,同样可以归结为对天的敬畏与服从。

二 宗庙之敬

天命、天道对人事的主宰和干预,使人对于上天形成了一种敬畏的心态。这一心态又转化为人对自身行事的敬慎。而这种敬畏、敬慎的

---

① 《国语·周语中》:"先王之令有之,曰:'天道赏善而罚淫,故凡我造国,无从非彝,无即慆淫,各守尔典,以承天休。'"(徐元诰:《国语集解》,第68页)

态度,实质上体现着人对于天所带来的利害吉凶的权衡与取舍。不过我们也注意到,在古代的人伦生活中,因利害而敬畏的对象除了至高无上的天,还有另外一个重要的角色,即先祖。人们对先祖的敬意包含着更丰富的因素。

在《诗》学讨论中,对先祖之敬,经常出现在有关宗庙祭祀的场景中。我们知道,《颂》诗多与祭祀活动有关。《清庙》作为《颂》诗之首,无疑是最具代表性的:

> 於穆清庙,肃雍显相。济济多士,秉文之德,对越在天。骏奔走在庙,不显不承,无射于人斯。①

按毛《序》之意,"《清庙》,祀文王也。周公既成洛邑,朝诸侯,率以祀文王焉"②。郑《笺》进一步解释称:"清庙者,祭有清明之德者之宫也,谓祭文王也。"③从具体内容来看,这首诗描述了清庙祭祀的场景,同时表达了祭祀者对于文王的态度。上海博物馆藏战国楚竹书《诗论》第5简对这首诗做出了评论:

> 《清庙》,王德也,至矣!敬宗庙之礼,以为其本;秉文之德,以为其蘖;肃雍[显相]……④

《诗论》明确指出,《清庙》一诗彰显了王德。这与《序》《笺》所言祀文王的背景是相符的。遗憾的是,这里的简文残断,对《清庙》的论说未

---

① 《毛诗正义》,第1281—1282页。
② 同上书,第1279页。
③ 同上。
④ 释文参见马承源主编:《上海博物馆藏战国楚竹书》(一),第131页;李零:《上博楚简三篇校读记》,第31页。

能完整呈现。但从留存的文字来看,《诗论》并不是简单地逐句解读,而是从诗文中凝练出一些关键元素,并为其赋予特定的意义。这里的"以为其本"和"以为其蘖"显然是可以对读的,而且应该共同构成了对王德的进一步阐发。对于"蘖"字,学界存在不同读法,其中马承源先生和李零先生的读法影响较大。马承源先生以为"蘖"字"从并业"①,而李零先生则将"蘖"读为"质"②。二者在文字学上各有所据,我们还是尝试从语意上稍作辨析。如果按"以为其业"来读,那么这句话在字面上可以理解为,以"秉文之德"作为事业或功业。所谓"秉文之德",指主祭及助祭诸人"皆执行文王之德"③。"秉文之德"并不能说是一种功业,所以这种读法是不够通顺的。当然,我们还可以将这句话理解为,通过"秉文之德"的方式来建立其功业。但是,若考虑到与"以为其本"对读的话,作为、施为的含义又很难带入到"以为其本"一句中。这种语意理解上的困难或许暗示着,"以为其质"的读法更为合理。将"敬宗庙之礼"作为王德的根本,将"秉文之德"作为王德的实质,语意颇为顺当。在这种理解之下,"敬宗庙之礼"的重要性获得了突显。关于这 5 个字,其实也可以有两种读法。一种,是将其看作动宾结构的短语,即"敬/宗庙之礼";另一种,则是将其看作为一个由定语修饰的词,即"敬宗庙/之/礼"。若依前者而言,是强调对待宗庙祭祀之礼应有敬的态度;若依后者,则是强调祭祀之礼承载着对宗庙、也即是对先祖的敬意。这两种含义虽有所差别,但在本质上是相关的。对宗庙或对宗庙之礼的敬意,被看作是《清庙》的核心意涵。

  这种有关宗庙或宗庙之礼的敬意,在第 24 简有关《甘棠》的论说中被进一步凝练为"宗庙之敬":

---

① 马承源主编:《上海博物馆藏战国楚竹书》(一),第 132 页。
② 李零:《上博楚简三篇校读记》,第 32 页。
③ 《毛诗正义》,第 1282 页。

> 吾以《甘棠》得宗庙之敬,民性固然。甚贵其人,必敬其位。悦其人,必好其所为。恶其人者亦然。①

这里以第一人称的口吻,认为《甘棠》体现着"宗庙之敬"。《甘棠》一诗出自《召南》,我们先来看一下这首诗:

> 蔽芾甘棠,勿剪勿伐,召伯所茇。
> 蔽芾甘棠,勿剪勿败,召伯所憩。
> 蔽芾甘棠,勿剪勿拜,召伯所说。②

毛《序》认为:"《甘棠》,美召伯也。"③第一章,毛《传》言:"蔽芾,小貌。甘棠,杜也。翦,去。伐,击也。"④另郑《笺》言:"茇,草舍也。召伯听男女之讼,不重烦劳百姓,止舍小棠之下而听断焉。国人被其德,说其化,思其人,敬其树。"⑤第二、三章仅个别字替换,毛《传》:"憩,息也。说,舍也。"⑥郑《笺》:"拜之言拔也。"⑦从毛郑的解释来看,《甘棠》一诗的含义是清楚的。召公曾在甘棠树下听断、休憩,百姓因感念召公而不忍砍伐甘棠。面对这样一种简单明了的诗文含义,理解的关键就在于,《甘棠》诗文中既没有出现与宗庙祭祀相关的内容,《诗论》何以认为《甘棠》得"宗庙之敬"?这样一种解读上的困难,提示我们应该对"宗庙之敬"的内涵做出更深入的考察。

---

① 释文参见马承源主编:《上海博物馆藏战国楚竹书》(一),第 153 页;李零:《上博楚简三篇校读记》,第 16 页。
② 《毛诗正义》,第 78 页。
③ 同上书,第 77 页。
④ 同上书,第 78 页。
⑤ 同上。
⑥ 同上。
⑦ 同上书,第 78 页。

三 敬与肃雍

对"宗庙之敬"的理解当然离不开宗庙这一特定的场景。宗庙特有的氛围或情态,或许可以为我们理解"宗庙之敬"提供必要的线索。

在上引《诗论》对《清庙》的论说中,紧随在"敬宗庙之礼,以为其本;秉文之德,以为其蘖"之后的,是"肃雍"二字。虽然竹简在"肃雍"之后残缺,但毫无疑问,这里的"肃雍"二字就是在引述《清庙》"肃雍显相"一句。只是非常遗憾,由于竹简残损,我们无法知晓《诗论》对于"肃雍显相"的解读,也不知道此简缺失的部分、甚至是可能遗失的接续此简的其他简支是否引用了《清庙》一诗更多的诗句来阐发王德的意义。但是,在《诗论》此简的语境下,"肃雍显相"的出现及其出现的位置,都是值得注意的。我们之前已经指出,此简的内容不是简单地逐句解读《清庙》,而是从诗文中凝练出一些关键元素,来阐发宗庙祭祀所彰显的王德的意义。《诗论》认为,"敬宗庙之礼"是对王德的根本要求;王德的实质内涵是对先王之德的秉持与传承,即"秉文之德"。而对"肃雍显相"的引论出现在"秉文之德"之后,这显然是背于诗文次第的,而这恰恰表明,《诗论》围绕王德的主题对诗句的意义关联进行了重新塑造。"肃雍显相"在这一语境下从《清庙》的 8 句诗文中被提截出来,并置于有关王德之本、王德之质的论说之后,可见《诗论》对"肃雍显相"之义的重视。在这种关注中,"肃雍显相"是与王德、"敬宗庙之礼"有关的。

事实上,《清庙》"肃雍显相"之辞不止一次出现在《诗论》的论说中。《诗论》第 6 简上端缺损,残存部分起始处为"多士,秉文之德,吾敬之"。[①] 李零、李学勤等学者都认为"多士"之前应该还有文字,补全后应为:

---

① 参见马承源主编:《上海博物馆藏战国楚竹书》(一),第 133 页。

[《清庙》曰:"肃雍显相,济济]多士,秉文之德",吾敬之。①

这一简对《清庙》的论说方式与上引第 5 简有所不同。该简采用第一人称的视角,直接表达《诗论》作者自己对《清庙》的态度,而不是像第 5 简那样客观地阐发诗文含义。这种论说方式的差异,也是后来学者打破 5、6 两简编联的原因之一。尽管如此,我们还是应该看到,《诗论》作者对"肃雍显相"等句所表达的"敬之"的态度,仍然包含着对诗文的理解。在这种态度之下,宗庙、敬、"肃雍显相"这几个因素再次被关联在一起。

所谓"肃雍显相",毛《传》言:"肃,敬。雍,和。相,助也。"②郑《笺》用毛《传》之训,进一步解释:"周公之祭清庙也,其礼仪敬且和,又诸侯有光明著见之德者来助祭。"③有显德之人前来助祭,恐怕并不是这句诗被关注的原因。诗文的关键还是在于"肃雍"二字。通过毛郑的解释我们可以知道,"肃雍"是对宗庙祭祀的氛围以及这一氛围中人心的情态所做的描述。"肃"与"雍"代表了两种不同的情态。

如果顺着"肃雍"的线索稍作考察,我们就会看到,在《清庙》之外,《周颂》的《有瞽》《雍》两诗中也出现了"肃雍"之辞。《有瞽》云:

> 有瞽有瞽,在周之庭。设业设虡,崇牙树羽。应田县鼓,鞉磬柷圉。既备乃奏,箫管备举。喤喤厥声,肃雍和鸣,先祖是听。我客戾止,永观厥成。④

---

① 释文参见李零:《上博楚简三篇校读记》,第 29 页;李学勤:《孔子诗论分章释文》,载于《国际简帛研究通讯》第二卷第二期,2002 年。
② 《毛诗正义》,第 1281 页。
③ 同上。
④ 同上书,第 1327、1330—1331 页。

《雍》诗云：

> 有来雍雍，至止肃肃。相维辟公，天子穆穆。於荐广牡，相予肆祀。假哉皇考！绥予孝子。宣哲维人，文武维后。燕及皇天，克昌厥后。绥我眉寿，介以繁祉。既右烈考，亦右文母。①

这两首诗都与宗庙祭祀有关。《有瞽》描写了宗庙设乐的场景。毛《序》称："《有瞽》，始作乐而合乎祖也。"②按孔颖达《正义》对《序》的解释，这首诗所描述的情景虽不是常规的祭祀，但也是设新制之乐于宗庙，"告神以知和否"。③"肃雍和鸣"一句展现了宗庙之乐所营造的氛围。相比之下，《雍》所描写的则是一个典型的宗庙祭祀场景。毛《序》言："《雍》，禘大祖也。"④郑《笺》称："禘，大祭也。大于四时，而小于袷。大祖，谓文王。"⑤"有来雍雍，其止肃肃"，展现了前来助祭之人的情态。由此来看，"肃雍"构成了宗庙活动的两种基本情态。

但是，当我们试图通过"肃雍"这两种情态来理解"宗庙之敬"的时候，却会遇到一个问题。正如之前我们已经看到的，毛《传》解释"肃雍"："肃，敬。雍，和。"郑《笺》也沿用了这一解释。此外，《礼记·乐记》《史记·乐书》所引子夏之言也采用了同样的读法："《诗》云：'肃雍和鸣，先祖是听。'夫肃，肃敬也；雍，雍和也。"⑥在上述传世文献的解读中，"肃"的情态被理解为"敬"，"雍"则代表了另一种"和"的情态。但是，《诗论》却意图将"肃敬""雍和"这两种不同的情态，一并纳入"宗庙之敬"的范畴。《诗论》所言"宗庙之敬"的内涵，要宽于后人所

---

① 《毛诗正义》，第1334—1336页。
② 同上书，第1327页。
③ 同上。
④ 同上书，第1333页。
⑤ 同上。
⑥ 《礼记正义》，第1125页。另《史记》，第1224页。

解读的"肃敬"之义。这种含义上的分歧,对我们理解"宗庙之敬"造成了一定的困难;但另一方面,"敬"的含义的宽狭之别,恰恰为我们指示出了"宗庙之敬"的独特意义。

既然"宗庙之敬"包含着"肃敬"与"雍和"这两种不同的情态,我们不妨参考传统注释以及有关宗庙祭祀的论说,分别来看看这二者。

首先来看"肃敬"的一面。"肃敬"明显带有庄严、肃穆之感。这种情态的呈现,或与天命、天道观念之下所形成的敬畏、敬慎之义有着相似的机制。我们知道,对天命、天道的敬畏来源于上天对人事的权威与主宰。而事实上,在周人看来,诸如文王、武王等周之先王、先祖,有着近同于天的地位与权能。如《周颂·清庙》言"对越在天",即表达了"文王精神已在天"①之意。《大雅·文王》也言道:"文王陟降,在帝左右。"②在天帝左右的先王、先祖之神,同样可以对人事施加影响,赐予或收回福佑。《颂》诗祈祷的一个重要内容,就是寻求先祖的福佑。如《雍》所言:"假哉皇考!绥予孝子。宣哲维人,文武维后。燕及皇天,克昌厥后。绥我眉寿,介以繁祉。"③在这样一种赐福与受赐的关系中,后世子孙面对超越于现世之外的先祖,自然有一种发自于心的敬畏,在宗庙祭祀的场合即表现为"肃敬"之态。

不过,在儒家有关宗庙祭祀的讨论中,我们可以看到"肃敬"的另一种来源或机制。《礼记·祭统》言:

> 夫祭者,非物自外至者也,自中出生于心也,心怵而奉之以礼。④
> 是故贤者之祭也致其诚信,与其忠敬,奉之以物,道之以礼,安

---

① 《毛诗正义》,第 1282 页。
② 同上书,第 957 页。
③ 同上书,第 1335—1336 页。
④ 《礼记正义》,第 1345 页。

> 之以乐,参之以时,明荐之而已矣,不求其为。①

《祭统》反对从寻求福佑的角度来理解祭祀。祭祀者行礼如仪,不是因为外在的要求,当然也不是为了获得"福佑为己之报"②。这种理解就消解掉了受制于福报予夺而产生的敬畏。《祭统》认为,祭礼之行源自于一种非外至的内生的用心。具体就宗庙祭祀而言,

> 祭者,所以追养继孝也。③

宗庙祭祀的对象是先祖,祭祖旨在表达后人对先祖的孝敬。而我们注意到,在《祭统》《祭义》的论说中,这种对先祖的孝敬主要呈现为一种怵惕、敬重的情态。宗庙祭祀要求祭祀者在祭前斋戒、祭时仪程中,始终保持对先祖怵惕、敬重的态度。

以上所言两种不同来源的敬意,都可以呈现为宗庙祭祀中的"肃敬"。不过早期儒家更多地是在后一种意义上来理解宗庙祭祀的"肃敬"。在此之外,宗庙祭祀还展现着另一种情态,即"雍和"。后世对于"和"的含义有着各种阐发和引申,但是在宗庙祭祀的场景中,"和"的这种柔性色彩,无疑是与宗庙祭祀所承载的亲缘、亲情相关的。在血缘关系的纽带下,行礼祭祀之人面对先祖饱有亲和、敬爱之情。《礼记·祭义》在论说"孝子之祭"时也谈到了这一点:

> 孝子之有深爱者,必有和气。有和气者,必有愉色。有愉色者,必有婉容。④

---

① 《礼记正义》,第 1346 页。
② 同上。
③ 同上。
④ 同上书,第 1319 页。

这种以血缘为纽带的亲和、敬爱,不是依凭外在的某种主宰和赏罚可以塑造的,也不同于严肃的敬重之意。亲和之情构成了"宗庙之敬"的另外一面。

四 贵敬悦好

参考早期儒家有关祭礼的认识,我们可以看到,宗庙祭祀中的"肃敬""雍和"可能具有某些特定的内涵。而《诗论》在尝试以"宗庙之敬"的观念容纳二者的时候,对这两种情态做出了进一步的塑造和利用:

> 吾以《甘棠》得宗庙之敬,民性固然。甚贵其人,必敬其位。悦其人,必好其所为。恶其人者亦然。①

《诗论》作者以为《甘棠》一诗能"得宗庙之敬",并进一步从"贵其人"和"悦其人"这两个方向阐发了"得宗庙之敬"的表现。按照《甘棠》的原义,"甚贵其人,必敬其位",是指人们敬重召公,也必然敬重其所停留、休憩的甘棠之树;"悦其人,必好其所为",意指悦乐召公,因而必然喜好其巡行乡里、休憩树下之为。在儒家一贯的关切下,《甘棠》所纪念的召公,是执政者的楷模。此所言"位",很容易引申为代表着政治秩序的位份、位次。与此相类,这里所言的"为",也可以具有更一般的政治施为的意义。就整体的逻辑而言,正是因为"得宗庙之敬",才能够实现从"贵其人"到"敬其位"、从"悦其人"到"好其所为"的转变。"宗庙之敬"的效用或意义指向,在于实现人们对于为政者及其政治施为的认同与遵循。

很显然,"宗庙之敬"的这种效用已经超越了具体的宗庙祭祀的场

---

① 释文参见马承源主编:《上海博物馆藏战国楚竹书》(一),第153页;李零:《上博楚简三篇校读记》,第16页。

景。离开具体的场景,却又始终贯穿其间的,是一种内在的"敬"的情态。正如我们之前所分析的,"宗庙之敬"包含着"肃敬"与"雍和"这两种情态。二者分别连接着"贵其人"与"悦其人"的线索。

还是先来看"肃敬"这条线索。宗庙祭祀中的"肃敬"可能有不同的来源和机制。相较而言,以孝敬为根底的敬重之心,更接近《诗论》所言"宗庙之敬"。祭祀者对于受祭的先祖,有着发自于心的敬重。而《祭统》已经清楚地认识到,这种敬重之心关联着背后的人伦身份与人伦秩序:

> 祭者,所以追养继孝也。孝者,畜也,顺于道,不逆于伦,是之谓畜。①

受祭的先祖与主祭、助祭诸人,因血缘而连结于特定的人伦关系中。而子孙对于自己先祖的敬重,就是基于这一人伦关系。在这样的关注之下,《祭统》对"孝"的解释,并没有从我们所熟悉的亲情出发,而是着重于强调"顺于道、不逆于伦"的意义。对于人的孝敬、敬重,指向着对于人伦之道的遵守。如果将这种由敬人到敬其伦的用心从宗庙祭祀的背景中抽离出来,也就转变成了《诗论》所言的"贵其人,必敬其位"。

再来看"雍和"这条线索。宗庙祭祀中的和气,体现着孝子对于先祖的深爱。这种对人的深爱很自然地关联着对其德行的认同与秉承。《清庙》一诗就强调了对文王之德的态度:

> 骏奔走在庙,不显不承,无射于人斯。②

这三句诗文是在讲,奔走在清庙助祭的诸人,"秉文之德"而无厌倦。

---

① 《礼记正义》,第1346页。
② 《毛诗正义》,第1282页。

无厌的态度从反面表达了后人对于先祖德行的好乐。这种由爱人到好其德的用心,如果剥离其宗庙祭祀的背景,也正与《诗论》"悦其人,必好其所为"之说相合。事实上,《诗论》对于"宗庙之敬"中亲爱、好乐的一面给予了更多的关注。《诗论》第10—16简所构成了一组论述中也涉及了《甘棠》一诗:

  《甘棠》之报……,曷?曰:童而皆贤于其初者也。
  ……10……14……12……《甘[棠]》13□及其人,敬爱其树,其报厚矣。甘棠之爱,以邵公……15……
  ……11……[《甘棠》之报,]……邵公也。16①

这一组简文中有关《甘棠》的内容是以"《甘棠》之报"为主题的,召公行政善待百姓,百姓报答以"勿剪勿伐"之愿。而这一答报的实质是所谓的"甘棠之爱",也即是24简所说的"悦其人""好其所为"。

  总的来看,《诗论》借由《清庙》《甘棠》等诗篇的内容,塑造了一种颇具特色的"敬"的情态。"宗庙之敬"不只是严肃的敬重、敬慎,还包含着和悦的敬爱之情。对这样一种"宗庙之敬"的考察和把握,是在宗庙祭祀的场景中展开的。但是《诗论》也并未局限于宗庙祭祀的背景,《诗论》试图剥离掉"宗庙之敬"所从出的具体场景,进而以一种单纯的敬意辅助实现人们对于人伦秩序的认同与遵守。

---

① 有关这7支简的排序问题可参见本章第二节相关论述。释文参见马承源主编:《上海博物馆藏战国楚竹书》(一),第139—146页;李零:《上博楚简三篇校读记》,第15—16页。

第六章

志与德

早期儒家认识到,"心之所持"的各种因素对于人的外在言行乃至人伦秩序有着重要的影响。通过上一章的叙述我们已经看到,儒家依托于《诗》学的语境,围绕"礼之本""礼乐之原"等问题,深入探讨了人心与礼的复杂关联。而相近的理论诉求与问题意识,也引导着儒家对于德的思考。《诗》所呈现的内心世界以及诗文所展开的具体场景,同样为探索德的内在向度提供了便利和依托。这也是本章要重点考察的内容。

事实上,德和礼的问题并不是截然分开的,二者之间有着内在的联系。在某种意义上,礼就是德在秩序层面的呈现。从德的观念的发展脉络来看,虽然多数学者都不会同意郭沫若先生有关卜辞和殷人彝铭中没有"德"字的判定,①但一般还是认为,对德的观念的重视,确实是周人的思想特质。德、敬德、明德等概念的广泛使用,以及各种德目的出现,无一不证明德的观念在周代获得了特别的关注。而自春秋以降,面对外在的道德规范、道德行为的崩坏,德的内涵面临着重新的梳理与建构。而儒家无疑在这方面投入了极大的努力。《汉书·艺文志》概括"儒家者流"的特征,就称其"游文于六经之中,留意于仁义之际"②。仁义道德构成了儒家思想建构的核心内容。

---

① 郭沫若的观点参见:《青铜时代·先秦天道观之进展》,载于《郭沫若全集·历史编·第一卷》,北京:人民出版社,1982年第1版,第336页。
② 《汉书》,北京:中华书局,1962年第1版,第1728页。

第一节　德行内外

一　德形于内

德的观念可能很早就具有内外两个不同的意义向度。仅从用字及字形构造方面考虑,西周金文中的"德"字大多写为"从彳从悳",接近于今天的"德"字。少数西周早期的金文,无"心"而"从彳从直",这可能源自甲骨文中的"值"字。① 从"彳",其义与行走有关,可引申指向外在的行为。与之不同,在战国时期的金文及竹简中,多见省"彳"而"从直从心"的写法,也即是"悳"字。这样一个从"心"的字,其意义明显指向内在的用心。而古人一般将"悳"看作是"德"的古字。《玉篇·心部》:"悳,今通用德。"②《广韵·德韵》:"德,德行。悳,古文。"③另颜师古注《汉书·贾谊传》"悳至渥也":"悳,古德字。"④"德""值""悳",或许指示着德的观念所兼具的言行与内心层面的双重意义。字源学上的这种分析,为我们理解德的含义提供了重要参考。但是,仅凭字源学的分析还不足以描述德的观念在古代思想世界中的含义及其演变脉络。事实上,已经有很多学者通过分析周代文献中的"德"字用例,对这一观念的早期含义进行了全面的考察。其中大部分学者都注意到,西周时期周人侧重于强调、使用德的外在意义。但正如陈来先生所指出的,"这并不是说'德'到春秋中期才有内在的意义,事实上德在西周初已有内在的意义,但'德'之一字的内在意义压倒外在意义,是在春

---

① 甲骨文中的"值"字是否为"德"字的初文,学界存在争议。
② 《宋本玉篇》,上海:上海书店出版社,2017 年第 1 版,第 137 页。
③ 《宋本广韵》,南京:江苏教育出版社,2008 年第 3 版,第 155 页。
④ 《汉书》,第 2235 页。

秋以后"。①

兴起于春秋末期的儒家,无疑在德的内在向度上展开了更为深入的思考。在之前的章节中我们已经指出,儒家试图在人心中确立道德的根基。无论是孟子主张的对先天善端的扩充,还是荀子强调的后天对人心的塑造,最终都要求人们对道德规范的遵守是基于内心的自我引导、自我约束,而不是简单地服从于外在的强制要求。这样一种对人心及德行根基的要求,获得了早期儒家的普遍认同。儒家在理论建构上的这种诉求,集中地体现在新近出土的《五行》篇中。特别是从《诗》学的角度来看,该篇的一些核心观念正是通过对《诗》的论释而获得表达的。

《五行》篇的"五行"指仁、义、礼、智、圣这五种德行,是不同于水、火、木、金、土"五行"的另一种"五行"观念。同时,其与"五常"所言仁、义、礼、智、信的德目也有所区别。就仁、义、礼、智、圣"五行"而言,理解这一观念的首要的问题在于对"德之行"与"行"的区分。按郭店楚墓竹简的版本:

> 仁形于内谓之德之行,不形于内谓之行。
> 义形于内谓之德之行,不形于内谓之行。
> 礼形于内谓之德之行,不形于内谓之行。
> 智形于内谓之德之行,不形于内谓之行。
> 圣形于内谓之德之行,不形于内谓之德之行。②

从《五行》开篇的这一论述来看,"德之行"与"行"之间显然有着重要的区别,而区分的关键在于仁义之行是否"形于内"。"形于内"就是

---

① 陈来:《古代思想文化的世界:春秋时代的宗教、伦理与社会思想》,北京:生活·读书·新知三联书店,2002年第1版,第285页。

② 释文参见荆门市博物馆编:《郭店楚墓竹简》,北京:文物出版社,1998年第1版,第149页;李零:《郭店楚简校读记》,北京:中国人民大学出版社,2007年第1版,第100页。

"德之行","不形于内"则只是"行"。这里的"内",就是指与仁义之行相应的内心。对于"内"的关注,表明《五行》篇意在探讨德行的某些内在要素。而这一对内的思考,又是通过"形"这样一个带有动向性的字展开的。因此,"形"在这一语境中的意义,就成为了我们理解德所指向的内心世界以及德行内外间联系的关键。实际上,"形"字在这里的基本含义还是比较清楚的,"形"即形成、发显。理解的难点也是产生歧义的地方,在于"形于内"所表现出的方向性。正如陈来先生所指出的,"形于某"在古文献中有两种不同的语义。①一种含义是指形成、显现于某,"某"指示着形成、显现的方向。在这种用法中,"形"多指自内而外的发显,如《大学》言"诚于中,形于外"②、《春秋公羊传》言"义形于色"③等。"形于某"的另一种含义则是指从"某"发生或形成,即"形自于某","某"是发动的起点,如《管子》所言"戒心形于内,则容貌动于外"④。以"形于某"在古书中的这两种含义为参照,"形于内"之说也存在两种不同的解释:一说认为,"德形于内"意指外在的符合道德规范的言行影响并作用于内心,形成内在的德性;⑤另有一说认为,"德

---

① 参考陈来:《竹简〈五行〉与子思思想研究》,载于《北京大学学报》(哲学社会科学版)第44卷第2期,后收于《竹帛〈五行〉与简帛研究》,北京:生活·读书·新知三联书店,2009年第1版,第120页。
② 《礼记正义》,北京:北京大学出版社,1999年第1版,第1593页。
③ 《春秋公羊传注疏》,北京:北京大学出版社,1999年第1版,第70页。
④ 黎翔凤:《管子校注》,北京:中华书局,2004年第1版,第583页。
⑤ 一些学者支持这种解释,如郭齐勇先生指出:"通过身体力行、道德实践,这些德目返流之于内心,成为君子内在的德性",并将这种"心灵的流向"称为"仁义礼智圣的内化"。(见郭齐勇:《郭店楚简身心观发微》,载于武汉大学中国文化研究院编:《郭店楚简国际学术研讨会论文集》,武汉:湖北人民出版社,2000年第1版,第202页)王博先生也认为:"《五行》篇的思路是从外向内的,或者说从行为深入到内心的。……所谓的'形于内'是从不形于内开始的,也就是说,原本心中没有这个'形',但是经过一定的努力和步骤,它可以在心中成形。形于内的过程正好像是孟子所说的'外铄'的过程。"(见王博:《孟子与〈五行〉》,载于《简帛思想文献论集》,台北:台湾古籍出版有限公司,2001年初版,第136页)

"形于内"指诸德形诸内心,进而获得一种外在行为上的表现。① 如果仅就"形于某"的表述而言,我们似乎很难在这样两种解释中做出取舍。但如果结合上下文的论述来看,我们或许可以有更全面的认识。

事实上,《五行》首章并不是单纯地讨论"德之行"与"形于内",而是以"行"与"德之行"、"不形于内"与"形于内"相对举的。无论我们如何解释"形于内"的方向问题,"形于内"的状态至少都意味着德行的内外兼得,但"不形于内"则毫无疑问地指示着道德行为的内在性的缺失。而《五行》每论一德,都是先言仅具外形者,次之以内外兼具者。这种论说的次第,或许向我们透露了《五行》作者的问题意识以及解决问题的思路。具体来说,外在的符合道德要求的行为在《五行》首章的对举中是一种共有的因素。而对举双方的本质区别在于,行为是否具有相应的内在因素。《五行》篇借由对仅具外形之"行"的先行表述,表达出了一种对内在性缺失的关切;其后再言内外兼具的"德之行",则意味着对"行"的缺陷的补足。在这个意义上,我们可以认为,《五行》篇的主体思路还是一种由外向内的关注。只不过,以"行"到"德之行"作为主体思路,也并不排斥讨论内外兼具的状态下内在德性自内而外的发显。

二 中心之忧

既然《五行》篇的首要关切在于"行"的内在性的缺失,进而强调要

---

① 一些学者支持这种解释,如黄俊杰先生以帛书《五行》中"形者,形其所思"一语解释"形于内"之"形",认为"形于内""形其所思"的意涵,"基本上是由内往外的,是内省的,而不是由外往内的,不是外铄的"。(见黄俊杰:《马王堆帛书〈五行〉"形于内"的意涵》,载于《孟学思想史论》,台北:东大图书股份有限公司,1991年第1版,第504页)陈来先生指出:"形于内谓之德之行,实际是说仁自内发动而形于外,才是德之行,才是由德性发出的德行。"(见陈来:《竹简〈五行〉与子思思想研究》,载于《竹帛〈五行〉与简帛研究》,北京:生活·读书·新知三联书店,2009年,第120—121页。该篇文字曾以《竹简〈五行〉篇与子思思想研究》为题发表于《北京大学学报》(哲学社会科学版)2007年3月。期刊版本对于"形于内"的理解与书中所言不同,收录于书中时或进行了修改,今取书中的说法。)

获得一种"形于内"的"德之行"来弥补这种缺失,那么《五行》就需要进一步解释:仁、义、礼、智、圣诸德"形于内"的究竟是什么?《五行》篇紧接在首章之后的论述正是在回答这个问题:

> 君子无中心之忧则无中心之智,无中心之智则无中心之悦,无中心之悦则不安,不安则不乐,不乐则无德。①

这条材料以一种否定的排比句式描述了成就"德之行"的阶次或条件。成德的基始被认为是中心之忧,有忧然后才能有智,有智才能悦,能悦然后能安,能安然后能乐,能乐才能有德。忧、智、悦、安、乐这一系列内心的活动,构成了"德之行"成立的条件。

"中心之忧"作为成德的基始,无疑是最关键的因素。关于"中心之忧"的意义,我们可以通过《五行》稍后引《诗》之言获得一种真实而生动的了解:

> 思不清不察,思不长(不得,思不轻)不形,不形不安,不安不乐,不乐亡德。
>
> 不仁,思不能清。不智,思不能长。不仁不智,未见君子,忧心不能惙惙;既见君子,心不能悦。"亦既见之,亦既觏之,我心则悦",此之谓也。
>
> 不仁,思不能清。不圣,思不能轻。不仁不圣,未见君子,忧心不能忡忡;既见君子,心不能降。②

---

① 释文参见荆门市博物馆编:《郭店楚墓竹简》,第149页;李零:《郭店楚简校读记》,第100页。

② 释文参见荆门市博物馆编:《郭店楚墓竹简》,第149、151页注8;李零:《郭店楚简校读记》,第101页。李零先生在"思不长"后补"不得,思不轻"。最初整理者也参照帛书本认为:"简本似误合此两句为'思不长不形'一句。"

这段论述是从"思"来理解成德的,以"思之清""思之长""思之轻"作为成德的基础或条件。这里"不形不安"中的"不形",应指"形于内",也即是"思"之于内的显现。"形于内"之后安、乐、德的次第,与自"中心之忧"开始的成德次第一致,因此二者可以相互参照。"思之清"是仁"形于内"的表现,"思之长"是智"形于内"的表现,"思之轻"对应圣德。当仁、智、圣"不形于内"的时候,则会出现忧以及悦的缺失。在这里,忧和悦的内心活动,是通过《草虫》一诗带入的:

喓喓草虫,趯趯阜螽。未见君子,忧心忡忡。亦既见止,亦既觏止,我心则降。

陟彼南山,言采其蕨。未见君子,忧心惙惙。亦既见止,亦既觏止,我心则说。

陟彼南山,言采其薇。未见君子,我心伤悲。亦既见止,亦既觏止,我心则夷。①

《五行》所用诗句出自《草虫》的前两章。毛《传》:"忡忡,犹冲冲也。止,辞也。觏,遇。降,下也。惙惙,忧也。说,服也。"②郑《笺》则更详细地还原出了诗文所言情志的人物、背景。郑玄认为,《草虫》描写了女子出嫁时的心情。首章言:"未见君子者,谓在涂时也。在涂而忧,忧不当君子,无以宁父母,故心冲冲然。既见,谓已同牢而食也。既觏,谓已昏也。始者忧于不当,今君子待已以礼,庶自此可以宁父母,故心下也。"③二章之义类同。这里需略做说明的是,郑《笺》接受了"降、下"的训诂,对"说、服"也没有异议。马瑞辰则认为,这里的"降""说"

---

① 《毛诗正义》,第69—71页。
② 同上书,第69、71页。
③ 同上书,第69页。

以及三章所言"夷"都是悦乐的意思。①事实上,马瑞辰的这种解释正合于《五行》前文所言"中心之悦"的说法。参考毛、郑的解释,女子在出嫁途中未见君子之时,担忧君子会以何种态度对待自己。这种忧虑伴随着内心的不安以及不安之中对自己的检视。不安与检省,会很自然地带来一种言行上的谨慎与自持。女子来至夫家,既见君子,夫妻好合,知是自身言行合于君子所求,由此而获得一种忧心尽去之后的放松与悦乐。这种悦乐的心情,源自于君子对自己的肯定与接纳,也成为了继续保持自身言行的情绪基础。《五行》将上述女子的内心变化引入了对成德的理解。这当然不是说,《五行》所言"中心之忧""中心之悦"就等同于出嫁女子之忧、悦。《五行》只是要借用《草虫》所抒发的忧、悦之情的某些特点,来说明成德的内在基础。参照《草虫》的忧、悦之义来看,"中心之忧"是一种内在的深切的忧虑,忧虑自身的言行是否符合德行规范的要求。这种发自于心的忧虑,带来了对自身言行的检省与谨慎。若言行合乎德行规范,则能获得一种内心的悦乐。"中心之悦"也会成为保持德行的内在助力。

三 君子慎独

《五行》篇认为,"德之行"的确立是以一系列内心活动为前提的。而"慎独"观念的提出,则进一步深化了内心活动对于德行的意义。竹简《五行》言:

> "淑人君子,其仪一也",能为一,然后能为君子,慎其独也。②

仅就这条材料来看,其中的"为一""慎独"等关键术语的含义并没有获

---

① 参见马瑞辰:《毛诗传笺通释》,北京:中华书局,1989年第1版,第78页。
② 释文参见荆门市博物馆编:《郭店楚墓竹简》,第149页;李零:《郭店楚简校读记》,第101页。

得清晰的阐发。不过,这些术语之间的逻辑关系还是比较清楚的:先要能"为一",然后才能"为君子"。"为一"构成了"为君子"的前提或条件。而"慎其独"应该是对君子的一种要求,与"为一"有关。

在这一大体的意义架构下,我们还是要对"为一"和"慎独"的含义进行必要的分析。事实上,简文并不是没有对"为一"进行解读。其解读是通过引《诗》展开的。所引诗句出自《鸤鸠》首章:

鸤鸠在桑,其子七兮。淑人君子,其仪一兮。其仪一兮,心如结兮。①

毛《传》以为"鸤鸠在桑,其子七兮"为起兴之辞,又言:"鸤鸠,秸鞠也。鸤鸠之养其子,朝从上下,莫从下上,平均如一。"②郑《笺》:"兴者,喻人君之德,当均一于下也。"③《易林·夬之家人》言:"鸤鸠七子,均而不殆。"《三国志·魏书·陈王传》载曹植上疏:"七子均养者,鸤鸠之仁也。"④由此来看,汉魏之时多将《鸤鸠》之"一"理解为均一。不过在这种训解之外,传世文献中还保存有另外一义。《荀子·劝学》言:"行衢道者不至,事两君者不容。目不能两视而明,耳不能两听而聪。螣蛇无足而飞,梧鼠五技而穷。《诗》曰:'尸鸠在桑,其子七兮。淑人君子,其仪一兮。其仪一兮,心如结兮。'故君子结于一也。"⑤此处荀子所言在于强调要专一而行,引《鸤鸠》明显是用其专一之义以结束论说。另《淮南子·诠言训》言:"贾多端则贫,工多技则穷,心不一也。故木之大者害其条,水之大者害其深。有智而无术,虽钻之不通;有百技而无

---

① 《毛诗正义》,第476页。
② 同上。
③ 同上。
④ 王先谦:《诗三家义集疏》,北京:中华书局,1987年第1版,第500页。
⑤ 王先谦:《荀子集解》,北京:中华书局,1988年第1版,第9—10页。

一道,虽得之弗能守。故《诗》曰:'淑人君子,其仪一也。其仪一也,心如结也。'君子其结于一乎!"①此条材料所言也是强调心的专一,而且此言专一不仅是反对杂多,一和多还有道、技之别。百技得一道方能持守,这也就是说,一是多得以呈现的根基或依据。以上两种对《鸤鸠》的读法,为我们理解《五行》引《诗》之义提供了重要线索。

而从《五行》篇的解释系统来看,《五行》引《鸤鸠》所取之义,与《荀子》《淮南子》的读法相近。马王堆汉墓帛书《五行》经传:

> "鸤鸠在桑,其子七兮。淑人君子,其仪一兮",能为一,然后能为君子,君子慎其独也。②
>
> "鸤鸠在桑",直也。"其子七兮",鸤鸠二子耳,曰七也,兴言也。"淑人君子,其仪一兮",□□□□,仪者义也。言其所以行之义之一心也。"能为一然后能为君子",能为一者,言能以多为一,以多为一也者,言能以夫五为一也。"君子慎其独",慎其独也者,言舍夫五而慎其心之谓□然后一,一也者,夫五夫为□心也,然后得之。一也,乃德已。德犹天也,天乃德已。③

与竹简文字相比,帛书经文略有不同。其引《诗》加上了"淑人君子"之前的两句,"慎其独也"之前重复了"君子"二字,但在语意上与简文并没有差别。我们所需要的更多信息,出现在说文的解读里。据说文之言,"其仪一兮"就是"所以行之义之一心也"。在这里,"仪"是指所以行之义,而"一"就是指心。说文在此基础上,进一步将"为一"解释为"以多为一",而"以多为一"就是"以五为一"。关于"五"的含义,学者

---

① 刘文典:《淮南鸿烈集解》,北京:中华书局,1989年第1版,第481页。
② 参见国家文物局古文献研究室:《马王堆汉墓帛书》(一),第17页;庞朴:《竹帛五行篇校注》,载于刘贻群编:《庞朴文集》第二卷,第124页。
③ 同上书,第19页;同上。

们有着不同的理解。有学者认为"五"代指五官,①但多数学者则认为"五"指仁、义、礼、智、圣五行。②实际上,在《五行》篇中,就身体官能而言,与心相对的是耳、目、鼻、口、手、足六者,身体官能并未以五为数。而且,《五行》篇中凡提及"五"者,多指仁、义、礼、智、圣而言。因此,这里的"五"当指五种德行。不过从稍后"舍五"的说法来看,这里的"五"更多地偏指仁、义、礼、智、圣诸德的外在表现。因此,"以五为一""以多为一"所呈现的"一"与"五""多"之间的对举,实际上是心与行的对举。而需要特别注意的是,《五行》说文将心理解为"所以行之义之一心也"。这是一个非常关键的表述。正如《淮南子》引《鸤鸠》所提示出的,专一对于杂多的反对包含了道、技之别,此处也即是用"行"与"所以行"的分别来理解"五"与"一"、行与心的关系。心构成了诸德之行的内在依据亦即"所以行"者。在"行"与"所以行"的分别中,外在行为之"五""多"与内心之"一"的关系,并不是在"多"与"五"的层面五中选一或五合为一,而是要以"一"作为"多"与"五"所以然的依据或根基。

能够在内心中确立德行的根基,才能够成就君子。在这种理解之下,"慎独"的含义就比较清楚了。而"慎独"作为对君子的要求,也即是要做到"为一"。按照说文的解释,"独"即是"心","慎独"就是"舍

---

① 参见陈来:《帛书〈五行〉说部与孟子思想探论》,载于《中华文史论丛》2007年第3辑,后收于《竹帛〈五行〉与简帛研究》,第179页。另见陈来:《"慎独"与帛书〈五行〉思想》,载于《中国哲学史》2008年第1期。

② 参见庞朴:《竹帛五行篇校注》,载于刘贻群编:《庞朴文集》第二卷,第126页;〔日〕池田知久著、王启发译:《马王堆汉墓帛书五行研究》,北京:中国社会科学出版社,2005年第1版,第197页;杨儒宾:《德之行与德之气——帛书〈五行篇〉、〈德圣篇〉论道德、心性与形体的关系》注34,载于钟彩钧主编:《中国文哲研究的回顾与展望论文集》,台北:"中研院"中国文哲研究所筹备处,1992年,第437页;黄俊杰:《孟子后学对身心关系的看法——以马王堆汉墓帛书〈五行篇〉为中心》,载于《孟学思想史论》,台北:东大图书股份有限公司,第85页;李景林:《帛书〈五行〉慎独说小议》,载于《人文杂志》2003年第6期。

夫五而慎其心之谓"。

四　舍五为一

帛书《五行》说文借由"行"与"所以行"的差别,明确了德行内外各自的定位及相互关系。在《五行》篇所做出的这种定位中,人的内在用心构成了德行的依据亦即德行的根本。而在此基础上,《五行》篇还借由另一条有关"慎独"观念的阐发,表达了对于德行内外关系的更细腻的理解。

竹简《五行》言:

"瞻望弗及,泣涕如雨",能差池其羽,然后能至哀。君子慎其独也。①

为了方便分析,我们把帛书《五行》经说也摘录于此:

"燕燕于飞,差池其羽。之子于归,远送于野。瞻望弗及,泣涕如雨",能差池其羽然后能至哀,君子慎其独也。②

"燕燕于飞,差池其羽",燕燕,兴也,言其相送海也。方其化,不在其羽矣。"'之子于归,远送于野。瞻望弗及,泣涕如雨',能差池其羽,然后能至哀",言至也。差池者,言不在衰绖,不在衰绖也,然后能至哀。夫丧,正经修领而哀杀矣,言至内者之不在外也,是之谓独。独也者,舍体也。③

---

① 释文参见荆门市博物馆编:《郭店楚墓竹简》,第149—150页;李零:《郭店楚简校读记》,第101页。
② 参见国家文物局古文献研究室:《马王堆汉墓帛书》(一),第17—18页;庞朴:《竹帛五行篇校注》,载于刘贻群编:《庞朴文集》第二卷,第124页。
③ 同上书,第19页;同上书,第124—125页。

与上一条材料类似,竹简《五行》对"慎独"的讨论依然简练。好在我们已经知道,"慎独"即是"慎其心",就是要在内心中确立德行的根基。而此处所言"慎独",与哀戚之情有关。至于"慎独"与"至哀"的更多含义,则是借由《燕燕》一诗展开的。

所引诗句出自《燕燕》首章:

> 燕燕于飞,差池其羽。之子于归,远送于野。瞻望弗及,泣涕如雨!①

关于《燕燕》一诗的写作背景,争论甚多。但一个基本的共识是,此诗乃送别之作。"燕燕于飞,差池其羽"二句为起兴之辞。毛《传》言:"燕燕,鳦也。燕之于飞,必差池其羽。"②郑《笺》进一步解释了"差池其羽"的含义:"差池其羽,谓张舒其尾翼,兴戴妫将归,顾视其衣服。"③但朱熹则认为:"差池,不齐之貌。"④清人亦有批评郑《笺》者,马瑞辰、王先谦皆引《左传》以驳郑说。⑤《左传·襄公二十二年》有"何敢差池"之语,杜《注》"差池,不齐一"。⑥而《五行》所取《燕燕》之义,正与朱熹、马瑞辰、王先谦之说相合。按帛书说文之言,"差池其羽"意味着"不在其羽",也即是说不在意羽毛是否整齐。在送别的场景中,燕羽不齐起兴将行者、送行者服饰不整,因用心不在服饰,而在离别之情。"之子于归"四句,毛《传》言:"之子,去者也。归,归宗也。远送过礼。于,於也。郊外曰野。……瞻,视也。"⑦离去之人往归其宗国,而送行者送至

---

① 《毛诗正义》,第121—122页。
② 同上书,第121页。
③ 同上书,第121—122页。
④ 朱熹:《诗集传》,北京:中华书局,1958年第1版,第16页。
⑤ 马瑞辰:《毛诗传笺通释》,第113页;王先谦:《诗三家义集疏》,第139页。
⑥ 《春秋左传正义》,北京:北京大学出版社,1999年第1版,第980页。
⑦ 《毛诗正义》,第122页。

于郊外,是送之过远了,超过了送别之礼的规定。《五行》说文特别强调了这一远送之义,言"相送海也"。最初的校释者认为,"海"应读为"晦",①或指荒远迷茫之地,②以形容相送至远。这同样是因为送行之时别离心伤,而无暇顾及外在的礼仪。

在送别的意义之外,《燕燕》一诗可能还表达着某种居丧之中的哀痛与愤懑。毛《序》称:"《燕燕》,卫庄姜送归妾也。"③郑《笺》详细解释了《序》所言庄姜之事:"庄姜无子,陈女戴妫生子名完,庄姜以为己子。庄公薨,完立,而州吁杀之。戴妫于是大归,庄姜远送之于野,作诗见己志。"④这种理解意味着,《燕燕》诗中的远行者,不仅有别离之伤,还兼有丧子之痛。当然,毛《序》、郑《笺》所言庄姜送归戴妫一事未必就是《燕燕》的创作情景。不过,帛书《五行》说文在有关《燕燕》的解读中确实引入了丧服的元素。"差池其羽"被解释为"不在衰绖"。"衰绖"即是一种"古代居丧之服"。⑤丧服元素的出现仍然是在强调真正处哀伤之中的人不会在意丧服穿戴是否整齐。

而《五行》篇引论《燕燕》所强调的主旨即在于,要先能"差池其羽",然后才能"至哀"。"差池其羽""不在衰绖",也即是在某种程度上舍弃对外在形式的追求,这种舍弃构成了"至哀"的前提或条件。这同时也表明,内心的"至哀"才是德行或礼的根本关切。这样一种由"差池其羽""不在衰绖"而获得的"至哀"之心,也即是帛书《五行》所言的"舍体慎独"。对于"体"的理解同样存在争论,这一争论与"舍五"处的分歧密切相关。有学者认为,"体"指耳、目、鼻、口、手、足六

---

① 国家文物局古文献研究室:《马王堆汉墓帛书》(一),第 26 页注 38。
② 魏启鹏:《马王堆帛书〈德行〉校释》,载于《简帛文献〈五行〉笺证》,北京:中华书局,2005 年第 1 版,第 86 页。
③ 《毛诗正义》,第 121 页。
④ 同上。
⑤ 国家文物局古文献研究室:《马王堆汉墓帛书》(一),第 26 页注 39。

者,依然强调与"慎心"相对的是官能;①但另一些学者则认为,"体"是指外在的身体力行或仪文形式。②从说文所言"差池其羽""不在衰绖"来看,羽饰、衰绖都是外在的仪节,因此"舍体"之"体"也应是指外在的仪行而非官能。之所以要"舍五""舍体",是因为一味追求外在的形式往往会导致对德行内在本质的忽视。以丧礼言之,若一味关注于丧服穿戴,内心的悲哀就会杀减。③帛书《五行》说文引《燕燕》所论,表达了对过分关注外在形式的忧虑与克服。

从根本上讲,《五行》篇引《鸤鸠》《燕燕》所论说的主旨是一致的,都是要借由对"慎独"观念的阐发来强调"形于内",亦即道德行为获取内心根基的重要意义。在对"慎独""为一"的解读中,帛书说文提出了"以多""以五""舍五""舍体"等说法。通过分析我们已经知道,"多""五""体"都是指仁、义、礼、智、圣诸德外在的表现形式。这种外在形式,在说文引论《燕燕》时,被具体化为"差池之羽"所起兴的丧礼中人们穿戴的衰绖以及人们穿戴衰绖的行为。但是在这里,关于如何对待这些外在因素以达成"至哀"或内心之"一",似乎形成了一种对立的表述:一方是"以五""以多";另一方则是"舍五""舍体"。"以"者,用也。"舍"则意味着某种意义上的舍弃。该如何理解这样看似矛盾的说法呢?

综合《鸤鸠》《燕燕》之论来看,要解释这一矛盾还是应该着眼于对"舍"字含义的准确把握。面对"舍"的舍弃之义,我们或许会将"舍

---

① 参见魏启鹏:《马王堆帛书〈德行〉校释》,载于《简帛文献〈五行〉笺证》,第87页;陈来:《帛书〈五行〉说部与孟子思想探论》,载于《中华文史论丛》2007年第3辑,后收于《竹帛〈五行〉与简帛研究》,第175—176页;陈来:《"慎独"与帛书〈五行〉思想》,载于《中国哲学史》2008年第1期。

② 参见庞朴:《竹帛五行篇校注》,载于刘贻群编:《庞朴文集》第二卷,第126—127页;李景林:《帛书〈五行〉慎独说小议》,载于《人文杂志》2003年第6期。

③ 杀,意为减、降。参见国家文物局古文献研究室:《马王堆汉墓帛书》(一),第26页注40。

五""舍体""不在衰绖"简单地理解为舍弃丧服所代表的外在形式。实则不然,帛书说文言曰:"正绖修领而哀杀。"据此可知,"不在衰绖"并不是说衰绖没有必要,而是指在丧礼中不一味地端正、修饰丧服的穿戴,否则内心的悲哀就会杀减。"哀杀"的原因并不是衰绖,而是对衰绖的过分"修""正"。由此而论,"五""体"作为五德的外在形式,并不会构成对"为一"的妨害。妨害"为一"的是对德行的外在形式的过分追求。

在这一理解的基础上,"舍五为一"与"以五为一"的并举让我们清楚地看到了德行内外之间所具有的多样关系。"舍五"是在消极的意义上克服对外在形式的过分追求,"以五"则表现了一种对待外在仪节的积极态度。"五"所指称的德行的外在形式本身并不构成对"形于内"的妨害,如果能够恰当地营造一种外在的形式,还会对德行内心根基的确立有所助益。实际上,对儒家而言,外在形式的积极意义是毋庸置疑的。我们很难想见,作为儒家文献的《五行》篇以牺牲、舍弃外在形式的代价来强调仁、义、礼、智、圣的内在化。《论语》载:

> 子贡欲去告朔之饩羊,子曰:"赐也!尔爱其羊,我爱其礼。"①

何晏引郑玄之语解释曰:"礼,人君每月告朔,于庙有祭,谓之朝享。鲁自文公始不视朔。子贡见其礼废,故欲去其羊。"②依据郑玄的解释,我们可以清楚地看到,即便对于已经基本丧失功能与意义的外在仪节,孔子仍不忍舍弃。由此可见在儒家理解中德、礼的外在形式具有不可或缺的积极意义。

---

① 《论语注疏》,第39页。
② 同上。

第二节　匿简之际

一　仁义匿简

《五行》篇有关德行内外的讨论,鲜明地表达了早期儒家对于德的内在向度的关注。外在的符合道德规范的行为,要确立起内心的根基,才能成为真正的德行。德行内涵的不断深化,为道德实践提供了重要的指引。不过,随着各种德行在具体实践场景中的展开,德行内外的架构还会面临更多复杂的问题。

一般而言,德代表着善、好的言行,在一定意义上构成了善、好的标准。但问题在于,善、好的德行是否可以无限度地扩展而不需要任何节制呢？事实上,孔子已经注意到了德行在实践中的某些必要的限度:

> 恭而无礼则劳,慎而无礼则葸,勇而无礼则乱,直而无礼则绞。①
> 好仁不好学,其蔽也愚。好知不好学,其蔽也荡。好信不好学,其蔽也贼。好直不好学,其蔽也绞。好勇不好学,其蔽也乱。好刚不好学,其蔽也狂。②
> 君子有勇而无义为乱,小人有勇而无义为盗。③

仁、智、信、直、勇、刚、恭、慎等,都是儒家所认可的德行。但这些德行如果缺少必要的约束,则可能在实践中导向恶。面对这样的情形,礼、义

---

① 《论语注疏》,第 101 页。
② 同上书,第 236 页。
③ 同上书,第 244 页。

以及学所带来的对礼、义的把握,标志出了德行的限度。而从另外的角度来看,比如在孟子"四端"说的语境中,礼、义也会被认为是某种德行。这意味着,在德的范畴内,不同德目之间构成了制约关系。而随着儒家思想的不断展开,一些德行间的制约关系形成了稳定的对子。其中最显著者,莫过于仁、义的对举。

孔子重视仁德,这是毋庸赘言的。在孔子那里,义虽然也屡被提及,但仁、义尚未构成一种明确而稳定的对举关系,义的地位还不足以与仁相提并论。梁启超先生认为,"仁义并讲是孟子的口号,以前还无人道及"①。而张岱年先生则根据墨子和告子之说,认为在孟子以前,义已经开始作为与仁并列的范畴出现了,如果《中庸》"仁者人也,亲亲为大;义者宜也,尊贤为大"一章确实为子思所作,那么该条材料可能就是仁义并举的开始。②郭店楚简的问世证明了张先生的判断或许更接近事实。据郭店楚墓的发掘者推断,"该墓年代为战国中期偏晚,郭店竹简的年代下限应略早于墓葬年代"③,而其中篇章的创作年代还要早于竹简的下葬年代。这也就意味着,郭店竹简的内容或创作于孔孟之间。而其中的《五行》篇已将仁、义对举,并且对二者之间的制约关系做出了细致的阐释。

《五行》言:

> 不简,不行。不匿,不辩于道。有大罪而大诛之,简也。有小罪而赦之,匿也。有大罪弗大诛也,不行也。有小罪而弗赦也,不辩于道也。简之为言犹练也,大而晏者也。匿之为言也犹匿匿也,

---

① 梁启超:《古书真伪及其年代》,收于《饮冰室合集》第12册,北京:中华书局,1989年第1版,饮冰室专集之一百四,第7页。

② 参见张岱年:《中国古典哲学概念范畴要论》,收于《张岱年全集》第四卷,石家庄:河北人民出版社,1996年第1版,第617—618页。

③ 荆门市博物馆编:《郭店楚墓竹简》,前言第1页。

小而轸者也。简,义之方也。匿,仁之方也。刚,义之方。柔,仁之方也。"不彊不絿,不刚不柔",此之谓也。①

这段材料在一种对举的句式架构下,论述了仁、义的含义及二者之间的关系。匿、柔,为"仁之方";简、刚,为"义之方"。按照王博先生的解释,"×之方"这一说法中的"方"字应读作"放",有外推或者引申的意思。② 匿、柔为仁之方,也就是说匿、柔是从仁中引申出来的;相应的,简、刚是从义中引申出来的。在这一语境下,仁、义的含义是通过匿、简之义来呈现的。对于匿、简之义,《五行》有着明确的界说。所谓匿,就是隐匿和宽赦小罪;而简,则是指果决而严厉地诛罚大罪。而无论是匿的柔性原则,还是简的刚性原则,都是不可缺少的。二者各有其不可或缺的意义:不简,则不行;不匿,则不辩于道。

就二者关系来看,在仁、义对举的基本框架下,作为仁、义之方的匿与简、柔与刚之间也具有对应关系。这种"仁—义""柔—刚""匿—简"的对应,首先体现为含义上的对立。匿和简代表了面对罪行时所秉持的两种截然不同的处理方式,一为匿赦,一为诛罚。而且,这两种做法是针对于不同程度的罪行的,匿赦小罪,而诛罚大罪。"晏",帛书本作"罕",③即稀少之义。"轸",帛书说文部分解之曰"多也"。④一种可能的解释是,需要施行简罚的都是罕见的事件或者触及重大原则的大事;匿赦则多体现在日常众多的小事中。

在明确了二者的区别与对立之后,《五行》篇在这段论述的结尾借

---

① 释文参见荆门市博物馆编:《郭店楚墓竹简》,第150—151页;李零:《郭店楚简校读记》,北京:人民大学出版社,2007年第1版,第103页。

② 参见王博:《论郭店楚墓竹简中的"方"字》,载于《简帛思想文献论集》,台北:台湾古籍出版有限公司,2001年5月初版,第273—286页。

③ 参见国家文物局古文献研究室编:《马王堆汉墓帛书》(一),第18页;庞朴:《竹帛五行篇校注》,载于刘贻群编:《庞朴文集》第二卷,第142页。

④ 同上书,第22页;同上。

《长发》一诗强调,匿与简的施行应达到某种平衡:"不竞不絿,不刚不柔。"①就该诗上下文来看,所引诗句是在描述"汤之行"。②诗文所言"行",主要是指汤身为天子而敷行政教的作为。而《五行》在有关仁、义的讨论中引用此诗,明显是剥离掉了原诗所具有的人物、背景,仅仅取用了言行"不竞不絿,不刚不柔"的意义。毛《传》:"絿,急也。"③郑《笺》:"竞,逐也。不逐,不与人争前后。"④若按照毛郑的训诂,"竞"和"絿"似乎都代表了某种刚性的争求,与其后"不刚不柔"之义不合。马瑞辰也是针对这一点,对毛《传》的训读提出了质疑。他指出,"絿"字实际上有两种读法。其一:"《说文》:'絿,急也。'义本《毛诗》";其二:"《广雅》:'絿,求也。'盖本《三家诗》"。马瑞辰从"絿对竞言"这一对应结构出发,认为"从《广雅》训求为是。争竞者多骄,求人者多谄,竞、求二义相对成文"⑤。马瑞辰对毛诗与三家诗的分别或仍需斟酌,但其对"絿"字的训解应可取用。争竞多骄,求人多谄,或过于刚,或偏于柔,皆有所失。因此要"不竞不絿,不刚不柔",行事不可偏于一端。《五行》篇正是借用絿与竞、柔与刚之间的这种关系,来强调匿、简的施用也应在对立中找到某种平衡。

二 匿亲之爱

上述讨论主要还只是在行事层面上来解说匿、简之义。但我们知道,《五行》篇的核心关切,在于探寻道德行为的内心根基。在这一整体思路下,《五行》篇对仁、义的用心也进行了深入的讨论。匿、简作为仁、义的表现,无疑也会与仁、义的用心建立起关联。帛书说文就明确

---

① 《毛诗正义》,第 1457 页。
② 同上。
③ 同上。
④ 同上。
⑤ 马瑞辰:《毛诗传笺通释》,第 1177 页。

地指出了这一点:

> "简,义之方也;匿,仁之方也",言仁义之用心之所以异也。①

按照说文的解释,匿、简之义正是仁、义之心的体现。那么接下来,我们就分别考察一下匿、简所体现的用心。

《五行》篇对于仁德有诸多讨论,而在有关匿、简的问题意识下,两组仁、义对举的材料是值得我们特别关注的。其中一组材料这样论说仁德:

> 不变不悦,不悦不戚,不戚不亲,不亲不爱,不爱不仁。②

在这种连续的否定句式中,前者构成了后者得以实现的条件。如果将其转换成肯定的表述则是说,要先能变,然后才能悦。以此类推,最终才能实现仁德。变、悦、戚、亲、爱构成了成仁的进阶条件,也构成了仁德的特质。而这些条件或特质,显然是与人的内在用心有关的。这样一种对仁德的理解,还出现在另外一组材料中:

> 颜色容貌温变也。以其中心与人交,悦也。中心悦焉,迁于兄弟,戚也。戚而信之,亲。亲而笃之,爱也。爱父,其继爱人,仁也。③

---

① 释文参见国家文物局古文献研究室编:《马王堆汉墓帛书》(一),第22页;庞朴:《竹帛五行篇校注》,载于刘贻群编:《庞朴文集》第二卷,第142页。
② 参见荆门市博物馆编:《郭店楚墓竹简》,第150页;庞朴:《竹帛五行篇校注》,载于刘贻群编:《庞朴文集》第二卷,第128—129页。
③ 同上;同上书,第132—133页。

这条材料或许可以看作是对前一条材料的申论。它对前者所言变、悦、戚、亲、爱及其进阶关系做出了更详细的解说。所谓变,是指外在的颜色容貌的改变,这种改变是内心变动的反映。而由中心的喜悦朝向仁德的演进,表现在两个方面。其一,是内心情感的凝实与深化。信之、笃之,就是在描述内在的情感越发诚挚、笃实。其二,则是内心的亲爱之情按照伦理关系中由亲至疏、由近及远的方向逐渐向外扩展。

《五行》篇在细腻地阐发仁德的内在用心的同时,又将匿赦小罪的行为规定为"仁之方"。这向我们暗示着,《五行》所言匿罪是与亲爱之情相关的,或者说,我们应该从亲爱这种内在用心来理解作为外在行事方式的匿赦。《论语》所记载孔子与叶公的那段著名的对话,就可以帮助我们直观地建立起匿赦与亲爱之间的这种关联:

> 叶公语孔子曰:"吾党有直躬者,其父攘羊,而子证之。"孔子曰:"吾党之直者异于是。父为子隐,子为父隐,直在其中矣。"①

《论语》这一章的主题是论"直"。叶公向孔子夸耀自己乡党中的直躬者,其父盗羊,而直躬者告发指证其父,叶公以此为"直"。这种"直"的品质,体现着对于公共法则的坚守,特别是在面对亲人违反公共法则时,能够坚守规则,不徇私枉法。但孔子并不认可这种"直"的品质,他认为父子相隐才是真正的"直"。冯友兰先生对孔子此处所言"直",有过透彻的分析:"直者内不以自欺,外不以欺人,心有所好恶而如其实以出之者也。"②诚如冯先生所见,孔子所言"直",意在表彰言行对于内心情感意愿的真实呈现。当然,即便在孔子那里,"直"也有很多种表现形式。③在攘羊的情境中,由中而发的内心情感特指父子之亲。皇侃

---

① 《论语注疏》,第 177 页。
② 冯友兰:《中国哲学史》,上海:华东师范大学出版社,2000 年第 1 版,第 58 页。
③ 同上书,第 58—59 页。

疏曰:"父子天性,率由自然至情,宜应相隐。"①为人子者自然亲爱其父,不忍其受罚。因此在面对父亲攘羊之过以及可能由此招致的惩罚时,自然地依中心之情为父匿过。这种因亲情而做出的匿罪,是孔子所认同的。而《五行》篇显然受到了这一对话的影响,更进一步将匿罪与仁德联系在了一起。匿罪这一外在的行事方式背后,是以父子兄弟之亲为基础而不断扩展的仁爱之情。

三 简罚之辨

隐匿亲人之罪虽然受到孔子的赞许,但不容否认的是,匿罪很可能会带来一个危险的后果,即破坏其他规范或准则。因此,在认同匿罪背后的仁爱本质的同时,还必须对匿赦行为有所警惕、有所约束。而"有大罪而大诛之"的简罚,明显就是针对匿亲而设置的一种制衡。

对于简罚的深入理解,也还需要从义的用心方面展开考察。与之前提到的两条论仁的材料相应,《五行》篇对义之德也进行了充分的讨论:

> 不直不肆,不肆不果,不果不简,不简不行,不行不义。②
> 中心辩然而正行之,直也。直而遂之,肆也。肆而不畏强御,果也。不以小道害大道,简也。有大罪而大诛之,行也。贵贵,其等尊贤,义也。③

与有关仁德的论说相类,在这里,直、肆、果、简、行构成了成义的条件,亦即是义的某种特质。与成仁序列中的情感要素不同,构成义之德的

---

① 皇侃:《论语义疏》,北京:中华书局,2013年第1版,第338—339页。
② 参见荆门市博物馆编:《郭店楚墓竹简》,第150页;庞朴:《竹帛五行篇校注》,载于刘贻群编:《庞朴文集》第二卷,第128—129页。
③ 同上;同上书,第132—133页。

这些要素并没有表现出明显的情感特征。但是,《五行》篇为义之行设定了另外一种内在的依据,即作为成义端始的"中心辩然"。按照帛书说文的解释,"辩然"意指"中心弗迷也",①即是面对人、事时可以做出正确的判断与选择。借助于这一辩然之义,我们得以更准确地把握简罚的内涵。

辩然之心在具体的简罚情境中首先表现为一种果决的心态。在他人尤其是亲人的罪过超出一定限度时,就需要以这种果决的态度做出毅然决然的割舍。而在这种果决心态的背后,还有着更为复杂的用心。

我们注意到,"有小罪而赦之""有大罪而大诛之"的表述实际上为匿赦与简罚的施用设定了一个前提条件:即罪过大小。小罪,可以宽赦;而大罪,则要诛之。在"攘羊"一事中,孔子之所以认同子为父隐,一方面是亲情所致,另一方面也是因为攘羊乃是小罪,符合宽赦的条件。事实上,在后人对"攘羊"的注疏中,我们确实可以看到对罪过大小的刻意强调。《韩非子》《吕氏春秋》等早期文献记述"攘羊"一事,都是直接言"其父窃羊",②"攘"就是盗窃之义。但是,何晏引周生烈之语则曰:"有因而盗曰攘。"这是为"攘羊"之过寻找一个借口,实质上就是在有意减轻罪责。注释者选择通过曲解以减轻"攘羊"之过,从而压缩孔子所允许匿赦的罪过范围。由此可见,对罪过大小的判断,在匿赦、简罚的抉择中确实是一个非常关键的因素。

与这一判断相关,《五行》篇还给出了另外一种表述,即"不以小道凌大道,简也"。这一说法突出了在赦与罚的权衡中选择诛罚的理由。所谓"小道"就是匿赦行为所依据的仁爱之道,"大道"则是比"小道"

---

① 释文参见国家文物局古文献研究室编:《马王堆汉墓帛书》(一),第 20 页;庞朴:《竹帛五行篇校注》,载于刘贻群编:《庞朴文集》第二卷,第 134 页。

② 《韩非子·五蠹》:"楚之有直躬,其父窃羊而谒之吏,令尹曰:'杀之。'以为直于君而曲於父,报而罪之。"(王先慎:《韩非子集解》,北京:中华书局,1998 年第 1 版,第 449 页)《吕氏春秋·当务》:"楚有直躬者,其父窃羊而谒之上,上执而将诛之。"(许维遹:《吕氏春秋集释》,北京:中华书局,2009 年第 1 版,第 251 页)

更重要因而更需要遵守的原则。这里以仁爱为"小道"并不意味着仁道不重要,这只是一种相对的规定,只在特定的情境中才有意义。可以说,"不以小道害大道"是对判断罪过大小的一种本质描述。罪小,意味着罪过所触犯的原则并不那么重要,还不值得为了维护这一原则而去压制仁爱之道,因此可以因循仁爱之情而匿赦罪过;罪大,则意味着罪过所触犯的原则的重要性已经超过了仁道,在这种情况下就必须克服仁道而施行严厉的诛罚。实际上,这种判断意味着一种有别于情感的理智用心,这也即是所谓的"中心辩然"。严格来说,这一用心在赦、罚的施行中都会发挥作用。但是,匿赦小罪的背后有着鲜明的情感依托,而简罚则缺少这样的内在依据,这使得理智的判断力在施行诛罚的时候发挥着更显著的作用。

由此来看,在竹简《五行》篇中,用来约束匿赦行为亦是约束亲爱之情的内心活动,主要是"不以小道凌大道"的理智用心。但是,理智的用心是否足以制衡由情感推动的匿赦行为呢?这是一个值得探讨的问题。实际上,如果我们把考察的视野稍微放宽一些,确实会在仁与义的对举中看到用以制衡仁爱的另外一些元素。帛书《五行》说文在进一步阐发简罚之义时就加入了某些变化:

> 不以小道害大道,简也。简也者,不以小[爱害大]爱,不以小义害大义也。①

说文在引述简文之辞"不以小道害大道,简也"之后,将"大道"与"小道"之间的权衡替换成了对"大爱"与"小爱"、"大义"与"小义"的判断与取舍。这一诠释带来了一个显著的改变,即理智所要判断和取舍的对象不再仅仅是"道"或原则,而是包含有"爱"这样的情感因素。这意

---

① 参见国家文物局古文献研究室编:《马王堆汉墓帛书》(一),第21页;庞朴:《竹帛五行篇校注》,载于刘贻群编:《庞朴文集》第二卷,第134页。

味匿赦与诛罚背后都具有了某种情感的依据。在简文的论说中,匿赦行为是由亲爱之情所推动的,诛罚则缺少与之相应的情感依托;但帛书说文的这条诠释则明确地将诛罚看作是某种"大爱"的体现。这显然增加了在内心层面制衡匿赦行为的砝码,理智的判断与"大爱"共同构成了"有大罪而大诛之"的内在依据。

四　恻隐辩然

通过以上的讨论我们可以看到,《五行》所言匿、简之义原本是有针对性的,即针对于如何处置他人的罪过。但实际上,帛书《五行》说文已经突破了这种基本的情境设定:

> 不以小道害大道,简也。简也者,不以小[爱害大]爱,不以小义害大义也。见其生也,不食其死也。然亲执诛,简也。①

正如我们已经分析过的,"不以小道害大道"以及由此衍生的大爱小爱、大义小义的权衡,构成了施行诛罚的依据,而诛罚是特别针对过度的匿罪行为的。如果换一个角度来说,对于"不以小道害大道"的理解,有赖于进入其所针对的匿罪与制约的情境。而这一情境在这条材料后两句的论说中发生了显著的变化。原本匿赦他人罪过的行为,被替换为"见其生也,不食其死也";而针对过度匿赦而毅然施行的诛罚,则变为祭祀时的"亲执诛"。原先所设定的他人有罪以及处置罪过的情境彻底消失了,甚至所面对的对象都不再是人,而是祭祀中要被宰杀的牲畜。这种改变当然不是单纯地为了将匿、简的内涵限定在另一个特殊情境中,而是要借由这些元素的变化向读者展现出隐藏在变化背后的不变的本质。因此,我们接下来要做的,即是分析不忍杀生食肉与

---

① 参见国家文物局古文献研究室编:《马王堆汉墓帛书》(一),第21页;庞朴:《竹帛五行篇校注》,载于刘贻群编:《庞朴文集》第二卷,第134页。

祭祀宰杀牺牲的意义,从中寻找到其承续自《五行》经文情境的一贯不变的思想元素。

"见其生,不食其死也。然亲执诛"的表述很容易让我们联想到孟子与齐宣王之间的一次对话。帛书《五行》最初的整理者已经注意到这一点。①《孟子》所记述的这次对话,或许可以为我们探寻帛、简的本质意义提供有效的启示:

> 齐宣王问曰:"齐桓、晋文之事,可得闻乎?"孟子对曰:"仲尼之徒,无道桓、文之事者,是以后世无传焉,臣未之闻也。无以,则王乎?"曰:"德何如,则可以王矣?"曰:"保民而王,莫之能御也。"曰:"若寡人者,可以保民乎哉?"曰:"可。"曰:"何由知吾可也?"曰:"臣闻之胡龁曰:王坐于堂上,有牵牛而过堂下者,王见之曰:'牛何之?'对曰:'将以衅钟。'王曰:'舍之,吾不忍其觳觫,若无罪而就死地。'对曰:'然则废衅钟与?'曰:'何可废也,以羊易之。'不识有诸?"曰:"有之。"曰:"是心足以王矣。百姓皆以王为爱也,臣固知王之不忍也。"王曰:"然。诚有百姓者,齐国虽褊小,吾何爱一牛?即不忍其觳觫,若无罪而就死地,故以羊易之也。"曰:"王无异于百姓之以王为爱也,以小易大,彼恶知之?王若隐其无罪而就死地,则牛、羊何择焉?"王笑曰:"是诚何心哉!我非爱其财而易之以羊也,宜乎百姓之谓我爱也。"曰:"无伤也,是乃仁术也,见牛未见羊也。君子之于禽兽也,见其生,不忍见其死;闻其声,不忍食其肉:是以君子远庖厨也。"②

齐宣王见牛将衅钟,不忍其战栗而就死地,于是以羊替换牛。国人以为宣王吝啬,孟子则开解说,宣王此举正是仁术的体现。在孟子看来,

---

① 参见国家文物局古文献研究室编:《马王堆汉墓帛书》(一),第26页,注五三。
② 《孟子注疏》,北京:北京大学出版社,1999年第1版,第18—20页。

"见其生,不忍见其死;闻其声,不忍食其肉"乃是仁人君子在宰杀禽兽时应有的表现。孟子此言与帛书《五行》说文"见其生,不食其死也"的说法如出一辙,但相较来看,孟子之说特别突出了一种"不忍"之意。见牛过堂觳觫乃以羊易之,是出于不忍之心。孟子对于"不忍"的强调,敏锐地揭示出了不杀生背后的本质用心。而"不忍"在孟子那里还有另一种表述,即是所谓恻隐。恻隐之心被孟子提掇出来,在摆脱了具体情境的限制之后,用以规定仁德。这也正是我们所熟知的孟子的主张:"恻隐之心,仁之端也。"①在孟子的提示下,我们可以很容易发现,《五行》篇中作为"仁之方"的匿罪行为背后同样具有这样一种不忍之心。匿罪尤其是匿赦亲人的罪过,正是在亲爱之情的影响下,不忍亲人受到惩罚、伤害。由此来看,从《五行》简文"有小罪而赦之"到帛书"见其生不食其死"的背后,实有一种一贯不变的用心,即不忍之心。这一用心构成了对仁德的规定,这也即是我们所要寻找的变化之中不变的本质。

此外,孟子劝导齐宣王的这条材料,也为我们理解《五行》说文"然亲执诛"之辞提供了一个具体而鲜活的场景。齐宣王虽然见牛觳觫而舍之,但也仍然清楚地知道衅钟不可废。衅钟是一种祭礼。《周礼》规定的天府职司就包括"上春,衅宝镇及宝器。"郑玄注:"衅,谓杀牲以血血之。"②天府,是掌祖庙之官。其衅宝镇、宝器之礼,体现着对于先祖的虔敬。而仔细体味宣王"何可废也"的答对之辞,我们可以感受到宣王对于废衅钟之议的惊诧。这种惊诧表明宣王对于行衅钟之礼、致敬于神灵是没有丝毫疑虑的,即便是面对自己的不忍之心,衅钟也仍然是理所当然的事情。祭礼及其背后的敬神之心构成了特定场景下对不忍之心的有效制约。如果用《五行》篇的表述来说,见牛觳觫而舍之是"小义",行衅钟之礼乃是"大义";对杀生的不忍之心是"小爱",对神灵的虔敬乃是"大爱"。齐宣王对杀生与祭礼所做出的取舍,也即表现

---

① 《孟子注疏》,第 94 页。又《告子上》:"恻隐之心,仁也。"
② 《周礼注疏》,第 531 页。

了《五行》篇所特别强调的"不以小道害大道"的辩然之心。只不过,相较于齐宣王以羊易牛的做法,《五行》篇所言"然亲执诛",表现出了一种面对祭祀杀生时更为果决的姿态。简罚之义在这种敬神之心与恻隐之心的制衡中获得了丰富。

第三节 孝亲之怨

一 忧怨自责

早期儒家对德的内在向度的不断发掘,使各种德目在具体实践场景中的展开呈现出复杂的情形。通过上一节的讨论我们已经看到仁与义、匿与简的制衡所展现出的复杂性。如果说匿、简之际表现了两种德行在内心与外在行为方面的复杂关系的话,那么本节将集中在单一的德行范畴内,考察孝这种德行所包含的不同用心。而这一考察主要是围绕《孟子》中有关《小弁》《凯风》两诗的一次讨论展开的。我们不妨先来看看这两首诗。

《小弁》出自《小雅》,全诗八章章八句:

> 弁彼鸒斯,归飞提提。民莫不穀,我独于罹。何辜于天?我罪伊何?心之忧矣,云如之何!
> 踧踧周道,鞫为茂草。我心忧伤,怒焉如捣。假寐永叹,维忧用老。心之忧矣,疢如疾首。
> 维桑与梓,必恭敬止。靡瞻匪父,靡依匪母。不属于毛,不离于里。天之生我,我辰安在?
> 菀彼柳斯,鸣蜩嘒嘒。有漼者渊,萑苇淠淠。譬彼舟流,不知所届。心之忧矣,不遑假寐。
> 鹿斯之奔,维足伎伎。雉之朝雊,尚求其雌。譬彼坏木,疾用

无枝。心之忧矣,宁莫之知!

相彼投兔,尚或先之。行有死人,尚或墐之。君子秉心,维其忍之。心之忧矣,涕既陨之!

君子信谗,如或酬之。君子不惠,不舒究之。伐木掎矣,析薪扡矣。舍彼有罪,予之佗矣!

莫高匪山,莫浚匪泉。君子无易由言,耳属于垣。无逝我梁,无发我笱。我躬不阅,遑恤我后。①

关于这首诗的作者和创作背景,历来有不同的解读。毛《序》认为此诗是"刺幽王也"②。毛《传》在解释"民莫不穀,我独于罹"时,更清楚地提到抱怨者的身份:"幽王取申女,生大子宜咎。又说褒姒生子伯服,立以为后,而放宜咎,将杀之。"③以宜咎的遭遇而抱怨幽王所为,与毛《序》"刺幽王"之意合。但毛《序》又认为,《小弁》非宜咎自作,"大子之傅作焉"④。与上述毛《诗》系统的解读不同,赵岐注《孟子》称:"《小弁》,《小雅》之篇,伯奇之诗也。"⑤蔡邕《琴操》中提到伯奇事迹,以伯奇为尹吉甫之子,"吉甫周上卿也,有子伯奇。伯奇母死,吉甫更娶后妻生子曰伯邦,乃谮伯奇于吉甫曰:'伯奇见妾有美色然有欲心。'吉甫曰:'伯奇为人慈仁,岂有此也?'妻曰:'试置妾空房中,君登楼而察之。'后妻知伯奇仁孝,乃取毒蜂缀衣,领伯奇前持之。于是吉甫大怒,放伯奇于野。"⑥此与《韩诗外传》所言"伯奇孝而弃于亲"⑦之义相合。很显然,赵岐、蔡邕等人的理解,有别于"刺幽王"之

---

① 《毛诗正义》,第747—753页。
② 同上书,第747页。
③ 同上。
④ 同上。
⑤ 《孟子注疏》,第323页。
⑥ 蔡邕:《琴操》,(清)平津馆丛书本,基本古籍库。
⑦ 许维遹:《韩诗外传集释》,北京:中华书局,1980年第1版,第257页。

说。不过,也有解释者试图将两说合一,如孙奭在《孟子疏》中即以宜臼事迹为基础,推测"伯奇,宜臼也"①。

事实上,该诗的写作背景以及涉及的具体人物恐怕难以获得确证。不过,如果忽略具体的背景和人物,我们还是可以从中发现一些共识性的理解。以上诸说都承认,《小弁》一诗表达了为人子者在遭受父亲误解乃至迫害的境遇下生发于心的忧怨之情。这种理解是可以获得诗文佐证的。从"靡瞻匪父,靡依匪母。不属于毛,不罹于里。天之生我,我辰安在?"6句来看,诗作者不得父母之爱,与父母有嫌隙。全篇充盈的忧怨之情就是为人子者面对父母而发的。至于不得父母之爱乃至忧怨的原因,诗文有言"何辜于天,我罪伊何",又言"君子信谗,如或酬之。君子不惠,不舒究之""舍彼有罪,予之佗矣"。这明显是在抱怨父母听信谗言,使自己无辜受过。"譬彼舟流,不知所届""譬彼坏木,疾用无枝""相彼投兔,尚或先之。行有死人,尚或墐之。君子秉心,维其忍之",则暗示了父母的无情以及自身境遇的凄惨。

相比于《小弁》的忧怨,《凯风》的情形则完全不同。《凯风》出自《邶风》,全诗四章章四句:

> 凯风自南,吹彼棘心。棘心夭夭,母氏劬劳。
> 凯风自南,吹彼棘薪。母氏圣善,我无令人。
> 爰有寒泉,在浚之下。有子七人,母氏劳苦。
> 睍睆黄鸟,载好其音。有子七人,莫慰母心。②

就诗文内容而言,《凯风》作者悯母亲"劬劳""劳苦",又赞母氏"圣善",同时自责不能劝慰母心,言辞恳切。在这里我们看不到母氏有何过错,诗作者对母亲也没有抱怨。但是按照毛《序》的说法:"卫之淫风

---

① 《孟子注疏》,第325页。
② 《毛诗正义》,第133—135页。

流行,虽有七子之母,犹不能安其室,故美七子能尽其孝道,以慰其母心,而成其志尔。"①郑玄进一步解释:"不安其室,欲去嫁也。成其志者,成言孝子自责之意。"②后朱熹等人也承续此说。不过,在此之外还有另一种对《凯风》之义的理解。《易林·咸之家人》曰:"凯风无母,何恃何怙?幼孤弱子,为人所苦。"又《后汉书·姜肱传》注引《谢承书》:"肱性笃孝,事继母恪勤,感《凯风》之义,兄弟同被而寝,不入房室,以慰母心。"王先谦据上述二者之义认为:"《易林》所称无母而孤子'为人所苦'者,人即继母,故肱读此诗而感其义也。"③由此来看,《凯风》之过当指继母待子有不慈之事,并无大过。此外,王先谦又搜罗毛郑以外汉人论《凯风》之辞,认为其中并无涉守节之意,"'淫风流行'云云,则毛所涂附"。④应该说,王先谦所得结论是比较中肯的,《易林》《谢承书》之说值得重视。

二 怨与不怨

公孙丑以《小弁》《凯风》之义就问于孟子,孟子的解答最终指向了对孝这一德行的理解。《孟子·告子下》载:

> 公孙丑问曰:"高子曰:'《小弁》,小人之诗也。'"孟子曰:"何以言之?"曰:"怨。"曰:"固哉!高叟之为诗也。有人于此,越人关弓而射之,则己谈笑而道之,无他,疏之也。其兄关弓而射之,则己垂涕泣而道之,无他,戚之也。《小弁》之怨,亲亲也。亲亲,仁也。固矣夫,高叟之为诗也。"曰:"《凯风》何以不怨?"曰:"《凯风》,亲之过小者也。《小弁》,亲之过大者也。亲之过大而不怨,是愈疏

---

① 《毛诗正义》,第133页。
② 同上。
③ 王先谦:《诗三家义集疏》,第155页。
④ 同上书,第156页。

也。亲之过小而怨,是不可矶也。愈疏,不孝也。不可矶,亦不孝也。孔子曰:'舜其至孝矣,五十而慕。'"①

公孙丑转述高子对《小弁》一诗的看法,认为《小弁》抒发了对父母的怨情,因此是"小人之诗"。事实上,高子的这种看法在一定程度上体现了孝道的要求。孔子曾讲:

事父母几谏,见志不从,又敬不违,劳而不怨。②

父母有过错可以"几谏"。包咸解释:"几者,微也。当微谏,纳善言于父母。"③朱熹侧重于从情态上加以解读:"微谏,所谓'父母有过,下气怡色,柔声以谏'也。"④如果父母不从己谏,则恭敬而不违逆父母。即便"父母使己以劳辱之事"⑤,甚至"挞之流血"⑥,也不应怨怼父母。在孔子看来,"不怨"是为人子者侍奉父母的基本原则。《坊记》以"劳而不怨"为孝。⑦在这种要求下反观《小弁》之诗,诗文中充斥的忧怨之情确实容易让人将其视为"小人之诗"。

针对这种有关《小弁》的理解,以及由此所表现出的对孝亲的认识,孟子毫不留情地进行了批驳。孟子并不否认《小弁》之怨,关键的问题在于,这种抱怨是否有悖于孝亲的要求?或者从另外一个角度来看,孝这种德行是否意味着一成不变的顺从与无怨?很显然,孟子并不

---

① 《孟子注疏》,第323—324页。
② 《论语注疏》,第52页。
③ 同上。
④ 朱熹:《四书章句集注》,第73页。
⑤ 《论语注疏》,第52页。
⑥ 朱熹:《四书章句集注》,第73页。
⑦ 《礼记·坊记》:"子云:从命不忿,微谏不倦,劳而不怨,可谓孝矣。《诗》云:'孝子不匮。'"(《礼记正义》,第1409页)

是这样刻板地去理解孝亲的。在孟子看来，《小弁》之怨情有可原。结合诗文的述说和相关注释的解读，可以看到《小弁》中的父母听信谗言，误解、迫害亲子，使其至于凄惨无依的境地，是"亲之过大者也"。在这种情况下，抱怨父母，是因为在内心深处渴求父母的善待与关爱。孟子敏锐地体察到这种心理，并举例说明：被疏远陌生的异域之人张弓射击，自己可以无挂于心，从容地向他人述说此事；但若被兄弟射击，则会在伤痛泣涕中向他人陈说。这种内心的哀怨恰恰体现着对于至亲之爱的渴求，这是孝亲之本。孟子所言舜之怨慕正与此相类：

> 万章问曰："舜往于田，号泣于旻天，何为其号泣也？"孟子曰："怨慕也。"万章曰："父母爱之，喜而不忘。父母恶之，劳而不怨。然则舜怨乎？"曰："长息问于公明高曰：'舜往于田，则吾既得闻命矣。号泣于旻天，于父母，则吾不知也。'公明高曰：'是非尔所知也。'夫公明高以孝子之心为不若是恝。……人悦之、好色、富、贵，无足以解忧者，惟顺于父母可以解忧。人少则慕父母，知好色则慕少艾，有妻子则慕妻子，仕则慕君，不得于君则热中。大孝终身慕父母，五十而慕者，予于大舜见之矣。"①

万章向孟子请教，舜因何向上天哭诉。孟子回答，舜受父母虐待，号泣于天是在表达一种怨慕之情。万章引述"劳而不怨"的原则，质疑舜何以抱怨。孟子借公明高之言进一步解释，孝子若不能令父母满意，则内心忧虑焦灼，这体现着对父母的爱慕。在父母过大的情况下，仍无怨而恝然无忧，是与父母相疏远，反为不孝。

在孝亲的范畴下安顿《小弁》之怨，又自然地延伸到了《凯风》的不怨。若接受《易林》《谢承书》之说，则《凯风》所赞誉的母氏，有待继子不慈之过。孟子也言，《凯风》是在面对亲之小过。不过，对于母亲的

---

① 《孟子注疏》，第242—244页。

小过,《凯风》只字不提,且毫无怨言,反而表彰母氏辛劳,赞誉母氏圣善,自责不能劝慰母心。正是出于对至亲的深爱,为人子者才能以体贴、包容的心态面对亲人之过,不因亲之小过而怨。这与亲之过大而怨一样,都是孝亲的表现。

　　孟子借由《小弁》《凯风》两诗所提供的背景及其所表达的情感、态度,辨析了孝亲之德在具体情境之下的内心表现。在一般情况下,"劳而不怨"仍然是为人子者应有的态度。孝亲,应以体贴的心态去包容亲之小过。但在亲之过大时,则应有所权变。怨亲这样一种看似负面的情绪,同样体现着对亲人的真挚的爱慕。孟子通过对《诗》的阐释,在孝的范畴下安顿了怨情,这也体现了孔子所说的"《诗》可以怨"[1]。

---

[1]《论语注疏》,第237页。

第七章

天命与天性

早期儒家将有关礼乐、道德的反思融入了对《诗》的讨论中。而《诗》所呈现的丰富细腻的内心世界,也为儒家探寻德、礼的内在依据提供了鲜活的素材。这种努力构成了儒家思想的显著特色。不过,正如一些学者所言,儒家对内心世界的专注也可能会导致某种欠缺。王博先生就认为:"对心的重视在彰显出儒家特点的同时,也似乎在暗示着它的不足。在孔子那里,似乎它是以牺牲传统的天的权威作为代价的。这种不足在与道家和墨家的对比中表现得更加突出。如果缺少了天的一极,仅仅依靠着内心,秩序和价值的合法性和权威性会得到认可吗?还好,孔子虽然罕言天道,但并没有完全地把天排除到思想的视野之外,这给后来儒家天的观念的发展提供了一个弹性的空间。"①事实上,孔子之后的儒家确实对天的观念给予了更多的关注,儒家试图从天命、天道之中建构起社会秩序与价值的另一个合理性依据。虽然按照儒家对于诸经典及其义理方向的定位,天人关系并不是《诗》学讨论的重点,天人之道的阐发主要是通过《易》学展开的,②但是这也并不意味着《诗》学缺少对天与天命、天道的关注。

---

① 王博:《〈民之父母〉与〈诗〉学》,载于《哲学门》2003年第2期,总第8辑。
② 郭店楚墓竹简《语丛一》:"《易》,所以会天道人道也。"(释文参见荆门市博物馆:《郭店楚墓竹简》,第194—195页;李零:《郭店楚简校读记》,第209页)

第一节　天命福祸

一　天与天命

天的观念在其漫长的传承演变过程中,发生着复杂的意义分化。冯友兰先生曾概括,在中国文字中,天有五义:物质之天、主宰之天、命运之天、自然之天、义理之天。①这一区分无疑为我们理解天的含义提供了重要启示。但我们也应注意到,这五种含义之间存在着错综复杂的关系,仅靠这种标签式的区分还不足以描摹出天这一观念的准确内涵。而众所周知的是,天在中国古代思想世界中具有极其重要的地位。这种地位的获得,显然不是由于苍苍之天的物质性含义。天的观念之所以受到如此重视,主要还是因为天深刻地影响着人世的秩序以及秩序背后的价值。

而天对于人世秩序与价值的影响,也表现为不同的方式。在早期的传世文献中,天的意义较为集中地体现为天命。至少在西周时期,天命观念已经获得了充分的表述,并具有了重要的影响。而后人了解西周时期天命观念的基本文献之一,就是《诗经》。《诗经》中所包含的天命观念构成了后世《诗》学所面对的重要思想资源,而《诗》学对这一观念的不断诠释也在很大程度上影响乃至引导了天的含义的演变。

首先,还是先借由《诗经》来了解一下天与天命的基本含义。不过,由于《诗经》的成书过程十分漫长,不同时期创作的诗篇在思想上存在着明显的不同。因此,为了更准确地把握《诗》中天的观念,我们有必要对诗篇的创作时代做一简单的划分。事实上,由于缺少足够的

---

①　参见冯友兰:《中国哲学史》(上),载于《三松堂全集》(第 2 卷),郑州:河南人民出版社,2001 年第 1 版,第 281 页。

证据,我们不可能做出精确判断。但是结合诗篇内容及学者们有关诗篇断代的研究,我们可以大致推知,今本《诗经》的《周颂》和《大雅》中《文王》到《卷阿》的近 20 篇以及《小雅》中个别诗篇应该是西周中前期、亦即是西周兴盛阶段的作品,而《大雅》中《民劳》以降的诗篇和《小雅》《国风》《鲁颂》《商颂》中的绝大部分诗篇则可能是西周开始走向衰落以后的作品。①

在西周中前期创作的诗篇中,有很多与天、天命相关的表述。如《周颂》中:

> 《维天之命》:维天之命,於穆不已。②
> 《昊天有成命》:昊天有成命,二后受之。③
> 《敬之》:敬之敬之,天维显思,命不易哉!④
> 《桓》:天命匪解,桓桓武王,保有厥士。⑤

又如《大雅》诗篇:

> 《文王》:穆穆文王,於缉熙敬止。假哉天命,有商孙子。商之孙子,其丽不亿。上帝既命,侯于周服。⑥
> 《大明》:有命自天,命此文王。⑦

---

① 参见夏传才:《诗经讲座》,桂林:广西师范大学出版社,2007 年第 1 版,第 41—69 页;刘毓庆、郭万金:《从文学到经学——先秦两汉诗经学史论》,上海:华东师范大学出版社,2009 年第 1 版,第 1—18 页。
② 《毛诗正义》,第 1284 页。
③ 同上书,第 1297 页。
④ 同上书,第 1348 页。
⑤ 同上书,第 1373 页。
⑥ 同上书,第 961 页。
⑦ 同上书,第 972 页。

在《诗》中,天、昊天、帝、上帝等名号的意义是相通的,都表现为一种人格化的主宰。这种主宰之天具有超越于人的权能,可以对人事发布命令,也即是天命。天、帝以命令的形式实现对人事的控制和干预。同时,我们也注意到,天命所施与的对象,除了泛指殷、周外,其他情况下一般都指向周王,而且特别集中于文王、武王。这也暗示着,天命施与的对象是有着严格限定的,只有人世的君王或上天属意的未来君王才有资格受纳天命。至于上天授命的具体内容,我们可以从诗句的上下文中获得了解。《文王》一诗在回顾殷周更迭的旧事时明确讲到,文王受天命而统治商之子孙。商朝的终结与周室的兴起正是天命所在。此处的天命指向了王朝的更替。在具有史诗意义的《生民》《皇矣》《大明》等诗篇中,天、帝之命指示了王朝更替的更多细节。按照这些诗篇的描述,从周之先祖及受命之君的诞生婚育到周王朝崛起乃至建立的每一个重要关节,都是在天命的掌控与指引下实现的。至于《既醉》言"天被尔禄"①、《假乐》言"受禄于天"②,意在表现周王世代享有的天赐福禄,这也不过是文武受命的延续。很显然,上天所关注和控制的,是与王权有关的人和事。

二　永言配命

在上述天人关系中,天以命令的形式掌控着人世中至高的政治权力以及相应福禄的赐予与剥夺。对君主而言,这种源自于天的命令是不可抗拒的。天、帝构成了天子不得不面对的一种外在的主宰力量。那么,天命的施与是否依循某种规则?君主又应该如何面对天命的主宰呢?《文王》一诗可以较为清楚地解答这些问题:

> 文王在上,於昭于天。周虽旧邦,其命维新。有周不显,帝命

---

① 《毛诗正义》,第 1096 页。
② 同上书,第 1106 页。

不时。文王陟降,在帝左右。

亹亹文王,令闻不已。陈锡哉周,侯文王孙子。文王孙子,本支百世。凡周之士,不显亦世。

世之不显,厥犹翼翼。思皇多士,生此王国。王国克生,维周之桢。济济多士,文王以宁。

穆穆文王,於缉熙敬止。假哉天命,有商孙子。商之孙子,其丽不亿。上帝既命,侯于周服。

侯服于周,天命靡常。殷士肤敏,祼将于京。厥作祼将,常服黼冔。王之荩臣,无念尔祖!

无念尔祖,聿修厥德。永言配命,自求多福。殷之未丧师,克配上帝。宜鉴于殷,骏命不易。

命之不易,无遏尔躬。宣昭义问,有虞殷自天。上天之载,无声无臭。仪刑文王,万邦作孚。①

这首诗陈述了天命转移的大势。当殷商还没有丧失其民众之时,也能够匹配上帝之命。但至于纣王,上天改命,授之文武,使殷商子孙皆为西周所有、服从于周。对于这一天命改易的事实,诗中有"天命靡常"的感叹。当然,这里所谓"靡常",并不是说天命毫无规则、不可把握,只是说天命授予的对象会发生改易,不是恒常不变的。这种感叹的出现,饱含着周人的忧患意识。周人亲手推翻了曾经强大的商王朝,感受到了王权更迭的大势所趋,并将这种不可抗拒的历史走势归结于天命。既然"天命靡常",殷商会被自己取代,那么自己刚刚掌握的王权与天下也可能会失去。在这种忧患意识之下,周人自觉地以殷商的败亡为鉴。正如《荡》诗所言,"殷鉴不远"②。殷商何以丧失天命,周之文王武王何以获得天命,成为西周早期诗篇不断反省的问题。

---

① 《毛诗正义》,第956—965页。
② 同上书,第1161页。

从《文王》以及其他诗篇的陈述来看,周人认为,天、帝对待人事不是任意而为的,而是遵循着明确的原则:将王权与福禄赐予有德之君。周文王之所以成为受命之君,是因为文王德盛,"亹亹文王,令闻不已","穆穆文王,於缉熙敬止"。毛《传》言:"亹亹,勉也"①,"穆穆,美也。缉熙,光明也"②。郑《笺》言:"令,善。勉勉乎不倦,文王之勤,用明德也。其善声闻,日见称歌无止时也"③,"穆穆乎文王,有天子之容。於美乎! 又能敬其光明之德"④。这种对文王之德的歌颂,频繁出现于《诗》中。文王有此美德,"天为此命之,使臣有殷之子孙"⑤。而从另一方面来看,商纣之所以丧失天命的王权,是因其君德亏失。《荡》诗以"文王曰咨,咨女殷商"的口吻,历数了纣王失德的表现,并以此作为败亡的教训。⑥在这样的表述中,天命与君王的德行建立起了关联。

既然天命的施与依循着这样的原则,那么君王若想保有天赐的王权、福禄,避免天命的丧失,就必须按照这一原则的要求,"聿修厥德"以匹配天命。上博楚简《诗论》作为早期儒家的重要《诗》学文献,其在解读《天保》一诗时,就明确指出了获得天赐福禄与德行之间的这种关联。《诗论》言:

《天保》其得禄蔑疆矣,巽寡德故也。⑦

《天保》一诗反复唱诵"天保定尔",是讲上天保佑你的王权与福禄。

---

① 《毛诗正义》,第958页。
② 同上书,第961页。
③ 同上书,第958页。
④ 同上书,第961页。
⑤ 同上。
⑥ 同上书,第1155—1161页。
⑦ 释文参见马承源主编:《上海博物馆藏战国楚竹书》(一),第137页;李零:《上博楚简三篇校读记》,第25页。

《诗论》言"其得禄蔑疆",就是对这种天命的解读。"禄"意为福,即诗中所谓"受天百禄""诒尔多福"。毛《传》在解释《板》诗中"丧乱蔑资"一句时称:"蔑,无。"①据此来看,"蔑疆"就是无疆,即诗中所谓"万寿无疆"之意。其后"巽寡德故也"应该是对得禄无疆的解释,不过此处的释读多有分歧。马承源先生读作"馈寡,德故也",意为"孝享的酒食不多,但守德如故",因此能得上天青睐。②周凤五先生则将其连读作"赞寡德故也","谓臣下能助成寡君之德也,故君臣上下'得禄无疆'"。③廖名春先生读作"选寡德故也","'选'有善义","此是说《天保》'得禄蔑疆',是以君德为善的缘故。"④上述释读虽然存在明显的分歧,但也表现出一个基本的共识:《天保》所言,君主得天禄无疆的原因即在于有德。《诗论》的解释反映了对以德配天思想的一贯认识。

不过,从君王的动机来看,"聿修厥德"以匹配天命,不过是一种趋利避害的选择。但问题的关键也即这种天人关系的突破性意义在于,人的行为虽然仍笼罩在天命的强力干预之下,但固定的干预原则为人预留了相对独立、自主的空间。人事导向何种福祸结果,在很大程度上取决于人的努力,可以由人自己来掌控,"自求多福"。这也正如陈来先生所言,"由于把天命是否眷顾与人自身的德行努力联系了起来,人将更多地注意于人的自己的努力,而不是神的意志,在这样的思想支配下,人将逐渐摆脱事事祝神祈福的盲目性依赖,而更多致力改善自身的

---

① 《毛诗正义》,第1148页。
② 马承源主编:《上海博物馆藏战国楚竹书》(一),第138页。
③ 周凤五:《〈孔子诗论〉新释文及注解》,载于上海大学古代文明研究中心、清华大学思想文化研究所编:《上博馆藏战国楚竹书研究》,第159页。
④ 廖名春:《上海博物馆藏诗论简校释札记》,载于《上博馆藏战国楚竹书研究》,第262—263页。

努力状况,在人自己的身上寻找福祸的原因。"① 由此而论,天对人事所施加的干预,构成了对君王德行的一种外在激励,同时也是一种约束。而且,这种激励与约束不同于人世之中依赖于政治权力的各种赏罚,它是由天的至高无上的权威所保障的,因而是稳固的也是无从回避的。

三 受命之人

《诗》中所呈现出的这种天人关系,在周代发挥着重要影响。不过,我们也注意到,在上述诗文中,天命授予的对象主要是人世的君王或上天属意的未来君王。授命的内容则是与受命者身份相应的,即赐予或剥夺王权及相应福禄。这意味着,天命对人事的影响,集中于对天子的激励与约束。这种设定凸显了天子与天的切近关系,只有天子才有资格承受天命。这也就在无形中强化了天子至高无上的地位。不过,从另一个角度考虑,这一设定也构成了一种限制。天对人事的影响被局限于天子这一特定角色,因而无法形成一种具有普遍意义的对德行的激励与约束。

不过,随着时代与思想的演进,天命观念的这种局限逐渐被破除。在春秋时期卿大夫对《诗》的引用中,我们即可看到这种改变。《左传·僖公二十二年》载:

> 邾人以须句故出师。公卑邾,不设备而御之。臧文仲曰:"国无小,不可易也。无备,虽众不可恃也。《诗》曰:'战战兢兢,如临深渊,如履薄冰。'又曰:'敬之敬之,天惟显思,命不易哉!'先王之明德,犹无不难也,无不惧也,况我小国乎!君其无谓邾小,蜂虿有毒,而况国乎!"弗听。八月丁未,公及邾师战于升陉,我师败绩。

---

① 陈来:《古代宗教与伦理:儒家思想的根源》,北京:生活·读书·新知三联书店,1996年第1版,第212页。

邾人获公胄,县诸鱼门。①

僖公二十二年春,鲁"伐邾,取须句"②,邾因此出兵报复。僖公以邾为小国,轻敌而无备,臧文仲即引《小旻》《敬之》二诗以谏。其中,《敬之》三句涉及着天命观念。按毛《序》所言,《敬之》一诗是"群臣进戒嗣王也"③。郑《笺》承续此义,并进一步解释称:"群臣见王谋即政之事,故因时戒之曰:敬之哉,敬之哉,天乃光明,去恶与善,其命吉凶,不变易也。"④按郑玄的解释,所谓"命不易",是指天命去恶与善的施与原则不会变易。不过,在对《文王》"骏命不易"一句的解释中,《释文》述毛言:"不易,言甚难也。"⑤清人多据此认为,"命不易哉"意指保有天命不易。⑥此外,朱熹也是将"命不易"解读为"其命不易保也"⑦。而且,从臧文仲之言来看,"难易"的读法更切合此处引诗之义。诗言"命不易哉",正对应臧文仲所言"无不难也"。臧文仲引诗进谏的逻辑在于,以周之先王的明德,犹受《敬之》的劝诫,常思配天命不易而敬慎国政;今鲁公比于先王,更应敬慎,而不该轻忽邾师。臧文仲意图以周王的行事作为鲁公效法的模板。但在这一效法关系中,暗含着一个关键的问题。周王自修其德、敬慎国政的努力,是为了能匹配天命而获享天赐的福禄。既然要求鲁公效法于周王,那么鲁公也应具有类似的行事动机。这意味着,在臧文仲看来,鲁公同样面对着某种不可抗拒的外在

---

① 《春秋左传正义》,第 402—403 页。
② 同上书,第 401 页。
③ 《毛诗正义》,第 1348 页。
④ 同上。
⑤ 同上书,第 964 页。
⑥ 参见胡成珙:《毛诗后笺》,黄山书社,1999 年第 1 版,第 1564 页;马瑞辰:《毛诗传笺通释》,北京:中华书局,1989 年第 1 版,第 1096 页;王先谦:《诗三家义集疏》,北京:中华书局,1987 年第 1 版,第 1041 页。
⑦ 朱熹:《诗集传》,第 233 页。

的影响,这种影响也是以去善与恶为原则的。虽然臧文仲没有明确讲出,这种影响是否就是天命,但其用《敬之》之义所建构的效法关系,事实上暗示着天命从周王向诸侯国君的延伸。

类似的情况,如《左传·襄公二十六年》所载。楚国的声子在与令尹子木讨论"晋大夫与楚孰贤"的问题时,表达了对楚国弊政的担忧。声子言道:

> 归生闻之:"善为国者,赏不僭而刑不滥。"赏僭,则惧及淫人;刑滥,则惧及善人。若不幸而过,宁僭无滥。与其失善,宁其利淫。无善人,则国从之。《诗》曰:"人之云亡,邦国殄瘁。"无善人之谓也。故《夏书》曰:"与其杀不辜,宁失不经。"惧失善也。《商颂》有之曰:"不僭不滥,不敢怠皇,命于下国,封建厥福。"此汤所以获天福也。古之治民者,劝赏而畏刑,恤民不倦。①

其时,"楚多淫刑,其大夫逃死于四方"②。声子先引《大雅·瞻卬》与逸《夏书》之语,以佐证国不可无贤大夫。随后又引《商颂·殷武》,来强调为国应赏罚有度。引诗出自《殷武》第 4 章,所言"不僭不滥"之前还有"天命降监,下民有严"2 句。毛《传》、郑《笺》对此章的解释很清楚,商汤赏不僭、刑不滥,又不懈怠政事,上天因其有此明德而命之由七十里之地而王天下也。③声子引此诗以警示楚国弊政,与上述臧文仲引诗的思路是一样的。声子意在以诗中所言商汤不僭不滥之行,作为楚子效法的对象。而商汤所行,是以天赐福禄为背景的。声子引诗所建立的效法关系,使得楚子的作为也笼罩在了天福的激励和约束之下。

引《诗》将诗文中固有的天命观念引入对话语境。天命观念作为

---

① 《春秋左传正义》,第 1043—1044 页。
② 同上书,第 1045 页。
③ 参见《毛诗正义》,第 1465 页。

一种权威的思想资源,强势地与对话语境的语义建立起关联。在这种关联之下,授命的对象和内容也发生了改变。这样一种引《诗》取义的模式,后来也被儒家所继承。孟子引《文王》"永言配命,自求多福"以论国政的方式,与臧文仲、声子引《诗》的模式如出一辙:

> 孟子曰:"仁则荣,不仁则辱。今恶辱而居不仁,是犹恶湿而居下也。如恶之,莫如贵德而尊士,贤者在位,能者在职,国家闲暇,及是时明其政刑,虽大国必畏之矣。《诗》云:'迨天之未阴雨,彻彼桑土,绸缪牖户。今此下民,或敢侮予。'孔子曰:'为此诗者,其知道乎?能治其国家,谁敢侮之。'今国家闲暇,及是时,般乐怠敖,是自求祸也。祸福无不自己求之者。《诗》云:'永言配命,自求多福。'《太甲》曰:'天作孽,犹可违。自作孽,不可活。'此之谓也。"①

从"虽大国必畏之"的说法来看,孟子在这里所劝诫的并非周天子,而只是诸侯国君。孟子用诗文之义强调,福禄虽上天所命,但能否匹配天命则取决于为政者自身的德行。而观今日治国家者,贪图享乐,背德妄为,是"自求祸也"。孟子在这里,同样是以周王配对天命的姿态,作为诸侯国君效法的对象。天命的激励与约束,从周天子延伸至诸侯国君。

在上述引《诗》所建构的意义关联中,天命观念发生了一定的改变。授命对象虽然仍是执政者,但其身份已不局限于周王。相应地,诸侯所追求和获取的天福并不是至高的王权,而是诸侯权力的稳固以及封国的昌盛。而在孟子另一处引《诗》的论说中,以德配天的示范效用有了进一步的延展。《孟子·离娄上》:

> 孟子曰:"爱人,不亲,反其仁。治人,不治,反其智。礼人,不

---

① 《孟子注疏》,北京:北京大学出版社,1999年第1版,第88页。

答,反其敬。行有不得者,皆反求诸己,其身正而天下归之。《诗》云:'永言配命,自求多福。'"①

孟子此处意在强调,仁、智、礼的实现都取决于行事之人自身的修养。遇有不得者,应"反求诸己",而不应将责任归之于他者。这里所言"反求诸己",当然可以作为对君主的要求。但很显然,这一命题的意义并不仅限于此。"反求诸己"是孟子对人的道德修养的普遍要求。孟子将《文王》之诗引入这一语境,以诗中"自求多福"之义为"反求诸己"的主张提供佐证。而"自求多福"背后来自于天命的激励与约束,也因此延展覆盖了所有"反求诸己"的道德主体。对这一更为广泛的道德主体而言,天赐的福禄不再限于政治领域,天福包含了爱人而人亲我、礼人而人答礼等具有一般伦理意义的内容。

这里需要略加说明的是,上述考察刻意集中在与《诗》有关的语境中,因而天命观念的变化主要是通过引《诗》的形式体现的。这种对天命的理解,是将《诗》中固有之义带入引《诗》语境而获得的,稍嫌迂曲。但事实上,如果在更广泛的文献材料中搜寻,我们很容易看到更多、更直接的天命观念延续与改变的细节。这些细节可以成为引《诗》所见内容的印证和补充。就早期儒家文献来看,天对于普通个体的干预、影响,确实已经获得了普遍的承认与重视。如《论语》载:

> 子见南子,子路不说。夫子矢之曰:"予所否者,天厌之!天厌之!"②

南子为卫灵公夫人,有淫行。孔子见此人,而子路不悦。孔子因此起誓,若自己德行有亏,则遭上天厌弃。孔子的这种做法意味着,他自认

---

① 《孟子注疏》,第192页。
② 《论语注疏》,第82页。

为可以作为一个普通的道德行为主体,来直接面对上天的赏罚。由此来看,随着受命主体的不断扩展,天命观念广泛地参与到了德行与礼法的建构中。上天依据赏善罚恶原则施加于人的干预,构成了一种普遍的对德行的激励与约束。

四 命也时也

这种激励与约束作用的实现需要人们相信,有德者会获得天命的福禄,而背德者会遭受天罚,祸福的结果确实取决于自身的德行修养。在西周早期,这一点是比较容易做到的。周人以及殷商的遗民面对周革殷命的事实,保有对天命及其赏善罚恶原则的信仰。而随着周王朝的衰落以及政治的败坏,人们会很自然地用这种天命的法则去比对现实,并因此产生质疑:失德者何以能够继续保有天命的权力与福禄?勤勉辛劳之人又何以遭受天降的灾祸?这种质疑体现在《诗》中,即是《大雅》《小雅》收录的一些所谓"怨天"之诗。

"怨天"之诗的情况比较复杂。有些诗篇从字面含义来看,直白地描述了上天降下的灾祸:

《板》:上帝板板,下民卒瘅。[1]
《荡》:疾威上帝,其命多辟。[2]

按毛《序》的看法,《板》《荡》都是刺厉王之诗。[3]这些诗篇中包含着对天或天命的负面描述。如"上帝板板"一句,毛《传》解释称:"板板,反也。"孔颖达《正义》引《释训》言:"'板板,僻也。'邪僻即反戾之义,故

---

[1] 《毛诗正义》,第1144页。
[2] 同上书,第1154页。
[3] 毛《序》:"《板》,凡伯刺厉王也。《荡》,召穆公伤周室大坏也。厉王无道,天下荡荡,无纲纪文章,故作是诗也。"(《毛诗正义》,第1144、1154页)

为反也。"① 又如郑《笺》将"其命多辟"之"辟"解释为"邪辟"。② 这些负面的描述或体现着诗人对天或天命的不满。不过,历代注释大多认为,诗中所言"上帝"是代指周王。如毛《传》解释《板》:"上帝,以称王者也。"③ 又解《荡》:"上帝以托君王也。"④ 今人如高亨、程俊英等也都认同这种解释。⑤ 据此而言,这两首诗的作者是在借怨天之辞来表达对君王的不满,并不意味着对天或天命的质疑与抱怨。与之相比,对《雨无正》一诗的解释呈现出更多周折:

> 浩浩昊天,不骏其德。降丧饥馑,斩伐四国。旻天疾威,弗虑弗图。舍彼有罪,既伏其辜。若此无罪,沦胥以铺。⑥

《雨无正》被认为是刺幽王的作品,比《板》《荡》略晚。⑦ 从字面含义来看,这首诗在描述天降灾祸时,诗人明确强调了自身是无辜的。天降灾祸于无辜之人,背离了应有的赏善罚恶原则,因此诗中多有怨言。如果按照这样的字面含义去理解,诗人对昊天的抱怨已经包含了对天命观念赖以维系的根本原则的质疑。不过,郑《笺》再次消解了这种怨天之义。其解《雨无正》言:"此言王不能继长昊天之德,至使昊天下此死丧饥馑之灾,而天下诸侯于是更相侵伐。……王既不骏昊天之德,今昊天又疾其政,以刑罚威恐天下而不虑不图。"⑧ 按郑玄此说,"不骏其德"的

---

① 《毛诗正义》,第1144页。
② 同上书,第1154页。
③ 同上书,第1144页。
④ 同上书,第1154页。
⑤ 参见高亨:《诗经今注》,上海:上海古籍出版社,1980年第1版,第426页;程俊英等:《诗经注析》,北京:中华书局,1991年第1版,第842页。
⑥ 《毛诗正义》,第730页。
⑦ 毛《序》:"《雨无正》,大夫刺幽王也。"(《毛诗正义》,第730页)
⑧ 《毛诗正义》,第730页。

不是昊天,而是周王。周王失德,因此昊天降下灾祸以示惩戒。在这种解释下,"舍彼有罪"几句就可以看作是周王"不骏其德"的具体表现,而不能作为天命背离赏罚恶原则的证据。

毛《传》、郑《笺》的解释事实上消解了诗中可能包含的怨天之意。不过,我们也不应忽视,确实有解释者认为《板》《荡》《雨无正》等诗篇就是在表达对天命的质疑与抱怨。朱熹《诗集传》就没有将《板》中"上帝"的角色替换为周王,而是直言"天反其常道,而使民尽病矣"。①其解《荡》诗"疾威上帝,其命多辟",也紧合字面之义:"今此暴虐之上帝,其命乃多邪辟者。"②在解释《雨无正》首章时,朱熹也明确了诗文的怨天之义:"昊天不大其惠,降此饥馑,而杀伐四国之人,如何昊天曾不思虑图谋而遽为此乎。"③

这种解释的分歧在很大程度上影响了思想史研究对西周后期天命观念的认识。比如,徐复观先生对"上帝板板""其命多辟"等句的理解,就是从基本的字面含义着眼的,并据此认为《大雅》中的《板》《荡》等诗篇标志了"天的权威堕落的开始"。至于《小雅》诗篇中的天,"几乎可以说是权威扫地了"。支持徐先生这一判断的,正是《雨无正》等诗。④与之不同,陈来先生则更多地接受了汉儒及高亨等人的解释,认为《大雅》《小雅》中看似批评天或上帝的诗句都是在讽刺周王,并由此得出结论:"我们还不能说,在这些诗中已经有了明确的怀疑、抱怨、愤恨皇天上帝的思想。即使有一些可以称作是抱怨的诗句,也更多地是代表一种民众情绪的发泄。"⑤正如我们所看到的,对上述诗篇所反映的天命观念的理解是存在分歧的。诗中可能存在的对厉王、幽王失德

---

① 不过朱熹也承认:"世乱乃人所为,而曰上帝板板者,无所归咎之辞也。"(朱熹:《诗集传》,第200页)
② 朱熹:《诗集传》,第203页。
③ 同上书,第134页。
④ 参见徐复观:《中国人性论史》,第32—34页。
⑤ 参见陈来:《古代宗教与伦理:儒家思想的根源》,第212—218页。

乱政的暗喻,为西周后期天命观念遭受的质疑与抱怨保留了辩护的余地。但是,这些诗句所呈现的德福不一致的问题,事实上构成了天命观念在发展演变过程中始终面对的挑战。

对于天命观念遭遇的挑战,儒家的态度是明确的。在很多儒家文献中,我们都能看到维护甚至强化这种天命观念的论说。这一态度也体现在儒家有关《诗》的引论中,如《礼记·中庸》言:

> 子曰:"舜其大孝也与? 德为圣人,尊为天子,富有四海之内,宗庙飨之,子孙保之。故大德必得其位,必得其禄,必得其名,必得其寿。故天之生物,必因其材而笃焉。故栽者培之,倾者覆之。《诗》曰:'嘉乐君子,宪宪令德。宜民宜人,受禄于天。保佑命之,自天申之。'故大德者必受命。"①

在儒家的传述中,舜有大德。其受禅而为天子的事迹,正符合大德之人受天命福报的观念。此处引《大雅·假乐》诗句,也是在强调这一点。不过,这样的含义只是对传统天命观念的重复。事实上,《中庸》此章包含着一个突破性的表述,即是用必然性的因果链条将有德与受命连结在一起。有大德是因,是前提,具备了这样的前提,就必然能受命于天,获得天命的位、禄、名、寿。对"大德者必受命"的强调,意在强化天命赏善罚恶的原则,以此为道德行为的确立保留一种外在的激励与约束。

但是,如果仅仅空洞地强调有德而受天命福报的必然性,那么是无法有效应对德福不一致的问题的。为了应对这一理论挑战,早期儒家在有关天命观念的论说中引入了一个重要的概念"时"。我们在上博楚简《诗论》中,即可以看到这种新的变化。《诗论》第 2 简、第 7 简在

---

① 《礼记正义》,第 1435 页。

马承源先生最初的编联中并不相接。①但是学者在后来的讨论中,多将第 2 简缀于第 7 简之后。②两简编联后,为我们呈现出了一段有关天命与时的论说。按照重排的简序,简文如下:

"……怀尔明德"曷,诚谓之也。"有命自天,命此文王",诚命之也,信矣。孔子曰:"此命也夫。文王虽欲已,得乎?此命也时也,文王受命矣。……"③

第 7 简上端残缺,残简以"怀尔明德"为始。此应是《大雅·皇矣》之句,而又与今本《毛诗》有别,今本作"予怀明德"④。结合全诗来看,诗文多叙述上帝对周之先王的命令。其中"帝谓文王,无然畔援,无然歆羡,诞先登于岸"⑤、"帝谓文王,询尔仇方,同尔兄弟,以尔钩援,与尔临冲,以伐崇墉"诸句⑥,与此处涉及的"帝谓文王,予怀明德"有着相同的表达结构,都是用"帝谓文王"标志出上帝对文王陈说的内容。若以此为参照,今本"予怀明德"一句,也应是上帝对文王的告谓。事实上,

---

① 参见马承源主编:《上海博物馆藏战国楚竹书》(一),第 127、134—135 页。
② 参见李零:《上博楚简三篇校读记》,北京:中国人民大学出版社,2007 年第 1 版,第 32 页;廖名春:《上博〈诗论〉简的形制和编连》,载于《孔子研究》2002 年第 2 期;李学勤:《上海博物馆藏楚竹书〈诗论〉分章释文》,载于《国际简帛研究通讯》第 2 卷第 2 期,2002 年 1 月;姜广辉:《古〈诗序〉复原方案》,载于《义理与考据:思想史研究中的价值关怀与实证方法》,北京:中华书局,2010 年第 1 版,第 84 页;李锐:《孔子诗论简序调整刍议》,载于上海大学古代文明研究中心、清华大学思想文化研究所编:《上博馆藏战国楚竹书研究》,第 197—198 页;曹建国:《楚简与先秦〈诗〉学研究》,武汉:武汉大学出版社,2010 年第 1 版,第 87 页。
③ 释文参见马承源主编:《上海博物馆藏战国楚竹书》(一),第 127、134—135 页;李零:《上博楚简三篇校读记》,第 32 页。
④ 《毛诗正义》,第 1032 页。
⑤ 同上书,第 1027 页。
⑥ 同上书,第 1033 页。

《传》《笺》的解释与这种认识是相合的。毛《传》言:"怀,归也。"①郑《笺》进一步解释:"天之言云:我归人君有光明之德。"②毛郑此处所言怀归,可理解为归向、倾向③,即天帝向文王表明,其意青睐有德之君。这也是在提醒文王,应以此授命原则为导向,修养自己的德行。随后的"不大声以色"诸句,构成了天帝所青睐的具体内容。不过,简本异文的出现,使得有关此句的解读出现了另外的可能。一种意见认为,简本"怀尔明德"前应补"帝谓文王,予"5字,诗作"帝谓文王,予怀尔明德"。④由于诗句中多了指示人称的"尔"字,此句就不是天帝陈说授命的一般原则,而是在专门表达天帝对文王的青睐与认可。另一种补字方案,只补"帝谓文王"4字,诗作"帝谓文王,怀尔明德"。⑤对"怀尔明德"一句的理解,可以参照与之结构相似的"询尔仇方""同尔兄弟"等句,将其看作是天帝对文王的直接诫命。这里的"怀"字或许不必解释为归向、倾向,而可以作怀有、持有之义。天帝告诫文王,保持你的明德。大体而言,这两种补字和解读都是可以接受的。"予怀明德""予怀尔明德""怀尔明德",都表达了天帝对君王德行的要求。后引"有命自天,命此文王",出自《大明》,同样是在描述上天对文王的授命。《诗论》引两诗诗句并加以评论,言"帝谓文王"是"诚谓之","命此文王"是"诚命之"。此说意在表明天帝告谓、诚命的真实不欺。最后的"信矣"二字,表达了《诗论》作者对《诗》中所包含的天命观念的认可与确信。

事实上,这样的论说并没有超脱出传统天命观念的意义范围。

---

① 《毛诗正义》,第1032页。
② 同上书,第1033页。
③ 参见程俊英、蒋见元:《诗经注析》,北京:中华书局,1991年第1版,第785页。
④ 参见李零:《上博楚简三篇校读记》,第32页;李学勤:《上海博物馆藏楚竹书〈诗论〉分章释文》。
⑤ 参见庞朴:《上博藏简零笺》,载于上海大学古代文明研究中心、清华大学思想文化研究所编:《上博馆藏战国楚竹书研究》,第233—234页。

《诗论》这段材料的真正突破,主要还是体现在"孔子曰"之后的部分。"此命也夫"之后一句,最初由马承源先生释作"文王隹谷也","谷"或当读为"裕","裕"有宽义。①但依此释文,文意颇难通顺。后李零、庞朴先生将此句改释作"文王虽欲已",②或可从之。"文王虽欲已,得乎",以反问的语气表明,即便文王有意终止天命亦不可得。天命是超越于文王的意愿而施加于文王之身的。值得注意的是,这里表达的不再是授命的必然性,取而代之的是受命者面对天命时的不可抗拒的意义。必然性含义的退化,在逻辑上意味着文王的大德不再是其受命的充分必要条件。在文王的德行努力之外,还可能存在着另外的影响天命授受的因素。《诗论》于此处引入的"时"的概念,或许就是决定天命授受的一个变量。

《诗论》称"此命也时也"。虽然论者没有对"时"的含义做出充分解说,但在有关天命祸福的讨论中言及"时"的概念,很容易让人联想到与《诗论》约略同时期的另一篇出土文献《穷达以时》中的"时"。所谓"穷达以时",就是讲人的穷困或显达在一定程度上是由"时"所决定的。"时"是一种遇或不遇的遭际,即时运。时运不是求得的,而是被动承受的,是一种超越人力而对人所做出的限制。该篇列举了舜、邵繇、吕望、管夷吾、百里奚等一系列历史或传说中人物的际遇,来证明时运对人事的影响。舜等都是贤德之人,但如果不得其"时",则"虽贤弗行矣"。③"时"构成了贤德之外另一个影响穷达、祸福的因素。《荀子》后来所讲的"夫遇不遇者,时也",可以看作是这一观念的延续。在《宥坐》篇中,"时"明确地与天命祸福联系在一起。该篇以孔子"戹于陈、

---

① 参见马承源主编:《上海博物馆藏战国楚竹书》(一),第 135 页。
② 参见李零:《上博楚简三篇校读记》,第 32 页;庞朴:《上博藏简零笺》,载于上海大学古代文明研究中心、清华大学思想文化研究所编:《上博馆藏战国楚竹书研究》,第 235 页。
③ 参见荆门市博物馆:《郭店楚墓竹简》,第 145 页;李零:《郭店楚简校读记》,第 111—112 页。

蔡之间"为背景,由子路提出对天命的质疑:"由闻之:为善者天报之以福,为不善者天报之以祸。今夫子累德、积义、怀美,行之日久矣,奚居之隐也?"孔子在回答这一质疑时,以"时"的概念消解掉了为善而天报之以福的必然性,称"君子博学深谋不遇时者多矣"。① 以这样一种"时"的概念反观《诗论》,我们或可认为,"此命也时也"就是在强调文王受命,既是因其大德,也是时运所致。"时"的因素的出现,为大德而不受命预留了解释空间。

就上述意义而言,"时"的概念的引入,在一定程度上解决了天命之下德福不一致的问题,起到了维护天命的作用。但是,如果详加体会《穷达以时》和《荀子·宥坐》的用意,我们不难发现,两篇文字事实上都在利用"时"的概念来淡化天命对人的影响。赏善罚恶的天命观,本质上是要以上天施与的祸福赏罚作为德行的外在激励与约束。在这种天人关系中,人们的道德行为是出于一种趋利避害的动机。而《穷达以时》则是要人们超越功利性的道德追求,强调"动非为达也"。在不可逃脱的际遇中,德行是通过"反己"来获得动力或根基的。《宥坐》也借孔子之言表达了相同的主张。由此来看,《诗论》中"此命也时也"的表达,是早期儒家天命观念发生重要转变的一个标志。当然,这种转变可能只存在于儒家内部的某些派别,《中庸》对"大德者必受命"的强调是与之并存的。

第二节 天命之性

一 钦若昊天

上一节讨论的天命观念,主要表现为上天对人事祸福的强制干预。

---

① 王先谦:《荀子集解》,第 526—527 页。

由于这种外在干预遵循着赏善罚恶的原则,因此构成了对人的道德行为的激励与约束。在这一天人关系中,上天是以执法者的角色出现的,天命维护并强化了人伦世界的法则。但是,相关的讨论并没有表明,祸福赏罚的天命所维护的人世秩序与价值,源自于何处或以何者为依据。而事实上,在古人探寻人世秩序与价值的来源、依据的过程中,天始终扮演着至关重要的角色。这涉及天的另一种含义。

在古人看来,天呈现着昭明而恒常的秩序。尽管有时也面临失序的问题,但一般而言,天仍然是秩序的象征。因此,当人们试图构建人世秩序的时候,会自然地将眼光投注于天与天道。我们可以看到,在《尚书·尧典》所叙述的秩序创建的过程中,人事就是依循、效法于天道的:

> 乃命羲和,钦若昊天,历象日月星辰,敬授人时。分命羲仲,宅嵎夷,曰旸谷。寅宾出日,平秩东作。日中,星鸟,以殷仲春。厥民析,鸟兽孳尾。申命羲叔,宅南交。平秩南讹,敬致。日永,星火,以正仲夏。厥民因,鸟兽希革。分命和仲,宅西,曰昧谷。寅饯纳日,平秩西成。宵中,星虚,以殷仲秋。厥民夷,鸟兽毛毨。申命和叔,宅朔方,曰幽都。平在朔易。日短,星昴,以正仲冬。厥民隩,鸟兽鹬毛。帝曰:"咨!汝羲暨和。期三百有六旬有六日,以闰月定四时,成岁。允厘百工,庶绩咸熙。"①

所谓"钦若昊天",就是敬顺昊天。帝尧申命羲氏、和氏所做的工作,是察明天时,进而依据天时以确定人事的秩序。据《传》《疏》的解释来看,仲春之时"厥民析","言其民老壮分析"②,"此时农事已起,不居室

---

① 《尚书正义》,第28—31页。
② 同上书,第29页。

内,其时之民宜分析适野。老弱居室,丁壮就功"①;仲夏之时"厥民因","老弱因就在田之丁壮以助农也"②;仲秋之季"厥民夷","老壮在田与夏平也"③;至于仲冬,"厥民隩",指"民改岁入此室处,以辟风寒"④。由此来看,这里"敬授人时"的安排,主要还是针对农事活动的。在农耕时代,天地运行的秩序对人的生产活动有着切近的影响。农时对于天时的依赖,强化了古人对天与天道的尊重。

这种朴素的"钦若昊天"的态度,也延伸到更广泛、更复杂的人伦秩序的建构过程中。我们可以看到,在很多方面,人事都是效法于天道的。这种效法的意义可以通过天与人的对举而获得表现:

  天道亏盈而益谦,地道变盈而流谦,鬼神害盈而福谦,人道恶盈而好谦。⑤

  天地以顺动,故日月不过,而四时不忒。圣人以顺动,则刑罚清而民服。⑥

  天地不仁,以万物为刍狗;圣人不仁,以百姓为刍狗。⑦

在上引《周易》和《老子》各自的语境中,天地所展现的具体的秩序是截然不同的。但是,就天人关系的基本架构来看,这几条材料又有一致之处:都通过天与人的对举来表达人事对于天道的参照、效法。如果说,对举的形式所表达的效法之义还不够鲜明的话,我们还可以在早期文献中看到更直接的对于效法关系的表述:

---

① 《尚书正义》,第 31 页。
② 同上书,第 29 页。
③ 同上书,第 30 页。
④ 同上。
⑤ 《周易正义》,北京:北京大学出版社,1999 年第 1 版,第 80 页。
⑥ 同上书,第 83—84 页。
⑦ 楼宇烈:《老子道德经注校释》,北京:中华书局,2008 年第 1 版,第 13—14 页。

>天地之经,而民实则之。①
>观天之神道,而四时不忒。圣人以神道设教,而天下服矣。②
>人法地,地法天,天法道,道法自然。③

这几条材料清晰地表达了人事对于天道的效法。天经地义、天地之道构成了人世秩序的模本与依据。

二 天生烝民

随着周代思想的发展尤其是诸子哲学的兴起,人法天的观念在内容、形式等方面都经历了复杂的分化与演变。儒家、道家等学派各自形成了相关的理论。我们在这里并不是要系统地梳理这一演变过程。我们所关注的,只是这样一种天人关系是如何呈现于《诗》学视域中的,以及《诗》学的思想资源为天人关系的理论建构提供了怎样的助力。

事实上,人事对于天道的效法包含着一个默认的前提:天人之间存在着相通的法则。四季更迭、寒暑风雨、地理水土等,与农业活动之间的关联是显而易见的。天道与农业秩序的相通,可以由现实生产经验所佐证。但是,天道与礼乐、刑政等一般人伦秩序之间却并不存在这样直接而明确的关联。因此,人伦秩序要效法于天道,需要解决两个问题:其一,天人之道何以能够相通?其二,即便二者相通,天道又何以具有更根本的意义,从而成为人事的模范或依据?

从古人的讨论来看,对这两个问题的解答可以从生成论的角度展开。这一思路在《诗经》中就已经出现了。《大雅·烝民》言:

---

① 《春秋左传正义》,第1448页。
② 《周易正义》,第97页。
③ 楼宇烈:《老子道德经注校释》,第64页。

天生烝民,有物有则。民之秉彝,好是懿德。①

按毛《传》的解释:"烝,众。物,事。则,法。彝,常。懿,美也。"②"烝民"也即众民,乃是上天所生。而且,天在生育万民的同时也为人事赋予了法则。"天生烝民,有物有则"的提出,可以在很大程度上解决天人相通的两个问题。首先,在"天生"的意义之下,民与民行之则是天的产物,这也就解释了二者何以能够相通的问题。其次,天作为民与民行之则的来源,自然具有一种根本性的地位。在这个意义上,人对于天道的效法与遵从,就成为一种"天经地义"的选择。只不过,在天生物则的观念下,人法天表现为人对天赋法则的秉持与实现。天赋的法则不是强加给人的某种外在规范,而是随着民之生而内在于人和人事之中的。这也正是"民之秉彝,好是懿德"所描述的情形。民众秉承与生俱来的法则,以之为常道,并由此确立对美德的喜好与追求。

　　当然,《烝民》对于"天生"之义的表达还比较粗疏。《烝民》虽然提出了"天生烝民,有物有则"的观念,但是天生的物则究竟是一种怎样的法则,并没有获得清晰的描述。而在逐渐发展的思想认识中,"天生"意义之下的物则呈现出了多元的内容。《左传·昭公二十五年》所载子大叔论礼之言,即反映了春秋时人对这一问题的深入理解:

> 对曰:"吉也闻诸先大夫子产曰:'夫礼,天之经也,地之义也,民之行也。'天地之经,而民实则之。则天之明,因地之性,生其六气,用其五行。气为五味,发为五色,章为五声。淫则昏乱,民失其性。是故为礼以奉之:为六畜、五牲、三牺,以奉五味;为九文、六采、五章,以奉五色;为九歌、八风、七音、六律,以奉五声。为君臣上下,以则地义;为夫妇外内,以经二物;为父子、兄弟、姑姊、甥舅、

---

① 《毛诗正义》,第1218页。
② 同上。

昏媾、姻亚,以象天明;为政事、庸力、行务,以从四时;为刑罚威狱,使民畏忌,以类其震曜杀戮;为温慈惠和,以效天之生殖长育。民有好恶、喜怒、哀乐,生于六气。是故审则宜类,以制六志。哀有哭泣,乐有歌舞,喜有施舍,怒有战斗。喜生于好,怒生于恶。是故审行信令,祸福赏罚,以制死生。生,好物也;死,恶物也。好物,乐也;恶物,哀也。哀乐不失,乃能协于天地之性,是以长久。"①

这段材料中有关生成论的表述呈现出了更为详细的生成路径和生成内容。天地生气,进而通过气的演化,按五行而成万物。值得注意的是,天地生成的序列集中指向着一个新的因素,即"民性"。就"性"的一般含义而言,"性"指天生的内在本性,即如后来告子所言"生之谓性"②。子大叔对"民性"的讨论,也强调了这样一种天生的含义。有关"民性"的阐述是沿着两个线索展开的。其一,是民对外物的欲求。天地生六气,六气生五味、五色、五声。此五者关联着人对外物的基本感知与欲望。这种物欲构成了民性的重要内容。而从"淫则昏乱,民失其性"的表述来看,如果欲求过度,就会导致本性的丧失。这意味着,民众对外物的欲求包含着内在的秩序,而这种秩序正是天经地义的体现,因此需要"为礼以奉之"。其二,是好恶喜怒哀乐。天地生六气,六气生好恶等六志。六志也是民众天生的本性。对于此六志,需要"审则宜类"来加以节制,以使"哀乐不失"。这同样表明,六志的表达包含着内在的秩序,这种秩序是与天地之性相通的。针对六志的礼乐设计,就是要使六志的表达"能协于天地之性"。在这样一种由生成论联结的天人关系架构中,天经地义不再只是一种赋予人与人事的某种外在规则。天地的法则通过生成的过程落实于"民性"之中,呈现为一种内在的秩序。礼对天经地义的效法,也即转变为对自然本性的实现与发挥。

---

① 《春秋左传正义》,第1447—1455页。
② 《孟子注疏》,第295页。

三　性之善恶

子大叔的这段论礼之言，提示出了天人关系中的一个重要分化。在"天生"的意义上，天不仅是各种外在行事与人伦秩序的根源，它也赋予了人以某种内在秩序。这种根源于天的内在秩序，通过"性"这一概念而获得呈现。

事实上，早期儒家也十分重视"性"的概念。儒家试图在人性中发现天生的内在秩序，并以此作为德礼的基础。不过，从《论语》所记载的言论来看，孔子虽然注意到了"性"的问题，但讨论并不多。子贡就曾感叹："夫子之文章，可得而闻也。夫子之言性与天道，不可得而闻也。"①从新近出土的儒家文献来看，大约在孔孟之间，"性"才开始成为儒家普遍关注的议题。对于"性"的概念，先秦儒家普遍强调了其天生的意义。郭店楚简《性自命出》开篇即言："性自命出，命自天降。"②《荀子》也称："性者，天之就也"③，又称："不事而自然谓之性。"④不过，在不同语境下，"性"所指称的内容是有所差别的。大体而言，儒家对"性"的具体内容的讨论主要是从三个角度展开的。第一，是以好恶喜怒哀乐为"性"。如《性自命出》言："好恶，性也"，又称："喜怒哀悲之气，性也。及其见于外，则物取之也。"⑤荀子也从好恶的角度言"性"。《荀子·正名》篇称："性之好、恶、喜、怒、哀、乐谓之情。"⑥第二，是以人对外物的欲求为"性"。作为孟子重要的辩论对手，告子有一个广为传知的陈述："食、色，性也。"⑦孟子虽然着力区分性、命的不同，但也并

---

① 《论语注疏》，第 61 页。
② 荆门市博物馆：《郭店楚墓竹简》，第 179 页；李零：《郭店楚简校读记》，第 136 页。
③ 王先谦：《荀子集解》，第 428 页。
④ 同上书，第 412 页。
⑤ 荆门市博物馆：《郭店楚墓竹简》，第 179 页；李零：《郭店楚简校读记》，第 136 页。
⑥ 王先谦：《荀子集解》，第 412 页。
⑦ 《孟子注疏》，第 296 页。

不否认人具有同于禽兽的欲望,"口之于味也,目之于色也,耳之于声也,鼻之于臭也,四肢之于安佚也,性也。有命焉,君子不谓性也"①。对于这样的人性内容,荀子讲得也很清楚:"若夫目好色,耳好声,口好味,心好利,骨体肤理好愉佚,是皆生于人之情性者也。"②第三,即是在天生之义的基础上,将"性"进一步限定为人之所以为人的本质。这种讲法以孟子的"四端"说为代表。孟子认为:"无恻隐之心,非人也;无羞恶之心,非人也;无辞让之心,非人也;无是非之心,非人也。"③

以上只是从不同的文本语境出发,对先秦儒家所论"性"的具体内容做一大致梳理。事实上,上述三类"性"的内容与含义并不是截然相分的,彼此之间存在着复杂的含涉关系。而且,在儒家的讨论中,"性"的概念还包含着更为丰富的细节内容。不过,仅仅梳理人性的内容尚不足以让我们把握儒家论"性"的归旨。我们需要针对上述人性内容,追问一个更重要的问题:人性之中是否内含着天生的秩序?先秦儒家对这一问题的回答,主要是通过有关"性"之善恶的讨论呈现的。从《孟子》所记公都子引述的几种人性论来看,当时的人们对于"性"之善恶的理解已经比较复杂了。④虽然我们无法确证告子及"或曰"之人的身份,但他们的人性主张无疑对孟子与儒家有着不可回避的影响。儒家的人性论在这样的对话与碰撞中不断深化。在战国中后期,孟子的"性善"论、荀子的"性恶"论是儒家最具代表性的两种人性主张。

孟子主张"性善",但其所论"性善"之义并不像字面含义那样简单。孟子在回答公都子的提问时,对"性善"做出了一个很明确的解释:

---

① 《孟子注疏》,第 393 页。
② 王先谦:《荀子集解》,第 437—438 页。
③ 《孟子注疏》,第 94 页。
④ 同上书,第 300 页。

> 孟子曰:"乃若其情,则可以为善矣,乃所谓善也。若夫为不善,非才之罪也。恻隐之心,人皆有之。羞恶之心,人皆有之。恭敬之心,人皆有之。是非之心,人皆有之。恻隐之心,仁也。羞恶之心,义也。恭敬之心,礼也。是非之心,智也。仁、义、礼、智,非由外铄我也,我固有之也,弗思耳矣。故曰求则得之,舍则失之。或相倍蓰,而无算者,不能尽其才者也。《诗》曰:'天生蒸民,有物有则。民之秉彝,好是懿德。'孔子曰:'为此《诗》者,其知道乎!故有物必有则,民之秉彝也,故好是懿德。'"①

把握孟子"性善"论的关键,在于准确理解"乃若其情,则可以为善矣,乃所谓善也"这句话。关于"乃若",朱熹认为是一个发语词。② 但即便接受这种解释,这句话仍然表达着"由情而可以为善"的语义。从这样的语义来看,赵岐的解释或许更为贴切。赵岐注:"若,顺也。"③"乃若其情"就是因顺于"情"。如果再将"由情而可以为善"与稍后的"不善非才之罪"的说法相对照,我们不难推断,孟子所言"情"和"才"指称着相同的内容,即人性所固有的"四端"之心。"若其情"就是"尽其才",也即是对"四端"之心的涵养与扩充。④另一个需要在对照中澄清的细节在于:"为善"与"为不善"是就"性"本身而言的,还是就外在的行为

---

① 《孟子注疏》,第 300—301 页。
② 朱熹:《四书章句集注》,第 328 页。
③ 《孟子注疏》,第 300 页。
④ "情"与"才"的并举,还出现在《告子上》另一章的论述中:"其所以放其良心者,亦犹斧斤之于木也,旦旦而伐之,可以为美乎? 其日夜之所息,平旦之气,其好恶与人相近也者几希。则其旦昼之所为,有梏亡之矣。梏之反覆,则其夜气不足以存。夜气不足以存,则其违禽兽不远矣。人见其禽兽也,而以为未尝有才焉者,是岂人之情也哉。故苟得其养,无物不长;苟失其养,无物不消。"在这段材料中,"才"和"情"也都指称着人的善端、良心。关于"情"的含义,如果仔细玩味这两条材料,可以发现"情"中确实带有情实、实情的意义。但这种含义在上述语境中,仍然清晰指向着内在的某种用心,因此不能仅把"情"当作情实或实情来处理。(上引材料参见《孟子注疏》,第 305—306 页)

而言的？从"为不善非才之罪"的表述来看，"才"之善与所为之不善是并立而分离的，"为不善"的说法显然是针对外在言行的。由此推断，"为善"也应指外在的善行。①将上述这些细节分析结合在一起，我们才可以讨论孟子所言"性善"的含义：第一，"性善"不是简单地讲"性"就是善，"性善"之义是由"若其情"和"可以为善"共同限定的。第二，就"可以为善"而言"性善"，意味着对"性善"的判断最终取决于善行的实现。而且，从善端到善行的成就并不是必然的，只是"可以为"。善端如果不能获得充分的涵养与扩充，或被物欲遮蔽，就无法实现善行。第三，就"若其情"而言"性善"，意在强调善行不是后天"由外铄我"的，也不是出于对本性的改造，而是因顺于天生的"我固有之"的善端而实现的。因此对孟子而言，善端的存在固然重要，可同样重要的是对善端的涵养与扩充。我们可以看到，孟子确实对尽心、养心的工夫给予了特别的关注。而孟子和儒家更细腻的思考在于，对这种应该不断涵养和扩充的善端仍然保持着警觉。孟子讲"亲亲，仁也"，但亲爱之情的发挥并不是无限度的。过度强调亲爱之情，同样可能带来秩序的破坏。这一问题在孔子与叶公有关"亲亲相隐"的争论中有着集中的展现。②"父为子隐，子为父隐"固然体现了父子间的亲情，但也确实带来了对攘羊之过的放任。出于对这一问题的反省，孟子与桃应讨论了一种更极端也更复杂的情况：舜为天子而父瞽叟杀人。孟子显然已经不再强调亲亲之情的绝对优先性，而是承认皋陶执法的合理性，并最终以"窃负而逃"的方式处理了这种伦理冲突。这反映了孟子对亲亲之情的警惕与节制。事实上，正如一些研究者已经注意到的，孔孟之间出现

---

① 在上一条注释所引的材料中，"见其禽兽"也表明是一种言行上的表现。
② 《论语·子路》："叶公语孔子曰：'吾党有直躬者，其父攘羊，而子证之。'孔子曰：'吾党之直者异于是。父为子隐，子为父隐，直在其中矣。'"（参见《论语注疏》，第177页）

的仁义对举的讲法,已经体现了某种制约仁爱的意图。① 孟子所言"四端",也包含着内在的制衡。

孟子的"性善"论对人性内在秩序的复杂性进行了比较细致的刻画。与之相较,荀子的"性恶"论对人性善恶的理解有着显著的不同:

> 今人之性,生而有好利焉,顺是,故争夺生而辞让亡焉;生而有疾恶焉,顺是,故残贼生而忠信亡焉;生而有耳目之欲,有好声色焉,顺是,故淫乱生而礼义文理亡焉。然则从人之性,顺人之情,必出于争夺,合于犯分乱理而归于暴。故必将有师法之化,礼义之道,然后出于辞让,合于文理,而归于治。用此观之,然则人之性恶明矣,其善者伪也。②

在荀子的论述中,天生的本性包括"好利""疾恶""耳目之欲"等。而所谓"性恶",也并不是说这样的本性就是恶。从荀子列举的"恶"的细目来看,"恶"是就本性所导致的外在的恶行而言的,如"争夺生而辞让亡""残贼生而忠信亡""淫乱生而礼义文理亡"。这里需要特别注意的是,由本性而导致恶行取决于一个被荀子反复强调的细节,即"顺是",也就是稍后所讲的"从人之性""顺人之情"。这里的"从""顺",包含因顺的含义,顺着性情而为,不受其他因素的影响。同时,"从""顺"也有放纵之义,即不加节制地顺从。因此,"从人之性""顺人之情"就必然会导致恶行。这里强调的是必然性的关联,而不是"可以为"之义。在这个意义上,善行都是后天人为塑造的,而不是依顺本性而来的。从这样的"性恶"论来看,似乎天生的本性之中并不具有某种内在的秩序或节度。但事实上,如果结合《天论》篇的论述详加分析,我们或许会

---

① 参见王博:《中国儒学史·先秦卷》,北京:北京大学出版社,2011年第1版,第277—279页。
② 王先谦:《荀子集解》,第434—435页。

得出不同的判断:

> 天职既立,天功既成,形具而神生,好恶、喜怒、哀乐臧焉,夫是之谓天情。耳目鼻口形能,各有接而不相能也,夫是之谓天官。心居中虚以治五官,夫是之谓天君。财非其类,以养其类,夫是之谓天养。顺其类者谓之福,逆其类者谓之祸,夫是之谓天政。暗其天君,乱其天官,弃其天养,逆其天政,背其天情,以丧天功,夫是之谓大凶。圣人清其天君,正其天官,备其天养,顺其天政,养其天情,以全其天功。如是,则知其所为,知其所不为矣,则天地官而万物役矣。其行曲治,其养曲适,其生不伤,夫是之谓知天。①

荀子在这里论述了一系列天生的因素。"天情"指人内在的好恶喜怒哀乐,也即是"性"。以"天"名之,再次强调了天生的意义。"天官"指耳目鼻口等身体器官,由官能与外物相接而有各种欲求。心为"天君",有统治耳目等官能的作用。以相应的外物奉养五官之欲,被称为"天养"。我们在这里特别留意的是,荀子通过暗与清、乱与正、弃与备、逆与顺、背与养、丧与全的对举表明,以不同的方式应对"天情""天官""天君""天养",会带来吉凶迥异的结果。而应对方式及结果的分判,暗示着这些天赋的内容之中是内含着某种秩序或尺度的。逾越或破坏这种天生的尺度,就会造成对"生"的伤害,②这也即是"不知天"。

由此来看,在孟子和荀子那里,"性"的概念借由天生的意义,承载着源自于天的某种内在秩序。当然,二者之间也存在着显著的区别。孟子认为,人性所固有的"四端"之心,在相互的制衡中展现出一种内在的秩序。依循于这种秩序,可以成就现实的善行。荀子则从天生的好恶与耳目之欲出发,认为其中同样包含着内在的秩序。只不过,放任

---

① 王先谦:《荀子集解》,第309—310页。
② 《荀子·正名》也提到:"性伤谓之病。"(王先谦:《荀子集解》,第413页)

性情的发显,只会导致恶行。秩序的实现有赖于后天人为的教化与规范。

四 民性固然

孟荀人性论所展现的天生的内在秩序,虽然存在着显著的差异,但都可以看作是"天生烝民,有物有则"观念的延续。正如我们在前引文献中见到的,孟子在阐发"性善"之义时就引述了《烝民》一诗中"天生烝民,有物有则。民之秉彝,好是懿德"四句。很显然,孟子在有意识地以"性"的概念来承接和丰富天生"物则"的内容。

当然,我们也需要认识到,儒家内部对天命、人性与秩序的理解,有着复杂的分化。孟荀之说虽然在儒家内部有着重要的影响且具有一定的代表性,但并不能涵盖儒家对相关问题的多元思考。在《诗》学的语境中,上海博物馆藏战国楚竹书《诗论》一篇,就体现着先秦儒家对"性"及其内在秩序的另一种认识。

《诗论》中有关性的讨论是以重复出现的"民性固然"为标志的,这也成为了编联相关竹简的重要依据。随着研究的深入,大部分学者都认同将16—24—20 这 3 支简编联在一起,同时也都注意到了第 18 简与这 3 支简可能存在内容上的关联:

> 孔子曰:
> 吾以《葛覃》得氏初之诗,民性固然。见其美,必欲反其本。夫葛之见歌也,则(16)以絺绤之故也。后稷之见贵也,则以文武之德也。
> 吾以《甘棠》得宗庙之敬,民性固然。甚贵其人,必敬其位。悦其人,必好其所为。恶其人者亦然。
> [吾以](24)[《木瓜》得]币帛之不可去也,民性固然。其隐(隐)志必有以喻也。其言有所载而后纳,或前之而后交,人不可舒也。

吾以《杕杜》得爵……(20)

……《木瓜》之报,以喻其悫(悁)者也。《杕杜》则情,喜其至也。……(18)[1]

从这几简的内容来看,"孔子曰"之后的文字可能涉及《葛覃》《甘棠》《木瓜》《杕杜》这4首诗。对4首诗的评论是按照一致的句式结构展开的:首先以孔子的口吻称"吾以某诗得……",提出该诗所体现的民性。进而在强调"民性固然"之后,对民性做出进一步的阐发。如果考虑到第18简的内容及其相关性,那么在上述评论之后,可能还包含一组针对4首诗的简要总结。

《诗论》称《葛覃》是"得氏初之诗"。此句关乎对《葛覃》及其所见民性的总体理解。李零先生以为"氏初"疑指始初,[2]陈剑先生则认为:"'氏'字疑读为'祇'","'祇'字古书常训为'敬'。'祇初'犹言'敬始''敬本',跟'反本'一样,都是儒家文献中常见的观念。"[3]无论这里取哪种解释,上述两种解读都指向着对"初始"的关注,也即是"见其美,必欲反其本"。从其后的解释来看,绤绤之用、文武之德是所见之美;见绤绤之用而歌"葛之覃兮",见文武之德而贵后稷,则是"欲反其本"的表现。《诗论》于此处借由《葛覃》"葛之覃兮""为绤为绤"等句涉及的物用,引申出了一种返本的意识。而这样的"反其本"即是民性所在。再来看《甘棠》一诗,《诗论》认为《甘棠》体现着"宗庙之敬"。从该诗所描述的召伯事迹来看,这里并不涉及宗庙的背景。其言"宗庙之敬",意在取宗庙祭祀中所呈现的敬爱之义。"蔽芾甘棠,勿剪勿伐,召伯所茇。"百姓甚贵召伯其人,因此必敬其所居舍休憩之木,而不

---

[1] 释文参见马承源主编:《上海博物馆藏战国楚竹书》(一),第145、153、149、147页;李零:《上博楚简三篇校读记》,第15—16、13—15页。

[2] 李零:《上博楚简三篇校读记》,第17页。

[3] 陈剑:《战国竹书论集》,上海:上海古籍出版社,2013年第1版,第3页。

忍剪伐。这里所言"其位""其所为"可以超脱于召伯的事迹之外，引申为政治秩序中的分位、施为。因敬爱其人而敬其位、好其为，这也是百姓固有的本性。而《木瓜》一诗则体现了"币帛之不可去"。如诗文所见，琼琚之报表达了对木瓜之赠的感激以及"永以为好"的心意。而币帛较之特定语境中的琼琚，具有更鲜明的礼物属性。人需要通过礼物来传达与表现自己的意图、想法，这同样是民众的一种本性。

从上述分析来看，《诗论》所阐发的民性，其内容是比较驳杂的。但毫无疑问，对"民性固然"的反复强调，都是要为某种行事法则或人伦秩序寻求依据。《葛覃》之返本，有助于实现对先祖及其所代表的家族传统的敬重与继承；对《甘棠》之敬的发挥，可以将对人的敬爱转化为对秩序的认同与遵守；而《木瓜》之报的需求，则带来对礼物的关切与恰当运用。在"民性固然"的论域中，这些行事的法则或人伦的秩序，不是人为设定的外在规范，而是一种天赋本性的显现。

在儒家《诗》学的文献中出现"性"的概念，并不令人感到意外。《诗》学本就关注人心，"性"所指称的人的内在本性，正是《诗》学所关切的。而"性"所包含的天生的意义及其连接天人的作用，也成为了《诗》学从天命、天道获取人事依据的重要途径。

结　语

一　《诗》学的归旨

先秦儒家《诗》学是对西周以来逐渐形成的经典之学传统的继承与发展。在儒家之前,《诗》的文本与意义已经经过了持续的塑造。

一般认为,今本《诗经》中收录的 305 首诗篇创作于西周初期至春秋中后期的 500 余年间。在数百年的时间跨度下,将不断创作于不同地域、不同阶层的诗篇收集、整理并传承下去,无疑是一项复杂的工程。这样的工作是在周代礼乐制度的支撑下,由王官组织完成的。周人意图通过对经典的塑造,来凝聚、彰显周礼的原则与精神。要实现这一意图,就需要王官对诗作者赋予诗篇的驳杂用意进行必要的拣选与整合,进而使 305 首诗篇能够在意义上凝结为一个整体。而在王官主导下同步开展的相关应用与教习,则进一步强化了《诗》被塑造而成的经典意义。大约在春秋中后期,《诗》已经被时人普遍看作"义之府""德之则"[①]了。《诗》的文本与意义,依据周礼的原则与精神而获得初步塑造。

但是,随着周代社会的发展,周礼所维系的社会秩序与价值,在趋于成熟的同时也开始出现衰坏。至于春秋后期,已如司马迁所描述的,

[①] 《春秋左传正义》,第 436—437 页;徐元诰:《国语集解》,第 357 页。

"礼废乐坏,大小相逾","循法守正者见侮于世,奢溢僭差者谓之显荣"①。周礼的加剧废坏,使经典之学失去了制度性的支撑,以致王官离散,典籍缺失,周礼对经典意义的塑造机制几近失效。而更严重的问题在于,经典所承载的周礼的原则与精神开始受到质疑。

儒家《诗》学正是在这样一种背景下发生的。事实上,面对礼废乐坏的危机,春秋时期的卿大夫已经开始了对周礼的反思。继之而起的诸子之学,则以前所未有的独立、开放的姿态,对生活世界展开了更为深入的思考。包括儒家在内的诸子各家,对社会应有的秩序与价值做出了不同的构想。这些构想都包含着对传统的反省。相较而言,儒家对传统的态度是最为温和的。以孔子为代表的儒家以继承周礼为己任,主张因循周礼的基本原则与精神。而经典之学作为周礼原则与精神的载体,自然也受到儒家的尊崇。不过,儒家对待传统、对待经典的态度,在当时无疑面临着严峻的挑战。要重塑周礼与经典的权威,解决周礼在施行过程中所积累的弊病,就要重新探索并确立周礼所规范的秩序与价值的合理性依据,这是儒家必须解决的根本问题。这一理论诉求指引着先秦儒家的思考方向,也成为了儒家《诗》学讨论的归旨。

儒家解决上述问题的一个重要思路,是从人心出发去探寻礼法与道德的合理性。儒家在反思周礼的过程中逐渐认识到,人有着丰富的内在用心,其中一些因素更是人天生所具的本性。这些内在于心的欲望、情感、意愿等,对人的外在言行与人伦生活发挥着牢固、持续而不可回避的影响。因此,对德礼的维护与调整必须充分考虑人心的因素。

在先秦儒家及其《诗》学的讨论中,这一思路展开为两个方面的思考。一方面,儒家认为,礼法与道德的要求是出于对人心的因顺。在一些儒者看来,人心中的许多因素,诸如好恶喜怒哀乐、耳目鼻口之欲、仁义礼智之心等,都包含着源自于天的某种内在秩序。这种内在的秩序需要获得恰当的表达与实现,这是源自于天性的诉求,因而也是有其合

---

① 《史记》,第 1159 页。

理性的。德礼的规范应该因循于人的这种诉求,为天性及其内在秩序的表达与实现提供必要的空间和助力。同时,在这种因循关系中,人的天性及其内在秩序也构成了德礼规范的依据。例如,对于《关雎》一诗所表达的思色之情,儒家并没有一味地贬斥或禁止。《荀子·大略》篇明确地给出了"盈其欲"的空间。在"不愆其止"的前提下,"好色"的表达是有其合理性的。上博楚简《诗论》将诗文中的"琴瑟友之""钟鼓乐之",解读为对"好色之愿"的合礼表达。礼乐的设计应该实现对"好色之愿"的安顿。又如,《清庙》《甘棠》都体现着后人对于先王、先君的敬爱,《诗论》希望能够依循这种敬爱之情,实现对先王、先君所订立的人伦秩序的认同与遵奉。另如,《草虫》表达着出嫁女子在未见君子之时的担忧,担忧君子不满于己。这种忧虑会带来对自我的检视以及言行上的谨慎。简帛《五行》篇超越诗文语境的限制,将这种"中心之忧"及其所带来的内省与谨慎,作为成德的普遍基础。

另一方面,儒家又将礼法与道德的合理性归结为节制人心的需要。儒家清楚地认识到,人心虽然具有其合理性,但也不能一味地因循。好恶喜怒哀乐、耳目鼻口之欲的表达与实现一旦超过限度,就会给个人乃至人伦秩序带来危害,因此需要受到节制。事实上,即便是通常情况下获得正面肯定的仁义礼智之心,也需要在一定的限度内发挥。德礼的规范即应该起到这样一种控制作用。对人心的必要控制,构成了德礼的另一个合理性依据。例如,对于上文提到的《关雎》之"好色",《荀子》在认同"盈其欲"的同时,也强调要"不愆其止"。而《诗论》与帛书《五行》则给出了两种节制思色之情的方案。《诗论》主张以礼乐对思色之情施加温和的引导,从而将其纳入礼乐之中。而《五行》则主张利用人们对非礼之事的敬畏去节制思色之情。此外,《五行》篇还引《长发》一诗,强调仁义之间应该达成某种制约与平衡。仁爱之心也不能一味放纵,需要通过义的原则与相应的用心来加以节制。

儒家对礼法、道德的合理性证明,还有另外一种思路,即是从天命、天道去探寻相关的依据。就《诗》与《诗》学所呈现的内容来看,天对于德礼的影响,主要有两种不同的模型。其一,是将天看作为一种能够决定人事吉凶成败的主宰。天以赏善罚恶的方式,对人事施加强制性的干预。人出于趋利避害的目的,就应使自身的言行匹配天命或天道的要求。上天施加赏罚的善恶标准,也即成为了人世制定德礼规范的依据。《中庸》引《假乐》诗句言"大德者必授命",即是儒家对这种思路的强调。其二,则是直接将天看作人世秩序的来源。特别是按照生成论的叙述,认为天在生成万物、万民的过程中赋予人与人事以某种秩序。这其中既包括外在的行事层面的秩序,也包括人的内心世界的秩序。源自于天的内在秩序,凝结于"性"或"民性"概念之中。德礼规范的制定,即应以天赋的秩序为其合理性依据。《诗论》借《葛覃》《甘棠》《木瓜》诸诗言"民性固然",孟子引《烝民》言"四端"之心,都是这一思路的体现。

总的来看,先秦儒家《诗》学的讨论是以儒家内在的理论诉求为归旨的。儒家对于周礼的反思,贯穿在有关《诗》的论说与解释中。

二 经典的特质

需要指出的是,以上所呈现的思路是基于对先秦儒家思想的整体把握。但这并不意味着,先秦儒家《诗》学思想构成一个内在一致的体系。《诗》学本身对上述问题的讨论是比较零散的。在某一儒者或某一篇章著述那里,《诗》学论释往往只是针对某一细节问题展开的。而且,即便是讨论同一个问题,不同人或不同文本所选择的思考角度以及形成的观点也会存在一定的分歧。事实上,《诗》学在思想表达方面的优长之处,本就不在于思想的系统性建构。《诗》对儒家而言,发挥着另外一些独特的作用。

我们知道,在春秋时期卿大夫的讨论中,《诗》虽然与《书》《礼》《乐》等经典具有了"德义之府"的意义,共同反映着周礼的原则与精神,但是《诗》在这样的经典系统中并没有表现出显著的思想特色。而随着儒家对传统经典之学的继承,每一部经典固有的特质开始受到重视。就《诗》而言,其特点被凝练概括为"《诗》言志"①、"《诗》无吝志"②。儒家之所以关注《诗》的这样一种"言志"特色,是由儒家自身的理论诉求所决定的。

儒家试图在人心中确立起礼法、道德的根基,这就需要对人心有充分的了解和把握。但是,对人心的探索面临两个基本问题。第一,人心是内在的,对人心的了解只能通过其在言语、行为上的表现,而人心的表现却是可以作伪的。如何获知人心的真实状态,就成为了儒家重要的理论关切。《诗》对于人心的真诚不欺的表达,恰好为人们展开了真实的内心世界。这也为儒家探索人心及其与德礼关系提供了一个真实的基础。第二,人心是复杂的,仅凭抽象的概念不足以描摹人心的复杂性。对人心的把握,需要深入到人心所面对的具体场景之中去体察其细腻的表现。而《诗》三百的丰富内容,正好为儒家提供了这样的机会。来自不同时期、不同地域、不同阶层的诗作者,在各自的生活处境中抒发着自己的用心。儒家得以通过这些细腻的内心活动,去思考人心对于德礼的影响。

《诗》的"言志"特色,与儒家的理论诉求高度契合,在儒家的理论建构中发挥着独特的作用。儒家对这一特质的强调,同时伴随着对《诗》的经典意义的重新理解。《论语》记载的一条孔子论《诗》之语,可以代表儒家对《诗》的态度:

> 子曰:"小子何莫学夫《诗》?《诗》,可以兴,可以观,可以群,可以怨。迩之事父,远之事君,多识于鸟兽草木之名。"③

---

① 《尚书正义》,北京:北京大学出版社,1999年第1版,第79页。
② 释文参见马承源主编:《上海博物馆藏战国楚竹书》(一),第123页;李零:《上博楚简三篇校读记》,第11—12页。
③ 《论语注疏》,第237页。

孔子的这段论述是以一个带有明确指向的设问开始的。包咸注:"小子,门人也。"①孔子对门人弟子言,你们何不学习《诗》呢? 这一设问指示出,孔子其后所论就是在为弟子讲《诗》或学《诗》的意义。在孔子看来,《诗》的首要意义在于"可以兴"。关于"兴"的含义,我们可取用朱熹的解释,将"兴"理解为"感发志意"②。"《诗》可以兴",是说《诗》的文字可以成为感发人心的手段。这一说法构成了对《诗》的"言志"特色的注解。而人心的这种诗化表达,又为儒者观知人心提供了条件。因此,孔子进一步讲"《诗》可以观"。所观者,就是《诗》所兴起的人心、志意。上博楚简《诗论》很清楚地体现着这种观诗的意图:

《颂》,平德也,多言后,其乐安而迟,其歌绅而筡,其思深而远,至矣! 《大雅》,盛德也,多言……(2)……[《小雅》]……也,多言难而怨怼也,衰矣,少矣。《邦风》其纳物也博,观人欲焉,大敛材焉。其言文,其声善。孔子曰:惟能夫……(3)

[孔子]曰:《诗》其犹平门与? 贱民而豫之,其用心也将何如? 曰:《邦风》是也。民之有戚患也,上下之不和者,其用心也将何如? [曰:《小雅》是也。]……(4)……[曰:《大雅》]是也。有成功者何如? 曰:《颂》是也。(5)③

观《颂》而知平德,观《大雅》而知盛德,观《小雅》而知怨怼之情,观《邦风》而知人之所欲。儒家观《诗》的重点就在于了解诗文所兴起、感发的细腻而丰富的用心。而通过之前的讨论我们已经知道,儒家对于人心的关注,是要探讨人的内心活动对外在言行的影响,进而从人心的角

---

① 《论语注疏》,第237页。
② 朱熹:《四书章句集注》,第178页。
③ 释文参见马承源主编:《上海博物馆藏战国楚竹书》(一),第127、129—131页;李零:《上博楚简三篇校读记》,第30—33页。

度去理解道德、礼法的规范。因此,儒家在观知人心之后更重要的工作,是如何理解人心,如何以合乎德礼规范的方式安顿人心。《荀子·儒效》篇的论述即体现着这种努力:

> 圣人也者,道之管也。天下之道管是矣,百王之道一是矣,故《诗》《书》《礼》《乐》之归是矣。《诗》言是,其志也;《书》言是,其事也;《礼》言是,其行也;《乐》言是,其和也;《春秋》言是,其微也。故《风》之所以为不逐者,取是以节之也;《小雅》之所以为《小雅》者,取是而文之也;《大雅》之所以为《大雅》者,取是而光之也;《颂》之所以为至者,取是而通之也:天下之道毕是矣。①

在荀子看来,《诗》的意义并不是简单地呈现诗人原初的心志。诗人所抒发的朴素心志,需要经过"节之""文之""光之""通之"的加工或利用,才具有典范的意义。对人心的这种加工与利用,当然不是随意的,而是遵循着天下之道。所谓天下之道,也即是儒家所维系的道德、礼法的原则。《诗》以及对《诗》的论释,彰显着德礼的原则对人心的安顿。而这种对人心的合礼安顿,构成了人群获得在周礼的秩序与价值原则下和谐生活的关键。因此,孔子才会提出《诗》"可以群""可以怨"。通过《诗》与《诗》学的论释,人们可以知道人应该以怎样的用心去面对父母、面对君上、面对群体的生活。即便是怨这样一种不满的情绪或态度,也可以在德礼所规范的生活中获得适当的表达与有效的化解。

由此我们也可以看到,《诗》在儒家论释中所具有的经典意义,已与王官学时代有所不同。在春秋时期的卿大夫看来,《诗》中的论功颂德之歌与止僻防邪之训,从正反两方面彰显着道德、礼法的原则。采集而来的各地民歌,则成为统治者观知民间风俗、反省政治得失的参照。另襄公二十九年吴季札访鲁时,也曾以观乐的形式对《风》《雅》《颂》

---

① 王先谦:《荀子集解》,第133—134页。

各部分逐一进行评论。季札由《诗》而知先王、先君为政教化的遗风,并据此做出了兴衰成败的预言。① 这样的观知虽然也在不同程度上包含着对人心、志意的观察,但这只是将《诗》所呈现的内容作为一种既成性的观察对象。而儒家则是要在这样的观察之上,对人心做出合礼的加工与利用。

经由这样的论释,《诗》与《诗》学深深地打上了儒家的烙印,王博先生特别将这一过程称为"经典的儒家化"。

三 官学的复归

"经典的儒家化"是在春秋战国这一特殊的历史境遇中发生的。王权及其所掌握的王官学的衰落,使古代文化下移于民间。儒家得以通过私人讲学的方式,开展对传统与现实的反思。儒家的思考融入到了对《诗》等经典的论释之中,从而为经典赋予了新义。但这种学术形态,在秦朝统一六国之后戛然而止。

这一变化缘起于始皇三十四年咸阳宫上的一次争论。据《史记·秦始皇本纪》载:

> 始皇置酒咸阳宫,博士七十人前为寿。仆射周青臣进颂曰:"他时秦地不过千里,赖陛下神灵明圣,平定海内,放逐蛮夷,日月所照,莫不宾服。以诸侯为郡县,人人自安乐,无战争之患,传之万世。自上古不及陛下威德。"始皇悦。博士齐人淳于越进曰:"臣闻殷周之王千余岁,封子弟功臣,自为枝辅。今陛下有海内,而子弟为匹夫,卒有田常、六卿之臣,无辅拂,何以相救哉?事不师古而能长久者,非所闻也。今青臣又面谀以重陛下之过,非忠臣。"始皇下其议。丞相李斯曰:"五帝不相复,三代不相袭,各以治,非其相反,时变异也。今陛下创大业,建万世之功,固非愚儒所知。且

---

① 参见《春秋左传正义》,第 1095—1104 页。

越言乃三代之事,何足法也? 异时诸侯并争,厚招游学。今天下已定,法令出一,百姓当家则力农工,士则学习法令辟禁。今诸生不师今而学古,以非当世,惑乱黔首。丞相臣斯昧死言:古者天下散乱,莫之能一,是以诸侯并作,语皆道古以害今,饰虚言以乱实,人善其所私学,以非上之所建立。今皇帝并有天下,别黑白而定一尊。私学而相与非法教,人闻令下,则各以其学议之,入则心非,出则巷议,夸主以为名,异取以为高,率群下以造谤。如此弗禁,则主势降乎上,党与成乎下。禁之便。臣请史官非秦记皆烧之。非博士官所职,天下敢有藏《诗》《书》、百家语者,悉诣守、尉杂烧之。有敢偶语《诗》《书》者弃市。以古非今者族。吏见知不举者与同罪。令下三十日不烧,黥为城旦。所不去者,医药卜筮种树之书。若欲有学法令,以吏为师。"制曰:"可。"①

在咸阳宫的宴会上,仆射周青臣称颂始皇帝的功业及其所推行的郡县制。而博士淳于越则针锋相对地指摘了郡县制的弊端,主张恢复古之分封。对于这次御前争论,丞相李斯的态度非常明确。在他看来,淳于越是愚儒妄议。李斯借此向始皇谏言了一系列严厉的应对之策,其中最首要者,即是禁私学。从李斯的谏言来看,淳于越是作为私学代表而受到批判的。据钱穆先生的分析,秦博士虽是"掌通古今"的官员,但实质上等同于"不治而议论"的稷下先生。②而所谓"不治","即'不任职',没有专司的职责"。稷下先生"不属于正式的官僚","仍保持着自由知识分子的身份"③。这也就解释了淳于越的言论何以被看作为私

---

① 《史记》,第254—255页。
② 参见钱穆:《两汉经学今古文平议》,北京:商务印书馆,2001年第1版,第183—185页。
③ 白奚:《稷下学研究:中国古代的思想自由与百家争鸣》,北京:生活·读书·新知三联书店,1998年第1版,第55—56页。

学。而李斯主张禁绝私学的原因,就是"私学而相与非法教"。李斯认为,私学的非议包含两个弊端:其一,私学者多不知晓当今实际的情况,而妄自以古非今、以虚言乱实。其二,私学之议往往只是为了彰显自己的学说而刻意夸主、取异,进而结党造谤。这样的非议,会混淆是非,惑乱黔首,进而威胁主势,因此李斯主张禁之。禁绝私学的具体做法即是焚书:

第一,史官非秦记皆烧之;
第二,非博士官所职,天下敢有藏《诗》《书》、百家语者,悉诣守、尉杂烧之;
第三,所不去者,医药卜筮种树之书。

从这三条禁令或政策来看,秦史官与秦博士官所藏官方认可的书籍,以及民间生活所用医药卜筮种树之书,并未受到毁禁。勒令烧毁的,只是民间私藏的《诗》《书》及百家语。《诗》《书》本出于周之王官,但经由儒者的传承与论释,已成为儒家思想的载体,因此民间所藏《诗》《书》与百家语同列入焚毁之目。很显然,李斯谏言焚书,并不是要禁绝学问或禁绝《诗》《书》,焚书只是针对涉及思想原则问题的民间私学。李斯要禁绝私学,以使天下思想定于一尊。而唯一的权威,应该是王官及其所认可的思想。

焚书之议的施行,意味着政治权力对学术思想做出了强制的干预。思想要按照权力的要求归于统一,这也标志着王官学的复归。虽然秦二世而亡,官学的思想取向再次发生动摇,但以焚书为标志的权力施为还是深刻地改变了战国以来的学术形态。经过秦汉之际的动荡,以及汉初黄老之学与儒学的纷争,至汉武帝罢黜百家、独尊儒术,学术思想再次归于一统。其时,武帝所依据的董仲舒的"大一统"思想,与李斯之议如出一辙:

> 《春秋》大一统者,天地之常经,古今之通谊也。今师异道,人异论,百家殊方,指意不同,是以上亡以持一统;法制数变,下不知所守。臣愚以为诸不在六艺之科孔子之术者,皆绝其道,勿使并进。邪辟之说灭息,然后统纪可一而法度可明,民知所从矣。①

董仲舒所谓的"大一统",意指以一统为大。而一统的根本,在于思想原则的统一。只有在统一的思想原则之下,才能确立起民众可以知晓、依循的统纪、法度。只不过这一次,政治权力选择了六艺之科孔子之术。其余异论,则被视为邪辟之说而遭到禁绝。

学术形态的根本性变化,使得学术发展必须更充分地考虑政治权力的诉求。这当然不是说,先秦诸子之学没有对政治的关切或不受政治的影响。只不过在先秦时期,学者结交卿士、游说诸侯,并最终在政治世界中为师为官,推行自己的政治主张,乃是学术与政治权力相互选择的结果。包括儒家在内的诸子各家,可以在一种相对独立的姿态下构建自己的理论,展开自由而多样的学术探索。但在王官学的掌控下,学术只有迎合并满足权力的诉求,才可能获得存在发展的空间。而在秦汉之际,政治权力的基本诉求就是巩固、强化刚刚形成的天下一统的政治秩序。这种权力的诉求,影响着儒家及其所传承的经典之学的思考方向。汉武帝最终罢黜百家、独尊儒术,也使得儒学及经典之学进入了新的发展阶段。

---

① 《汉书》,第2523页。

附录

先秦儒家称《诗》表

说明：下表涉及的文献包括《论语》《孟子》《荀子》、郭店楚简《缁衣》《五行》《性自命出》《六德》《语丛一》《语丛三》、上博楚简《孔子诗论》《民之父母》。

诗篇名	称引内容	称引出处	称引原文
	《诗三百》	《论语·为政》	子曰："《诗》三百，一言以蔽之，曰：'思无邪。'"
	《诗》	《论语·述而》	子所雅言，《诗》、《书》，执礼，皆雅言也。
	《诗》	《论语·泰伯》	子曰："兴于《诗》，立于礼，成于乐。"
	《诗三百》	《论语·子路》	子曰："诵《诗》三百，授之以政，不达；使于四方，不能专对，虽多，亦奚以为？"
	《诗》	《论语·季氏》	陈亢问于伯鱼曰："子亦有异闻乎？"对曰："未也。尝独立，鲤趋而过庭，曰：'学《诗》乎？'对曰：'未也。''不学《诗》，无以言。'鲤退而学《诗》。他日，又独立，鲤趋而过庭，曰：'学礼乎？'对曰：'未也。''不学礼，无以立。'鲤退而学礼。闻斯二者。"陈亢退而喜曰："问一得三，闻《诗》，闻礼，又闻君子之远其子也。"
	《诗》	《论语·阳货》	子曰："小子何莫学夫《诗》？《诗》，可以兴，可以观，可以群，可以怨。迩之事父，远之事君。多识于鸟兽草木之名。"

续　表

诗篇名	称引内容	称引出处	称引原文
	《诗》	《孟子·离娄下》	孟子曰："王者之迹熄而《诗》亡，《诗》亡然后《春秋》作。晋之《乘》，楚之《梼杌》，鲁之《春秋》，一也。其事则齐桓、晋文，其文则史。孔子曰：'其义则丘窃取之矣。'"
	《诗》	《孟子·万章下》	孟子谓万章曰："一乡之善士，斯友一乡之善士。一国之善士，斯友一国之善士。天下之善士，斯友天下之善士。以友天下之善士为未足，又尚论古之人。颂其诗，读其书，不知其人，可乎？是以论其世也，是尚友也。"
	《诗》	《荀子·劝学》	学恶乎始？恶乎终？曰：其数则始乎诵经，终乎读礼；其义则始乎为士，终乎为圣人。真积力久则入，学至乎没而后止也。故学数有终，若其义则不可须臾舍也。为之，人也；舍之，禽兽也。故《书》者，政事之纪也；《诗》者，中声之所止也；《礼》者，法之大分，类之纲纪也，故学至乎《礼》而止矣。夫是之谓道德之极。《礼》之敬文也，《乐》之中和也，《诗》《书》之博也，《春秋》之微也，在天地之间者毕矣。
	《诗》	《荀子·劝学》	学莫便乎近其人。《礼》《乐》法而不说，《诗》《书》故而不切，《春秋》约而不速。方其人之习君子之说，则尊以遍矣，周于世矣。故曰学莫便乎近其人。
	《诗》	《荀子·劝学》	学之经莫速乎好其人，隆礼次之。上不能好其人，下不能隆礼，安特将学杂识志，顺《诗》《书》而已耳，则末世穷年，不免为陋儒而已。将原先王，本仁义，则礼正其经纬蹊径也。若挈裘领，诎五指而顿之，顺者不可胜数也。不道礼宪，以《诗》《书》为之，譬之犹以指测河也，以戈春黍也，以锥飡壶也，不可以得之矣。故隆礼，虽未明，法士也；不隆礼，虽察辩，散儒也。

附录　先秦儒家称《诗》表 ｜ 247

续表

诗篇名	称引内容	称引出处	称引原文
《诗》	《诗》	《荀子·荣辱》	人之情,食欲有刍豢,衣欲有文绣,行欲有舆马,又欲夫余财蓄积之富也,然而穷年累世不知足,是人之情也。今人之生也,方知畜鸡狗猪彘,又畜牛羊,然而食不敢有酒肉;余刀布,有囷窌,然而衣不敢有丝帛;约者有筐箧之藏,然而行不敢有舆马。是何也? 非不欲也,几不长虑顾后而恐无以继之故也。于是又节用御欲,收敛蓄藏以继之也,是于己长虑顾后,几不甚善矣哉! 今夫偷生浅知之属,曾此而不知也,粮食大侈,不顾其后,俄则屈安穷矣,是其所以不免于冻饿,操瓢囊为沟壑中瘠者也。况夫先王之道,仁义之统,《诗》《书》《礼》《乐》之分乎。彼固天下之大虑也,将为天下生民之属长虑顾后而保万世也,其泝长矣,其温厚矣,其功盛姚远矣,非孰修为之君子莫之能知也。故曰:短绠不可以汲深井之泉,知不几者不可与及圣人之言。夫《诗》《书》《礼》《乐》之分,固非庸人之所知也。故曰:一之而可再也,有之而可久也,广之而可通也,虑之而可安也,反铅察之而俞可好也。以治情则利,以为名则荣,以群则和,以独则足,乐意者其是邪?
《诗》	《荀子·儒效》	曷谓一? 曰:执神而固。曷谓神? 曰:尽善挟治之谓神,万物莫足以倾之之谓固,神固之谓圣人。圣人也者,道之管也。天下之道管是矣,百王之道一是矣,故《诗》《书》《礼》《乐》之归是矣。《诗》言是,其志也;《书》言是,其事也;《礼》言是,其行也;《乐》言是,其和也;《春秋》言是,其微也。故《风》之所以为不逐者,取是以节之也;《小雅》之所以为《小雅》者,取是而文之也;《大雅》之所以为《大雅》者,取是而光之也;《颂》之所以为至者,取是而通之也:天下之道毕是矣。乡是者臧,倍是者亡。乡是如不臧,倍是如不亡者,自古及今,未尝有也。

续 表

诗篇名	称引内容	称引出处	称引原文
《诗》	《荀子·儒效》		故有俗人者,有俗儒者,有雅儒者,有大儒者。不学问,无正义,以富利为隆,是俗人者也。逢衣浅带,解果其冠,略法先王而足乱世术,缪学杂举,不知法后王而一制度,不知隆礼义而杀《诗》《书》;其衣冠行伪已同于世俗矣,然而不知恶者;其言议谈说已无以异于墨子矣,然而明不能别;呼先王以欺愚者而求衣食焉,得委积足以掩其口则扬扬如也;随其长子,事其便辟,举其上客,偒然若终身之虏而不敢有他志:是俗儒者也。法后王,一制度,隆礼义而杀《诗》《书》;其言行已有大法矣,然而明不能齐法教之所不及,闻见之所未至,则知不能类也,知之曰知之,不知曰不知,内不自以诬,外不自以欺,以是尊贤畏法而不敢怠傲,是雅儒者也。法先王,统礼义,一制度,以浅持博,以古持今,以一持万,苟仁义之类也,虽在鸟兽之中,若别白黑,倚物怪变,所未尝闻也,所未尝见也,卒然起一方,则举统类而应之,无所儗怎,张法而度之,则晻然若合符节,是大儒者也。故人主用俗人则万乘之国亡,用俗儒则万乘之国存,用雅儒则千乘之国安,用大儒则百里之地久而后三年,天下为一,诸侯为臣,用万乘之国举错而定,一朝而伯。
《诗》	《荀子·大略》		不足于行者说过,不足于信者诚言。故《春秋》善胥命,而《诗》非屡盟,其心一也。善为《诗》者不说,善为《易》者不占,善为《礼》者不相,其心同也。
《诗》	郭店楚简《性自命出》		《诗》《书》《礼》《乐》,其始出皆生于人。《诗》,有为为之也。《书》,有为言之也。《礼》《乐》,有为举之也。圣人比其类而论会之,观其先后,而逆训之,体其义而节度之,理其情而出入之,然后复以教。

续 表

诗篇名	称引内容	称引出处	称引原文
	《诗》	郭店楚简《六德》	故夫夫、妇妇、父父、子子、君君、臣臣,六者各行其职,而谗谄无由作也。观诸《诗》《书》则亦在矣,观诸《礼》《乐》则亦在矣,观诸《易》《春秋》则亦在矣。
	《诗》	郭店楚简《语丛一》	《诗》,所以会古今之恃也者。[《书》,]……也者。《礼》,交之行述也。《乐》,或生或教者也。《易》,所以会天道人道也。《春秋》,所以会古今之事也。
	《诗》	上博楚简《诗论》	孔子曰:诗亡隐志,乐亡隐情,文亡隐意。
	《诗》	上博楚简《诗论》	[孔子]曰:《诗》其犹平门与?贱民而豫之,其用心也将何如?曰:《邦风》是也。民之有戚患也,上下之不和者,其用心也将何如?[曰:《小雅》是也。]……[曰:《大雅》]是也。有成功者何如?曰:《颂》是也。
国风	《风》	《荀子·儒效》	曷谓一?曰:执神而固。曷谓神?曰:尽善挟治之谓神,万物莫足以倾之之谓固,神固之谓圣人。圣人也者,道之管也。天下之道管是矣,百王之道一是矣,故《诗》《书》《礼》《乐》之归是矣。《诗》言是,其志也;《书》言是,其事也;《礼》言是,其行也;《乐》言是,其和也;《春秋》言是,其微也。故《风》之所以为不逐者,取是以节之也;《小雅》之所以为《小雅》者,取是而文之也;《大雅》之所以为《大雅》者,取是而光之也;《颂》之所以为至者,取是而通之也:天下之道毕是矣。乡是者臧,倍是者亡。乡是如不臧,倍是如不亡者,自古及今,未尝有也。
	《国风》	《荀子·大略》	《国风》之好色也,传曰:"盈其欲而不愆其止。其诚可比于金石,其声可内于宗庙。"

续　表

诗篇名	称引内容	称引出处	称引原文
国风	《国风》	上博楚简《诗论》	《讼》,平德也,多言后,其乐安而迟,其歌绅而荡,其思深而远,至矣!《大夏》,盛德也,多言……[《小夏》]……也,多言难而怨怼也,衰矣,少矣。《邦风》其纳物也溥,观人欲焉,大敛材焉。其言文,其声善。
国风	《国风》	上博楚简《诗论》	[孔子]曰:《诗》其犹平门与?贱民而豫之,其用心也将何如?曰:《邦风》是也。民之有感患也,上下之不和者,其用心也将何如?[曰:《小夏》是也。]……[曰:《大夏》]是也。有成功者何如?曰:《讼》是也。
周南	《周南》	《论语·阳货》	子谓伯鱼曰:"女为《周南》《召南》矣乎?人而不为《周南》《召南》,其犹正墙面而立也与?"
关雎	《关雎》	《论语·泰伯》	子曰:"师挚之始,《关雎》之乱,洋洋乎盈耳哉!"
关雎	《关雎》	上博楚简《诗论》	《闢疋》之改……曷?曰:童而皆贤于其初者也。《闢疋》以色喻于礼,……两矣,其四章则喻矣。以琴瑟之悦佻好色之愿,以钟鼓之乐□□□□好,反纳于礼,不亦能改乎?……《关雎》之改,则其思贤矣。
关雎	君子好逑。	郭店楚简《缁衣》	子曰:唯君子能好其匹,小人岂能好其匹。故君子之友也有乡,其恶有方。此以迩者不惑,而远者不疑。《诗》云:"君子好逑。"
葛覃	《葛覃》	上博楚简《诗论》	孔子曰:吾以《萚萚》得氏初之诗,民性固然。见其美,必欲反其本。夫萚之见歌也,则以绤绤之故也。后稷之见贵也,则以文武之德也。
葛覃	服之无致。	郭店楚简《缁衣》	子曰:苟有车,必见其辙。苟有衣,必见其敝。人苟有言,必闻其声。苟有行,必见其成。《诗》云:"服之亡怿。"

续　表

诗篇名	称引内容	称引出处	称引原文
卷耳	采采卷耳，不盈倾筐。嗟我怀人，寘彼周行。	《荀子·解蔽》	心者,形之君也,而神明之主也,出令而无所受令。自禁也,自使也,自夺也,自取也,自行也,自止也。故口可劫而使墨云,形可劫而使诎申,心不可劫而使易意,是之则受,非之则辞。故曰:心容其择也,无禁必自见,其物也杂博,其情之至也不贰。《诗》云:"采采卷耳,不盈倾筐。嗟我怀人,寘彼周行。"倾筐易满也,卷耳易得也,然而不可以贰周行。故曰:心枝则无知,倾则不精,贰则疑惑。以赞稽之,万物可兼知也。身尽其故则美,类不可两也,故知者择一而壹焉。
樛木	《樛木》	上博楚简《诗论》	《樛木》之时……,曷？曰:童而皆贤于其初者也。……《樛木》福斯在君子,不……《樛木》之时,则以其禄也。
螽斯	《螽斯》	上博楚简《诗论》	《中氏》君子。
桃夭			
兔罝	《兔罝》	上博楚简《诗论》	《兔虘》其用人,则吾取……
芣苢			
汉广	《汉广》	上博楚简《诗论》	《灘坓》之智……,曷？曰:童而皆贤于其初者也。……（《灘坓》）……可得,不攴不可能,不亦智恒乎？……《灘坓》之智,则智不可得也。
汝坟			
麟之趾			

续　表

诗篇名	称引内容	称引出处	称引原文
召南	《召南》	《论语·阳货》	子谓伯鱼曰:"女为《周南》《召南》矣乎? 人而不为《周南》《召南》,其犹正墙面而立也与?"
鹊巢	《鹊巢》	上博楚简《诗论》	《鶌槏》之归……,曷? 曰:童而皆贤于其初者也。……《鶌槏》出以百两,不亦有儓乎? ……《鶌槏》之归,则儓者……
采蘩			
草虫	未见君子,忧心惙惙。亦既见止,亦既觏之,我心则悦。	郭店楚简《五行》	不仁,思不能清。不智,思不能长。不仁不智,未见君子,忧心不能惙惙;既见君子,心不能悦。"亦既见之,亦既觏之,我心则[悦]",此之谓[也]。
草虫	未见君子,忧心忡忡。亦既见止,亦既觏止,我心则降。	郭店楚简《五行》	不仁,思不能清。不圣,思不能轻。不仁不圣,未见君子,忧心不能忡忡;既见君子,心不能降。
采苹			
甘棠	《甘棠》	上博楚简《诗论》	《甘棠》之报……,曷? 曰:童而皆贤于其初者也。……《甘[棠]》……及其人,敬爱其树,其报厚矣。甘棠之爱,以召公……[召]公也。
甘棠	《甘棠》	上博楚简《诗论》	孔子曰:……吾以《甘棠》得宗庙之敬,民性固然。甚贵其人,必敬其位;悦其人,必好其所为。恶其人者亦然。
行露			

续 表

诗篇名	称引内容	称引出处	称引原文
羔羊			
殷其雷			
标有梅			
小星			
江有汜			
野有死麇			
何彼襛矣			
驺虞			
邶风			
柏舟	《柏舟》	上博楚简《诗论》	《北·白舟》闷。
	威仪棣棣,不可选也。	上博楚简《民之父母》	孔子曰:"善哉!商也,将可孝诗矣。'成王不敢康,夙夜基命宥密',无声之乐。'威仪迟迟,[不可选也]',无体之礼也。'凡民有丧,匍匐救之',无服之丧也。"
	忧心悄悄,愠于群小。	《孟子·尽心下》	貉稽曰:"稽大不理于口。"孟子曰:"无伤也,士憎兹多口。《诗》云:'忧心悄悄,愠于群小。'孔子也。'肆不殄厥愠,亦不殒厥问。'文王也。"

续　表

诗篇名	称引内容	称引出处	称引原文
柏舟	忧心悄悄，愠于群小。	《荀子·宥坐》	孔子为鲁摄相，朝七日而诛少正卯。门人进问曰："夫少正卯，鲁之闻人也，夫子为政而始诛之，得无失乎？"孔子曰："居！吾语女其故。人有恶者五，而盗窃不与焉：一曰心达而险，二曰行辟而坚，三曰言伪而辩，四曰记丑而博，五曰顺非而泽。此五者有一于人，则不得免于君子之诛，而少正卯兼有之。故居处足以聚徒成群，言谈足以饰邪营众，强足以反是独立，此小人之桀雄也，不可不诛也。是以汤诛尹谐，文王诛潘止，周公诛管叔，太公诛华仕，管仲诛付里乙，子产诛邓析、史付，此七子者，皆异世同心，不可不诛也。《诗》曰：'忧心悄悄，愠于群小。'小人成群，斯足忧矣。"
绿衣	《绿衣》	上博楚简《诗论》	《绿衣》之思……，曷？曰：童而皆贤于其初者也。……（《绿衣》）……《绿衣》之忧，思古人也。
燕燕	《燕燕》	上博楚简《诗论》	《燕燕》之情，曷？曰：童而皆贤于其初者也。……（《燕燕》）……情爱也。……《燕燕》之情，以其独也。
燕燕	差池其羽。	郭店楚简《五行》	["瞻望弗及，]泣涕如雨。"能差池其羽，然后能至哀。君子慎其独也。
燕燕	瞻望弗及，泣涕如雨。	郭店楚简《五行》	["瞻望弗及，]泣涕如雨。"能差池其羽，然后能至哀。君子慎其独也。
日月			
终风			
击鼓			

续 表

诗篇名	称引内容	称引出处	称引原文
凯风	《凯风》	《孟子·告子下》	公孙丑问曰:"高子曰:'《小弁》,小人之诗也。'"孟子曰:"何以言之?"曰:"怨。"曰:"固哉!高叟之为诗也。有人于此,越人关弓而射之,则己谈笑而道之,无他,疏之也。其兄关弓而射之,则己垂涕泣而道之,无他,戚之也。《小弁》之怨,亲亲也。亲亲,仁也。固矣夫,高叟之为诗也!"曰:"《凯风》何以不怨?"曰:"《凯风》,亲之过小者也。《小弁》,亲之过大者也。亲之过大而不怨,是愈疏也。亲之过小而怨,是不可矶也。愈疏,不孝也。不可矶,亦不孝也。孔子曰:'舜其至孝矣,五十而慕。'"
雄雉	瞻彼日月,悠悠我思。道之云远,曷云能来?	《荀子·宥坐》	《诗》曰:"瞻彼日月,悠悠我思。道之云远,曷云能来!"子曰:"伊稽首,不其有来乎?"
雄雉	不忮不求,何用不臧。	《论语·子罕》	子曰:"衣敝缊袍,与衣狐貉者立而不耻者,其由也与?'不忮不求,何用不臧?'"
匏有苦叶	深则厉,浅则揭。	《论语·宪问》	子击磬于卫,有荷蒉而过孔氏之门者,曰:"有心哉,击磬乎!"既而曰:"鄙哉,硁硁乎!莫己知也,斯己而已矣。深则厉,浅则揭。"
谷风	凡民有丧,匍匐救之。	上博楚简《民之父母》	孔子曰:"善哉!商也,将可与诗矣。'成王不敢康,夙夜基命宥密',无声之乐。'威仪迟迟,[不可选也]',无体之礼。'凡民有丧,匍匐救之',[无服]之丧也。"
式微			
旄丘			

续表

诗篇名	称引内容	称引出处	称引原文
简兮			
泉水			
北门			
北风	《北风》	上博楚简《诗论》	《北风》不绝人之怨。
静女			
新台			
二子乘舟			
鄘风			
柏舟			
墙有茨	《墙有茨》	上博楚简《诗论》	《牆又薺》慎密而不知言。
君子偕老			
桑中			

续 表

诗篇名	称引内容	称引出处	称引原文
鹑之奔奔			
定之方中			
蝃蝀			
相鼠			
干旄			
载驰			
卫风			
淇奥	如切如磋，如琢如磨。	《论语·学而》	子贡曰："贫而无谄，富而无骄，何如？"子曰："可也。未若贫而乐，富而好礼者也。"子贡曰："《诗》云：'如切如磋，如琢如磨'，其斯之谓与？"子曰："赐也，始可与言《诗》已矣。告诸往而知来者。"
淇奥	如切如磋，如琢如磨。	《荀子·大略》	人之于文学也，犹玉之于琢磨也。《诗》曰："如切如磋，如琢如磨。"谓学问也。和之璧，井里之厥也，玉人琢之，为天子宝。子赣、季路，故鄙人也，被文学，服礼义，为天下列士。
考盘			
硕人	巧笑倩兮，美目盼兮。	《论语·八佾》	子夏问曰："'巧笑倩兮，美目盼兮，素以为绚兮'何谓也？"子曰："绘事后素。"曰："礼后乎？"子曰："起予者商也！始可与言《诗》已矣。"

续 表

诗篇名	称引内容	称引出处	称引原文
氓			
竹竿			
芄兰			
河广			
伯兮			
有狐			
木瓜	《木瓜》	上博楚简《诗论》	孔子曰：……[吾以《木苽》得]币帛之不可去也，民性固然。其隐志必有以俞也。其言有所载而后纳，或前之而后交，人不可觧也。……《木苽》之报，以俞其怘者也。
	《木瓜》	上博楚简《诗论》	《木苽》有藏愿而未得达也。
王风			
黍离			
君子于役			
君子阳阳	《阳阳》	上博楚简《诗论》	[《君子]暘暘》少人。
扬之水			

续 表

诗篇名	称引内容	称引出处	称引原文
中谷有蓷			
兔爰	《兔爰》	上博楚简《诗论》	《有兔》不逢时。
葛藟			
采葛	《采葛》	上博楚简《诗论》	《采葛》之爱妇……
大车			
丘中有麻			
郑风			
缁衣	《缁衣》	郭店楚简《缁衣》	夫子曰:好美如好《缁衣》,恶恶如恶《巷伯》,则民臧沱而型不屯。《诗》云:"仪刑文王,万邦作孚。"
将仲子	《将仲子》	上博楚简《诗论》	《将仲》之言,不可不畏也。
叔于田			
大叔于田			

续 表

诗篇名	称引内容	称引出处	称引原文
清人			
羔裘			
遵大路			
女曰鸡鸣			
有女同车			
山有扶苏			
萚兮			
狡童			
褰裳	《褰裳》	上博楚简《诗论》	《涉秦》其绝。
丰			
东门之墠			
风雨			

续　表

诗篇名	称引内容	称引出处	称引原文
子衿			
扬之水	《扬之水》	上博楚简《诗论》	《汤之水》其爱妇悡。
出其东门			
野有蔓草			
溱洧			
齐风			
鸡鸣			
还			
著			
东方之日			
东方未明	《东方未明》	上博楚简《诗论》	《东方未明》有利词。
东方未明	颠之倒之，自公召之。	《荀子·大略》	诸侯召其臣，臣不俟驾，颠倒衣裳而走，礼也。《诗》曰："颠之倒之，自公召之。"天子召诸侯，诸侯辇舆就马，礼也。《诗》曰："我出我舆，于彼牧矣。自天子所，谓我来矣。"

续 表

诗篇名	称引内容	称引出处	称引原文
南山	取妻如之何？必告父母。	《孟子·万章上》	万章问曰："《诗》云：'娶妻如之何？必告父母。'信斯言也，宜莫如舜。舜之不告而娶，何也？"孟子曰："告则不得娶。男女居室，人之大伦也。如告，则废人之大伦以怼父母，是以不告也。"
甫田			
卢令			
敝笱			
载驱			
猗嗟	《猗嗟》	上博楚简《诗论》	孔子曰：……《於差》吾喜之，……《於差》曰："四矢夐，以御乱"，吾喜之。
	四矢反兮，以御乱兮。	上博楚简《诗论》	孔子曰：……《於差》吾喜之，……《於差》曰："四矢夐，以御乱"，吾喜之。
魏风			
葛屦			
汾沮洳			
园有桃			
陟岵			
十亩之间			

续 表

诗篇名	称引内容	称引出处	称引原文
伐檀	不素餐兮。	《孟子·尽心上》	公孙丑曰:"《诗》曰:'不素餐兮。'君子之不耕而食,何也?"孟子曰:"君子居是国也,其君用之,则安富尊荣;其子弟从之,则孝悌忠信。'不素餐兮',孰大于是?"
硕鼠			
唐风			
蟋蟀	《蟋蟀》	上博楚简《诗论》	孔子曰:《七衔》智难。
山有枢			
扬之水			
椒聊			
绸缪			
杕杜			
羔裘			
鸨羽			
无衣			
有杕之杜	《杕杜》	上博楚简《诗论》	孔子曰:……吾以《杕杜》得雀……《杕杜》则情,喜其至也。

续　表

诗篇名	称引内容	称引出处	称引原文
葛生			
采苓			
秦风车邻			
驷驖			
小戎	言念君子，温其如玉。	《荀子·法行》	子贡问于孔子曰："君子之所以贵玉而贱珉者，何也？为夫玉之少而珉之多邪？"孔子曰："恶！赐，是何言也？夫君子岂多而贱之，少而贵之哉！夫玉者，君子比德焉。温润而泽，仁也；栗而理，知也；坚刚而不屈，义也；廉而不刿，行也；折而不挠，勇也；瑕适并见，情也；扣之，其声清扬而远闻，其止辍然，辞也。故虽有珉之雕雕，不若玉之章章。《诗》曰：'言念君子，温其如玉。'此之谓也。"
蒹葭			
终南			
黄鸟			
晨风			
无衣			
渭阳			

续 表

诗篇名	称引内容	称引出处	称引原文
权舆			
陈风			
宛丘	《宛丘》	上博楚简《诗论》	孔子曰:《㽿丘》吾善之,……《㽿丘》曰:"洵有情,而亡望",吾善之。
宛丘	洵有情兮,而无望兮。	上博楚简《诗论》	孔子曰:《㽿丘》吾善之,……《㽿丘》曰:"洵有情,而亡望",吾善之。
东门之枌			
衡门			
东门之池			
东门之杨			
墓门			
防有鹊巢			
月出			
株林			

续 表

诗篇名	称引内容	称引出处	称引原文
泽陂			
桧风			
羔裘			
素冠			
隰有苌楚	《隰有苌楚》	上博楚简《诗论》	《隰有长楚》得而悔之也。
匪风			
曹风			
蜉蝣			
候人			
鸤鸠	《鸤鸠》	上博楚简《诗论》	孔子曰：……《尸鸠》吾信之，……《尸鸠》曰："其仪一氏，心如结也"，吾信之。
鸤鸠	尸鸠在桑，其子七兮。淑人君子，其仪一兮。其仪一兮，心如结兮。	《荀子·劝学》	积土成山，风雨兴焉；积水成渊，蛟龙生焉；积善成德，而神明自得，圣心备焉。故不积跬步，无以致千里；不积小流，无以成江海。骐骥一跃，不能十步；驽马十驾，功在不舍。锲而舍之，朽木不折；锲而不舍，金石可镂。螾无爪牙之利，筋骨之强，上食埃土，下饮黄泉，用心一也。蟹六跪而二螯，非蛇蟺之穴无可寄托者，用心躁也。是故无冥冥之志者无昭昭之明；无惛惛之事者无赫赫之功。行衢道者不至，事两君者不容。目不能两视而明，耳不能两听而聪。螣蛇无足而飞，梧鼠五技而穷。《诗》曰："尸鸠在桑，其子七兮。淑人君子，其仪一兮。其仪一兮，心如结兮。"故君子结于一也。

续　表

诗篇名	称引内容	称引出处	称引原文
鸤鸠	淑人君子，其仪一兮。	郭店楚简《缁衣》	子曰：君子言有物，行有格，此以生不可夺志，死不可夺名。故君子多闻，齐而守之；多志，齐而亲之；精知，略而行之。《诗》云："淑人君子，其仪一也。"《君陈》云："出入自尔师虞，庶言同。"
	淑人君子，其仪一兮。	郭店楚简《五行》	"淑人君子，其仪一也"。能为一，然后能为君子，慎其独也。
	其仪一兮，心如结兮。	上博楚简《诗论》	孔子曰：……《尸鸠》吾信之，……《尸鸠》曰："其义一氏，心如结也"，吾信之。
	淑人君子，其仪不忒。其仪不忒，正是四国。	《荀子·富国》	百里之国足以独立矣。凡攻人者，非以为名，则案以为利也，不然，则忿之也。仁人之用国，将修志意，正身行，伉隆高，致忠信，期文理。布衣紃屦之士诚是，则虽在穷阎漏屋，而王公不能与之争名；以国载之，则天下莫之能隐匿也。若是，则为名者不攻也。将辟田野，实仓廪，便备用，上下一心，三军同力，与之远举极战则不可。境内之聚也，保固视可，午其军，取其将，若拨麷。彼得之不足以药伤补败。彼爱其爪牙，畏其仇敌，若是则为利者不攻也。将修小大强弱之义以持慎之，礼节将甚文，珪璧将甚硕，货赂将甚厚，所以说之者，必将雅文辩慧之君子也。彼苟有人意焉，夫谁能忿之？若是，则忿之者不攻也。为名者否，为利者否，为忿者否，则国安于盘石，寿于旗翼。人皆乱，我独治；人皆危，我独安；人皆失丧之，我按起而治之。故仁人之用国，非特将持其有而已也，又将兼人。《诗》曰："淑人君子，其仪不忒。其仪不忒，正是四国。"此之谓也。

续 表

诗篇名	称引内容	称引出处	称引原文
鸤鸠	淑人君子,其仪不忒。其仪不忒,正是四国。	《荀子·议兵》	陈嚣问孙卿子曰:"先生议兵,常以仁义为本。仁者爱人,义者循理,然则又何以兵为?凡所为有兵者,为争夺也。"孙卿子曰:"非女所知也。彼仁者爱人,爱人,故恶人之害之也;义者循理,循理,故恶人之乱之也。彼兵者,所以禁暴除害也,非争夺也。故仁人之兵,所存者神,所过者化,若时雨之降,莫不说喜。是以尧伐欢兜,舜伐有苗,禹伐共工,汤伐有夏,文王伐崇,武王伐纣,此四帝两王,皆以仁义之兵行于天下也。故近者亲其善,远方慕其德,兵不血刃,远迩来服,德盛于此,施及四极。《诗》曰:'淑人君子,其仪不忒。'此之谓也。"
	淑人君子,其仪不忒。其仪不忒,正是四国。	《荀子·君子》	论法圣王,则知所贵矣;以义制事,则知所利矣。论知所贵,则知所养矣;事知所利,则动知所出矣。二者,是非之本,得失之原也。故成王之于周公也,无所往而不听,知所贵也。桓公之于管仲也,国事无所往而不用,知所利也。吴有伍子胥而不能用,国至于亡,倍道失贤也。故尊圣者王,贵贤者霸,敬贤者存,慢贤者亡,古今一也。故尚贤使能,等贵贱,分亲疏,序长幼,此先王之道也。故尚贤、使能,则主尊下安;贵贱有等,则令行而不流;亲疏有分,则施行而不悖;长幼有序,则事业捷成而有所休。故仁者,仁此者也;义者,分此者也;节者,死生此者也;忠者,惇慎此者也。兼此而能之,备矣。备而不矜,一自善也,谓之圣。不矜矣,夫故天下不与争能而致善用其功。有而不有也,夫故为天下贵矣。《诗》曰:"淑人君子,其仪不忒;其仪不忒,正是四国。"此之谓也。
	淑人君子,其仪不忒。	郭店楚简《缁衣》	子曰:为上可望而知也,为下可颣而志也,则君不疑其臣,臣不惑于君。《诗》云:"淑人君子,其仪不忒。"《尹诰》云:"惟伊尹及汤,咸有一德。"

续　表

诗篇名	称引内容	称引出处	称引原文
下泉			
豳风			
七月	昼尔于茅，宵尔索绹。亟其乘屋，其始播百谷。	《孟子·滕文公上》	孟子曰："民事不可缓也。《诗》云：'昼尔于茅，宵尔索绹。亟其乘屋，其始播百谷。'"
七月	昼尔于茅，宵尔索绹。亟其乘屋，其始播百谷。	《荀子·大略》	子贡问于孔子曰："赐倦于学矣，愿息事君。"孔子曰："《诗》云：'温恭朝夕，执事有恪。'事君难，事君焉可息哉！""然则赐愿息事亲。"孔子曰："《诗》云：'孝子不匮，永锡尔类。'事亲难，事亲焉可息哉！""然则赐愿息于妻子。"孔子曰："《诗》云：'刑于寡妻，至于兄弟，以御于家邦。'妻子难，妻子焉可息哉！""然则赐愿息于朋友。"孔子曰："《诗》云：'朋友攸摄，摄以威仪。'朋友难，朋友焉可息哉！""然则赐愿息耕。"孔子曰："《诗》云：'昼尔于茅，宵尔索绹。亟其乘屋，其始播百谷。'耕难，耕焉可息哉！""然则赐无息者乎？"孔子曰："望其圹，皋如也，巅如也，鬲如也，此则知所息矣。"子贡曰："大哉死乎！君子息焉，小人休焉。"
鸱鸮	迨天之未阴雨，彻彼桑土，绸缪牖户。今女下民，或敢侮予。	《孟子·公孙丑上》	孟子曰："仁则荣，不仁则辱。今恶辱而居不仁，是犹恶湿而居下也。如恶之，莫如贵德而尊士，贤者在位，能者在职。国家闲暇，及是时，明其政刑。虽大国，必畏之矣。《诗》云：'迨天之未阴雨，彻彼桑土，绸缪牖户。今此下民，或敢侮予。'孔子曰：'为此诗者，其知道乎？能治其国家，谁敢侮之？'今国家闲暇，及是时，般乐怠敖，是自求祸也。祸福无不自己求之者。《诗》云：'永言配命，自求多福。'《太甲》曰：'天作孽，犹可违。自作孽，不可活。'此之谓也。"

续表

诗篇名	称引内容	称引出处	称引原文
东山			
破斧			
伐柯			
九罭			
狼跋			
雅	《雅》	《论语·子罕》	子曰："吾自卫反鲁，然后乐正，《雅》《颂》各得其所。"
	《雅》	《荀子·王制》	修宪命，审诗商，禁淫声，以时顺修，使夷俗邪音不敢乱雅，大师之事也。
	《雅》	《荀子·乐论》	夫乐者，乐也，人情之所必不免也，故人不能无乐。乐则必发于声音，形于动静，而人之道，声音、动静、性术之变尽是矣。故人不能不乐，乐则不能无形，形而不为道，则不能无乱。先王恶其乱也，故制《雅》《颂》之声以道之，使其声足以乐而不流，使其文足以辨而不諰，使其曲直、繁省、廉肉、节奏足以感动人之善心，使夫邪汙之气无由得接焉。是先王立乐之方也，而墨子非之，奈何！
	《雅》	《荀子·乐论》	故听其《雅》《颂》之声，而志意得广焉；执其干戚，习其俯仰屈伸，而容貌得庄焉；行其缀兆，要其节奏，而行列得正焉，进退得齐焉。故乐者，出所以征诛也，入所以揖让也。征诛揖让，其义一也。出所以征诛，则莫不听从；入所以揖让，则莫不从服。故乐者，天下之大齐也，中和之纪也，人情之所必不免也。是先王立乐之术也，而墨子非之，奈何！

续　表

诗篇名	称引内容	称引出处	称引原文
雅	《雅》	《荀子·乐论》	夫声乐之入人也深，其化人也速，故先王谨为之文。乐中平则民和而不流，乐肃庄则民齐而不乱。民和齐则兵劲城固，敌国不敢婴也。如是，则百姓莫不安其处，乐其乡，以至足其上矣。然后名声于是白，光辉于是大，四海之民莫不愿得以为师，是王者之始也。乐姚冶以险，则民流僈鄙贱矣。流僈则乱，鄙贱则争。乱争则兵弱城犯，敌国危之。如是，则百姓不安其处，不乐其乡，不足其上矣。故礼乐废而邪音起者，危削侮辱之本也。故先王贵礼乐而贱邪音。其在序官也，曰："修宪命，审诛赏，禁淫声，以时顺修，使夷俗邪音不敢乱雅，太师之事也。"
小雅	《小雅》	《荀子·儒效》	曷谓一？曰：执神而固。曷谓神？曰：尽善挟治之谓神，万物莫足以倾之之谓固，神固之谓圣人。圣人也者，道之管也。天下之道管是矣，百王之道一是矣，故《诗》《书》《礼》《乐》之归是矣。《诗》言是，其志也；《书》言是，其事也；《礼》言是，其行也；《乐》言是，其和也；《春秋》言是，其微也。故《风》之所以为不逐者，取是以节之也；《小雅》之所以为《小雅》者，取是而文之也；《大雅》之所以为《大雅》者，取是而光之也；《颂》之所以为至者，取是而通之也；天下之道毕是矣。乡是者臧，倍是者亡。乡是如不臧，倍是如不亡者，自古及今，未尝有也。
	《小雅》	《荀子·大略》	《小雅》不以于污上，自引而居下，疾今之政，以思往者，其言有文焉，其声有哀焉。
	《小雅》	上博楚简《诗论》	《讼》，平德也，多言后，其乐安而迟，其歌绅而篪，其思深而远，至矣！《大夏》，盛德也，多言……[《小夏》]……也，多言难而怨怼也，衰矣，少矣。《邦风》其纳物也溥，观人欲焉，大敛材焉。其言文，其声善。

续 表

诗篇名	称引内容	称引出处	称引原文
小雅	《小雅》	上博楚简《诗论》	[孔子]曰:《诗》其犹平门与?贱民而豫之,其用心也将何如?曰:《邦风》是也。民之有戚患也,上下之不和者,其用心也将何如?[曰:《小夏》是也。]……[曰:《大夏》]是也。有成功者何如?曰:《讼》是也。
鹿鸣	《鹿鸣》	上博楚简《诗论》	《鹿鸣》以乐词而会以道,交见善而佴,终乎不厌人。
	人之好我,示我周行。	郭店楚简《缁衣》	子曰:私惠不怀德,君子不自留焉。《诗》云:"人之好我,示我周行。"
四牡			
皇皇者华			
常棣			
伐木	《伐木》	上博楚简《诗论》	《伐木》……
天保	《天保》	上博楚简《诗论》	《天保》其得禄蔑疆矣,巽寡德故也。
采薇			
出车	我出我车,于彼牧矣。自天子所,谓我来矣。	《荀子·大略》	诸侯召其臣,臣不俟驾,颠倒衣裳而走,礼也。《诗》曰:"颠之倒之,自公召之。"天子召诸侯,诸侯辇舆就马,礼也。《诗》曰:"我出我舆,于彼牧矣。自天子所,谓我来矣。"
杕杜			
鱼丽	物其旨矣,维其偕矣。	《荀子·大略》	《聘礼》志曰:"币厚则伤德,财侈则殄礼。"礼云礼云,玉帛云乎哉!《诗》曰:"物其指矣,唯其偕矣。"不时宜,不敬文,不欢欣,虽指,非礼也。

续 表

诗篇名	称引内容	称引出处	称引原文
鱼丽	物其有矣，维其时矣。	《荀子·不苟》	君子行不贵苟难,说不贵苟察,名不贵苟传,唯其当之为贵。故怀负石而赴河,是行之难为者也,而申徒狄能之;然而君子不贵者,非礼义之中也。山渊平,天地比,齐、秦袭,入乎耳,出乎口,钩有须,卵有毛,是说之难持者也,而惠施、邓析能之;然而君子不贵者,非礼义之中也。盗跖吟口,名声若日月,与舜、禹俱传而不息;然而君子不贵者,非礼义之中也。故曰:君子行不贵苟难,说不贵苟察,名不贵苟传,唯其当之为贵。《诗》曰:"物其有矣,唯其时矣。"此之谓也。
南有嘉鱼			
南山有台			
蓼萧			
湛露	《湛露》	上博楚简《诗论》	《湛露》之赐也,其猷酡与?
彤弓			
菁菁者莪	《菁菁者莪》	上博楚简《诗论》	《菁菁者莪》则以人益也。
六月			
采芑			

续　表

诗篇名	称引内容	称引出处	称引原文
车攻	不失其驰，舍矢如破。	《孟子·滕文公下》	陈代曰："不见诸侯，宜若小然。今一见之，大则以王，小则以霸。且《志》曰'枉尺而直寻'，宜若可为也。"孟子曰："……昔者赵简子使王良与嬖奚乘，终日而不获一禽。嬖奚反命曰：'天下之贱工也。'或以告王良。良曰：'请复之。'强而后可，一朝而获十禽。嬖奚反命曰：'天下之良工也。'简子曰：'我使掌与女乘。'谓王良。良不可，曰：'吾为之范我驰驱，终日不获一；为之诡遇，一朝而获十。《诗》云："不失其驰，舍矢如破。"我不贯与小人乘，请辞。'御者且羞与射者比，比而得禽兽，虽若丘陵，弗为也。如枉道而从彼，何也？且子过矣！枉己者，未有能直人者也。"
	允矣君子，展也大成。	郭店楚简《缁衣》	子曰：言从行之，则行不可匿。故君子顾言而行，以成其信，则民不能大其美而小其恶。《大雅》云："白珪之石，尚可磨也。此言之玷，不可为也。"《小雅》云："允也君子，厘也大成。"《君奭》云："昔在上帝，割绅观文王德，其集大命于厥身。"
吉日			
鸿雁			
庭燎			
沔水			

续　表

诗篇名	称引内容	称引出处	称引原文
鹤鸣	鹤鸣于九皋,声闻于天。	《荀子·儒效》	故君子无爵而贵,无禄而富,不言而信,不怒而威,穷处而荣,独居而乐,岂不至尊、至富、至重、至严之情举积此哉！故曰:贵名不可以比周争也,不可以夸诞有也,不可以执重胁也,必将诚此然后就也。争之则失,让之则至,遵道则积,夸诞则虚。故君子务修其内而让之于外,务积德于身而处之以遵道,如是,则贵名起如日月,天下应之如雷霆。故曰:君子隐而显,微而明,辞让而胜。《诗》曰:"鹤鸣于九皋,声闻于天。"此之谓也。
祈父	《祈父》	上博楚简《诗论》	《訏父》之赎贵,亦有以也。
白驹			
黄鸟	《黄鸟》	上博楚简《诗论》	《黄鼩》则困而欲反其古也,多耻者其忞之乎?
我行其野	成不以富,亦祇以异。	《论语·颜渊》	子张问崇德辨惑。子曰:"主忠信,徙义,崇德也。爱之欲其生,恶之欲其死。既欲其生,又欲其死,是惑也。'诚不以富,亦祇以异。'"
斯干			
无羊			
节南山	《节南山》	上博楚简《诗论》	《雨亡政》《即南山》皆言上之衰也,王公耻之。
节南山	赫赫师尹,民具尔瞻。	郭店楚简《缁衣》	子曰:下之事上也,不从其所以命,而从其所行。上好此物也,下必有甚安者矣。故上之所好恶,不可不慎也,民之莢也。《诗》云:"虞虞师尹,民具尔瞻。"

续　表

诗篇名	称引内容	称引出处	称引原文
节南山	天方荐瘥，丧乱弘多。民言无嘉，憯莫惩嗟。	《荀子·富国》	故墨术诚行则天下尚俭而弥贫，非斗而日争，劳苦顿萃而愈无功，愀然忧戚非乐而日不和。《诗》曰："天方荐瘥，丧乱弘多。民言无嘉，憯莫惩嗟。"此之谓也。
节南山	尹氏大师，维周之氐。秉国之均，四方是维。天子是毗，俾民不迷。	《荀子·宥坐》	故先王既陈之以道，上先服之；若不可，尚贤以綦之；若不可，废不能以单之；綦三年而百姓往矣。邪民不从，然后俟之以刑，则民知罪矣。《诗》曰："尹氏大师，维周之氐。秉国之均，四方是维，天子是庳，卑民不迷。"是以威厉而不试，刑错而不用，此之谓也。
节南山	谁秉国成？不自为政，卒劳百姓。	郭店楚简《缁衣》	子曰：民以君为心，君以民为体。心好则体安之，君好民欲之。故心以体废，君以民亡。《诗》云："谁秉国成，不自为贞，卒劳百姓。"《君牙》云："日俗雨，小民惟曰怨；晋冬耆沧，小民亦惟曰怨。"
正月	彼求我则，如不我得，执我仇仇，亦不我力。	郭店楚简《缁衣》	子曰：大人不亲其所贤，而信其所贱，教此以失，民此以变。《诗》云："彼求我则，如不我得。执我仇仇，亦不我力。"《君陈》云："未见圣，如其弗克见。我既见，我弗迪圣。"
正月	哿矣富人，哀此惸独。	《孟子·梁惠王下》	王曰："王政可得闻与？"对曰："昔者文王之治岐也，耕者九一，仕者世禄，关市讥而不征，泽梁无禁，罪人不孥。老而无妻曰鳏，老而无夫曰寡，老而无子曰独，幼而无父曰孤。此四者天下之穷民而无告者。文王发政施仁，必先斯四者。《诗》云：'哿矣富人，哀此茕独。'"
十月之交	《十月》	上博楚简《诗论》	《十月》善諀言。

续　表

诗篇名	称引内容	称引出处	称引原文
十月之交	百川沸腾，山冢崒崩。高岸为谷，深谷为陵。哀今之人，胡憯莫惩。	《荀子·君子》	乱世则不然：刑罚怒罪，爵赏逾德，以族论罪，以世举贤。故一人有罪而三族皆夷，德虽如舜，不免刑均，是以族论罪也。先祖当贤，后子孙必显，行虽如桀、纣，列从必尊，此以世举贤也。以族论罪，以世举贤，虽欲无乱，得乎哉！《诗》曰："百川沸腾，山冢崒崩；高岸为谷，深谷为陵。哀今之人，胡憯莫惩！"此之谓也。
	下民之孽，匪降自天。噂沓背憎，职竞由人。	《荀子·正论》	世俗之为说者曰："尧、舜不能教化，是何也？曰：朱、象不化。"是不然也。尧、舜，至天下之善教化者也，南面而听天下，生民之属莫不振动从服以化顺之；然而朱、象独不化，是非尧、舜之过，朱、象之罪也。尧、舜者，天下之英也；朱、象者，天下之嵬，一时之琐也。今世俗之为说者不怪朱、象而非尧、舜，岂不过甚矣哉！夫是之谓嵬说。羿、蠭门者，天下之善射者也，不能以拨弓、曲矢中；王梁、造父者，天下之善驭者也，不能以辟马、毁舆致远；尧、舜者，天下之善教化者也，不能使嵬琐化。何世而无嵬，何时而无琐，自太皞、燧人莫不有也。故作者不祥，学者受其殃，非者有庆。《诗》曰："下民之孽，匪降自天。噂沓背憎，职竞由人。"此之谓也。
雨无正	《雨无正》	上博楚简《诗论》	《雨亡政》《即南山》皆言上之衰也，王公耻之。
小旻	《小旻》	上博楚简《诗论》	《少旻》多疑矣，言不中志者也。

续　表

诗篇名	称引内容	称引出处	称引原文
小旻	潝潝訿訿，亦孔之哀。谋之其臧，则具是违。谋之不臧，则具是依。	《荀子·修身》	见善，修然必以自存也；见不善，愀然必以自省也。善在身，介然必以自好也；不善在身，菑然必以自恶也。故非我而当者，吾师也；是我而当者，吾友也；谄谀我者，吾贼也。故君子隆师而亲友，以致恶其贼。好善无厌，受谏而能诫，虽欲无进，得乎哉！小人反是，致乱而恶人之非己也，致不肖而欲人之贤己也，心如虎狼、行如禽兽而又恶人之贼己也。谄谀者亲，谏争者疏，修正为笑，至忠为贼，虽欲无灭亡，得乎哉！《诗》曰："噏噏呰呰，亦孔之哀。谋之其臧，则具是违；谋之不臧，则具是依。"此之谓也。
小旻	我龟既厌，不我告犹。	郭店楚简《缁衣》	子曰：南人有言曰："人而亡恒，不可为卜筮也。"其古之遗言与？龟筮犹弗知，而况于人乎？《诗》云："我龟既厌，不我告猷。"
小旻	不敢暴虎，不敢冯河。人知其一，莫知其他。战战兢兢，如临深渊，如履薄冰。	《荀子·臣道》	仁者必敬人。凡人非贤则案不肖也。人贤而不敬，则是禽兽也；人不肖而不敬，则是狎虎也。禽兽则乱，狎虎则危，灾及其身矣。《诗》曰："不敢暴虎，不敢冯河。人知其一，莫知其它。战战兢兢，如临深渊，如履薄冰。"此之谓也。故仁者必敬人。
小旻	战战兢兢，如临深渊，如履薄冰。	《论语·泰伯》	曾子有疾，召门弟子曰："启予足，启予手。《诗》云：'战战兢兢，如临深渊，如履薄冰。'而今而后，吾知免夫。小子！"
小宛	《小宛》	上博楚简《诗论》	《少翁》其言不恶，少有怼焉。

续　表

诗篇名	称引内容	称引出处	称引原文
小弁	《小弁》	《孟子·告子下》	公孙丑问曰:"高子曰:'《小弁》,小人之诗也。'"孟子曰:"何以言之?"曰:"怨。"曰:"固哉!高叟之为诗也。有人于此,越人关弓而射之,则己谈笑而道之,无他,疏之也。其兄关弓而射之,则己垂涕泣而道之,无他,戚之也。《小弁》之怨,亲亲也。亲亲,仁也。固矣夫,高叟之为诗也!"曰:"《凯风》何以不怨?"曰:"《凯风》,亲之过小者也。《小弁》,亲之过大者也。亲之过大而不怨,是愈疏也。亲之过小而怨,是不可矶也。愈疏,不孝也。不可矶,亦不孝也。孔子曰:'舜其至孝矣,五十而慕。'"
	《小弁》	上博楚简《诗论》	《少旻》《考言》则言谗人之害也。
巧言	《巧言》	上博楚简《诗论》	《少旻》《考言》则言谗人之害也。
	匪其止共,维王之卭。	郭店楚简《缁衣》	子曰:上人疑则百姓惑,下难知则君长劳。故君民者,章好以示民欲,谨恶以泲民淫,则民不惑。臣事君,言其所不能,不词其所能,则君不劳。《大雅》云:"上帝板板,下民卒疸。"《小雅》云:"非其止之,共唯王蛰。"
	他人有心,予忖度之。	《孟子·梁惠王上》	曰:"臣闻之胡龁曰:王坐于堂上,有牵牛而过堂下者,王见之,曰:'牛何之?'对曰:'将以衅钟。'王曰:'舍之!吾不忍其觳觫,若无罪而就死地。'对曰:'然则废衅钟与?'曰:'何可废也,以羊易之。'不识有诸?"曰:"有之。"曰:"是心足以王矣。百姓皆以王为爱也,臣固知王之不忍也。"王曰:"然。诚有百姓者,齐国虽褊小,吾何爱一牛?即不忍其觳觫,若无罪而就死地,故以羊易之也。"曰:"王无异于百姓之以王为爱也,以小易大,彼恶知之?王若隐其无罪而就死地,则牛、羊何择焉?"王笑曰:"是诚何心哉!我非爱其财而易之以羊也,宜乎百姓之谓我爱也。"曰:"无伤也,

续　表

诗篇名	称引内容	称引出处	称引原文
巧言			是乃仁术也,见牛未见羊也。君子之于禽兽也,见其生,不忍见其死;闻其声,不忍食其肉。是以君子远庖厨也。"王说,曰:"《诗》云:'他人有心,予忖度之。'夫子之谓也。夫我乃行之,反而求之,不得吾心。夫子言之,于我心有戚戚焉。"
何人斯	为鬼为蜮,则不可得。有靦面目,视人罔极。作此好歌,以极反侧。	《荀子·儒效》	凡事行,有益于理者立之,无益于理者废之,夫是之谓中事。凡知说,有益于理者为之,无益于理者舍之。夫是之谓中说。事行失中谓之奸事,知说失中谓之奸道。奸事奸道,治世之所弃,而乱世之所从服也。若夫充虚之相施易也,坚白、同异之分隔也,是聪耳之所不能听也,明目之所不能见也,辩士之所不能言也,虽有圣人之知,未能偻指也。不知无害为君子,知之无损为小人。工匠不知无害为巧,君子不知无害为治。王公好之则乱法,百姓好之则乱事。而狂惑戆陋之人,乃始率其群徒,辩其谈说,明其辟称,老身长子,不知恶也。夫是之谓上愚,曾不如相鸡狗之可以为名也。《诗》曰:"为鬼为蜮,则不可得。有靦面目,视人罔极。作此好歌,以极反侧。"此之谓也。
何人斯	为鬼为蜮,则不可得。有靦面目,视人罔极。作此好歌,以极反侧。	《荀子·正名》	君子之言,涉然而精,俛然而类,差差然而齐。彼正其名,当其辞,以务白其志义者也。彼名辞也者,志义之使也,足以相通则舍之矣;苟之,奸也。故名足以指实,辞足以见极,则舍之矣。外是者谓之讱,是君子之所弃,而愚者拾以为己宝。故愚者之言,芴然而粗,啧然而不类,諕諕然而沸。彼诱其名,眩其辞,而无深于其志义者也。故穷藉而无极,甚劳而无功,贪而无名。故知者之言也,虑之易知也,行之易安也,持之易立也,成则必得其所好而不遇其所恶焉。而愚者反是。《诗》曰:"为鬼为蜮,则不可得,有靦面目,视人罔极。作此好歌,以极反侧。"此之谓也。

续 表

诗篇名	称引内容	称引出处	称引原文
巷伯			
谷风	《谷风》	上博楚简《诗论》	《浴风》忿。
蓼莪	《蓼莪》	上博楚简《诗论》	《翏莪》有孝志。
大东	周道如砥，其直如矢。君子所履，小人所视。睠言顾之，潸焉出涕。	《荀子·宥坐》	今之世则不然：乱其教，繁其刑，其民迷惑而堕焉，则从而制之，是以刑弥繁而邪不胜。三尺之岸而虚车不能登也，百仞之山任负车登焉，何则？陵迟故也。数仞之墙而民不逾也，百仞之山而竖子冯而游焉，陵迟故也。今夫世陵迟亦久矣，而能使民勿逾乎！《诗》曰："周道如砥，其直如矢。君子所履，小人所视。眷焉顾之，潸焉出涕！"岂不哀哉！
大东	周道如砥，其直如矢，君子所履，小人所视。	《孟子·万章下》	曰："……欲见贤人而不以其道，犹欲其入而闭之门也。夫义，路也；礼，门也。惟君子能由是路，出入是门也。《诗》云，'周道如底，其直如矢。君子所履，小人所视。'"
四月			
北山	溥天之下，莫非王土，率土之滨，莫非王臣。	《孟子·万章上》	咸丘蒙曰："舜之不臣尧，则吾既得闻命矣。《诗》云：'普天之下，莫非王土。率土之滨，莫非王臣。'而舜既为天子矣，敢问瞽瞍之非臣，如何？"曰："是诗也，非是之谓也。劳于王事而不得养父母也。曰：'此莫非王事，我独贤劳也。'"
北山	溥天之下，莫非王土，率土之滨，莫非王臣。	《荀子·君子》	天子无妻，告人无匹也。四海之内无客礼，告无适也。足能行，待相者然后进；口能言，待官人然后诏。不视而见，不听而聪，不言而信，不虑而知，不动而功，告至备也。天子也者，执至重，形至佚，心至愈，志无所诎，形无所劳，尊无上矣。《诗》曰："普天之下，莫非王土；率土之滨，莫非王臣。"此之谓也。

续 表

诗篇名	称引内容	称引出处	称引原文
无将大车	《将大车》	上博楚简《诗论》	《贅大车》之嚣也,则以为不可如何也。
	无将大车,维尘冥冥。	《荀子·大略》	君人者不可以不慎取臣,匹夫不可以不慎取友。友者,所以相有也。道不同,何以相有也？均薪施火,火就燥；平地注水,水流湿。夫类之相从也,如此之著也,以友观人,焉所疑？取友善人,不可不慎,是德之基也。《诗》曰:"无将大车,维尘冥冥。"言无与小人处也。
小明	《小明》	上博楚简《诗论》	《少明》不……
	嗟尔君子,无恒安息。靖共尔位,好是正直。神之听之,介尔景福。	《荀子·劝学》	故不登高山,不知天之高也；不临深溪,不知地之厚也；不闻先王之遗言,不知学问之大也。干、越、夷、貉之子,生而同声,长而异俗,教使之然也。《诗》曰:"嗟尔君子,无恒安息。靖共尔位,好是正直。神之听之,介尔景福。"神莫大于化道,福莫长于无祸。
	靖共尔位,好是正直。	郭店楚简《缁衣》	子曰：有国者章好章恶,以示民厚,则民情不忒。《诗》云："靖共尔位,好是正直。"
鼓钟			
楚茨	礼仪卒度,笑语卒获。	《荀子·修身》	扁善之度,以治气养生则后彭祖,以修身自名则配尧、禹。宜于时通,利以处穷,礼信是也。凡用血气、志意、知虑,由礼则治通,不由礼则勃乱提僈；食饮、衣服、居处、动静,由礼则和节,不由礼则触陷生疾；容貌、态度、进退、趋行,由礼则雅,不由礼则夷固僻违,庸众而野。故人无礼则不生,事无礼则不成,国家无礼则不宁。《诗》曰:"礼仪卒度,笑语卒获。"此之谓也。

续 表

诗篇名	称引内容	称引出处	称引原文
楚茨	礼仪卒度,笑语卒获。	《荀子·礼论》	礼者,以财物为用,以贵贱为文,以多少为异,以隆杀为要。文理繁,情用省,是礼之隆也;文理省,情用繁,是礼之杀也;文理、情用相为内外表里,并行而集,是礼之中流也。故君子上致其隆,下尽其杀,而中处其中。步骤、驰骋、厉骛不外是矣,是君子之坛宇、宫廷也。人有是,士君子也;外是,民也;于是其中焉,方皇周挟,曲得其次序,是圣人也。故厚者,礼之积也;大者,礼之广也;高者,礼之隆也;明者,礼之尽也。《诗》曰:"礼仪卒度,笑语卒获。"此之谓也。
信南山			
甫田			
大田	雨我公田,遂及我私。	《孟子·滕文公上》	孟子曰:"……民之为道也,有恒产者有恒心,无恒产者无恒心。苟无恒心,放僻邪侈,无不为已。及陷乎罪,然后从而刑之,是罔民也。焉有仁人在位,罔民而可为也?是故贤君必恭俭,礼下,取于民有制。阳虎曰:'为富不仁矣,为仁不富矣。'夏后氏五十而贡,殷人七十而助,周人百亩而彻,其实皆什一也。彻者,彻也。助者,藉也。龙子曰:'治地莫善于助,莫不善于贡。'贡者,校数岁之中以为常。乐岁,粒米狼戾,多取之而不为虐,则寡取之;凶年,粪其田而不足,则必取盈焉。为民父母,使民盻盻然,将终岁勤动,不得以养其父母,又称贷而益之,使老稚转乎沟壑,恶在其为民父母也?夫世禄,滕固行之矣。《诗》云:'雨我公田,遂及我私。'惟助为有公田。由此观之,虽周亦助也。
	《大田》之卒章	上博楚简《诗论》	《大田》之卒章,知言而有礼。

续 表

诗篇名	称引内容	称引出处	称引原文
瞻彼洛矣			
裳裳者华	《裳裳者华》	上博楚简《诗论》	《裳裳者芋》则……
裳裳者华	左之左之，君子宜之。右之右之，君子有之。	《荀子·不苟》	君子崇人之德，扬人之美，非谄谀也；正义直指，举人之过，非毁疵也；言己之光美，拟于舜、禹，参于天地，非夸诞也；与时屈伸，柔从若蒲苇，非慑怯也；刚强猛毅，靡所不信，非骄暴也。以义变应，知当曲直故也。《诗》曰："左之左之，君子宜之；右之右之，君子有之。"此言君子能以义屈信变应故也。
桑扈			
鸳鸯			
頍弁			
车辖			
青蝇	《青蝇》	上博楚简《诗论》	《青蝇》知……
宾之初筵			
鱼藻			

续表

诗篇名	称引内容	称引出处	称引原文
采菽	彼交匪纾，天子所予。	《荀子·劝学》	问楛者勿告也，告楛者勿问也，说楛者勿听也，有争气者勿与辩也。故必由其道至，然后接之，非其道则避之。故礼恭而后可与言道之方，辞顺而后可与言道之理，色从而后可与言道之致。故未可与言而言谓之傲，可与言而不言谓之隐，不观气色而言谓之瞽。故君子不傲，不隐，不瞽，谨顺其身。《诗》曰："匪交匪舒，天子所予。"此之谓也。
	平平左右，亦是率从。	《荀子·儒效》	故能小而事大，辟之是犹力之少而任重，舍粹折无适也。身不肖而诬贤，是犹伛伸而好升高也，指其顶者愈众。故明主谲德而序位，所以为不乱也；忠臣诚能然后敢受职，所以为不穷也。分不乱于上，能不穷于下，治辩之极也。《诗》曰："平平左右，亦是率从。"是言上下之交不相乱也。
	民之无良，相怨一方。受爵不让，至于己斯亡。	《荀子·儒效》	鄙夫反是。比周而誉俞少，鄙争而名俞辱，烦劳以求安利，其身俞危。《诗》曰："民之无良，相怨一方。受爵不让，至于己斯亡。"此之谓也。
角弓	雨雪瀌瀌，见晛曰消，莫肯下遗，式居屡骄。	《荀子·非相》	人有三不祥：幼而不肯事长，贱而不肯事贵，不肖而不肯事贤，是人之三不祥也。人有三必穷：为上则不能爱下，为下则好非其上，是人之一必穷也。乡则不若，偝则谩之，是人之二必穷也。知行浅薄，曲直有以相县矣，然而仁人不能推，知士不能明，是人之三必穷也。人有此三数行者，以为上则必危，为下则必灭。《诗》曰："雨雪瀌瀌，宴然聿消，莫肯下隧，式居屡骄。"此之谓也。
菀柳			

续 表

诗篇名	称引内容	称引出处	称引原文
都人士	其容不改,出言有章。行归于周,万民所望。	郭店楚简《缁衣》	子曰:长民者,衣服不改,从容有常,则民德一。《诗》云:"其容不改,出言有丨,黎民所信。"
采绿			
黍苗	我任我辇,我车我牛。我行既集,盖云归哉。	《荀子·富国》	若夫重色而衣之,重味而食之,重财物而制之,合天下而君之,非特以为淫泰也,固以为王天下,治万变,材万物,养万民,兼制天下者,为莫若仁人之善也夫!故其知虑足以治之,其仁厚足以安之,其德音足以化之,得之则治,失之则乱。百姓诚赖其知也,故相率而为之劳苦以务佚之,以养其知也;诚美其厚也,故为之出死断亡以覆救之,以养其厚也;诚美其德也,故为之雕琢、刻镂、黼黻、文章以藩饰之,以养其德也。故仁人在上,百姓贵之如帝,亲之如父母,为之出死断亡而愉者,无它故焉,其所是焉诚美,其所得焉诚大,其所利焉诚多。《诗》曰:"我任我辇,我车我牛,我行既集,盖云归哉!"此之谓也。
隰桑			
白华			
绵蛮	饮之食之,教之诲之。	《荀子·大略》	不富无以养民情,不教无以理民性。故家五亩宅,百亩田,务其业而勿夺其时,所以富之也。立大学,设庠序,修六礼,明十教,所以道之也。《诗》曰:"饮之食之,教之诲之。"王事具矣。
瓠叶			

续 表

诗篇名	称引内容	称引出处	称引原文
渐渐之石			
苕之华			
何草不黄			
大雅	《大雅》	《荀子·儒效》	曷谓一？曰：执神而固。曷谓神？曰：尽善挟治之谓神，万物莫足以倾之之谓固，神固之谓圣人。圣人也者，道之管也。天下之道管是矣，百王之道一是矣，故《诗》《书》《礼》《乐》之归是矣。《诗》言是，其志也；《书》言是，其事也；《礼》言是，其行也；《乐》言是，其和也；《春秋》言是，其微也。故《风》之所以为不逐者，取是以节之也；《小雅》之所以为《小雅》者，取是而文之也；《大雅》之所以为《大雅》者，取是而光之也；《颂》之所以为至者，取是而通之也；天下之道毕是矣。乡是者臧，倍是者亡。乡是如不臧，倍是如不亡者，自古及今，未尝有也。
	《大雅》	上博楚简《诗论》	《讼》，平德也，多言后，其乐安而迟，其歌绅而筐，其思深而远，至矣！《大夏》，盛德也，多言……[《小夏》]……也，多言难而怨怼也，衰矣，少矣。《邦风》其纳物也溥，观人欲焉，大敛材焉。其言文，其声善。
	《大雅》	上博楚简《诗论》	[孔子]曰：《诗》其犹平门与？贱民而豫之，其用心也将何如？曰：《邦风》是也。民之有戚患也，上下之不和者，其用心也将何如？[曰：《小夏》是也。]……[曰：《大夏》]是也。有成功者何如？曰：《讼》是也。

续　表

诗篇名	称引内容	称引出处	称引原文
文王	《文王》	上博楚简《诗论》	孔子曰：……《文王》吾美之，……《文王》[曰：]"[文]王才上，於卲于天"，吾美之。
	文王在上，於昭于天。	郭店楚简《五行》	闻君子道，聪也。闻而知之，圣也。圣人知天道也。知而行之，义也。行之而时，德也。见贤人，明也。见而知之，智也。知而安之，仁也。安而敬之，礼也。圣，知礼乐之所由生也，五[行之所和]也。和则乐，乐则有德，有德则邦家兴。文王之见也如此。"文[王在上，於昭]於天"，此之谓也。
	文王在上，於昭于天。	上博楚简《诗论》	孔子曰：……《文王》吾美之，……《文王》[曰：]"[文]王才上，於卲于天"，吾美之。
	周虽旧邦，其命维新。	《孟子·滕文公上》	滕文公问为国。孟子曰："民事不可缓也。《诗》云：'昼尔于茅，宵尔索绹。亟其乘屋，其始播百谷。'民之为道也，有恒产者有恒心，无恒产者无恒心。苟无恒心，放僻邪侈，无不为已。及陷乎罪，然后从而刑之，是罔民也。焉有仁人在位，罔民而可为也？是故贤君必恭俭，礼下，取于民有制。阳虎曰：'为富不仁矣，为仁不富矣。'夏后氏五十而贡，殷人七十而助，周人百亩而彻，其实皆什一也。彻者，彻也。助者，藉也。龙子曰：'治地莫善于助，莫不善于贡。'贡者，校数岁之中以为常。乐岁，粒米狼戾，多取之而不为虐，则寡取之；凶年，粪其田而不足，则必取盈焉。为民父母，使民盻盻然，将终岁勤动，不得以养其父母，又称贷而益之，使老稚转乎沟壑，恶在其为民父母也？夫世禄，滕固行之矣。《诗》云：'雨我公田，遂及我私。'惟助为有公田。由此观之，虽周亦助也。设为庠序学校以教之。庠者，养也。校者，教也。序者，射也。夏曰校，殷曰序，周曰庠，学则三代共之，皆所以明人伦也。人伦明于上，小民亲于下。有王者起，必来取法，是为王者师也。《诗》云：'周虽旧邦，其命惟新。'文王之谓也。子力行之，亦以新子之国！"

续　表

诗篇名	称引内容	称引出处	称引原文
文王	济济多士，文王以宁。	《荀子·君道》	墙之外，目不见也；里之前，耳不闻也；而人主之守司，远者天下，近者境内，不可以不略知也。天下之变，境内之事，有弛易齵差者矣，而人主无由知之，则是拘胁蔽塞之端也。耳目之明，如是其狭也；人主之守司，如是其广也；其中不可以不知也，如是其危也。然则人主将何以知之？曰：便嬖左右者，人主之所以窥远收众之门户牖向也，不可不早具也。故人主必将有便嬖左右足信者然后可，其知惠足使规物、其端诚足使定物然后可；夫是之谓国具。人主不能不有游观安燕之时，则不得不有疾病物故之变焉。如是国者，事物之至也如泉原，一物不应，乱之端也。故曰：人主不可以独也。卿相辅佐，人主之基、杖也，不可不早具也。故人主必将有卿相辅佐足任者然后可，其德音足以填抚百姓，其知虑足以应待万变然后可，夫是之谓国具。四邻诸侯之相与，不可以不相接也，然而不必相亲也，故人主必将有足使喻志决疑于远方者然后可。其辩说足以解烦、其知虑足以决疑、其齐断足以距难，不还秩、不反君，然而应薄扞患足以持社稷，然后可，夫是之谓国具。故人主无便嬖左右足信者谓之暗，无卿相辅佐足任使者谓之独，所使于四邻诸侯者非其人谓之孤，孤独而暗谓之危。国虽若存，古之人曰亡矣。《诗》曰："济济多士，文王以宁。"此之谓也。
	穆穆文王，於缉熙敬止。	郭店楚简《缁衣》	子曰：君子道人以言，而亞以行。故言则虑其所终，行则稽其所敝，则民慎于言而谨于行。《诗》云："穆穆文王，於缉熙敬止。"

续　表

诗篇名	称引内容	称引出处	称引原文
文王	商之孙子，其丽不亿。上帝既命，侯于周服。侯服于周，天命靡常。殷士肤敏，裸将于京。	《孟子·离娄上》	孟子曰："天下有道，小德役大德，小贤役大贤。天下无道，小役大，弱役强。斯二者，天也。顺天者存，逆天者亡。齐景公曰：'既不能令，又不受命，是绝物也。'涕出而女于吴。今也小国师大国而耻受命焉，是犹弟子而耻受命于先师也。如耻之，莫若师文王。师文王，大国五年，小国七年，必为政于天下矣。《诗》云：'商之孙子，其丽不亿。上帝既命，侯于周服。侯服于周，天命靡常。殷士肤敏，裸将于京。'孔子曰：'仁不可为众也。夫国君好仁，天下无敌。'今也欲无敌于天下而不以仁，是犹执热而不以濯也。《诗》云：'谁能执热，逝不以濯。'"
	永言配命，自求多福。	《孟子·公孙丑上》	孟子曰："仁则荣，不仁则辱。今恶辱而居不仁，是犹恶湿而居下也。如恶之，莫如贵德而尊士，贤者在位，能者在职。国家闲暇，及是时，明其政刑。虽大国，必畏之矣。《诗》云：'迨天之未阴雨，彻彼桑土，绸缪牖户。今此下民，或敢侮予。'孔子曰：'为此诗者，其知道乎？能治其国家，谁敢侮之？'今国家闲暇，及是时，般乐怠敖，是自求祸也。祸福无不自己求之者。《诗》云：'永言配命，自求多福。'《太甲》曰：'天作孽，犹可违。自作孽，不可活。'此之谓也。"
	永言配命，自求多福。	《孟子·离娄上》	孟子曰："爱人不亲，反其仁；治人不治，反其智；礼人不答，反其敬。行有不得者，皆反求诸己，其身正而天下归之。《诗》云：'永言配命，自求多福。'"
	仪刑文王，万邦作孚。	郭店楚简《缁衣》	夫子曰：好美如好《缁衣》，恶恶如恶《巷伯》，则民臧佗而型不屯。《诗》云："仪刑文王，万邦作孚。"

续　表

诗篇名	称引内容	称引出处	称引原文
大明	明明在下，赫赫在上。	《荀子·解蔽》	周而成，泄而败，明君无之有也；宣而成，隐而败，暗君无之有也。故君人者周则谗言至矣，直言反矣，小人迩而君子远矣。《诗》云："墨以为明，狐狸而苍。"此言上幽而下险也。君人者宣则直言至矣，而谗言反矣，君子迩而小人远矣。《诗》曰："明明在下，赫赫在上。"此言上明而下化也。
	明明在下，赫赫在上。	郭店楚简《五行》	见而知之，智也。闻而知之，圣也。明明，智也。赫赫，圣也。"明明在下，赫赫在上"，此之谓也。
	明明在下。	《荀子·正论》	世俗之为说者曰："主道利周。"是不然。主者，民之唱也；上者，下之仪也。彼将听唱而应，视仪而动。唱默则民无应也，仪隐则下无动也。不应不动，则上下无以相有也。若是，则与无上同也，不祥莫大焉。故上者，下之本也，上宣明则下治辨矣，上端诚则下愿悫矣，上公正则下易直矣。治辨则易一，愿悫则易使，易直则易知。易一则强，易使则功，易知则明，是治之所由生也。上周密则下疑玄矣，上幽险则下渐诈矣，上偏曲则下比周矣。疑玄则难一，渐诈则难使，比周则难知。难一则不强，难使则不功，难知则不明，是乱之所由作也。故主道利明不利幽，利宣不利周。故主道明则下安，主道幽则下危。故下安则贵上，下危则贱上。故上易知则下亲上矣，上难知则下畏上矣。下亲上则上安，下畏上则上危。故主道莫恶乎难知，莫危乎使下畏己。传曰："恶之者众则危。"《书》曰："克明明德。"《诗》曰："明明在下。"故先王明之，岂特玄之耳哉！
	有命自天，命此文王。	上博楚简《诗论》	……["帝谓文王，予]怀尔明德"，曷？诚谓之也；"有命自天，命此文王"，诚命之也，信矣。孔子曰：此命也夫！文王虽欲也，得乎？此命也，寺也，文王受命矣。

续 表

诗篇名	称引内容	称引出处	称引原文
大明	上帝临女，无贰尔心。	郭店楚简《五行》	目而知之，谓之进之。喻而知之，谓之进之。譬而知之，谓之进之。几而知之，天也。"上帝贤女，毋贰尔心"，此之谓也。
绵	古公亶父，来朝走马。率西水浒，至于岐下。爰及姜女，聿来胥宇。	《孟子·梁惠王下》	王曰："寡人有疾，寡人好色。"对曰："昔者太王好色，爱厥妃。《诗》云：'古公亶父，来朝走马，率西水浒，至于岐下。爰及姜女，聿来胥宇。'当是时也，内无怨女，外无旷夫。王如好色，与百姓同之，于王何有？"
绵	肆不殄厥愠，亦不陨厥问。	《孟子·尽心下》	貉稽曰："稽大不理于口。"孟子曰："无伤也，士憎兹多口。《诗》云：'忧心悄悄，愠于群小。'孔子也。'肆不殄厥愠，亦不殒厥问。'文王也。"
棫朴	追琢其章，金玉其相，勉勉我王，纲纪四方。	《荀子·富国》	人之生，不能无群，群而无分则争，争则乱，乱则穷矣。故无分者，人之大害也；有分者，天下之本利也；而人君者，所以管分之枢要也。故美之者，是美天下之本也；安之者，是安天下之本也；贵之者，是贵天下之本也。古者先王分割而等异之也，故使或美或恶，或厚或薄，或佚或乐，或劬或劳，非特以为淫泰夸丽之声，将以明仁之文，通仁之顺也。故为之雕琢、刻镂、黼黻、文章，使足以辨贵贱而已，不求其观，为之锺鼓、管磬、琴瑟、竽笙，使足以辨吉凶，合欢定和而已，不求其余；为之宫室台榭，使足以避燥湿，养德辨轻重而已，不求其外。《诗》曰："雕琢其章，金玉其相，亹亹我王，纲纪四方。"此之谓也。
旱麓			

附录　先秦儒家称《诗》表 | 293

续 表

诗篇名	称引内容	称引出处	称引原文
思齐	刑于寡妻,至于兄弟,以御于家邦。	《孟子·梁惠王上》	曰:"……老吾老,以及人之老;幼吾幼,以及人之幼:天下可运于掌。《诗》云:'刑于寡妻,至于兄弟,以御于家邦。'言举斯心加诸彼而已。故推恩足以保四海,不推恩无以保妻子。古之人所以大过人者,无他焉,善推其所为而已矣。"
	刑于寡妻,至于兄弟,以御于家邦。	《荀子·大略》	子贡问于孔子曰:"赐倦于学矣,愿息事君。"孔子曰:"《诗》云:'温恭朝夕,执事有恪。'事君难,事君焉可息哉!""然则赐愿息事亲。"孔子曰:"《诗》云:'孝子不匮,永锡尔类。'事亲难,事亲焉可息哉!""然则赐愿息于妻子。"孔子曰:"《诗》云:'刑于寡妻,至于兄弟,以御于家邦。'妻子难,妻子焉可息哉!""然则赐愿息于朋友。"孔子曰:"《诗》云:'朋友攸摄,摄以威仪。'朋友难,朋友焉可息哉!""然则赐愿息耕。"孔子曰:"《诗》云:'昼尔于茅,宵尔索绹,亟其乘屋,其始播百谷。'耕难,耕焉可息哉!""然则赐无息者乎?"孔子曰:"望其圹,皋如也,颠如也,鬲如也,此则知所息矣。"子贡曰:"大哉死乎!君子息焉,小人休焉。"
皇矣	王赫斯怒,爰整其旅,以按徂旅,以笃于周祜,以对于天下。	《孟子·梁惠王下》	王曰:"大哉言矣!寡人有疾,寡人好勇。"对曰:"王请无好小勇。夫抚剑疾视,曰:'彼恶敢当我哉!'此匹夫之勇,敌一人者也。王请大之!《诗》云:'王赫斯怒,爰整其旅,以遏徂莒,以笃周祜,以对于天下。'此文王之勇也。文王一怒而安天下之民。《书》曰:'天降下民,作之君,作之师。惟曰其助上帝,宠之四方,有罪无罪,惟我在,天下曷敢有越厥志?'一人衡行于天下,武王耻之,此武王之勇也。而武王亦一怒而安天下之民。今王亦一怒而安天下之民,民惟恐王之不好勇也。"

续 表

诗篇名	称引内容	称引出处	称引原文
皇矣	予怀明德。	上博楚简《诗论》	……["帝谓文王,予]怀尔明德",曷？诚谓之也;"有命自天,命此文王",诚命之也,信矣。孔子曰:此命也夫！文王佳谷也,得乎？此命也,寺也,文王受命矣。
	不识不知,顺帝之则。	《荀子·修身》	礼者,所以正身也;师者,所以正礼也。无礼,何以正身？无师,吾安知礼之为是也？礼然而然,则是情安礼也;师云而云,则是知若师也。情安礼,知若师,则是圣人也。故非礼,是无法也;非师,是无师也。不是师法而好自用,譬之是犹以盲辨色,以聋辨声也,舍乱妄无为也。故学也者,礼法也。夫师,以身为正仪而贵自安者也。《诗》云:"不识不知,顺帝之则。"此之谓也。
灵台	经始灵台,经之营之。庶民攻之,不日成之。经始勿亟,庶民子来。王在灵囿,麀鹿攸伏,麀鹿濯濯,白鸟翯翯。王在灵沼,于牣鱼跃。	《孟子·梁惠王上》	孟子见梁惠王。王立于沼上,顾鸿雁麋鹿,曰:"贤者亦乐此乎？"孟子对曰:"贤者而后乐此,不贤者虽有此不乐也。《诗》云:'经始灵台,经之营之,庶民攻之,不日成之。经始勿亟,庶民子来。王在灵囿,麀鹿攸伏,麀鹿濯濯,白鸟鹤鹤。王在灵沼,于牣鱼跃。'文王以民力为台为沼,而民欢乐之,谓其台曰灵台,谓其沼曰灵沼,乐其有麋鹿鱼鳖。古之人与民偕乐,故能乐也。《汤誓》曰:'时日害丧,予及女偕亡！'民欲与之皆亡,虽有台池鸟兽,岂能独乐哉！"
下武	成王之孚,下土之式。	郭店楚简《缁衣》	子曰:禹立三年,百姓以仁道,岂必尽仁。《诗》云:"成王之孚,下土之式。"《吕刑》云:"一人有庆,万民赖之。"
	永言孝思,孝思维则。	《孟子·万章上》	曰:"……孝子之至,莫大乎尊亲。尊亲之至,莫大乎以天下养。为天子父,尊之至也。以天下养,养之至也。《诗》曰:'永言孝思,孝思惟则。'此之谓也。"

续表

诗篇名	称引内容	称引出处	称引原文
下武	媚兹一人,应侯顺德,永言孝思,昭哉嗣服。	《荀子·仲尼》	持宠处位终身不厌之术:主尊贵之,则恭敬而僔;主信爱之,则谨慎而嗛;主专任之,则拘守而详;主安近之,则慎比而不邪;主疏远之,则全一而不倍;主损绌之,则恐惧而不怨。贵而不为夸,信而不处谦,任重而不敢专。财利至则善而不及也,必将尽辞让之义然后受。福事至则和而理,祸事至则静而理。富则施广,贫则用节。可贵可贱也,可富可贫也,可杀而不可使为奸也,是持宠处位终身不厌之术也。虽在贫穷徒处之埶,亦取象于是矣。夫是之谓吉人。《诗》曰:"媚兹一人,应侯顺德,永言孝思,昭哉嗣服。"此之谓也。
文王有声	自西自东,自南自北,无思不服。	《孟子·公孙丑上》	孟子曰:"以力假仁者霸,霸必有大国。以德行仁者王,王不待大。汤以七十里,文王以百里。以力服人者,非心服也,力不赡也。以德服人者,中心悦而诚服也,如七十子之服孔子也。《诗》云:'自西自东,自南自北,无思不服。'此之谓也。"
文王有声	自西自东,自南自北,无思不服。	《荀子·儒效》	王曰:"然则其为人上何如?"孙卿曰:"其为人上也广大矣:志意定乎内,礼节修乎朝,法则度量正乎官,忠信爱利形乎下,行一不义、杀一无罪而得天下,不为也。此君义信乎人矣,通于四海,则天下应之如欢。是何也?则贵名白而天下治也。故近者歌讴而乐之,远者竭蹶而趋之,四海之内若一家,通达之属莫不从服,夫是之谓人师。《诗》曰:'自西自东,自南自北,无思不服。'此之谓也。夫其为人下也如彼,其为人上也如此,何谓其无益于人之国也?"昭王曰:"善。"

续 表

诗篇名	称引内容	称引出处	称引原文
文王有声	自西自东,自南自北,无思不服。	《荀子·王霸》	百里之地,可以取天下。是不虚,其难者在人主之知之也。取天下者,非负其土地而从之之谓也,道足以壹人而已矣。彼其人苟壹,则其土地且奚去我而适它?故百里之地,其等位爵服足以容天下之贤士矣,其官职事业足以容天下之能士矣,循其旧法,择其善者而明用之,足以顺服好利之人矣。贤士一焉,能士官焉,好利之人服焉,三者具而天下尽,无有是其外矣。故百里之地足以竭埶矣,致忠信,著仁义,足以竭人矣,两者合而天下取,诸侯后同者先危。《诗》曰:"自西自东,自南自北,无思不服。"一人之谓也。
文王有声	自西自东,自南自北,无思不服。	《荀子·议兵》	孙卿子曰:"将死鼓,御死辔,百吏死职,士大夫死行列。闻鼓声而进,闻金声而退,顺命为上,有功次之。令不进而进,犹令不退而退也,其罪惟均。不杀老弱,不猎禾稼,服者不禽,格者不舍,奔命者不获。凡诛,非诛其百姓也,诛其乱百姓者也。百姓有捍其贼,则是亦贼也。以故顺刃者生,苏刃者死,奔命者贡。微子开封于宋,曹触龙断于军,殷之服民,所以养生之者也,无异周人。故近者歌讴而乐之,远者竭蹶而趋之,无幽闲辟陋之国莫不趋使而安乐之,四海之内若一家,通达之属莫不从服,夫是之谓人师。《诗》曰:'自西自东,自南自北,无思不服。'此之谓也。王者有诛而无战,城守不攻,兵格不击。上下相喜则庆之。不屠城,不潜军,不留众,师不越时。故乱者乐其政,不安其上,欲其至也。"
生民			
行苇			

续 表

诗篇名	称引内容	称引出处	称引原文
既醉	既醉以酒,既饱以德。	《孟子·告子上》	孟子曰:"欲贵者,人之同心也。人人有贵于己者,弗思耳矣。人之所贵者,非良贵也。赵孟之所贵,赵孟能贱之。《诗》云:'既醉以酒,既饱以德。'言饱乎仁义也,所以不愿人之膏粱之味也。令闻广誉施于身,所以不愿人之文绣也。"
	朋友攸摄,摄以威仪。	《荀子·大略》	子贡问于孔子曰:"赐倦于学矣,愿息事君。"孔子曰:"《诗》云:'温恭朝夕,执事有恪。'事君难,事君焉可息哉!""然则赐愿息事亲。"孔子曰:"《诗》云:'孝子不匮,永锡尔类。'事亲难,事亲焉可息哉!""然则赐愿息于妻子。"孔子曰:"《诗》云:'刑于寡妻,至于兄弟,以御于家邦。'妻子难,妻子焉可息哉!""然则赐愿息于朋友。"孔子曰:"《诗》云:'朋友攸摄,摄以威仪。'朋友难,朋友焉可息哉!""然则赐愿息耕。"孔子曰:"《诗》云:'昼尔于茅,宵尔索绹,亟其乘屋,其始播百谷。'耕难,耕焉可息哉!""然则赐无息者乎?"孔子曰:"望其圹,皋如也,巅如也,鬲如也,此则知所息矣。"子贡曰:"大哉死乎! 君子息焉,小人休焉。"
	朋友攸摄,摄以威仪。	郭店楚简《缁衣》	子曰:轻绝贫贱,而重绝富贵,则好仁不坚,而恶恶不著也。人虽曰不利,吾弗信之矣。《诗》云:"朋支攸摄,摄以畏仪。"
	孝子不匮,永锡尔类。	《荀子·大略》	子贡问于孔子曰:"赐倦于学矣,愿息事君。"孔子曰:"《诗》云:'温恭朝夕,执事有恪。'事君难,事君焉可息哉!""然则赐愿息事亲。"孔子曰:"《诗》云:'孝子不匮,永锡尔类。'事亲焉可息哉!""然则赐愿息于妻子。"孔子曰:"《诗》云:'刑于寡妻,至于兄弟,以御于家邦。'妻子难,妻子焉可息哉!""然则赐愿息于朋友。"孔子曰:"《诗》云:'朋友攸摄,摄以威仪。'朋友难,朋友焉可息哉!""然则赐愿息耕。"孔子曰:"《诗》云:'昼尔于茅,宵尔索绹,亟其乘屋,其始

续 表

诗篇名	称引内容	称引出处	称引原文
			播百谷。'耕难,耕焉可息哉!""然则赐无息者乎?"孔子曰:"望其圹,皋如也,巔如也,鬲如也,此则知所息矣。"子贡曰:"大哉死乎!君子息焉,小人休焉。"
既醉	孝子不匮。	《荀子·子道》	孝子所以不从命有三:从命则亲危,不从命则亲安,孝子不从命乃衷;从命则亲辱,不从命则亲荣,孝子不从命乃义;从命则禽兽,不从命则修饰,孝子不从命乃敬。故可以从而不从,是不子也;未可以从而从,是不衷也。明于从不从之义,而能致恭敬、忠信、端悫以慎行之,则可谓大孝矣。《传》曰:"从道不从君,从义不从父。"此之谓也。故劳苦雕萃而能无失其敬,灾祸患难而能无失其义,则不幸不顺见恶而能无失其爱,非仁人莫能行。《诗》曰:"孝子不匮。"此之谓也。
凫鹥			
假乐	不愆不忘,率由旧章。	《孟子·离娄上》	孟子曰:"离娄之明,公输子之巧,不以规矩,不能成方员。师旷之聪,不以六律,不能正五音。尧、舜之道,不以仁政,不能平治天下。今有仁心仁闻而民不被其泽,不可法于后世者,不行先王之道也。故曰:徒善不足以为政,徒法不能以自行。《诗》云:'不愆不忘,率由旧章。'遵先王之法而过者,未之有也。"
公刘	乃积乃仓,乃裹餱糧,于橐于囊。思辑用光。弓矢斯张,干戈戚扬,爰方启行。	《孟子·梁惠王下》	王曰:"寡人有疾,寡人好货。"对曰:"昔者公刘好货,《诗》云:'乃积乃仓,乃裹餱粮,于橐于囊。思戢用光。弓矢斯张,干戈戚扬,爰方启行。'故居者有积仓,行者有裹囊也,然后可以爰方启行。王如好货,与百姓同之,于王何有?"

续　表

诗篇名	称引内容	称引出处	称引原文
泂酌	岂弟君子，民之父母。	《荀子·礼论》	君子丧所以取三年,何也？曰:君者,治辨之主也,文理之原也,情貌之尽也,相率而致隆之,不亦可乎！《诗》曰:"恺悌君子,民之父母。"彼君子者,固有为民父母之说焉。父能生之,不能养之,母能食之,不能教诲之,君者,已能食之矣,又善教诲之者也,三年毕矣哉！乳母,饮食之者也,而三月;慈母,衣被之者也,而九月;君,曲备之者也,三年毕乎哉！得之则治,失之则乱,文之至也;得之则安,失之则危,情之至也。两至者俱积焉,以三年事之犹未足也,直无由进之耳。故社,祭社也,稷,祭稷也;郊者,并百王于上天而祭祀之也。
	岂弟君子，民之父母。	上博楚简《民之父母》	[子]夏问于孔子:"《诗》曰:'凯俤君子,民之父母',敢问何如而可谓民之父母?"孔子答曰:"民[之]父母乎,必达于礼乐之苞,以致'五至'以行'三无',以横于天下。四方有败,必先知之,其[之]谓民之父母矣。"
卷阿	颙颙卬卬，如圭如璋，令闻令望。岂弟君子，四方为纲。	《荀子·正名》	夫民易一以道而不可与共故,故明君临之以埶,道之以道,申之以命,章之以论,禁之以刑。故其民之化道也如神,辨埶恶用矣哉！今圣王没,天下乱,奸言起,君子无埶以临之,无刑以禁之,故辨说也。实不喻然后命,命不喻然后期,期不喻然后说,说不喻然后辨。故期、命、辨、说也者,用之大文也,而王业之始也。名闻而实喻,名之用也。累而成文,名之丽也。用、丽俱得,谓之知名。名也者,所以期累实也。辞也者,兼异实之名以论一意也。辩说也者,不异实名以喻动静之道。期命也者,辨说之用也。辨说也者,心之象道也。心也者,道之工宰也。道也者,治之经理也。心合于道,说合于心,辞合于说,正名而期,质请而喻。辨异而不过,推类而不悖,听则合

续 表

诗篇名	称引内容	称引出处	称引原文
卷阿			文,辨则尽故。以正道而辨奸,犹引绳以持曲直,是故邪说不能乱,百家无所窜。有兼听之明而无矜奋之容,有兼覆之厚而无伐德之色。说行则天下正,说不行则白道而冥穷,是圣人之辨说也。《诗》曰:"颙颙卬卬,如珪如璋,令闻令望。岂弟君子,四方为纲。"此之谓也。
民劳	惠此中国,以绥四方。	《荀子·致士》	川渊深而鱼鳖归之,山林茂而禽兽归之,刑政平而百姓归之,礼义备而君子归之。故礼及身而行修,义及国而政明,能以礼挟而贵名白,天下愿,令行禁止,王者之事毕矣。《诗》曰:"惠此中国,以绥四方。"此之谓也。川渊者,龙鱼之居也;山林者,鸟兽之居也;国家者,士民之居也。川渊枯则龙鱼去之,山林险则鸟兽去之,国家失政则士民去之。
板	上帝板板,下民卒瘅。	郭店楚简《缁衣》	子曰:上人疑则百姓惑,下难知则君长劳。故君民者,章好以示民欲,谨恶以渫民淫,则民不惑。臣事君,言其所不能,不词其所能,则君不劳。《大雅》云:"上帝板板,下民卒瘅。"《小雅》云:"非其止之,共唯王蛮。"
板	天之方蹶,无然泄泄。	《孟子·离娄上》	孟子曰:"……上无礼,下无学,贼民兴,丧无日矣。《诗》曰:'天之方蹶,无然泄泄。'泄泄,犹沓沓也。事君无义,进退无礼,言则非先王之道者,犹沓沓也。故曰:责难于君谓之恭,陈善闭邪谓之敬,吾君不能谓之贼。"
板	我言维服,勿以为笑。先民有言,询于刍荛。	《荀子·大略》	天下、国有俊士,世有贤人。迷者不问路,溺者不问遂,亡人好独。《诗》曰:"我言维服,勿用为笑。先民有言,询于刍荛。"言博问也。

续　表

诗篇名	称引内容	称引出处	称引原文
板	价人维藩,大师维垣。	《荀子·君道》	君者,民之原也,原清则流清,原浊则流浊。故有社稷者而不能爱民,不能利民,而求民之亲爱己,不可得也。民不亲不爱,而求为己用,为己死,不可得也。民不为己用,不为己死,而求兵之劲,城之固,不可得也。兵不劲,城不固,而求敌之不至,不可得也。敌至而求无危削,不灭亡,不可得也。危削灭亡之情举积此矣,而求安乐,是狂生者也。狂生者不胥时而落。故人主欲强固安乐,则莫若反之民;欲附下一民,则莫若反之政;欲修政美国,则莫若求其人。彼或蓄积而得之者不世绝,彼其人者,生乎今之世而志乎古之道。以天下之王公莫好之也,然而于是独好之;以天下之民莫欲之也,然而于是独为之;好之者贫,为之者穷,然而于是犹将为之也,不为少顷辍焉。晓然独明于先王之所以得之,所以失之,知国之安危臧否若别白黑。是其人者也,大用之则天下为一,诸侯为臣,小用之则威行邻敌,纵不能用,使无去其疆域,则国终身无故。故君人者爱民而安,好士而荣,两者无一焉而亡。《诗》曰:"介人维藩,大师为垣。"此之谓也。
	价人维藩,大师维垣。	《荀子·强国》	夫桀、纣,圣王之后子孙也,有天下者之世也,执籍之所存,天下之宗室也,土地之大,封内千里,人之众数以亿万,俄而天下倜然举去桀、纣而奔汤、武,反然举恶桀、纣而贵汤、武,是何也？夫桀、纣何失而汤、武何得也？曰:是无它故焉,桀、纣者,善为人所恶也;而汤、武者,善为人所好也。人之所恶何也？曰:污漫、争夺、贪利是也。人之所好者何也？曰:礼义、辞让、忠信是也。今君人者,譬称比方则欲自并乎汤、武,若其所以统之,则无以异于桀、纣,而求有汤、武之功名可乎？故凡得胜者必与人也,凡得人者必与道也。道也者何也？曰:礼让忠信是也。故自四五万而往者强

续 表

诗篇名	称引内容	称引出处	称引原文
板			胜,非众之力也,隆在信矣;自数百里而往者安固,非大之力也,隆在修政矣。今已有数万之众者也,陶诞、比周以争与;已有数百里之国者也,污漫、突盗以争地。然则是弃己之所安强,而争己之所以危弱也,损己之所不足,以重己之所有馀,若是其悖缪也,而求有汤、武之功名可乎?辟之是犹伏而咶天,救经而引其足也,说必不行矣,愈务而愈远。为人臣者不恤己行之不行,苟得利而已矣,是渠冲入穴而求利也,是仁人之所羞而不为也。故人莫贵乎生,莫乐乎安,所以养生安乐者莫大乎礼义。人知贵生乐安而弃礼义,辟之是犹欲寿而殇颈也,愚莫大焉。故君人者爱民而安,好士而荣,两者亡一焉而亡。《诗》曰:"价人维藩,大师维垣。"此之谓也。
荡	匪上帝不时,殷不用旧。虽无老成人,尚有典刑。曾是莫听,大命以倾。	《荀子·非十二子》	兼服天下之心:高上尊贵,不以骄人;聪明圣知,不以穷人;齐给速通,不争先人;刚毅勇敢,不以伤人;不知则问,不能则学,虽能必让,然后为德。遇君则修臣下之义,遇乡则修长幼之义,遇长则修子弟之义,遇友则修礼节辞让之义,遇贱而少者,则修告导宽容之义。无不爱也,无不敬也,无与人争也,恢然如天地之苞万物,如是则贤者贵之,不肖者亲之。如是而不服者,则可谓訞怪狡猾之人矣,虽则子弟之中,刑及之而宜。《诗》云:"匪上帝不时,殷不用旧。虽无老成人,尚有典刑。曾是莫听,大命以倾。"此之谓也。
荡	殷鉴不远,在夏后之世。	《孟子·离娄上》	孟子曰:"规矩,方员之至也。圣人,人伦之至也。欲为君,尽君道;欲为臣,尽臣道:二者皆法尧、舜而已矣。不以舜之所以事尧事君,不敬其君者也。不以尧之所以治民治民,贼其民者也。孔子曰:'道二,仁与不仁而已矣。'暴其民甚,则身弒国亡;不甚,则身危国削,名之曰'幽''厉',虽孝子慈孙,百世不能改也。《诗》云:'殷鉴不远,在夏后之世。'此之谓也。"

续　表

诗篇名	称引内容	称引出处	称引原文
抑	有觉德行，四国顺之。	郭店楚简《缁衣》	子曰：上好仁，则下之为仁也争先。故长民者，章志以昭百姓，则民致行己以悦上。《诗》云："有觉德行，四方顺之。"
抑	慎尔出话，敬尔威仪。	郭店楚简《缁衣》	子曰：王言如丝，其出如纶；王言如索，其出如绋。故大人不倡流。《诗》云："慎尔出话，敬尔威仪。"
抑	白圭之玷，尚可磨也。斯言之玷，不可为也。	郭店楚简《缁衣》	子曰：言从行之，则行不可匿。故君子顾言而行，以成其信，则民不能大其美而小其恶。《大雅》云："白珪之石，尚可磨也。此言之玷，不可为也。"《小雅》云："允也君子，展也大成。"《君奭》云："昔在上帝，割绅观文王德，其集大命于厥身。"
抑	白圭	《论语·先进》	南容三复白圭，孔子以其兄之子妻之。
抑	无言不雠，无德不报。	《荀子·富国》	今之世而不然：厚刀布之敛以夺之财，重田野之税以夺之食，苛关市之征以难其事。不然而已矣，有掎挈伺诈，权谋倾覆，以相颠倒，以靡敝之，百姓晓然皆知其污漫暴乱而将大危亡也。是以臣或弑其君，下或杀其上，粥其城，倍其节，而不死其事者，无它故焉，人主自取之。《诗》曰："无言不雠，无德不报。"此之谓也。
抑	无言不雠，无德不报。	《荀子·致士》	师术有四，而博习不与焉：尊严而惮，可以为师；耆艾而信，可以为师；诵说而不陵不犯，可以为师；知微而论，可以为师。故师术有四，而博习不与焉。水深而回，树落则粪本，弟子通利则思师。《诗》曰："无言不雠，无德不报。"此之谓也。
抑	淑慎尔止，不愆于仪。	郭店楚简《缁衣》	子曰：可言不可行，君子弗言；可行不可言，君子弗行。则民言不隐行，不隐言。《诗》云："淑慎尔止，不愆于仪。"

续　表

诗篇名	称引内容	称引出处	称引原文
抑	不僭不贼,鲜不为则。	《荀子·臣道》	敬人有道:贤者则贵而敬之,不肖者则畏而敬之;贤者则亲而敬之,不肖者则疏而敬之。其敬一也,其情二也。若夫忠信端悫而不害伤,则无接而不然,是仁人之质也。忠信以为质,端悫以为统,礼义以为文,伦类以为理,喘而言,臑而动,而一可以为法则。《诗》曰:"不僭不贼,鲜不为则。"此之谓也。
抑	温温恭人,维德之基。	《荀子·不苟》	君子宽而不僈,廉而不刿,辩而不争,察而不激,寡立而不胜,坚强而不暴,柔从而不流,恭敬谨慎而容,夫是之谓至文。《诗》曰:"温温恭人,惟德之基。"此之谓矣。
抑	温温恭人,维德之基。	《荀子·非十二子》	士君子之所能不能为:君子能为可贵,不能使人必贵己;能为可信,不能使人必信己;能为可用,不能使人必用己。故君子耻不修,不耻见汙;耻不信,不耻不见信;耻不能,不耻不见用。是以不诱于誉,不恐于诽,率道而行,端然正己,不为物倾侧,夫是之谓诚君子。《诗》云:"温温恭人,维德之基。"此之谓也。
抑	温温恭人,维德之基。	《荀子·君道》	至道大形,隆礼至法则国有常,尚贤使能则民知方,纂论公察则民不疑,赏克罚偷则民不怠,兼听齐明则天下归之。然后明分职,序事业,材技官能,莫不治理,则公道达而私门塞矣,公义明而私事息矣。如是,则德厚者进而佞说者止,贪利者退而廉节者起。《书》曰:"先时者杀无赦,不逮时者杀无赦。"人习其事而固,人之百事如耳目鼻口之不可以相借官也。故职分而民不探,次定而序不乱,兼听齐明而百姓不留。如是,则臣下百吏至于庶人莫不修己而后敢安正,诚能而后敢受职,百姓易俗,小人变心,奸怪之属莫不反悫。夫是之谓政教之极。故天子不视而见,不听而聪,不虑而知,不动而功,块然独坐而天下从之如一体,如四肢之从心。夫是之谓大形。《诗》曰:"温温恭人,维德之基。"此之谓也。

续 表

诗篇名	称引内容	称引出处	称引原文
桑柔	谁能执热，逝不以濯。	《孟子·离娄上》	孟子曰："……今也欲无敌于天下而不以仁，是犹执热而不以濯也。《诗》云：'谁能执热，逝不以濯。'"
	其何能淑，载胥及溺。	《孟子·离娄上》	孟子曰："桀、纣之失天下也，失其民也。失其民者，失其心也。得天下有道，得其民，斯得天下矣。得其民有道，得其心，斯得民矣。得其心有道，所欲与之聚之，所恶勿施尔也。民之归仁也，犹水之就下、兽之走圹也。故为渊驱鱼者獭也，为丛驱爵者鹯也。为汤、武驱民者，桀与纣也。今天下之君有好仁者，则诸侯皆为之驱矣。虽欲无王，不可得已。今之欲王者，犹七年之病求三年之艾也。苟不为畜，终身不得。苟不志于仁，终身忧辱，以陷于死亡。《诗》云：'其何能淑？载胥及溺。'此之谓也。"
	维此良人，弗求弗迪。维彼忍心，是顾是复。民之贪乱，宁为荼毒。	《荀子·儒效》	故人知谨注错，慎习俗，大积靡，则为君子矣；纵性情而不足问学，则为小人矣。为君子则常安荣矣，为小人则常危辱矣。凡人莫不欲安荣而恶危辱，故唯君子为能得其所好，小人则日徼其所恶。《诗》曰："维此良人，弗求弗迪；维彼忍心，是顾是复。民之贪乱，宁为荼毒。"此之谓也。
云汉	周余黎民，靡有孑遗。	《孟子·万章上》	曰："……故说诗者不以文害辞，不以辞害志。以意逆志，是为得之，如以辞而已矣，《云汉》之诗曰：'周余黎民，靡有孑遗。'信斯言也，是周无遗民也。"
崧高			

续 表

诗篇名	称引内容	称引出处	称引原文
烝民	天生烝民,有物有则。民之秉彝,好是懿德。	《孟子·告子上》	孟子曰:"乃若其情,则可以为善矣,乃所谓善也。若夫为不善,非才之罪也。恻隐之心,人皆有之;羞恶之心,人皆有之;恭敬之心,人皆有之;是非之心,人皆有之。恻隐之心,仁也;羞恶之心,义也;恭敬之心,礼也;是非之心,智也。仁、义、礼、智,非由外铄我也,我固有之也,弗思耳矣。故曰:'求则得之,舍则失之。'或相倍蓰而无算者,不能尽其才者也。《诗》曰:'天生蒸民,有物有则。民之秉彝,好是懿德。'孔子曰:'为此诗者,其知道乎!故有物必有则,民之秉彝也,故好是懿德。'"
	既明且哲,以保其身。	《荀子·尧问》	为说者曰:"孙卿不及孔子。"是不然。孙卿迫于乱世,鳅于严刑,上无贤主,下遇暴秦,礼义不行,教化不成,仁者绌约,天下冥冥,行全刺之,诸侯大倾。当是时也,知者不得虑,能者不得治,贤者不得使,故君上蔽而无睹,贤人距而不受。然则孙卿怀将圣之心,蒙佯狂之色,视天下以愚。《诗》曰:"既明且哲,以保其身。"此之谓也。是其所以名声不白,徒与不众,光辉不博也。
	德𫐓如毛,民鲜克举之。	《荀子·强国》	积微,月不胜日,时不胜月,岁不胜时。凡人好敖慢小事,大事至然后兴之务之,如是则常不胜夫敦比于小事者矣。是何也?则小事之至也数,其县日也博,其为积也大;大事之至也希,其县日也浅,其为积也小。故善日者王,善时者霸,补漏者危,大荒者亡。故王者敬日,霸者敬时,仅存之国危而后戚之,亡国至亡而后知亡,至死而后知死,亡国之祸败不可胜悔也。霸者之善著焉,可以时托也,王者之功名不可胜日志也。财物货宝以大为重,政教功名反是,能积微者速成。《诗》曰:"德𫐓如毛,民鲜克举之。"此之谓也。

续　表

诗篇名	称引内容	称引出处	称引原文
韩奕			
江汉			
常武	王犹允塞，徐方既来。	《荀子·君道》	合符节，别契券者，所以为信也；上好权谋，则臣下百吏诞诈之人乘是而后欺。探筹、投钩者，所以为公也；上好曲私，则臣下百吏乘是而后偏。衡石、称县者，所以为平也；上好倾覆，则臣下百吏乘是而后险。斗、斛、敦、概者，所以为啧也；上好贪利，则臣下百吏乘是而后丰取刻与，以无度取于民。故械数者，治之流也，非治之原也；君子者，治之原也。官人守数，君子养原，原清则流清，原浊则流浊。故上好礼义，尚贤使能，无贪利之心，则下亦将綦辞让、致忠信而谨于臣子矣。如是则虽在小民，不待合符节、别契券而信，不待探筹、投钩而公，不待衡石、称县而平，不待斗、斛、敦、概而啧。故赏不用而民劝，罚不用而民服，有司不劳而事治，政令不烦而俗美，百姓莫敢不顺上之法，象上之志，而劝上之事，而安乐之矣。故藉敛忘费，事业忘劳，寇难忘死，城郭不待饰而固，兵刃不待陵而劲，敌国不待服而诎，四海之民不待令而一。夫是之谓至平。《诗》曰："王犹允塞，徐方既来。"此之谓也。
	王犹允塞，徐方既来。	《荀子·议兵》	凡人之动也，为赏庆为之则见害伤焉止矣。故赏庆、刑罚、埶诈不足以尽人之力，致人之死。为人主上者也，其所以接下之百姓者无礼义忠信，焉虑率用赏庆、刑罚、埶诈除阸其下，获其功用而已矣。大寇则至，使之持危城则必畔，遇敌处战则必北，劳苦烦辱则必奔，霍焉离耳，下反制其上。

续 表

诗篇名	称引内容	称引出处	称引原文
常武			故赏庆、刑罚、埶诈之为道者，佣徒鬻卖之道也，不足以合大众，美国家，故古之人羞而不道也。故厚德音以先之，明礼义以道之，致忠信以爱之，尚贤使能以次之，爵服庆赏以申之，时其事、轻其任以调齐之，长养之，如保赤子。政令以定，风俗以一，有离俗不顺其上，则百姓莫不敦恶，莫不毒孽，若祓不祥，然后刑于是起矣。是大刑之所加也，辱孰大焉？将以为利邪？则大刑加焉，身苟不狂惑戆陋，谁睹是而不改也哉！然后百姓晓然皆知修上之法，像上之志而安乐之。于是有能化善、修身、正行、积礼义、尊道德，百姓莫不贵敬，莫不亲誉，然后赏于是起矣。是高爵丰禄之所加也，荣孰大焉？将以为害邪？则高爵丰禄以持养之，生民之属，孰不愿也？雕雕焉县贵爵重赏于其前，县明刑大辱于其后，虽欲无化，能乎哉！故民归之如流水，所存者神，所为者化而顺，暴悍勇力之属为之化而愿，旁辟曲私之属为之化而公，矜纠收缭之属为之化而调，夫是之谓大化至一。《诗》曰："王犹允塞，徐方既来。"此之谓也。
	徐方既同，天子之功。	《荀子·非相》	故君子之度己则以绳，接人则用抴。度己以绳，故足以为天下法则矣。接人用抴，故能宽容，因求以成天下之大事矣。故君子贤而能容罢，知而能容愚，博而能容浅，粹而能容杂，夫是之谓兼术。《诗》曰："徐方既同，天子之功。"此之谓也。
瞻卬			

续 表

诗篇名	称引内容	称引出处	称引原文
召旻			
颂	《颂》	《论语·子罕》	子曰:"吾自卫反鲁,然后乐正,《雅》《颂》各得其所。"
	《颂》	《荀子·儒效》	曷谓一?曰:执神而固。曷谓神?曰:尽善挟治之谓神,万物莫足以倾之之谓固,神固之谓圣人。圣人也者,道之管也。天下之道管是矣,百王之道一是矣,故《诗》《书》《礼》《乐》之归是矣。《诗》言是,其志也;《书》言是,其事也;《礼》言是,其行也;《乐》言是,其和也;《春秋》言是,其微也。故《风》之所以为不逐者,取是以节之也;《小雅》之所以为《小雅》者,取是而文之也;《大雅》之所以为《大雅》者,取是而光之也;《颂》之所以为至者,取是而通之也:天下之道毕是矣。乡是者臧,倍是者亡。乡是如不臧,倍是如不亡者,自古及今,未尝有也。
	《颂》	《荀子·乐论》	夫乐者,乐也,人情之所必不免也,故人不能无乐。乐则必发于声音,形于动静,而人之道,声音、动静、性术之变尽是矣。故人不能不乐,乐则不能无形,形而不为道,则不能无乱。先王恶其乱也,故制《雅》《颂》之声以道之,使其声足以乐而不流,使其文足以辨而不諰,使其曲直、繁省、廉肉、节奏足以感动人之善心,使夫邪汙之气无由得接焉。是先王立乐之方也,而墨子非之,奈何!
	《颂》	《荀子·乐论》	故听其《雅》《颂》之声,而志意得广焉;执其干戚,习其俯仰屈伸,而容貌得庄焉;行其缀兆,要其节奏,而行列得正焉,进退得齐焉。故乐者,出所以征诛也,入所以揖让也。征诛揖让,其义一也。出所以征诛,则莫不听从;入所以揖让,则莫不从服。故乐者,天下之大齐也,中和之纪也,人情之所必不免也。是先王立乐之术也,而墨子非之,奈何!

续 表

诗篇名	称引内容	称引出处	称引原文
颂	《颂》	上博楚简《诗论》	《讼》,平德也,多言后,其乐安而迟,其歌绅而荡,其思深而远,至矣!《大夏》,盛德也,多言……[《小夏》]……也,多言难而怨怼也,衰矣,少矣。《邦风》其纳物也溥,观人欲焉,大敛材焉。其言文,其声善。
	《颂》	上博楚简《诗论》	[孔子]曰:《诗》其犹平门与?贱民而豫之,其用心也将何如?曰:《邦风》是也。民之有戚患也,上下之不和者,其用心也将何如?[曰:《小夏》是也。]……[曰:《大夏》]是也。有成功者何如?曰:《讼》是也。
周颂			
清庙	《清庙》	上博楚简《诗论》	孔子曰:……《清[庙》吾敬之,……《清庙》曰:"肃雍显相,济济]多士,秉文之德",吾敬之。
	《清庙》	上博楚简《诗论》	《清庙》,王德也,至矣!敬宗庙之礼,以为其本;"秉文之德",以为其蘖;"肃雍[显相]……
	肃雍显相,济济多士,秉文之德。	上博楚简《诗论》	孔子曰:……《清[庙》吾敬之,……《清庙》曰:"肃雍显相,济济]多士,秉文之德",吾敬之。
	肃雍显相。	上博楚简《诗论》	《清庙》,王德也,至矣!敬宗庙之礼,以为其本;"秉文之德",以为其蘖;"肃雍[显相]……
	秉文之德。	上博楚简《诗论》	《清庙》,王德也,至矣!敬宗庙之礼,以为其本;"秉文之德",以为其蘖;"肃雍[显相]……
维天之命			
维清			

续 表

诗篇名	称引内容	称引出处	称引原文
烈文	《烈文》	上博楚简《诗论》	孔子曰：……[《烈文》吾悦之，]……《烈文》曰："乍竞唯人"，"丕显维德"，"於乎前王不忘"，吾悦之。
烈文	无竞维人。	上博楚简《诗论》	孔子曰：……[《烈文》吾悦之，]……《烈文》曰："乍竞唯人"，"丕显维德"，"於乎前王不忘"，吾悦之。
烈文	不显维德。	上博楚简《诗论》	孔子曰：……[《烈文》吾悦之，]……《烈文》曰："乍竞唯人"，"丕显维德"，"於乎前王不忘"，吾悦之。
烈文	於乎前王不忘。	上博楚简《诗论》	孔子曰：……[《烈文》吾悦之，]……《烈文》曰："乍竞唯人"，"丕显维德"，"於乎前王不忘"，吾悦之。
天作	天作高山，大王荒之。彼作矣，文王康之。	《荀子·王制》	北海则有走马吠犬焉，然而中国得而畜使之；南海则有羽翮、齿革、曾青、丹干焉，然而中国得而财之；东海则有紫、紶、鱼、盐焉，然而中国得而衣食之；西海则有皮革、文旄焉，然而中国得而用之。故泽人足乎木，山人足乎鱼，农夫不斫削、不陶冶而足械用，工贾不耕田而足菽粟。故虎豹为猛矣，然君子剥而用之。故天之所覆，地之所载，莫不尽其美，致其用，上以饰贤良，下以养百姓而安乐之。夫是之谓大神。《诗》曰："天作高山，大王荒之。彼作矣，文王康之。"此之谓也。
天作	天作高山，大王荒之。彼作矣，文王康之。	《荀子·天论》	治乱天邪？曰：日月、星辰、《瑞历》，是禹、桀之所同也，禹以治，桀以乱，治乱非天也。时邪？曰：繁启蕃长于春夏，畜积收臧于秋冬，是又禹、桀之所同也，禹以治，桀以乱，治乱非时也。地邪？曰：得地则生，失地则死，是又禹、桀之所同也，禹以治，桀以乱，治乱非地也。《诗》曰："天作高山，大王荒之，彼作矣，文王康之。"此之谓也。
昊天有成命	《昊天有成命》	上博楚简《诗论》	孔子曰：……[《昊天有成命》吾]□之。……"昊天有成命，二后受之"，贵且显矣，颂……
昊天有成命	昊天有成命，二后受之。	上博楚简《诗论》	孔子曰：……[《昊天有成命》吾]□之。……"昊天有成命，二后受之"，贵且显矣，颂……

续 表

诗篇名	称引内容	称引出处	称引原文
昊天有成命	成王不敢康,夙夜基命宥密。	上博楚简《民之父母》	子夏曰:"无声之乐,无体之礼,无服之丧,何诗是迈?"孔子曰:"善哉! 商也,将可与诗矣。'成王不敢康,夙夜基命宥密',无声之乐。'威仪迟迟,[不可选也]',无体之礼也。'凡民有丧,匍匐救之',无服]之丧也。"
我将	畏天之威,于时保之。	《孟子·梁惠王下》	齐宣王问曰:"交邻国有道乎?"孟子对曰:"有。惟仁者为能以大事小,是故汤事葛,文王事混夷。惟智者为能以小事大,故大王事獯鬻,勾践事吴。以大事小者,乐天者也。以小事大者,畏天者也。乐天者保天下,畏天者保其国。《诗》云:'畏天之威,于时保之。'"
时迈	怀柔百神,及河乔岳。	《荀子·礼论》	故曰:性者,本始材朴也;伪者,文理隆盛也。无性则伪之无所加,无伪则性不能自美。性伪合,然后圣人之名一,天下之功于是就也。故曰:天地合而万物生,阴阳接而变化起,性伪合而天下治。天能生物,不能辨物也;地能载人,不能治人也;宇中万物、生人之属,待圣人然后分也。《诗》曰:"怀柔百神,及河乔岳。"此之谓也。
执竞	钟鼓喤喤,磬筦将将,降福穰穰,降福简简,威仪反反。	《荀子·富国》	故先王圣人为之不然。知夫为人主上者不美不饰之不足以一民也,不富不厚之不足以管下也,不威不强之不足以禁暴胜悍也。故必将撞大钟、击鸣鼓、吹笙竽、弹琴瑟以塞其耳,必将锼琢、刻镂、黼黻、文章以塞其目,必将刍豢稻粱、五味芬芳以塞其口。然后众人徒、备官职,渐庆赏、严刑罚以戒其心。使天下生民之属皆知己之所愿欲之举在是也,故其赏行;皆知己之所畏恐之举在是于也,故其罚威。赏行罚威,则贤者可得而进也,不肖者可得而退也,能不能可得而官也。若是,则万物得宜,事变得应,上得天时,下得地利,中得人和,则财货浑浑如泉源,汸汸如河海,暴暴如丘山,不时焚烧,无所臧之,夫天下何患乎

续 表

诗篇名	称引内容	称引出处	称引原文
执竞			不足也?故儒术诚行,则天下大而富,使而功,撞钟击鼓而和。《诗》曰:"钟鼓喤喤,管磬玱玱,降福穰穰,降福简简,威仪反反。既醉既饱,福禄来反。"此之谓也。
思文			
臣工			
噫嘻			
振鹭			
丰年			
有瞽			
潜			
雍	相维辟公,天子穆穆。	《论语·八佾》	三家者以《雍》彻。子曰:"'相维辟公,天子穆穆',奚取于三家之堂?"
载见			
有客			
武			
闵予小子			
访落			
敬之			

续 表

诗篇名	称引内容	称引出处	称引原文
小毖			
载芟			
良耜			
丝衣			
酌			
桓			
赉			
般			
鲁颂			
駉	思无疆。	郭店楚简《语丛三》	思亡彊,思亡其,思亡约,思亡不由我者。
	思无期。		
	思无邪。		
	思无邪。	《论语·为政》	子曰:"《诗》三百,一言以蔽之,曰:'思无邪。'"
有駜			
泮水			

续　表

诗篇名	称引内容	称引出处	称引原文
閟宫	戎狄是膺,荆舒是惩,则莫我敢承。	《孟子·滕文公下》	公都子曰:"外人皆称夫子好辩,敢问何也?"孟子曰:"予岂好辩哉?予不得已也。……昔者禹抑洪水而天下平,周公兼夷狄、驱猛兽而百姓宁,孔子成《春秋》而乱臣贼子惧。《诗》云:'戎狄是膺,荆舒是惩,则莫我敢承。'无父无君,是周公所膺也。我亦欲正人心,息邪说,距诐行,放淫辞,以承三圣者,岂好辩哉?予不得已也。能言距杨、墨者,圣人之徒也。"
	戎狄是膺,荆舒是惩。	《孟子·滕文公上》	"……今也南蛮鴃舌之人,非先王之道,子倍子之师而学之,亦异于曾子矣。吾闻出于幽谷,迁于乔木者,未闻下乔木而入于幽谷者。《鲁颂》曰:'戎狄是膺,荆舒是惩。'周公方且膺之,子是之学,亦为不善变矣。"
商颂			
那	温恭朝夕,执事有恪。	《荀子·大略》	子贡问于孔子曰:"赐倦于学矣,愿息事君。"孔子曰:"《诗》云:'温恭朝夕,执事有恪。'事君难,事君焉可息哉!""然则赐愿息事亲。"孔子曰:"《诗》云:'孝子不匮,永锡尔类。'事亲难,事亲焉可息哉!""然则赐愿息于妻子。"孔子曰:"《诗》云:'刑于寡妻,至于兄弟,以御于家邦。'妻子难,妻子焉可息哉!""然则赐愿息于朋友。"孔子曰:"《诗》云:'朋友攸摄,摄以威仪。'朋友难,朋友焉可息哉!""然则赐愿息耕。"孔子曰:"《诗》云:'昼尔于茅,宵尔索绹,亟其乘屋,其始播百谷。'耕难,耕焉可息哉!""然则赐无息者乎?"孔子曰:"望其圹,皋如也,嵮如也,鬲如也,此则知所息矣。"子贡曰:"大哉死乎!君子息焉,小人休焉。"
烈祖			

续 表

诗篇名	称引内容	称引出处	称引原文
玄鸟			
长发	受小球大球,为下国缀旒。	《荀子·臣道》	通忠之顺,权险之平,祸乱之从声,三者,非明主莫之能知也。争然后善,戾然后功,出死无私,致忠而公,夫是之谓通忠之顺,信陵君似之矣。夺然后义,杀然后仁,上下易位然后贞,功参天地,泽被生民,夫是之谓权险之平,汤、武是也。过而通情,和而无经,不恤是非,不论曲直,偷合苟容,迷乱狂生,夫是之谓祸乱之从声,飞廉、恶来是也。传曰:"斩而齐,枉而顺,不同而壹。"《诗》曰:"受小球大球,为下国缀旒。"此之谓也。
长发	不竞不絿,不刚不柔。	郭店楚简《五行》	简之为言犹练也,大而晏者也。匿之为言也犹匿匿也,小而轸者也。简,义之方也。匿,仁之方也。刚,义之方也。柔,仁之方也。"不彊不桀,不刚不柔",此之谓也。
长发	受小共大共,为下国骏庞。	《荀子·荣辱》	故仁人在上,则农以力尽田,贾以察尽财,百工以巧尽械器,士大夫以上至于公侯,莫不以仁厚知能尽官职,夫是之谓至平。故或禄天下而不自以为多,或监门、御旅、抱关、击柝而不自以为寡。故曰:"斩而齐,枉而顺,不同而一。"夫是之谓人伦。《诗》曰:"受小共大共,为下国骏蒙。"此之谓也。
长发	武王载斾,有虔秉钺,如火烈烈,则莫我敢曷。	《荀子·议兵》	孙卿子曰:"不然。臣之所道,仁人之兵,王者之志也。君之所贵,权谋埶利也;所行,攻夺变诈也:诸侯之事也。仁人之兵,不可诈也。彼可诈者,怠慢者也,路亶者也,君臣上下之间滑然有离德者也。故以桀诈桀,犹巧拙有幸焉。以桀诈尧,譬之若以卵投石,以指挠沸,若赴水火,入焉焦没耳。故仁人上下,百将一心,三军同力,臣之于君也,下之于上也,若子之事父,弟之事兄,若手

续 表

诗篇名	称引内容	称引出处	称引原文
长发			臂之捍头目而覆胸腹也,诈而袭之,与先惊而后击之,一也。且仁人之用十里之国,则将有百里之听;用百里之国,则将有千里之听;用千里之国,则将有四海之听。必将聪明警戒,和传而一。故仁人之兵聚则成卒,散则成列,延则若莫邪之长刃,婴之者断;兑则若莫邪之利锋,当之者溃;圜居而方止,则若盘石然,触之者角摧,案角鹿埵、陇种、东笼而退耳。且夫暴国之君,将谁与至哉?彼其所与至者,必其民也。而其民之亲我欢若父母,其好我芬若椒兰;彼反顾其上则若灼黥,若仇雠。人之情,虽桀、跖,岂又肯为其所恶贼其所好者哉!是犹使人之子孙自贼其父母也,彼必将来告之,夫又何可诈也?故仁人用,国日明,诸侯先顺者安,后顺者危,虑敌之者削,反之者亡。《诗》曰:'武王载发,有虔秉钺,如火烈烈,则莫我敢遏。'此之谓也。"
殷武			
逸诗			
逸诗	唐棣之华,偏其反而。岂不尔思?是室远而。	《论语·子罕》	子曰:"可与共学,未可与适道;可与适道,未可与立;可与立,未可与权。""唐棣之华,偏其反而。岂不尔思?室是远尔。"子曰:"未之思也,夫何远之有!"
逸诗	畜君何尤。	《孟子·梁惠王下》	齐宣王见孟子于雪宫。王曰:"贤者亦有此乐乎?"孟子对曰:"有人不得,则非其上矣。不得而非其上者,非也。为民上而不与民同乐者,亦非也。乐民之乐者,民亦乐其乐;忧民之忧者,民亦忧其忧。乐以天下,忧以天下,然而不王者,未之有也。昔者齐景公问于晏子曰:'吾欲观于转附、朝儛,遵海而南,放于琅邪,吾何修而可以比于先

续　表

诗篇名	称引内容	称引出处	称引原文
逸诗			王观也?'晏子对曰:'善哉问也！天子适诸侯曰巡狩。巡狩者,巡所守也。诸侯朝于天子曰述职。述职者,述所职也。无非事者,春省耕而补不足,秋省敛而助不给。夏谚曰:'吾王不游,吾何以休？吾王不豫,吾何以助？一游一豫,为诸侯度。'今也不然,师行而粮食,饥者弗食,劳者弗息。睊睊胥谗,民乃作慝。方命虐民,饮食若流。流连荒亡,为诸侯忧。从流下而忘反谓之流,从流上而忘反谓之连,从兽无厌谓之荒,乐酒无厌谓之亡。先王无流连之乐、荒亡之行。惟君所行也。'景公说,大戒于国,出舍于郊。于是始兴发,补不足。召大师,曰:'为我作君臣相说之乐！'盖《徵招》《角招》是也。其《诗》曰:'畜君何尤？'畜君者,好君也。"
逸诗	如霜雪之将将,如日月之光明,为之则存,不为则亡。	《荀子·王霸》	国无礼则不正。礼之所以正国也,譬之犹衡之于轻重也,犹绳墨之于曲直也,犹规矩之于方圆也,既错之而人莫之能诬也。《诗》云:"如霜雪之将将,如日月之光明,为之则存,不为则亡。"此之谓也。
逸诗	国有大命,不可以告人,妨其躬身。	《荀子·臣道》	事圣君者,有听从,无谏争;事中君者,有谏争,无谄谀;事暴君者,有补削,无挢拂。迫胁于乱时,穷居于暴国,而无所避之,则崇其美,扬其善,违其恶,隐其败,言其所长,不称其所短,以为成俗。《诗》曰:"国有大命,不可以告人,妨其躬身。"此之谓也。

续　表

诗篇名	称引内容	称引出处	称引原文
逸诗	长夜漫兮，永思骞兮。大古之不慢兮，礼义之不愆兮，何恤人之言兮。	《荀子·正名》	辞让之节得矣，长少之理顺矣，忌讳不称，袄辞不出，以仁心说，以学心听，以公心辨。不动乎众人之非誉，不治观者之耳目，不赂贵者之权埶，不利传辟者之辞，故能处道而不贰，吐而不夺，利而不流，贵公正而贱鄙争，是士君子之辨说也。《诗》曰："长夜漫兮，永思骞兮。大古之不慢兮，礼义之不愆兮，何恤人之言兮！"此之谓也。
逸诗	何恤人之言兮。	《荀子·天论》	天不为人之恶寒也辍冬，地不为人之恶辽远也辍广，君子不为小人之匈匈也辍行。天有常道矣，地有常数矣，君子有常体矣。君子道其常而小人计其功。《诗》曰："何恤人之言兮！"此之谓也。
逸诗	凤凰秋秋，其翼若干，其声若箫。有凤有凰，乐帝之心。	《荀子·解蔽》	昔人君之蔽者，夏桀、殷纣是也。桀蔽于末喜、斯观，而不知关龙逢，以惑其心而乱其行；纣蔽于妲己、飞廉，而不知微子启，以惑其心而乱其行。故群臣去忠而事私，百姓怨非而不用，贤良退处而隐逃，此其所以丧九牧之地而虚宗庙之国也。桀死于亭山，纣县于赤斾，身不先知，人又莫之谏，此蔽塞之祸也。成汤监于夏桀，故主其心而慎治之，是以能长用伊尹而身不失道，此其所以代夏王而受九有也。文王监于殷纣，故主其心而慎治之，是以能长用吕望而身不失道，此其所以代殷王而受九牧也。远方莫不致其珍，故目视备色，耳听备声，口食备味，形居备宫，名受备号，生则天下歌，死则四海哭，夫是之谓至盛。《诗》曰："凤凰秋秋，其翼若干，其声若箫。有凤有凰，乐帝之心。"此不蔽之福也。
逸诗	墨以为明，狐狸而苍。	《荀子·解蔽》	周而成，泄而败，明君无之有也；宣而成，隐而败，暗君无之有也。故君人者周则谗言至矣，直言反矣，小人迩而君子远矣。《诗》云："墨以为明，狐狸而苍。"此言上幽而下险也。君人者宣则直言至矣，而谗言反矣，君子迩而小人远矣。《诗》曰："明明在下，赫赫在上。"此言上明而下化也。

续　表

诗篇名	称引内容	称引出处	称引原文
逸诗	涓涓源水，不雍不塞。毂已破碎，乃大其辐。事已败矣，乃重太息。	《荀子·法行》	曾子曰："无内人之疏而外人之亲，无身不善而怨人，无刑已至而呼天。内人之疏而外人之亲，不亦远乎！身不善而怨人，不亦反乎！刑已至而呼天，不亦晚乎！《诗》曰：'涓涓源水，不雍不塞。毂已破碎，乃大其辐。事已败矣，乃重太息。'其云益乎！"
逸诗	吾大夫恭且俭，靡人不敛。	郭店楚简《缁衣》	子曰：长民者教之以德，齐之以礼，则民有懽心；教之以政，齐之以刑，则民有孕心。故慈以爱之，则民有亲；信以结之，则民不倍；恭以莅之，则民有逊心。《诗》云："吾大夫共叔齮，棘人不敛。"《吕刑》云："非用臸，制以刑，惟作五虐之刑曰法。"
逸诗	《河水》	上博楚简《诗论》	《河水》智……